ナリヒラ

中川公子

中央公論事業出版

ナリヒラ　目次

主な登場人物

在原業平　阿保親王五男
在原仲平　阿保親王次男
在原行平　阿保親王三男
在原守平　阿保親王四男
大枝《おおえの》（大江）音人《おとんど》　阿保親王長子　継父・大枝本主
阿《あ》保《ぼ》親王　平城天皇長子　業平の父
真如（高岳《たかおか》親王）　平城天皇三男　業平の叔父
伊《い》都《つ》内親王　桓武天皇八女　業平の母
シャチ　守平の母
サンセイ、モクミ　業平の従者
岡田狛《おかだのこま》、剛、槐、犬丸　市籍人や市人
白《はく》砥《と》、青《せい》砥《と》　妓楼の女主
土師《はじの》雄角《おつの》、小鷹　難波土師氏の手配師
紀有常　業平の盟友　舅　父・紀名虎
妙信（紀種子）　有常の妹　仁明天皇の更衣

紀涼子　有常の娘　業平の妻
紀静子　有常の妹　文徳天皇の更衣　惟喬親王と恬子内親王の母
恬子《やすこ》内親王　文徳天皇の皇女　母・紀静子　伊勢斎宮
惟喬《これたか》親王　文徳天皇長子　母・紀静子

藤原良房　太政大臣　娘・明子
藤原順子　良房の妹　仁明天皇の女御　文徳天皇の母
藤原基経　摂政　良房の甥で養子
藤原　高子《たかいこ》　業平の恋人　基経の妹　良房の姪　清和天皇の女御　陽成天皇の母

仁明天皇　嵯峨天皇の皇子　母・橘嘉智子
文徳天皇（道康親王）　仁明天皇の皇子　母・藤原順子
清和天皇　文徳天皇の皇子　母・藤原明子
時康親王（光孝天皇）　仁明天皇の皇子　母・藤原沢子
良岑宗貞《よしみねのむねさだ》（遍照）　仁明天皇の蔵人頭　歌人
伴《ともの》　善男《よしお》　仁明天皇の忠臣

ナリヒラ

装幀　中川公子

一　ふるさとと　なりにし奈良の　みやこにも

八二六年（天長三年《てんちょう》）七月七日、奈良・萱《かや》の御所《ごしょ》。

風が立って、裏の御陵《ごりょう》の木々が騒ぐ。

迷い込んだやぶ蚊を、ピシャと手で叩きながら「ともかく多すぎる……」と阿保《あぼ》がなげいた。

「ごもっとも」と檜扇《ひおうぎ》で風をおくりながら、紀名虎《きのなとら》がうなずく。

「太上天皇《だじょうてんのう》（退位した天皇）は、お爺さまをしのぐかもしれない。まだまだ増えそうだ。いくら臣籍降下《しんせきこうか》させても、わたしや、おまえのような親王《しんのう》だけでも、何人いるか見当もつかない。二世王となると、数えきれない」と阿保は、弟の真如《しんにょ》にむかって言った。

天皇の子は、男子は親王、女子は内親王《ないしんのう》と呼び、天皇の孫を二世王《にせいおう》、曾孫を三世王。以下……五世王とか八世王と呼ぶ。

いまは淳和《じゅんな》天皇の御世。阿保と真如は異母兄弟で、二代まえの故平城《へいぜい》天皇の子だ。阿保がいうお爺さまは、十年まえに亡くなった桓武《かんむ》天皇。太上天皇は、父の平城天皇の同母弟で、阿保や真如の叔父になる嵯峨太上天皇《さがだじょうてんのう》。まだ四十歳と若い。

三十二年まえに、京に平安京《へいあんきょう》を開いたのは阿保たちの祖父の桓武天皇で、つぎの天皇が父の平城天皇。三番目が父の弟の嵯峨天皇。四番目の今上天皇も、父の弟の淳和天皇だ。阿保が多すぎると口にしたのは、もちろん、やぶ蚊の数ではない。天皇の子である親王や内親王のことで、祖父の桓武天皇には三十七人の子がある。叔父の嵯峨太上天皇は、もう四十人を超えていて、すでに子たちを臣籍降下させている。皇族の籍を捨てて、臣下になって氏《うじ》を名乗ることを、臣籍降下という。

奈良の帝（平城天皇）の息子は、いまは阿保と真如だけで、あとは娘。数が少ない。

天皇の配偶者は、皇后一人、妃二人（内一人が立后）、夫人三人、嬪《ひん》四人と、父親の身分や定員が、律令《りつりょう》（法律）によって定められていた。定員を超えてはならないが、満たさなくてもよい。これで親王や内親王の数も抑えられるし、生母の序列がはっきりしていて、生まれた皇子皇女の順位も分かりやすいはずだった。

ところが、奈良に都があったころに、女性の天皇がつづいた。だから天皇の配偶者の規則など使う必要がなかった。阿保たちの祖父の桓武天皇が、都を京に遷《うつ》すとともに、規則外の女性を多くめとって子をもうけた。そして、いつのまにか、律令にない女御《にょうご》という女性ができて、夫人や嬪という呼び名が姿を消した。妃は言葉としては残ったが、ばくぜんと天皇の配偶者を示し、階級を表す言葉ではなくなった。

新しくできた女御には法規制がないから、その父の身分も定員も、どうでもよい。女御がドンドン増えると、親王や内親王もドンドン増えた。

そんなわけで、阿保や真如には、父方の叔父や叔母が合わせて三十六人もいる。どれぐらいのイトコがいるのか分からない。叔父のうちの二人が天皇に即位したので、親王や内親王と呼ばれるイトコも多いだろう。女帝時代には、ありえなかった現象が起きている。これが、のちに起こる出来事に影響してくる。


「子供たちを臣籍に下したそうだが、のちの心配はないのか?」と阿保が真如にたずねた。

阿保や真如の子は、二世王として皇族になるが、真如は子を臣籍降下させて氏をもらっている。

「いま、兄上が言われたばかりでしょう。掃いて捨てるほどいる二世王にとどめて、なんの得がありますか。子供は子供。自分で考えるでしょう」

「真如は、品階《ほんかい》を賜《たまわ》ったのか」

「四年まえに、嵯峨の帝から四品をもらいました」

品《ほん》は、皇族にあたえられる階級で一品から四品まであるが、いまのように親王や内親王が多ければ、品階をもらえない無品のものも多くなる。品があれば、俸禄《ほうろく》と、品田という田からの収穫の一部と、帳内《ちょうない》という官費で支払ってくれる使用人をあたえられる。無品でも最低限の援助はされるが、品階を持っているのといないのとでは、経済的にも大きく差ができる。

阿保は成人した十六歳のときに、父が現役の天皇で、その第一皇子だったから四品をもらった。出家するまえは高岳親王《たかおかしんのう》といった弟の真如は、父の平城天皇が在位中は成人まえで、これまで、ずっと無品だった。父親の階級が、臣籍降下《しんせきこうか》して官人として就職する子に影響するので、阿保はたしかめたのだ。

「それなら子らを臣籍降下させても、五位ぐらいにはなれるな」

「兄上。宮城の外にも人はいます。官人として暮らさなくても、人として生きてゆけましょう」

「わたしに向かって、おまえが、それを言うか?」

亡き平城天皇に仕えた蔵人《くろうど》で、いまは阿保から萱の御所を任されている阿部小木麻呂《あべのおぎまろ》が広廂《ひろびさし》にひかえた。

「なにか。小木麻呂どの」と、阿保たちと同席している大枝本主《おおえのもとぬし》が声をかける。

「酒人《さかひと》さまがお成りになるとの、先触《さきぶ》れがございました」

「酒人をつかわして、どなたが、お成りになりますので?」本主が首をかしげる。

「酒造りの酒人ではありません。酒人内親王さまです。内・親・王・の、サカヒトさまがァー、お成りなさるとの先触れがございました」と小木麻呂。

「サカヒト内親王さま。はて。あまりにも多すぎて、内親王さまのお名を、そらんじてはおりませんが……」だれだっけ……と本主は、となりの紀名虎《きのなとら》の顔をみる。名虎はブルブルと、顔を横に振った。

「あ！。えっ？……。もしかして、お爺さまの妃の、酒人内親王さまのことか？」と思い当たったのは、阿保だった。

「はい。その酒人内親王さまです」と小木麻呂が、白髪頭をキリリとあげる。

「まだ生きておられた……。いや。ご息災であられるのか」と阿保。

「はい。お元気です」

「お成りになるとは、ここへ？」

「はい。こちらへ」

「いまから？」

「はい。いまから」

「すでに、暮れかけているのに」

「はい。すでに暮れかけておりますな。まえにも、いくどか、この時刻に、お成りになったことがございました」

「まえにも、父をたずねられたと？」

「はい。こちらに住み暮らされることもあるようです。みなさまのお越しが、お耳に入ったのでしょう」

くどいようだが、都は京にある。阿保と真如の父の、奈良の帝（平城天皇）が暮らした萱の御所は旧都の奈良にある。今日は奈良の帝が亡くなって、二年目の祥月命日《しょうつき》。つまり三回忌だ。朝から京の都で法要をして、阿保と真如は馬を飛ばして奈良まで来ている。

「兄上。酒人《さかひと》内親王さまとは、父上の妃の朝原《あさはら》内親王の母君ですか？」と真如。

「そのようだ」

「お目にかかったことが、ありましたか」

「お爺さまの葬儀のときに、おまえもお目にかかって、まとわりついていたような気がするが……」

「それなら、わたしは六歳です。はっきり覚えておりません」

「あっ！」と、本主が膝をうつ。内親王と聞いてから、若い内親王ばかりを思い巡らせていたが、やっと酒人内親王に思い当たったのだ。

大枝本主《おおえのもとぬし》は三十四歳。細面のやせ形で、真面目だとよく言われる。まだ貴族と地下官人《じげかんじん》に別れる、従五位下と正六位上という位階の一線をこえていない。この線をこえるのは、並大抵のことではない。だから殿上人《てんじょうびと》に会う機会は少ないが、知識は豊富だ。

「どうした。本主」と阿保が聞く。本主は、阿保の学士《がくし》（教師）だった人の息子だ。

「あの、酒人さまですか」

「あのって、どういう方です」と名虎。本主の息子の音人《おとんど》も、興味深そうな顔をしている。

紀名虎《きのなとら》は三十六歳。顔も眼も鼻も丸くて大きいうえに、大柄で体も丸い。名虎は散位《さんい》という無職だが、従五位下をもらっている。散位も登庁が義務づけられているし、顔を売りたいのでセッセと朝廷に顔をだしているが、酒人内親王の名は知らない。

「恐れながら……光仁《こうにん》天皇の第二皇女で、桓武《かんむ》天皇の異母妹であられ、妃でもあられた方です」と本主が説明する。

「これゃ、また、お古い……」

桓武天皇は三代まえの天皇で、阿保と真如のおじいさん。光仁天皇は四代まえの天皇で、ひいおじいさんだから、遠い過去の人。

「サカヒトさまの祖父さまは、聖武《しょうむ》天皇。叔母さまが、称徳《しょうとく》天皇」

「そりゃ、また、豪勢なお血筋で」と名虎が、ドングリまなこをパチクリした。

聖武天皇は八代まえ。称徳天皇は二度即位して、七代まえと五代まえの女性天皇。七代まえの諡号《しごう》は孝謙天皇という。ここまでさかのぼると、すでに歴史上の人物だ。

「それよりも、なにより……」と言いかけて、本主は言葉をとめて、無意味にうえをみた。

「なにより？」

「べつにィ……」

「言いかけてやめるなんて！」と、名虎がふくれる。

それよりなにより……奈良に都があったころ、酒人内親王が宮中を歩けば、並みいる男が目をうばわれて、振り返ったと伝えられる伝説の美女だ。そのうえ、わが国初の女性の祟《たた》り神で、いまも旱魃《かんばつ》や天変地異《てんぺんちい》がおこるたびに、「大皇后さま」と祀りつづけている井上《いかみ》皇后の息女ではなかったか。すごい有名人に会えると思ったら、本主は動悸《どうき》が激しくなって、わきの下がベトつきはじめた。

「阿保さま。失礼ですが、酒人さまはおいくつになられます」たしかめる声も、うわずっている。

「たしか、古稀《こき》（七十歳）は、むかえられているはずだが……」

なら、伝説の美女と期待するのはやめた。でも祟り神の面影は、きっとある。会いたい……見たいと、本主。

じつは、現在の平安京の皇室に、奈良の東大寺を建立した聖武天皇や、西大寺を建立した称徳天皇の直系はいない。四代まえの光仁天皇から、血統が変わったからだ。

古《いにしえ》の聖武天皇の孫娘が、どのような面立ちをされているのか、たとえ土に埋もれた頭蓋骨でもたしかめたいのに、それが生身《なまみ》で来訪されるとは、なんという好機！

「小木麻呂どの。まえにも、お成りになったといわれたが、先触れから、いかほどで？」

記憶するだけでなく、物見高くて野次馬なのが、学究の徒の性《さが》だ。六位で止まっていても、大枝本主は学究の徒だった。

「ほどなく」思わず本主は立ちあがり「とりあえず、お迎えに……」と部屋を出る。

「父上！」と、息子の音人が声をあげて、苦笑いを阿保にむけた。

「どちらに。大枝《おおえ》さま？……大枝さま！　落ちつきなさいませ。やれやれ……」ぼやきながら小木麻呂が追う。

表に出て、本主はとまどった。戸外で身分の高い内親王を迎えるときに、座るのか立つのか分からず、分からないことを恥じて汗みどろになった。こういう礼儀は、立てといったり座れといったり、昨日と今日でコロコロ変わる。唐の国をまねた律令国家《りつりょうこっか》（法治国家）をつくろうとしているが、唐律《とうりつ》（中国の憲法条例）をまねるだけでは、わが国の実情とあわないところがでてきて、法の修正をしている過渡期だから、すべてがあいまいだ。

「なにをされています。本主さま」立ったり座ったりしていた本主は、小木麻呂に腕をとられた。

「酒人さまは、格式にこだわる方ではありません。それに仏間まで、あちらの庭先を通られるはずです。玄関にいらしても、どなたも来られません。せっかく夏場をしのぎつつある苔が、踏み荒らされて枯れるだけです」

小木麻呂は大仰《おおぎょう》な仕草で、ていねいに杉苔《すぎごけ》を立たせ、ついでにチョコッと本主の袴についた土も払ってくれた。そのとき、深い緑に囲まれた萱の御所へと通じる小路に、舎人《とねり》にかつがれた小ぶりの女輿《こし》が入ってきた。輿のまわりに帯刀舎人《たちはきのとねり》（武装した警備の従者）と女房が従っている。しずしずと輿が近づく。

カナ・カナ・カナと、染みいるように蜩《ひぐらし》が鳴き、紅色の花がしぼみかけた合歓《ねむ》の木が風に揺れる。本主は生唾をのみこんだ。


仏間の廂《ひさし》におかれた輿から下りた老女が、仏前に向かって座った。仏間といっても、奈良の帝の、常の御座所だった部屋だ。女房たちが、もってきた捧げものを供える。ひとしきり手を合わせたあとで、酒人内親王は上座におさまった。

「よく、おたずねくださいました。阿保でございます」

「真如でございます」

小木麻呂に引きずられてもどった本主も、伏せていた顔を心もちあげて、上目遣いで老女を見た。ほとんど白髪の酒人内親王が、ゆったりと阿保たちに目を流している。どのようなわがままも桓武天皇が聞きいれたと伝えられる、妖艶《ようえん》な若いころを重ねるのはむずかしいが、目鼻立ちがはっきりした女人だ。

「阿保か。たくましくなられた。戻られて、いかほどになる」酒人が低い心地よい声をだした。

「父が亡くなったあとですから、この冬で二年になります」

「幾年、大宰府《だざいふ》（九州、福岡県）に住まわれた」

「まいりましたのが十八歳で、それから十四年を過ごしました」

「いくつになられた」

「三十四歳になります」

阿保は、奈良の帝の第一皇子だが、叔父の嵯峨天皇が即位してから、九州の大宰府に左遷《させん》されていた。理由は、嵯峨の帝に譲位《じょうい》（天皇の位を譲ること）したはずの奈良の帝が、藤原薬子《くすこ》と兄の仲成《なかなり》にそそのかされて、皇位をとりもどし都を奈良に戻そうとしたからだと言われている。嵯峨の帝が即位してから、太上天皇となった奈良の帝は、この萱の御所で暮らされて、二年まえに亡くなった。阿保が都に戻されたのは、父が亡くなり、嵯峨の帝が異母弟の淳和天皇に譲位したあとだ。

「大宰府とは、どのようなところか」

「気候がちがいます。日差しが強いせいか、空も海も美しく、美味《うま》い魚がとれます。交易が盛んですから、珍しい人や品を目にすることもできます。わずらわしいことを考えずにすみます」

「都は、わずらわしいか」

「……」警戒して阿保は黙った。

告訴は奨励《しょうれい》されている。なにげない言葉尻をとりあげられて、謀反を企てていると誣告《ぶこく》され、やってもいない冤罪《えんざい》を着せられる皇嗣《こうし》や貴族があとをたたない。よけいなことは、なるべく口にしないほうがよい。

「娘に先立たれて、わたしには守るものがない」阿保の心をみすかしたように、酒人が言った。

酒人内親王は、桓武天皇とのあいだに、一人娘の朝原《あさはら》内親王をもうけた。朝原内親王は、阿保たちの父である奈良の帝の妃になったが、子もなく九年まえに亡くなっている。

桓武天皇と酒人内親王は、異母兄妹で夫婦。奈良の帝（平城天皇）と朝原内親王も、異母兄妹の夫婦。すでに異母兄妹婚は、子に異常がでるからと禁止されたが、奈良の帝のころは、同父母のあいだに生まれた兄妹の婚姻が禁じられていただけで、異母兄妹婚は認められていた。だから家族関係が、とても入り組んでいる。

ともかく酒人内親王には、近い血縁も外戚《がいせき》もいない。その生涯に深くかかわったのが、異母兄で夫の桓武天皇と、娘婿の奈良の帝だから、阿保たちが近い縁族になる。

「欲しいものは手に入れて、この歳まで生きながらえた。いまさら、わずらわしいことに手をかすほど、愚かな生まれつきだと思っておいでか」

「いいえ。思いません」と阿保は答えた。一言も聞きのがすまいと、本主は聞き耳を立てている。

「高岳《たかおか》か」と酒人が声をかける。

「はい。空海《くうかい》さまのもとで出家いたしまして、いまは真如《しんにょ》と名乗っております」

「いくつになられた」

「二十六歳です」

「歳より若くみえるせいか、よく似ておられる。まだ長岡《ながおか》に都があったころに、安殿《あて》どのといわれていた、奈良の帝の面影がある」

「長岡京！」本主は、思わず体を起こして声をあげ、話の腰を折ってしまったので平伏した。

　奈良から京都に遷《うつ》るあいだの、七八四年から七九四年までの十年間は、都は長岡にあった。奈良と京都のあいだに位置して、木津川、宇治川、桂川が、淀川となって河内平野に流れる合流点に近い。

　都が京に遷されたのが三十二年まえ。三十四歳の本主は、桂川の上流の大堰《おおい》川のそばの、大《おお》枝《え》で生まれたので、長岡京を知らない。見ていないだけではなく、長岡京については、削除したり復元したり、また削除したりで記録がないうえに、古老《ころう》たちも語りたがらない。さわらない方がよい時代らしいからこそ、興味がある。

「だれ？」と酒人が目をむけた。

「はっ！」本主は、さらに平ったくなった。

「大枝本主《おおえのもとぬし》です」と、阿保が答えている。そろそろと本主は、顔をあげて酒人を窺った。

「大枝……か。ここにいるからには、気を許したものだな」

「はい」

「ほかのものは?」

「本主の子で、大枝音人《おおえのおとんど》ともうします」本主の隣の息子が、しっかりと答えた。

「紀名虎《きのなとら》ともうします」とつづいて、名虎が名乗る。

「話が遠い。もっと、そばに」酒人の一声で、小木麻呂が本主らをうながして、三人が腰をずらしたときに、遠くから甲高《かんだか》い子供の声が聞こえてきた。

「和子《わこ》たちの、夕餉《ゆうげ》の支度を見てまいります」と小木麻呂が席を立った。

「お子を、お連れか?」と酒人。

「はい。せめて父の三回忌になる今宵は、この御所で過ごさせようと、さきに来させております」

「都近くにいた、わたしとちがい、兄は生前の父に、子らを会わせる機会がございませんでした」と真如。

「阿保の子たちか。かわりに会おう」

「田舎育ちで礼儀を知りません」

「奈良の帝が、気にしておられた」

「父が……」

「風変わりではあられたが、心ない方ではなかった。阿保のことも、その子らの行く末も、気《き》遣《づか》っておられた。便りがとどくのを楽しみにして、会いたがっておられたよ」

阿保の胸がつまった。最後に目にした父は、いまの阿保とあまりちがわない三十六歳で、哀しい目をしていた。消息は知っているが、久しぶりに生身の父の温もりが、酒人の言葉からにじんでくる。

「音人。子らを連れてきてくれ」

十歳から乳母に抱かれた赤ん坊までの四人の子供を並ばせた音人が、本主のそばに下がろうとすると、「音人」と阿保がとめる。

「はい？」

「酒人さま。わたしの長子の、大枝音人《おおえのおとんど》でございます」紹介されて音人の瞳が広がった。

「大宰府へ立ちますときに、侍女の中臣慶子《なかとみのよしこ》が身籠っておりました。あのような状況で先が分からず、身重の慶子を本主にあずけました。本主が大枝の嫡子として届けでて、育ててくれた我が子です。生まれたときに抱いてもやれず、幼いときに遊んでもやれませんでしたが、初冠《ういこうぶり》（成人式）には間にあいました。成人したばかりで十五歳になります」

「ほう」と酒人。

「つぎが阿井。十歳になります。母は葛井《ふじい》常子で、わたしの母の姪になります。大宰府まで従ってくれました」

阿保の母の葛井藤子《ふじいのとうし》は、古くから宮中に出仕して連《むらじ》を名乗る渡来《とらい》系氏族だ。

「つぎは阿紀。八歳になります。母は阿部礼子といいます。礼子も大宰府までついて来てくれました」

「礼子は父を亡くし、母方の叔父になる、わたしが育てた娘です」と紀名虎。

阿部氏も紀氏も、朝臣《あそん》を名乗る古代からつづく豪族で、枝族が多い。葛井氏と阿部氏の妻は、十八歳の阿保について大宰府へ行き、身辺の世話をした若い侍女たちだ。

「阿海。三歳になります。母は伊勢氏につながるのでしょうが……」

伊勢氏は、伊勢湾を中心に住む豪族のことで、真如の母が伊勢氏。

「つながるとは？」あいまいな言いかたに、酒人が聞きなおした。

「そうだろうと思うのですが、家系をもつ身ではありません」

「大宰府で出会った女人か？」酒人が身をのりだし、女房たちも膝をすすめる。

「はい」

大宰府は、都を小さくしたような規模をもち、長官を師《そち》とよぶ。阿保のあとで、親王が師になるのが慣例となってから、本人は赴任せず副官を権帥《ごんのそち》として大宰府に送るようになったが、阿保の場合は本人を都から遠ざけるための任官なので、ほかに仕事のできる師がいた。流刑ではなく赴任という形だったので、素行は都に報告されていただろうが、自由に暮らせて四品親王の俸禄《ほうろく》ももらえた。

ただ、することがないので、とってもヒマ。阿保は武芸や管弦《かんげん》が得意だが、音楽三昧《ざんまい》も一人では飽きる。いまも整った顔立ちだから、さぞかし若いころは凛々《りり》しい青年だったろう。都を追われた若い貴公子の、南国での恋。女房たちには聞きたいはなしだ。

「その女人を、都に連れてこられたか」

「いえ。さそってはみましたが、都を嫌いまして、ことわられました」

「ことわった？　では大宰府にのこした」

「そういうわけでもないのですが」乳母に抱かれた赤子が泣きだした。

「おや。きげんが悪いか。この子は生まれて一年になるか、ならないかだな」と酒人が目をやる。

「阿都です。母は伊都《いつ》内親王です」

「伊都内親王？」

「桓武天皇の第八内親王です」

「わたしの、姪になるのか」

「はい。わたしの叔母になります」と阿保。

「姪は多すぎて、思いだすのもむずかしい。淳和の帝が、縁結びでもなさったかな」

「はい」

「ちょっと抱かせてほしい。ああ。足の裏がフニュフニュして、赤子の匂いがする。なつかしいなあ」

一夫多妻で家族婚を繰り返せば、「うちは、ちょっと複雑で……」ではすまない複雑な家系図ができてしまう。この赤子は、父方では桓武天皇の曾孫《ひまご》になり、母方では桓武天皇の孫になる。

酒人は、桓武天皇の異母妹だ。

「なんと、まあ美しい子。珍しいほど色が白くて、まつ毛が黒く長く、こんなに、ふっくらした唇は見たことがないぞ。さぞや、みごとな娘になるだろう」

「男子です。異母兄弟が集まるので、娘たちは連れておりません」

「そんなはずが……おや。ちゃんと可愛いものがついて……」ピュッと赤子がションベンをひっかけた。

「これ。おまえ。どうして、まえに飛ばす？　朝原は、うしろにもらしたぞ」と酒人。

「だから、男子ですって！　さっきから言ってるでしょうに！」

酒人の女房たちが、落ちつきはらって赤子を乳母に渡し、後始末をしているところを見ると、こういうことに慣れているらしい。祟り神の娘って感じじゃないなと本主は思う。

三歳の子が、もぞもぞと体をうごかしはじめた。八歳児が、弟をたしなめるように膝を軽くたたく。

「飽きたか。都はどうだ。好きか」と酒人。

「大キライ！」と三歳児が即答する。

「どうして」

「つまらない」

「下の弟は、父と海で遊ぶのが好きでしたから」と、葛井氏を母にもつ十歳児が、不器用だが、必死な表情で弟をかばった。

「父君が遊んでくれたか。それは、うれしいはなしをきいた。ババの相手をするのに飽きたであろう。もう下がりなさい。大枝音人。弟たちを連れてお行き。ああ。そう。みんな。この兄君のいうことを、よく聞くのですよ。これから先も、ずっと仲良くしなさい。兄弟が力を合わせれば、一人では出来ないことも出来る。お分かりか」

「はい」「はい」と上の二人。見習った下の子が「はーい」と、少しおくれて答える。音人が、うれしそうに頬を染めた。

本主《もとぬし》は、何もだしていないのに気がついて、「酒肴《しゅこう》の用意を……」と退席する子たちにつづいた。酒人の女房たちが、仏前に供《そな》えた野菜をもって、本主につづく。

はて……雲の上の内親王家のしきたりは、どうであったか……なぜ、ついてくるのかと思いながら、萱の御所の厨《くりや》（台所）をのぞいた本主は、酒人家の厨女《くりやめ》や雑仕女《ぞうしめ》がひかえているのを見た。どうやら内親王は、食材と調理人を引きつれての来訪らしい。ということは、夕餉《ゆうげ》をとられるつもりらしく、とりあえず本主は「よろしく！」と引きかえす。

仏間では「阿保。よい子を育てた。奈良の帝も喜ばれる。で、あの小さな子の母は、いまは、どこにいる」と酒人が蒸しかえしていた。

「船に乗っております」

「そうか。海人《あま》だな！」と、少女のように手を打った酒人。

「いえ……大海を渡る、大船の船乗りです」

「どんな女？」

「陽に焼けた、たくましい女で、シャチと呼ばれています」

「外洋の船乗りというからには、兄上。そのシャチどのは、唐《から》（中国）や天竺《てんじく》（インド）にまで、行かれるのですか？」こんどは真如が、身をのりだした。

「シャチどのと呼ばれると照れるだろうが、行くようだ」

「この国の方ですか？　言葉は分かりますか？」とたたみ込むように真如が聞く。

「この国の人だ。大宰府や伊勢に帰ってくるから、伊勢氏かと思ったが」

「真如さまの母方の祖父さまの伊勢老人《いせのおきな》さまは木工頭《もっこうのかみ》でしたから、いまでは海より山にかかわりが深いと存じます。海なら、われらにつながるかも知れませんな」と名虎。

名虎は都でくらす官人系の紀氏だが、和歌山を本貫地《ほんがんち》とする紀氏と、まだつながりはある。和歌山の紀氏は、異国と交易する船をもっている。

「大宰府はおろか、わたしは伊勢の海も見たことがない。京の都のそばから離れたことがありません。おりがあれば、そのシャチどのに会わせてください。兄上」

「都ばかりか、国を離れて海にくらす娘か。どうやって知り合った？」と酒人。

「子らのために、別業《べつぎょう》（別荘）というには粗末な小屋を、海のそばに借りておりました。夏のあいだは、よくその小屋に泊まって、子らと海で遊んだものです。その娘とは浜であって、子らに魚の捕り方を教えてくれました。きれいな少年だと思ったのですが、夜になり浜で火を焚《た》き、捕った魚を炙《あぶ》っているときに、長恨歌《ちょうごんか》をうたってくれまして……」

「長恨歌！」と真如。

「……どうした？　なんだ。なにか、まずいことでも言ったか？」

「阿保。長恨歌が、この国に、なじんだわけを知らないのか」と酒人。

「はあ……」キョトンとした阿保をみて、酒人は腹をかかえて笑いだした。


長恨歌は唐《とう》の白居易《はくきょい》の作。つまり漢詩で日本の歌ではない。唐の玄宗《げんそう》皇帝に愛された、絶世の美女楊貴妃《ようきひ》をいたんだ詩だ。皇帝に愛されて栄華をきわめた楊貴妃は、反乱がおこって皇帝と逃げる途中で、反乱軍に殺される。長恨歌は、亡き楊貴妃の面影をしのんで、さすらう皇帝の心を歌いあげる。

うつくしい日本語訳はあったけれど、庶民むきの詩ではない。ほとんどの庶民は文字が読めない。耳で聞いておぼえるには、長くて、むずかしすぎる。それがもてはやされたのは、詩に重なる噂があったからだ。玄宗皇帝と楊貴妃に重ねられたのは、ほかでもない。七月七日の今日、三回忌を迎えた奈良の帝と、尚侍《しょうじ》（女官）の藤原薬子《くすこ》だ。

奈良の帝が皇太子だったころ、娘の入内《じゅだい》について参内《さんだい》した薬子を見初めて、愛妾《あいしょう》とした。娘を嫁がせようとしたのに、皇太子は娘の母と恋に落ちた……奈良の帝と薬子の噂は、興味をそそるはじまりかたをする。

薬子は、皇太子より八歳上。父親の桓武天皇は、薬子を嫌って宮中から追いだしてしまう。皇太子の恋のまえに、立ちふさがる偉大な天皇。ますます、おもしろい。桓武天皇が亡くなって天皇となった皇太子は、恋人を呼び戻してそばにおき、薬子と兄の仲成《なかなり》は栄華をきわめる。ところが即位四年目に、天皇は弟の嵯峨の帝に皇位を譲って、奈良へと隠遁《いんとん》する。そのあとで、なぜか奈良への遷都《せんと》（都の移動）と重祚《ちょうそ》（再び天皇に即位すること）を試みようとする。

しかし弟の嵯峨の帝が武力でとめ、奈良の帝をそそのかした薬子は毒を飲んで自害。兄の仲成は、事情を説明するために自ら京に行って、囚獄《しゅうごく》されて射殺される。奈良の帝は剃髪《ていはつ》して太上《だ》上天皇《じょうてんのう》となり、萱の御所でくらして、むかしをしのばれた……。「薬子の変」と呼ばれる事件だ。たしかに、どこか長恨歌に通じるところはある。

笑いすぎてこぼれた涙を、手巾《しゅきん》（ハンカチ）でぬぐった酒人が、このような事情を説明して「もう十六年も、むかしになるか……」と息をついだ。

「坂上《さかのうえの》田村麻呂《たむらまろ》が、このあたりに兵をつれてきたあとで、すぐに阿保は大宰府《だざいふ》に発ったのか」

「いえ。宮城の改築をいいつけた田村麻呂が、兵をつれて京を発ったと聞いて、とりあえず脱出しようとしましたが、すでに兵士だらけでした。それで内裏《だいり》に引き返し、父は叔父に皇位を譲る決意をしました。仲成と薬子が、藤原《ふじわらの》内麻呂《うちまろ》に責められて、薬子が自害したのは知っています。そのあとで、わたしは大宰の権帥《ごんのそち》を命じられたので、すぐに発ちました。それからのことは知りません」

「奈良の帝と薬子の噂が、長恨歌と共に広がったのは……そう、宮中で宴があった夜に、それに出ていた田村麻呂が、なぜか急死して、その娘が嵯峨の帝の後宮から下げられたころだから……。おそらく阿保が大宰府に移って、一年ほどもあとのことか。それなら大宰府で、だれかが阿保の耳に入れなければ、知りようがないか」

「父が玄宗皇帝で、薬子が楊貴妃ですか」

「奈良の帝と薬子は恋人同士。奈良の帝は譲位《じょうい》して、平城宮に移られた。それなのに薬子と仲成が、重祚《ちょうそ》と遷都《せんと》をそそのかしたと言われている」

「重祚や遷都のことは聞いておりますが、父は体調がすぐれずに、皇太子の叔父に政務を任せて平城京に移りましたが、田村麻呂が挙兵するまで譲位をしておりません。父は少し変わった人でしたし、仲成と薬子を頼りにしていましたが、父と薬子が長恨歌に重ねられているとは知りませんでした。あの父に、愛人に溺《おぼ》れる甲斐性《かいしょう》があるでしょうか」

「ないよ。娘の朝原とも清い兄妹のままだった。二人して空の星をながめて、話を楽しんでいた。それで、よかったらしい。幼いころから世話をしてくれた気の強い薬子に、どうやって一目ぼれができる。薬子が姉のように、奈良の帝をかばったのだろう。

京の都を逃げだしたのは、白暦《はくれき》などを出して官人に嫌われているところに、右大臣の藤原内麻呂が、たびたび辞職をねがいでて、政務を妨害したからだ。それで精神的にまいって、身の危険も感じたのだろう」

「白暦。では暦注《れきちゅう》を廃したことが、奈良に移られた原因ですか？」と本主が思わず身をのりだす。

「暦注を廃して、官僚のすべてを敵にまわし、そのうえ官費のムダを細かくしらべて、官人の数を半減しようとした。いつ暗殺されてもおかしくない状況をつくったのが、原因だろうよ」

暦注とは大安、赤口、仏滅のように、暦に書かれる日の良し悪し。とても細かく、大事を決めるのも、移動するのも、髪を洗う日も、爪を切る日も決まっている。官人の一日は暦注をたしかめることではじまる。暦をもたない庶民は関係ないが、暦注がないとくらせないほど、殿上人は縁起担ぎの依存症になっている。

暦と暦注は、人心掌握《じんしんしょうあく》のために天皇がもつ、大きな特権の一つだ。縁起担ぎや儀式や儀礼に慣らされると、枠にはまった人格が育つ。その枠からはみだすことが怖くて、自立できなくなる。支配者をルーラーと呼ぶように、規則（ルール）を統制できるのが権力者だが、奈良の帝は自らそれを放棄した。

合理主義者で近世的な思考をする奈良の帝は、時代の先を……かなり先を急ぎすぎた。日付しかのっていない白暦がでるのは、それから千百年もあとのことになる。

時代の少し先さきをゆくのは格好よいが、千年以上も先走ると、奇人、変人、異星人だ。だれも理解してくれないし、だれもついてこない。たった四年の在位だが、奈良の帝は時代に反することを、いろいろ試みている。宮中から、まじない師を追いだした。地方行政を知るために、中央から観察使《かんさつし》を送った。各政庁の支出を細かく調べて、ムダな経費や人員を削減して、平安京への遷都でへった国費をたくわえようとした。千年もあとでなら分かりやすい政治だが、縁起担ぎとムダと浪費で生きている官僚や官人には、とんでもないことだ。おもしろいのは、萱の御所に隠棲《いんせい》して出家するときに、配偶者たちへ「これからは関係がないから、好きなようにするように。よい人がいたら、結婚するのもいい」と離婚までしている。

「それなら薬子との噂は、なぜ？」と阿保。

「白暦や、経費の削減や、官人をへらすのをやめさせたいが、天皇の詔《みことのり》（勅命）に反対はできない。それこそ大罪になる。あのころ右大臣として太政官たちを束ねていたのは、藤原北家《ほっけ》の内《うち》麻呂《まろ》だった。表面はおだやかだが、内麻呂は、桓武どのと藤原式家《しきけ》に、うらみをもっていたと思う」

「どうして？」早くに亡くなったので会ったことはないが、阿保や真如の祖母は、藤原式家の乙《おと》牟《む》漏《ろ》だ。

「わたしの父の光仁天皇が即位したときに、式家は北家を利用だけして切った。そんな、むかしのことなど、どうでもよいだろうに、内麻呂は忘れがたかったのだろう。

内麻呂は、幼いころから面倒をみて、いいように操れると思っていた、嵯峨の帝を即位させたかった。奈良の帝の不人気を利用して、自分が辞表をだして政務を停止させ、嵯峨の帝の即位を太政官たちに納得させたかったのだろう」

「奈良に移ったときに、父は譲《じょう》位《い》したといわれておりますが」と阿保が言おうとすると、酒人がさえぎった。

「奈良へ移るときに、神璽《しんじ》（勾玉《まがたま》）・宝剣《ほうけん》（草薙《くさなぎ》の剣）・符節《ふせつ》・鈴印《れいいん》などの神器は、内裏に置いたままだろう。勝手にしろぐらいは、言ったかも知れない。譲位したとするには、それで充分だ。

奈良の帝の皇太子に嵯峨の帝を立てろと、桓武どのが遺言したと内麻呂は言うが、これもどうだか怪しいものだ。あのころの桓武どのは、老衰で寝込んでいて、臣下のまえで詔《みことのり》を出せなかった。桓武どのの遺言だと、そばに仕える尚侍《しょうじ》（女官）が右大臣の内麻呂につたえ、内麻呂が公にしただけだ。

奈良の帝には成人した阿保があるのに、桓武どのの庶子《しょし》（嫡子《ちゃくし》以外の子、次男以下）の嵯峨の帝を即位させる。まあ阿保の母は連《むらじ》だから、皇位につくには支障がある低い身分かもしれないが、それをいえば、桓武どのの母にも問題がある」と酒人が、同意を求めるように本主をみた。悪意はないようだ。

「はい」と本主が答える。さきほど大枝ときいて、酒人が懐かしそうな表情をしたと思った。桓武天皇の母は、大和《やまと》氏と大枝氏のあいだに生まれた高野新笠《たかののにいがさ》で、阿保の母の葛井氏とおなじ渡来系氏族だ。

「ちょうど下級官僚や庶民には、嫡子相伝《ちゃくしそうでん》を成文化して守るようにと教えているときだ。いくら奈良の帝がきらわれ者でも、嵯峨の帝の擁立に反対するものもいた。だから父の遺言をもちだした。桓武どのが好んだ儒教《じゅきょう》は、親に孝行をすることを説く。藤原式家の緒嗣《おつぐ》も了解してのことだろう。奈良の帝が式家の血を引くといっても、緒嗣にとっては従姉《いとこ》の子。兄弟間の譲位の先例が近くにあれば、自分の姉がもうけた今上（淳和天皇《じゅんな》）の即位を可能にできる。

それにしても、歌とともに奈良の帝の噂を広めるとは……。藤原北家の、みごとな謀略《ぼうりゃく》だと思わないか。悪知恵だけはあるらしい」

「もう、おやめください。酒人さま！」と、たまらずに名虎がたしなめる。藤原氏を悪くいうのはまずい。危ない。なにをされるか分からない。

「あまり政道批判を、なさいませんように……」と本主も、ひかえめにたしなめた。

「兄上。いまさら仕方のないことです。そんなことを言うために、この陰鬱《いんうつ》な都に帰ってこられたのですか？」真如が、阿保に食ってかかる。

「おい。わたしじゃない。言ったのは……」

「陰謀や暗殺がくりかえされる。それが宮中です。邪魔者や邪魔になりそうな者は消す。それが政権を握るための手段です。わたしは空海さまとの暮らしを、楽しんでいます。わたしなら都に帰らずに、シャチどのと一緒に、天竺《てんじく》にでも、どこにでも行きました！」

真如の頭は、どうもシャチどのから離れなくなったようだ。

いまから百年以上まえに、天智天皇《てんじ》の側近であった中臣鎌足《なかとみのかまたり》の子だと名乗る、中臣不比等《ふひと》という人物が朝廷に登庁した。鎌足や天智天皇が亡くなって、数年もあとのことだ。

しかも中臣氏は、天皇家の神祇官《じんぎかん》（神官）だが、不比等は祝詞《のりと》やお祓《はら》いが上手かったのではなく、唐律《とうりつ》（中国の憲法条例）にくわしかった。神主の家の子と名乗る人が、なぜか外国の法律をよく知っていたのだ。

「この人だれ？……」とだれもが思ったが、天智天皇の娘で、天武《てんむ》天皇の皇后で、父や夫のあとをついで即位した持統《じとう》天皇（女帝）が不比等を重用したから、なにも言えなかった。

それに律令《りつりょう》格式《きゃくしき》を施行する国家をつくろうと、四苦八苦していたところだから、不比等の知識や能力は必要だった。不比等は唐の制度を手本に、我が国の律令制を完成させて施行させた功労者だ。

あるとき不比等は、父の中臣鎌足が臨終のときか亡くなった後かに、天智天皇から藤原の氏を賜わっていたと、藤原と改めた。だから藤原氏の始祖《しそ》は不比等になる。

中臣氏は、はっきり中臣鎌足の子孫と分かる者がついで、神祇官をしている。十五歳の大枝音人の母も中臣氏だ。

藤原不比等には四人の息子がいて、南家《なんけ》、北家《ほっけ》、式家《しきけ》、京家《きょうけ》という家を、それぞれが立てた。政府高官は、一つの家から二人までと決まっていたから、藤原四家は、どこが本家でも分家でもなく並列で、各家から均等に高位高官を二人ずつだした。

その藤原四家のなかで、四十年ほどまえに桓武天皇にきらわれた京家は、いまでは権力の中《ちゅう》枢《すう》から外れている。

南家は、奈良の帝が即位したころに、南家出身の吉子を母とする桓武天皇の皇子の伊予《いよ》親王を擁していた。奈良の帝の即位のすぐあとで、その伊予親王は謀反の罪で、母の吉子と共に囚《しゅう》獄《ごく》されて、食を断たれて餓死した。それまでにも囚獄されて、自ら食を断って餓死した早良《さわら》皇太子（遺贈・崇道天皇）がいるが、親王とその母に食を与えずに餓死させた例は、ほかにない。

伊予親王を誣告《ぶこく》したのは、おなじ南家の宗城。誣告を受けて、逮捕《たいほ》、囚獄、尋問《じんもん》を行ったのは、北家の内麻呂と冬嗣《ふゆつぐ》の父子。南家の多くは連座《れんざ》（親族や友人が裁かれる制度）の罪で裁かれて、南家は力をそがれた。誣告した宗城も、連座して追放された。

いまは南家からは、北家の冬嗣の妻の美都子《みつこ》の、同母弟の三守《みもり》が、高官として政治の中核に残っている。

式家は、平城《へいぜい》（奈良の帝）、嵯峨、淳和と、血のつながる天皇を出して、天皇の外戚として権力を握れたはずなのに、男性の運がない。まず桓武天皇の擁立に功があった、百川《ももかわ》と良継《よしつぐ》が死亡。平城天皇と嵯峨天皇の外祖父の良継と、淳和天皇の外祖父の百川の二人が欠けたのは痛い。

そのあとで、良継の息子の宅美《たくみ》は強盗に殺され、式家の氏長者《うじのちょうじゃ》（氏族の長）になった良継らの甥の種継《たねつぐ》が、長岡京で大伴継人たちに襲われて射殺された。種継の子の仲成は、奈良の帝に重祚《ちょうそ》をすすめた罪で囚われていたのを、引き出して射殺刑。貴人を処刑するときに絞首刑があるが、死罪は斬首《ざんしゅ》がふつうだ。囚人を、即死が難しい射殺にする例も、これしかない。伊予親王と母の吉子の餓死と、仲成の射殺には、無用な残忍さがうかがえる。

式家からは百川の息子で、今上（淳和《じゅんな》）天皇の叔父になる、いまの右大臣の緒嗣《おつぐ》（五十二歳）が残っている。

北家は、桓武・平城天皇のときに、内麻呂《うちまろ》が右大臣になった。内麻呂には二十人の子供がいたが、そのなかで娘は三人。三対十七と、女子の出生率が低い。天皇の元に入内《じゅだい》（嫁ぐ）する娘に恵まれないうえに、その数少ない娘を入内させても、子に恵まれない。だから外戚になる皇子がいない北家は、式家の血を引く嵯峨の帝を幼少時から慈しんだ。

嵯峨の帝の即位にともなって、内麻呂（すでに死去）の息子の冬嗣《ふゆつぐ》（五十一歳）が右大臣になった。今上（淳和《じゅんな》）天皇の即位で、式家の緒嗣が右大臣になったので、冬嗣は一階級上げられて最高位の左大臣になっている。

幼時から世話をした嵯峨の帝の即位によって、北家は大きく勢力をのばした。

「狛《こま》！」と酒人が、庭に声をかける。

「はい」薄闇からおりてきた若者が、庭にひざまずいた。弓矢をもち腰に太刀をさした舎人《とねり》装束で、屋根にいたのだろう。

「かわりは？」

「不審なものはおりません」

「警護させておいでなのですか？」と真如。

「あっ、真如さまだ」狛という若者が真如を見て、有名人を見たときの庶民の顔をした。

「はじめまして。岡田狛《おかだのこま》です。そちらが阿保さま」

「わたしは紀名虎《きのなとら》。こちらは大枝本主《おおえのもとぬし》どの」

狛が顔を向けたので、名虎が目をむいて先に名乗った。舎人のほうから殿上人《てんじょうびと》に声をかけてはいけない規則があるから、酒人内親王家は、よほど、しつけが悪いのだろう。

「岡田狛です。よろしくおねがいします」と、狛はめげない。

「祖父から三代にわたって、わたしの帯刀舎人《たちはきのとねり》を束ねている。こう見えて腕は確かで、警護にぬかりはないはずだ。な？」と酒人。

「はい。屋根裏も床下も、異状ありません。御所のまわりは、だれも近づけないように見張らせております。なにを語られても、もれる心配はございません」

「岡田氏といいますと、吉備《きび》氏の一族の方でしょうか?」と本主が聞く。

「そうですか?」と狛が問いで返した。三代も舎人をしているのなら、酒人の信頼が厚いのだろう。無邪気なようで手馴れたような、馬鹿のようで鋭いような若者だ。

「狛《こま》の一族は、市《いち》に強い」と酒人。

「いち。西の市とか東の市とかの、物を売っている、あの市(国営マーケット)で?」と、名虎。

「はい。むかしは河内でつくった、野菜を商っていたそうです。いまは魚や野菜を市へ卸す仲介をしております。酒人さまのお邸には、とくべつに新鮮なものを運ばせていただいております」

「嵯峨の帝の宴に、でた者はいるか?」と酒人が話を変えた。

「一度だけ、隅のほうで眺めさせていただきました」と名虎。

「真如は?」

「師と共に嵯峨院《さがいん》で」

「わたしは、勝手におしかけた」と酒人。

嵯峨の帝は、宴会が好きだ。在位中も深夜まで飲んで騒いで、退位間際には、三日とあげずに宴を催した。五位以上のものが呼ばれるので、翌日、政府の高官は寝不足の二日酔い。そのつぎの日は、またも朝までの大騒ぎ。

この宴会で、一人のスターが登場する。藤原北家の内麻呂の元妻で、内麻呂の長男の真夏《まなつ》と次男の冬嗣の母が、のちに桓武天皇の後宮に入ってもうけた皇子で、臣籍降下して良岑安世《よしみねのやすよ》という。左大臣の冬嗣の異父弟。平城、嵯峨、淳和天皇の異母弟になる人だ。

　少年時代の安世は、技芸に優れた美少年だったが、すでに中年の三十代。名のある学者になっていたが、身についた芸を忘れていなかったらしく、酔って庭に踊りだす姿が美しいと評判になる。酒人内親王は見たくなった。

「すると、わたしが生きているのを思いだして、嵯峨の帝が品位を三品から二品に上げてくださった。無品の親王、内親王が多いなかでの昇位《しょうい》だから、ねたまれるのも困りもの。そこで、酒人が老いて落ちぶれていたのをあわれんで、帝が品位を上げられたと、狛にたのんで噂をながした。狛の一族が市で強いとは、そういうことよ」

「噂を広めてくれる、ということですか?」と阿保。

「拾ってもくれる。狛。野菜や魚のほかに、阿保に伝えることがあっただろう?」

「はい。阿保さま。高志《こし》内親王さまを殺《あや》めたのは、阿保さまだと言われております」

「そうか……え、えーっ!」と阿保。

「いつ?」と、名虎が気色ばむ。

「だれが?」と、真如。

「どこで?」と、本主。

「どうしてか、このごろ市にくる人々が、口にしています」と狛。

「叔母の高志内親王が亡くなられたのは、ずいぶん前のことです。わたしは大宰府で訃報を聞きました」

女房たちが、膳を運んできた。仏前に供えてから、小皿に分けた魚や菜を載せた高膳をくばる。酒人や阿保や真如だけでなく、名虎や本主のまえにも、膳は据えられる。

「やっと皇子たちが、食事を終えました」と、うれしそうに戻ってきた音人のまえにも、「まだ寝つかれませんが……」と加わった小木麻呂にも膳はくばられる。それどころか、女房たちも膳付きらしい。

「おや。狛どの。用意しましょうか？」と庭にむかって女房の一人。

「いえ、我らは仕事中です」

仕事中でなければ、舎人も一緒に食事をするのか……。格式にこだわらないとは、こういうことかと本主は納得した。

「狛。戻りなさい」と酒人がいうと「はい」と狛の姿が消えた。

「阿保。いまごろになって、高志のことで妙な噂が流れるのは、二か月まえに、帝の嫡子の恒世《つねよ》親王が、亡くなったからかも知れない。

名指しされたからには、注意するがよい。ある者たちにとって、阿保はジャマな存在ということだ」

平城《へいぜい》天皇（奈良の帝）、嵯峨《さが》天皇、そして淳和《じゅんな》天皇と、皇位を継承した三人は、桓武《かんむ》天皇の子で兄弟。親子相伝ではなく、兄から弟へと皇位が受けつがれている。

高志内親王は、桓武天皇と藤原式家の乙牟漏《おとむろ》皇后の娘。平城天皇と嵯峨天皇の同母妹で、異母兄になる今上の淳和天皇の妻だ。三年前、淳和天皇の即位のときに、皇后に立つはずの人だったのに、その直前に急死してしまった。

淳和天皇と高志内親王のあいだに生まれた第一皇子が、二か月まえに亡くなった恒世親王。皇太子にと嵯峨の帝や左大臣の冬嗣にいわれたが、淳和天皇が固辞した。淳和天皇は、亡くなった高志内親王に皇后位《こうごうい》を追贈《ついぞう》して、嵯峨の帝の第一皇子の正良《まさら》親王を皇太子に立てている。

殿上人が乗っているのは、はてしない暗雲だった。

「たしかに、陰謀や暗殺がくりかえされている」と酒人が盃をかたむける。

「そして阿保と真如は、薬子《くすこ》に溺れて、一度は退位した天皇位をとりもどそうとし、遷都をこころみた奈良の帝の忘れ形見だ」

「はァッ！　酒人さま。さっきと、話がちがうでしょうに！」と阿保。

「真如は、嵯峨の帝の皇太子に立ち、廃太子にされたとか」耳を貸さずに酒人。

「そう言われておりますが、わたしは立坊の儀式にでた覚えが……」と真如。

「覚えがあろうとなかろうと、噂をせおって、陰謀のなかで生きるのだろう。阿保や真如をやめないかぎり、噂から逃れる道はないだろう」

「やめるとは、死ねばということですか？」

「そうよ。生きているかぎり、噂は根強くつきまとう。なら、死ぬしかあるまいに。大枝本主！」と酒人が名指して空杯を差しだした。ちょうど干し貝を茹《ゆ》でもどしたものを口に入れたところだったので、それを飲み込んで、「はっ！」と本主が平口《ひらぐち》を手に、にじり寄る。

「わたしの母の亡骸《なきがら》を埋め変えたときに、なにか妙な話が伝わってないか？」

酒人の母は呪詛《じゅそ》（人を呪う）の罪で幽閉されて亡くなった、祟り神の井上大皇后《いかみだいこうごう》だ。

大枝氏は土師《はじ》氏の一族で、もとは御陵《ごりょう》の管理がつとめだった。藤原氏が祖先という中臣《なかとみ》氏が清め専門なのに対して、土師氏は忌《い》み専門で、亡骸や墓に縁がある。

むかし……大皇后の御霊《みたま》を奉るために、御陵を造った。はじめに埋葬した場所を掘りかえして、遺骸《いがい》を引きあげて……そういえば、一族の秋篠《あきしの》氏から……あっ！

「たしか、ご遺体が、お一人しかなかったと、聞いたことがあります」と本主。

「なんだ、それは？」と名虎。

「母は他戸《おさべ》皇太子とともに、幽閉先で毒殺されて、おなじ場所に埋められたといわれる。しかし回収されたのは、母の遺骸だけのはずだ」

「では他戸皇太子のご遺体は、そのままに？」と名虎。

「いや。井上大皇后のご遺体しかなかったと聞きます」と本主。

「他戸皇太子のご遺体がない……まさか、生きておられる？」

「他戸は亡くなった。だが、おなじ体をした別人が、都を離れてくらしていたかも知れない」

「ああ……そういうことなら、わたしや本主に任せてくだされば、どうにでもできます」と名虎。

「げんに音人は、わたしの大切な息子です」と本主も、うなずく。

「阿保。真如。逃げたくなったら、そうすればよい。それまでは桓武天皇の嫡子の奈良の帝の皇子たち。あの幼気《いたいけ》な子らを権謀術策《けんぼうじゅっさく》から守るために、せいぜい頭をつかえよ」


同年同日、京都・内裏《だいり》。

今上の淳和《じゅんな》天皇は、闇がおりて見えなくなった池のある方向を、まだ眺めている。さきの嵯《さ》峨《が》の帝が即位されたあとで、淳和天皇は皇太弟《こうたいてい》に立てられた。そのときは、奈良の帝の皇子の高《たか》岳《おか》親王（真如《しんにょ》、当時十歳）を皇太子にしたが、太上天皇になった奈良の帝が践祚《せんそ》しようとした。だから高岳皇太子を廃して、淳和天皇を皇太弟にすると、左大臣の冬嗣をはじめとする太政官たちが、嵯峨天皇の詔《みことのり》として伝えてきた。

奈良の帝の嫡子《ちゃくし》は阿保親王。奈良の帝は変わり者だったから、即位したときに、すでに亡くなって子もいない藤原帯子《おびこ》に皇后位を遺贈した。だから、阿保親王も高岳親王も夫人の所生で、母は葛井《ふじい》氏と伊勢氏。差のある出自《しゅつじ》ではない。奈良の帝のそばにいた成人した阿保よりも、母方の里でくらしていた未成年の高岳の名のほうが、使いやすかったのだろう。

太政官から皇太弟にと望まれたときに、淳和天皇はなんども断ったが、断りきれなかった。異母兄弟の伊予《いよ》親王と、叔父の緒嗣《おつぐ》を思いだして、流れに強く逆らわない方がよいと判じたからだ。


淳和天皇と、嵯峨太上天皇と、謀反《むほん》の罪で裁かれた伊予《いよ》親王は、異母兄弟なので同じ歳。奈良の帝だけが、十二歳の年長になる。

奈良の帝の即位が決まると、不穏な空気が漂った。奈良の帝は、すでに尚侍《しょうじ》の薬子《くすこ》との噂がささやかれていたし、変わり者だと知れている。ただ、薬子との噂を流そうと、嫌がらせをしようと、父の桓武天皇に後継者を変える気がなかった。

右大臣の藤原内麻呂《うちまろ》は、奈良の帝には強力な後ろ盾をもつ皇子がいないことに、早くから目をつけていた。内麻呂は、奈良の帝の即位のあとで……そのときは桓武天皇が亡くなっているから……皇太子ではなく、皇太弟《こうたいてい》を立坊しようと画策していた。

皇太弟の候補は、同じ歳の、嵯峨の帝と、淳和天皇と、伊予親王。嵯峨の帝と淳和天皇は、母が式家の出身。伊予親王の母は南家の出身。北家の内麻呂が、皇后所生の式家を外戚とする嵯峨の帝を推したときに、式家の緒嗣は同調した。

だが南家の氏長者だった中納言の乙叡《おとえい》は、嵯峨の帝の立坊に抵抗する。伊予親王は乙叡の妹の子で甥になる。ふだんから乙叡は付き合いづらい偏屈なところがあったし、南家全体のまとまりも悪い。この機に南家も潰《つぶ》してしまおうと北家は考え、式家が黙認した。

伊予親王の謀反《むほん》は、奈良の帝の即位直後に、南家からの告発を北家の内麻呂と冬嗣の父子が受けて、すべてを処理した。おなじ手口の、内部告発による誣告は、これからも繰り返される。

乙叡は連座の罪で、身分と財産を取り上げられ、都を追放されて亡くなった。乙叡の娘も、桓武天皇に入内《じゅだい》して内親王をもうけていた。乙叡の娘と桓武天皇の間に生まれたのが、淳和天皇が阿保親王の妻に世話した伊都《いつ》内親王。阿保と伊都の間に生まれた子が、萱の御所に連れてこられた本編の主人公となる赤子だ。


三年まえに、嵯峨の帝が譲位をすると言いだした。

亡父の内麻呂のあとをついで右大臣になっていた冬嗣《ふゆつぐ》が、もう少し……あと数年は思いとどまってほしいとたのんだが、嵯峨の帝は考えをかえない。で、結局、皇太弟の淳和天皇が即位して、嵯峨の帝と橘《たちばなの》嘉智子《かちこ》皇后のあいだに生まれた正良《まさら》親王を皇太子にした。淳和天皇は、つなぎの天皇として、正良皇太子が二十二、三歳になるのを待って、譲位するつもりだ。

「まったく……」思いが声になって、淳和天皇がつぶやく。

「はい？」と参議の清原夏野《きよはらのなつの》。四十四歳の皇嗣系の官僚だ。

「どうかなさいましたか」と夏野。

「即位した三年まえを、思いだしていた。あのころ冬嗣が、嵯峨の帝の譲位を思いとどまらせようと、奈良の帝のことをもちだした」と淳和天皇。

「すでに奈良に、平城太上天皇がおられるから、退位されると二人の太上天皇を頂くことになる。二重の国費がかかって民が迷惑すると、左大臣はおっしゃいましたな」

淳和天皇が即位してから、冬嗣は左大臣になって、緒嗣が右大臣になっている。

「民の迷惑と言えば、嵯峨の帝が思いとどまると思ったのだろうが。それを聞いた奈良の帝が、民を苦しめるなら太上天皇をやめて、普通の人になると上奏《じょうそう》してこられた」

奈良の帝は「薬子の変」のあとも、しっかり変人ぶりを発揮していた。

「嵯峨の帝は、上奏文を受けとらずに、皇位を朕《ちん》にゆずられた」

「あれは、帝も受けとるのを、お断りになられたはず」

「受諾《じゅだく》すればよかったかな」

「はい？」

「あれは、二所の太上天皇は国費のムダといった、冬嗣の言葉に対しての上奏だ。あれを受けとり、奈良の帝を庶民にすれば、だれが、この国を思うままに操ろうと画策しているか、良く分かっただろう。国を盗《と》りたいのなら、陰で陰湿《いんしつ》なたくらみをせずに、姿を見せて皇家を倒せばよい。権力とどうじに、汚名と責任を負えばよい。……夏野」

「はい」

「ほんとうに、高志《こし》や恒世《つねよ》は、寿命だったのだろうか……」

「……」

「帝とは、不自由なものよ。我が子の死にも立ち会えない。まるで権力のために据《す》える、要石《かなめいし》にされたようだ。だから、もしかしてと、妄想が広がる。

　簡単に人を陥《おとしい》れる者が補佐する政《まつりごと》とは、何《なに》なのだ……」

　今日は、相撲の節会《せちえ》があるはずだったが、奈良の帝の三回忌なので、淳和天皇が強引に国忌とした。奈良の帝が亡くなったときは、政を休むことができないという冬嗣の主張に敗けて、法要を行えなかった。淳和天皇一人が、鈍色《にびいろ》の服を着て、敷物を粗末なわらにかえ、もくもくと政務をとることで、喪に服している姿をみせた。

　国忌日は、国中が喪に服して官庁も休み、宴会も音曲もしない。静まりかえった内裏《だいり》の空を、淳和天皇は見あげた。

「亡くなって二年もたつのか。変わった方だったが、朕は奈良の帝が好きだった。庶民になって、煙霞《えんか》のなかで遊びたいと上奏されたが、なにをなさるつもりだったのだろう」

「突拍子もない思いつきをされる方でしたから……ほんとうに崩御されたのでしょうか。かつてに庶民になって……どこか遠くを……煙と霞のなかを、旅されているような……」と、夏野も空を見あげる。

夜空に、淡い星の川がかかっていた。

同年同日、京都・閑院《かんいん》、左京三条二坊。

北家は、嵯峨の帝が幼いころから、ずっと後ろ盾になってきたが、縁戚になれなかった。冬嗣の伯母の緒夏《おなつ》が嫁いだのだが、子が授からない。ほかに年頃の娘もいない。そこで、すでに嵯峨の帝の長男をもうけていた橘嘉智子《たちばなのかちこ》に目をつけた。橘氏は、藤原氏の始祖の不比等の後妻の、橘美千代《たちばなのみちよ》(二人の間に光明皇后《こうみょうこうごう》が誕生)の、先夫とのあいだの子が受け継ぐ氏族。分かりにくい関係だが、血縁ではないが縁は深い。

藤原四家の四兄弟が天然痘《てんねんとう》にかかって、一挙に亡くなったことがあった。そのときに、ときの光明皇后の異父兄の橘諸兄《たちばなのもろえ》が、左大臣にまでなったが、その子の奈良麻呂《ならまろ》は謀反をくわだてた逆賊として処分された。奈良麻呂の罪は、まだ解かれていない。

内麻呂と冬嗣が橘嘉智子に目をつけた別の理由は、姉の安万子《あまこ》が力のある尚侍《しょうじ》で、晩年の桓武天皇に仕えていたからだ。

天皇の身辺の世話をする尚侍という官職は、天皇が患って寝込まれたときに、強大な力を発揮する。寝所にこもられた天皇へのとりつぎは、すべて尚侍を介して行う。尚侍にうかがい、尚侍から天皇の答えを聞く。天皇が重篤《じゅうとく》状態なら、遺言を伝えるのも尚侍。天皇が回復されないかぎり、尚侍の話が本当かどうかを確かめるすべがない。

橘安万子は、桓武天皇の晩年の尚侍だったので、「平城《へいぜい》天皇の皇太子に、嵯峨の帝を立てるように」と、桓武天皇が遺言したと、当時の右大臣の藤原内麻呂に伝えることができた。

橘安万子の夫は、藤原南家の三守《みもり》。三守の同母姉は、美都子《みつこ》。美都子の夫は、北家の冬嗣。冬嗣が擁立するのは、嵯峨の帝。冬嗣の後押しで、嵯峨の帝の皇后になったのが嘉智子。嘉智子の姉が、安万子。手をつなぐと、仲よく輪になる関係だ。都合のよいことに、遺言を伝えた安万子は、嵯峨の帝が皇太弟になったあとで亡くなっている。

冬嗣は、少年のころから、嵯峨の帝のそばに仕えてきた。

十一歳上の冬嗣と、嵯峨の帝のあいだには、ともに過ごして育んだ絆がある。嵯峨の帝をいただくことで北家は最高位にのぼったが、利用しただけではない。だから三十七歳の若さで、おなじ三十七歳の淳和天皇に譲位すると言いだされて驚いた。理由は天皇としての自信喪失。皇位を継ぐべきだといい聞かせて、帝王学を教えた冬嗣のほうが、びっくりして自信喪失した。

嵯峨の帝は、自分の即位で隠棲させた奈良の帝が、おなじ父と母をもつ、たった一人の兄だという、血のつながりに目覚めてしまった。血族への思いをかきたてたのは、皇太弟として行動を共にしていた淳和天皇だと冬嗣は思う。

奈良の帝と、嵯峨の帝は十二歳ちがい。同母の兄弟でも育った環境がちがう。

奈良の帝が生まれたとき、父は官人として勤める王だった。若い母（十四歳で出産）の乙牟漏《おとむろ》が、一人っ子の奈良の帝を可愛がった。嵯峨の帝が生まれたときには、父は天皇で母は皇后。妹の高志内親王が生まれたあとに乙牟漏は亡くなったから、顔も覚えていない。

思春期に母を亡くした奈良の帝も辛かっただろうが、母を覚えていない嵯峨の帝には、なつかしいとすがる面影もない。父は公人。祖父母もなく母もない子は、北家の内麻呂や冬嗣によって守られたが、家族の愛や温もりを知らずに育った。認識せずに抱えていた寂しさにふれたのが淳和天皇だ。

母の旅子《りょし》を、乙牟漏とおなじころに亡くした淳和天皇も、祖父母もなく母の顔も知らない子だった。同年の異母兄弟は、天皇と皇太弟として十四年を共に過ごした。血族の温かさを、思い起こすことができる年月だ。

子供という血族を何十人もつくっておきながらと、冬嗣は見捨てられ感で、いっぱいになり、なんとか譲位を思いとどまらせようと、あれこれやったのだが……隠棲《いんせい》していた奈良の帝から、思いがけなく太上天皇位を返すという一撃を食らう始末。

だれにでも長所と短所があり、その根はおなじものなのだろうが、嵯峨の帝は率直で一途。それこそ、内麻呂や冬嗣が大切に育てた証なのだが、譲位すると言いだしたら聞く耳をもたない。朝堂院《ちょうどういん》に官人をあつめて、あろうことか「皇位を継ぐはずのない庶子の身が、皇位を継いだ」と言って、淳和天皇に譲位してしまった。

その数日後に、冷然院《れいぜんいん》（冷泉院）にいたはずの嵯峨の帝が、その名のいわれとなった嵯峨院へ逃走する。

天皇が内裏《だいり》をでて、ほかの場所に移動するのを御幸《みゆき》という。日帰りの短い御幸も、宿泊つきの長い御幸もある。場合によってちがうが、まえもって日時は告示されて、通過する路の掃除をする。当日は、泊りの御幸なら数百人の官人が供奉《ぐぶ》する。各官人にも世話をする従者がつく。食材、食器、水、マキ。着替えや、楽器や、宴会のときに、ほうびに与える品も必要だ。それから洋の東西を問わず、大人数が移動するときに最も大切なのが糞尿処理。それぞれの係と、物を運搬する人々が必要で、下っ端まで数に入れると大ごとになる。

それまで天皇だった嵯峨の帝は、麗々《れいれい》しい行列をつくって御幸していた。その人が大内裏の馬寮《めりょう》にやってきて、馬を選んでいると聞いた淳和天皇が、あわてて駆けつける。

「太上天皇。どうされました」

「帝。関わらないでください」

「どちらへ参られます。馬をそろえて、お仕度をしますから、どうぞ整うまで内裏にお入りください」

「好きにさせてください。帝」

天皇は、正月や新嘗祭《にいなめさい》（収穫祭）のような大きな行事のときに、遠くの高御座《たかみくら》のなかに、おられるのだな……と想像する存在で、公卿《くぎょう》や側近のほかは顔を見ることがない。前天皇と今上天皇の二人が、馬寮のまえで諍《あらが》うなどは、前代未聞の珍事だから、払っても払っても、大内裏に勤める数千人の下級官人や、下仕えの舎人《とねり》や雑色《ぞうしき》が覗《のぞ》こうとする。

その騒ぎのなかで、嵯峨の帝は、ひらりと馬にまたがって、嵯峨院にむかって駆けはじめた。天皇も貴族も乗馬ができる。数人の近習《きんじゅう》が馬を引きだして追いかけて、やっと追いついて従った。内裏から嵯峨院まで約六キロ。先触れなし、人払いなしの太上天皇の逃走だ。

その日の夜になって、冬嗣は嵯峨院をたずねた。冬嗣としては、譲位に納得できない。呑みこめるわけがない。だからギクシャクして、それを嫌っての逃走だろうが、放置するわけにもゆかない。

やってきた冬嗣が示した妥協案を、太上天皇は受けいれた。嵯峨の帝は、すでに臣籍降下《しんせきこうか》させた長女の源潔姫《みなもとのきよひめ》を、冬嗣の次男の良房《よしふさ》に嫁がせることを承知したのだ。

現人神《あらひとがみ》の血統は重んじられるから、男性の天皇や親王たちは臣下から配偶者を娶《めと》るが、内親王は親王にしか嫁がせない。皇女と臣下の通婚《つうこん》は、法令によって禁止されている。桓武天皇の時代（七九二年）に、臣下は三世《さんせ》皇女《こうじょ》（天皇の曾孫娘）以下と通婚できる。とくに藤原氏は功績が大きいので、二世皇女（天皇の孫）以下との通婚を認めるという新しい法令が作られたが、それからも皇女を娶った臣下はいない。

潔姫と良房の婚姻は、臣下と天皇の娘の史上初の例になるために、多くの論議を呼びそうなので伏せられた。これで冬嗣は、息子の良房を嵯峨の帝の娘婿にするという、北家存続のための切り札を手にいれた。

冬嗣の長男の長良《ながら》と次男の良房は同母兄弟で、母は美都子。美都子は嵯峨の帝の尚侍をしている。長良と良房は二歳ちがいで、このときは長男の長良のほうが官位も高い。長良ではなく次男の良房を婿に選んだのは、まだ妻子がいなかったからだ。

それから三年。いま良房と潔姫は、東一条第《ひがしいちじょうだい》とよぶ邸でくらしている。

尚侍として内裏に暮らしている妻の美都子が、頃合いをみて入ってきた。

「来ていたのか」

「そろそろ順子《じゅんこ》が戻ってまいります。準備は整っておりますね」

冬嗣には、十人の子がいる。そのうちの二十四歳の長良《ながら》、二十二歳の良房《よしふさ》、十九歳の順子、十三歳の良相《よしみ》の四人が、美都子の子だ。

初冠をしたばかりの十六歳の正良《まさら》皇太子に入内した娘の順子が懐妊した。天皇の居住するのが内裏。皇太子の居住するのが東宮《とうぐう》（春宮）。天皇の後宮《こうきゅう》は内裏にあり、皇太子の後宮は東宮にある。どちらの妃も、妊娠三か月に入ると出産のために里へ戻ってくる。順子の里は、左京三条二坊に二町の広さを持つ、この閑院《かんいん》だ。

適齢期の娘が、順子しかいなかった冬嗣は、おなじ北家の藤原総継《ふさつぐ》の娘の沢子《さわこ》を、念のために正良皇太子のもとに入内させていた。この沢子女御は、のちに姿をみせないキーパーソンになるから、すこし説明をしておく。

沢子は、内麻呂の異母兄弟の孫娘だから、冬嗣には従弟の娘になり、遠い親戚の娘という感覚しかない。すでに父親の総継は故人で、後ろ盾は母親の数子だけ。北家の氏長者の冬嗣なら、どうでもできる弱い立場の娘だ。ただ沢子には乙春《おとはる》という姉がいて、冬嗣の長子の長良《ながら》の妻になっている。

冬嗣と美都子は、娘の順子の懐妊に浮かれていた。どうしても皇子が欲しい。皇子ならば、正良皇太子の第一皇子になる。長いあいだ待ち望んだ、北家の血を引く皇位継承者が生まれることになる。

嵯峨の帝の長女を妻とした次男の良房からも、早く嬉しい便りが欲しいのに、なにもいってきていない。

同年同日、源信《みなもとのまこと》の邸《やしき》、左京北辺二条。

この邸は、少し変わっている。戸主《こしゅ》が臣籍降下《しんせきこうか》した嵯峨の帝の第二皇子で、十六歳の源信《まこと》。後宮の女御《にょうご》や更衣《こうい》は、妊娠すると里に帰って出産する。生まれた子は里方で育ち、五歳から十歳のあいだに父の天皇に謁見《えっけん》する。そのあとも、成人するまで子供は母親の里で育つ。子沢山の嵯峨の帝は、早くから子たちを臣籍降下させた。これまでにも、天皇の子の親王や内親王が臣籍降下して家臣になる例は皆無ではないが、これほど大量の親王と内親王が臣籍降下することはなかった。

嵯峨の帝は、臣籍降下させた子らに源《みなもと》という氏を与えて、暮らすための邸をつくった。それが、この邸で戸主は源氏の一郎の信だが、共に暮らしているのは、弘《ひろむ》、常《ときわ》、明《あきら》、貞姫《さだひめ》、全姫《うつひめ》、善姫《よしひめ》などの異母兄弟姉妹。父の嵯峨の帝は、嵯峨院と冷然院《れいぜんいん》を住み分けてくらしている。母親である更衣たちは、信が戸主である邸には住めない。だから、この邸は、四、五歳から十四、五歳までの、源氏の子たちだけが住む施設であり、世話をする大人はいるが、子たちの方が身分が上なので、監督者や指導者がいない。

「潔《きよ》姫は、どうしているのだろう……」と、廂《ひさし》に座った信がつぶやいた。

源潔姫は、この邸から藤原良房のもとへ嫁いでいった。臣下との通婚に強い嫌悪感を示したのが、潔姫と同じ歳で一緒に育った信《まこと》だった。

夜もふけているので、ほかの子は休んでいる。信のつぶやきを耳にした源常《ときわ》が、読んでいた本から静かに目をあげた。成人まえの、みずら髪を結っている。信は十六歳で、常は十四歳だ。

「一郎どの。一郎どのは加冠《かかん》の儀《ぎ》（成人式）を終えられましたが」そこまで言って、常は言葉を切った。

「ん」

「これからも、わたしたちは、このお邸に住まわせていただいても、よろしいのでしょうか」

「いいに決まっているじゃないか。へんに気を遣うなよ」と信。

「はい」常は、烏帽子《えぼし》（冠）を被った信に、なにか言いたげなようすを見せたが、口には出さなかった。

常は、信を嫌ってはいないが、困ったものだと思っている。信は正良《まさら》皇太子と同歳で、四歳で臣籍降下して源氏になった。常は二歳で臣籍降下されている。二人とも物心がついたときには、すでに親王ではなく源氏だった。

父の嵯峨の帝は、一つの邸にくらすことで異母兄弟姉妹の結束を強くして、正良皇太子の支えになるような氏族ができることを願っているのではないだろうか。

ところが、最年長で邸の戸主である信は、臣下ではなく天皇の子としての誇りを捨てない。いつまでも潔姫のことを忘れないのも、一世皇女でありながら臣下に嫁した潔姫のことを、くやしく思ってだろう。武芸が好きで単純な兄だが、現実を見ていないし、理解する気もないだろう。

親王なら、子や孫は二世王、三世王になり、皇族あつかいをされる。遠い皇族は微小なものらしいが、それでも国からの扶持《ふち》（給与）がでる。臣籍降下した源氏は、もっとも新しい氏族で、官吏として生活をする。

父の嵯峨太上天皇が存命中はよいが、もしも亡くなったら、長く廷臣として仕えてきた藤原氏や、古い豪族系の氏族たちと、肩をならべて仕事をしなければならない。それが分かっているのかと常は思う。

この邸には、源氏の立場を教えて導いてくれる大人がいない。ほんとうは、成人したあとまで、異母兄弟姉妹を受けいれてもよいのかと、信に聞いてみたかった。

蒸し暑い夜も、涼しげにみえる細面の優しい顔をふせて、幼い肩に重い責任と不安を感じながら、十四歳の常は、しずかに本を閉じて灯を消した。

同年同日、奈良・萱の御所。

奈良の帝を偲《しの》ぶ近親者が、国忌日なのにもりあがっている。酒人《さかひと》内親王は、陽気を運んできた。本主《もとぬし》と音人《おとんど》も、阿保と真如と名虎《なとら》も、慣れているはずの小木麻呂《おぎまろ》も、すっかり巻きこまれた。階級や家柄の柵をとって飲み食いして、言いたいことを言いあえば、こんなに楽しくなれるのか。

「お強い！」と阿保。

「わたしの父を、だれだと思っている」若い男たちに酒を注《つ》がせながら、酒人はごきげんだ。

「ああ……お父上の光仁《こうにん》天皇は、かなり飲まれたと伝わっております」一人合点《ひとりがてん》は、やめようと、本主が名虎に教える。

「いつも酔っていたから暗殺をのがれ、生きのびて天皇にまでなったってか……ふん……噂されるほど飲んではいない。せっせと酒宴《しゅえん》に顔をだし、酔ったふりをしていた」

「それで酒人さまの、お名も……」と真如。

「そこまで酔狂《すいきょう》な人じゃない。乳母が酒人氏だった……ふぅ」

「だいじょうぶでしょうか。これから夜道を戻られるのでしょう」気になって、本主が小木麻呂にたずねる。

「さきほどから、酒人さまの家人たちが、いつものように几帳《きちょう》や衾《ふすま》(布団)を運ばれて、ご寝所の支度をしておられる」と小木麻呂。女房たちが出入りするのは、そのためかと本主。

「どちらから、運ばれておられます」と小木麻呂に聞くと、酒人が檜扇《ひおうぎ》で床をたたいて、

「家から。むかし、住み暮らした家が、このさき……ちょっと……さきにある。娘を亡くしてから、こちらに住むことが多くなった。古都は思い出深い。歳を重ねると哀しみもふえるが、楽しみもふえる。これから先よりも、思い出が多くなると、夢か現《うつつ》か、どちらに生きているのかも、おぼつかない」

「酒人さま、だいじょうぶですか？」すこし飲み過ぎじゃないかと、本主は心配になった。

「思い出は色あせず、良いことだけしか、つながらず……年寄りも悪か…ぁ…ナイ！」

「良いことだけを覚えて、嫌なことは忘れたのですか？」と十六歳の音人。

「どうも……都合の悪いことは忘れ、都合の良いことだけを覚えているらしい。楽しいこと、美しいこと、心に染み入る切なさ。愛《いと》おしさ。激しさ。悩み深き思い……。悩みは、よいな。人を肥やしてくれるよ。歳を重ねて残るのは、そんな情や思いだけ。だから思いが出るというのだろう」

「残るのは、情や思いだけですか」と本主。

「詩《うた》につづられるような心の思いですか。切なさや、愛おしさや」と音人がつぶやく。

「嵯峨の帝も今上も、宴で文人に漢詩を作らせるのを好まれます」と名虎がうなずく。

「できることなら、うらみや、ねたみを抱えずに、若人よ。楽しく、おかしく、美しく暮らせ。

心地よい日々を、重ねるだけでよい。さて……酔った。休むことにしよう」と酒人が、唐衣《からぎぬ》を肩から滑り下ろす。

阿保があわてて「ちょっと、酒人さま。いま、お休みどころまで、ご案内しますから」

「夢か現《うつつ》か、お分かりでいらっしゃいますか?」と真如。

なにごとも過渡期だから、女性は単衣《ひとえ》と袴《はかま》の上に唐衣《からぎぬ》をはおっている。唐衣が服で、単衣と袴は下着。老女でも、いきなり目のまえで服を脱いで、下着姿になられては困る。

「奈良の帝よ」かまわず酒人は、その人が、そこにいるかのように呼びかけた。

「おぼえて、おられるか。奈良の都の殿上人《てんじょうびと》の、胸をこがした酒人内親王の姿を。今宵の香華《こうげ》に今一度、帝のお子らに手向《たむ》けようぞ」

白い単衣と白袴だけになった酒人内親王が、スッと立って背を見せた。以心伝心らしい女房たちが、こころえて酒人の髪を上げてまとめる。奈良に都があったころは、女性はずっと露出度のたかい、体の線が分かる服装をしていて、髪は上げていた。

「本主」と酒人が振り返った。上半身を捻《ひね》った酒人を見て、本主は息を飲む。指の先まで神経がゆきとどいて、仕草や表情が美しい。まるで秋篠寺《あきしのでら》の塑像《そぞう》のようだ。

「知りたいことがあるのなら、音人をつれて遊びにくるがよい」

しなやかに身を戻した老女は、女房が照らす灯《あか》りのなかを、ゆっくりと退出する。柳の葉が風になびくような妖艶《ようえん》な歩みは、鍛練《たんれん》を重ねて完成させた舞いのように、見る人の心をとらえて騒がせる。

似た者同士の継父と継子の本主と音人は、思わずひざを滑らして、あとを追った。阿保と真如が口を開け、名虎は目をむく。小木麻呂は、なぜか得意そうに……背をかがめて酒人のうしろに従った。

ふるさとと　なりにし奈良の　みやこにも　色はかはらず　花はさきけり

(住み暮らす　故郷となった　奈良の都にも　花は変わらず　色鮮《いろあざ》やかに咲いているよ)

奈良の帝こと、平城《へいぜい》天皇が残された歌だ。

すぐに臣籍降下をねがいでて、阿保親王の子たちは、真如の子たちとおなじ在原《ありわら》氏になった。

一か月後に、左大臣の藤原冬嗣《ふゆつぐ》が五十一歳で亡くなった。数か月後に、冬嗣の娘の順子は、正良《まさら》皇太子の第一皇子の道康《みちやす》親王を出産する。

半年後に、正良皇太子の同母の妹で、腹の目立ちはじめた十七歳の正子内親王が、淳和天皇の皇后に立った。即位から五年目で、淳和天皇の二人目の皇后だ。

二年後に、冬嗣の妻の美都子が亡くなった。残された長良《ながら》は二十六歳。良房《よしふさ》は二十四歳。二人とも従五位で、まわりは、これで北家の勢いもとまると思った。

そして、この年までに、嵯峨太上天皇の十七人の皇子と十五人の皇女の、総数三十二人が臣籍降下して源氏になった。

三年後に、酒人内親王が亡くなった。一人娘の朝原内親王（享年満四十歳）に先立たれたが、七十五歳での大往生だ。莫大な遺産は遺言で、東大寺と猶子《ゆうし》（養子）とした桓武天皇の無品の親王たちと、酒人が家族として愛した従者たちに残された。主が使用人に遺産を残すのは、非常にめずらしい。

もう一つの酒人内親王の遺産は、闇に無数の灯《ひ》を点す東大寺の万灯会《まんとうえ》。揺らぐ炎のなかに、妖艶《ようえん》に、しなやかに、強《したた》かに生きた、天平《てんぴょう》の美妃は揺れつづける。

おなじころ、藤原良房《よしふさ》の妻の源潔姫《みなもとのきよひめ》に、のちに明子《あきらけいこ》と名づけられる女児が生まれた。

ただ、そのことは、外にもれることなく秘密にされた。

釣り好きの淳和《じゅんな》天皇は、静かに状況をとらえることに長《た》けている。

太上天皇となった嵯峨の帝は、淳和天皇の政治に干渉しなかった。臣籍降下させても残る親王のために、淳和天皇は親王を地方の太守《たいしゅ》にした。本人は赴任しないが、その土地から上がる税の一部を太守に充てる親王任国《しんのうにんこく》という制度で、上総《かずさ》（千葉県）、常陸《ひたち》（茨城県）、上野《こうずけ》（群馬県）が、その任国とされた。

七年後（八三三年）に淳和天皇は、二十三歳になった正良皇太子に譲位して、奈良の帝とおなじように「皇籍を離れ、風月を友としてくらしたい。俗事《ぞくじ》を見聞きせず、煩事《はんじ》を心にとめず、本性のまま大道を行く」つまり庶民になって、自然に生きたいと上奏《じょうそう》するが許されず、太上天皇として正子皇太后といっしょに、右京にある淳和院に隠棲《いんせい》する。

即位した仁明《にんみょう》天皇（正良皇太子）は、妹の正子と淳和天皇のあいだに生まれた、恒貞《つねさだ》親王を皇太子に立てた。淳和天皇は、いくども強く断ったが、聞き入れられなかった。淳和天皇から仁明天皇への譲位は良好に行われたので、大臣はそのまま受けつがれた。

若い仁明天皇は儀式を欠席することもなく、政務を休むこともなく、月に一度は宴をもよおし、年に二、三回は狩猟を楽しんだ。

即位して四か月近くたったときに、仁明天皇は順子を母とする第一皇子の道康《みちやす》親王に初謁した。はじめて、わが子に会ったのだ。そのあとで順子の兄で道康親王の叔父になる良房が、正五位下になる。ここまでは、異例ではない。

異例なのはそのあとで、それからわずか三か月のあいだに、良房は従四位下まで昇進する。そして、つぎの年に、嵯峨の帝が大内裏のそばにある冷然院から、離れたところにある嵯峨院に移る直前に、良房は左近衛権中将《さこのえのごんのちゅうじょう》になり参議《さんぎ》になる。このときに良房は、兄の長良の位階《いかい》をこえた。

大内裏に勤める官人は、およそ七千人。そのなかで、五位以上の官位をもつ、貴族とよばれる高級官僚は、およそ四百人。

官人には位階という、一位から八位までの階級がある。一つの位に正従・上下の別があるので、位階は三十段階にわかれ、一番下が小初位下（従《じゅう》八位下《げ》）。位階をもたない無位の官人もいる。ふつうは八年から十年のあいだの勤務査定によって、一階級から三階級までの昇位ができる。出自によって、ある階級で昇位を止められる。

天皇を頂点にして、その下にピラミッド型に収まる四百人の貴族の上位に、国政を動かす十五人ほどの人々がいる。この人たちを太政官《だじょうかん》という。太政官の一番上は、左大臣と右大臣。その下に大納言《だいなごん》が二人。中納言《ちゅうなごん》が三人。そのほかに律令にない参議《さんぎ》がいる。参議は職給がつかないので職務といえないが、国政を動かす最高位だから、八省《はっしょう》の長官や弁官《べんかん》などの実力者が選ばれる。

良房は、権中将という仮の役職で、その参議になった。そして淳和天皇から継がれた太政官のなかに、嵯峨の帝の子である源氏が加わった。

二十三歳の仁明天皇の下には、左大臣に、辞表をだして辞めたがっている藤原式家の緒嗣《おつぐ》（五十九歳）。右大臣に清原夏野《きよはらのなつの》（五十二歳）。大納言に藤原南家の三守。中納言は藤原愛発《あらち》と直世王。権《ごん》中納言に藤原吉野。参議の三原春上。文屋秋津。藤原常嗣。ここまでは、淳和天皇から引き継いだ、役人生活が三十年近くになるベテラン官僚だ。

そこに中納言の源常《ときわ》（二十一歳）と、参議の源信《まこと》（二十三歳）と、参議の源定《さだむ》（十九歳）と、参議の藤原良房（二十九歳）が加わり、良房は翌年には権中納言となる。

父の嵯峨の帝の押しつけ人事を危ぶんだ仁明天皇は、母方の叔父になる橘氏公《たちばなのうじきみ》と、熟年の朝野《あさのの》鹿取《かとり》を参議に加えた。さらに阿倍百嗣も参議にしたが、この人は七十を過ぎていて、すぐに亡くなった。

十九歳で参議になった源定は、嵯峨の帝の寵妃《ちょうひ》の百済王《くだらのこにきし》慶命《きょうみょう》の子で、中納言の藤原愛発は良房の叔父になる。参議にはなっていないが、源弘（二十一歳）も宮内卿《くないきょう》、刑部卿《ぎょうぶきょう》と八省の長官（大臣）につき、やがて源明（二十一歳）も大学頭《だいがくのかみ》の要職につく。

源氏の邸で育った、二十歳そこそこの若い源氏たちが五人もそろい、五十代の廷臣たちと国政をみる。一緒に仕事ができるわけがない。世代が開きすぎて、日常会話がなりたつのかも怪しい。それに臣下なら、上位に昇るのは各氏族から二人までだが、すでに源氏は五人を入れている。


即位三年目（八三六年・承和《じょうわ》三年）に、仁明天皇は遣唐使《けんとうし》を派遣《はけん》した。このとき、伯耆《ほうき》（鳥取県）、隠岐《おき》（島根県・北部諸島）、因幡《いなば》（鳥取県・東部）は飢餓で、多くの餓死者がでていた。

一回目の派遣は失敗で、百数十人の命を犠牲にした。難破した船の、数少ない生存者の一人として、留学僧の真済《しんぜい》がいた。空海の弟子である真済が、大宰府《だざいふ》でした証言によると、船がバラバラになってから水が浸入している。つまり遣唐使船の遭難《そうなん》は天災ではなく、造船技術に問題がある人災だった。

八三七年（承和四年）の二回目の遣唐使の派遣も失敗。この年、右大臣の清原夏野が亡くなった。そして伊豆七島の神津島《こうづしま》が噴火して、京にも風に流された火山灰がふり、全国的に作物が不作になった。ほうき星まで空に現れた。

三回目の派遣（八三八年・承和五年）のまえに、遣唐使副大使の小野篁《おののたかむら》が、病気だといって乗船を拒否し、庶民の惨状《さんじょう》を「西海道《せいかいどう》」という詩に詠《よ》んだ。篁の父の岑守《みねもり》は、大宰府の大弐《だいに》をしていたときに、飢えて大宰府に救いをもとめてくる庶民のために、自費で「続命院」という施設をつくった。その名のように、餓死すれすれの人々を救うためのものだ。遣唐使が滞在した大宰府は、餓死者が積み上げられている。こんなときに、なにが遣唐使の派遣だと……小野氏は、正義感の強い家風だから、篁も黙っていられなかった。

この詩を政治批判だと、嵯峨の帝が怒って、篁の官位を剝奪して壱岐諸島《いきしょとう》に流刑にしてしまう。引退した二代もまえの太上天皇が、今上天皇も太政官もさしおいて、かってに官僚を断罪してしまった。遣唐使を送ることにこだわったのは仁明天皇ではなく、すべてに漢風を好んだ嵯峨の帝だった。

この年、右大臣に藤原三守が、大納言に源常が、中納言に橘氏公が就任する。十一月二十七日には、淳和天皇の子の恒貞《つねさだ》皇太子（十三歳）が、紫宸殿《ししんでん》で元服した。

そして嵯峨の帝の皇后で、仁明天皇の母の橘嘉智子太皇太后が、朱雀院《すざくいん》を居住所とする。艶《えん》福家《ぷくか》の嵯峨の帝と、別居してしまったのだ。

つぎの八三九年（承和六年）六月二十日。仁明天皇の女御の沢子が、急に病になって苦しみ、小車をだして里に送るが、着いたとたんに息絶えてしまう。さきに説明した良房の父の冬嗣が入内させた北家の娘だ。

沢子は、仁明天皇の寵愛《ちょうあい》を受けて、後宮で一番ときめく女御になり、宗康《むねやす》親王、時康《ときやす》親王、人康《ひとやす》親王、新子内親王の四人の子をもうけていた。死因に不審なところがあったのだろう。沢子の死から、宮中は、もののけや祟りにおびえるようになる。

沢子が亡くなったあと、後宮で天皇の愛を得たのは、右大臣になった藤原三守の娘の貞子だった。藤原南家の三守は、冤罪《えんざい》をきせられて獄中で餓死した伊予《いよ》親王の母、吉子の一族だ。祟り神は伊予親王と吉子とされて、墓に詣でたり、位階を遺贈したり、仏事をしたりと宮中は大さわぎをする。

この祟りと、もののけさわぎは、右大臣の三守と貞子には、はなはだ迷惑なことだった。南家を阻《はば》もうとしている者がいた。

父の嵯峨の帝には、さからえないが、頭のよい仁明天皇の意識が、このころから変わりはじめる。つぎの年に仁明天皇は、嵯峨の帝が流刑にした小野篁を免罪して、自分のそばに呼びもどした。

阿保親王は、淳和天皇と仁明天皇に厚遇されて、親王任国で上総太守《かずさのたいしゅ》になり、つぎに上野太守《こうずけのたいしゅ》をつとめた。太守というのは実入りのよい立場なので、たっぷり貯えた。どうじに治部卿《じぶきょう》、宮内卿《くないきょう》、兵部卿《ひょうぶきょう》を歴任する。仁明天皇の即位とともに品位も三品になり、「薬子の乱」で連座したものも許された。

空海（弘法大師《こうぼうだいし》）は、東寺に五十人の僧を住まわせて、三密《さんみつ》の修業をさせたいと上奏して許可された。阿保親王の弟の真如《しんにょ》は、師の空海とともに東寺でくらしはじめる。この頃に真如は、朝廷から平城京の跡地の四十余町をもらった。空海は八三五年（承和《じょうわ》二年）三月に、高野山で入《にゅう》定《じょう》（死亡）するが、それからも真如は東寺に住みつづける。

紀名虎《きのなとら》も、順調に位階を上げて従四位下。

大枝音人《おおえのおとんど》は、三品阿保親王の子に適応される皇嗣蔭位《こうしおんい》の制が使えない。蔭位の制は皇嗣だけでなく、親や祖父が五位以上だと、二十三、四歳になれば、無能な者でも無条件で位階をもらえる制度だが、一人の父親に子供が多いうえに、官僚は定年がなく官職の数は限られているから、順番待ちはやむをえない。生涯、無位のままですごすこともある。

父の身分が低い官人の子は、低い官位のままで生涯勤めるか、出世しようと志すなら、大学で猛勉強をして漢文丸暗記の難解な試験に通って、最下位か、最下位から二番目の位階をもらって上位を目指す。

もちろん貴族の子も大学で学んで試験を受けてもよいのだが、大学の門は庶民には、しっかり閉ざされている。唐律をまねした律令制だが、庶民に勉学のチャンスをあたえない狭き門は、わが国独自の制度だ。

大枝音人は、試験に合格しての官吏登用《かんり》。この対策及第《たいさくきゅうだい》とよばれる試験は、とてもむずかしくて、二百五十年間で六十五人しか合格していない。

奈良の帝の三回忌から、十四年が経った八四〇年（承和七年）。すでに、かな文字が使われていた。もともと外来文字の漢字は、わが国の言葉の表記に合わない。ずっとむかしから、漢字の一字を一音とする万葉仮名《まんようがな》が使われてきたが、文字も読みも統一性がなかった。かな文字は、漢字の一部や崩し文字を使って、一音に一字をあてる表記法で、かな文字の普及と紙の国内生産ができるようになったことで、嵯峨の帝が好んだ漢詩が隆盛するなか、和歌が見直されはじめた。

治世も八年目に入った仁明天皇は三十歳。恒貞《つねさだ》皇太子（父は淳和太上天皇《じゅんなだじょうてんのう》。母は正子《まさこ》皇太后）は十五歳。仁明天皇の第一皇子で、藤原順子を母とする道康《みちやす》親王は十三歳。道康親王の伯父の、藤原良房は三十六歳。

阿保親王の息子たちの、在原仲平《ありわらのなかひら》は二十三歳で従五位下。在原行平《ゆきひら》は二十一歳で正六位上。在原守平《もりひら》は十七歳。女の子のような赤ん坊だった末っ子は、十五歳。

大枝本主と音人は、生前の酒人内親王の邸を、たびたびたずねて、家人たちとも仲良くなった。酒人内親王の帯刀舎人《たちはきのとねり》だった岡田狛《おかだのこま》は、東の市の市籍人《しじゃくにん》の一人におさまっている。

二　かすが野の　若紫のすり衣

八四〇年（承和《じょうわ》七年）。

阿保親王《あぼしんのう》（四十八歳）は、かたよることなく人と接してきた。十四年間も大宰府に飛ばされていた奈良の帝の長子は、自分の邸と大内裏《だいだいり》しか知らない官僚に比べれば、世間智《せけんち》が高い。空白の時間が長いので、朝廷内の派閥や姻戚関係が分からないから、鷹揚《おうよう》にかまえて、嫌なことは気がつかないふりをし、あたえられた仕事を誠実にこなしてきた。

仁明《にんみょう》天皇の治世《ちせい》がはじまって、阿保親王の立場は微妙になった。仁明天皇の下には源氏がいる。若い源氏は臣下だが、阿保親王は親王のままで熟年だ。そのうえ、亡き母の葛井藤子《ふじいのとうし》に、従五位下の官位を遺贈されてしまった。政治に不満をもつ人々が、壮年の親王のもとにあつまる可能性がある。阿保親王は、謙虚で度量が大きいと評価されている。ここで下手に担ぎあげられるのは願い下げにしたい。そんなことになったら、一族もろとも粛清《しゅくせい》されるだろう。

なるだけ人目をひくことはさけたいから、末の息子の初冠《ういこうぶり》（成人式）も、ほかの息子たちとおなじに、左京二条三坊の自分の邸で、近い身内だけがあつまって目立たぬように行った。

阿保親王の末息子の在原業平《ありわらのなりひら》は、ほのかな桜の香《かおり》がただよいはじめた春三月に、初冠の儀をおえた。

体調をくずされていた淳和太上天皇《じゅんなだじょうてんのう》の容体が重くなったのは、そのあとだ。五月に入って淳和の帝は危篤状態になり、実子の恒貞《つねさだ》皇太子（十五歳）を呼んで遺言をたくされた。

「葬儀は簡略に。遺骨は砕いて、山野にまいてほしい」

五月八日に、淳和太上天皇は五十四歳の人生を閉じた。

皇太子から遺言を伝えられた、仁明《にんみょう》天皇も太政官《だじょうかん》たちもこまった。天皇は現人神《あらひとがみ》。御陵に祀るものだ。飢饉や天変地異がおこるたびに、御代《みよ》が変わるごとに、その御陵に幣《ぬさ》を捧げて報告しているではないか。慣例があるならともかく、骨を砕いて山野にまけとは……。

心くばりのできた淳和の帝は「思考力が低下しているかもしれないので、判断はまかす」とつけ加えていたが、元現人神の遺骨を砕いて、山にまくのは……いったい、だれ？

官地か、皇嗣系《こうしけい》がもっている土地を買って、御陵を造ったほうが、ずっと楽だと、仁明天皇も太政官も、ほぼ全員が遺言を拒否しようとしたときに、遺言どおりにしようときめたのは、もう一人の太上天皇の嵯峨の帝だった。

火葬にした淳和の帝の遺骨は、細かく砕かれて大原野《おおはらの》の西山の峰にまかれた。大原野は、都の南西、嵯峨の南。長岡京の西。大枝氏の本貫地《ほんがんち》の大枝にも近い。

長岡に都があったときに、奈良の帝と嵯峨の帝の母で、桓武《かんむ》天皇の皇后の藤原乙牟漏《おとむろ》が、奈良の春日大社とおなじ藤原氏の氏神を奉納した大原野神社がある。桓武天皇の夫人だった淳和の帝の母は、乙牟漏皇后の従妹の藤原旅子。

幼いころに母を亡くした嵯峨の帝と淳和の帝は、乙牟漏と旅子が一緒に参ったという大原野神社の話を交わしたおぼえがある。山野というだけで場所指定のない遺言だったので、嵯峨の帝がこの地をえらんだ。

淳和の帝の散骨は、多感な皇族に精神的な影響をあたえた。

三十歳になった仁明天皇も、その一人。仁明天皇は、叔父の淳和の帝と体質が似ていて、胸の痛みに悩まされている。気質も似るのか、実父の嵯峨の帝が能筆家なのに、淳和の帝の筆跡を習うほどに気が合った。仁明天皇は嵯峨の帝よりも、皇太子として一緒に過ごすことの多かった、叔父の淳和の帝を慕っていた。

淳和の帝が亡くなって、一か月余りのちの六月十六日に、仁明天皇は前年が旱魃《かんばつ》で稲の実りが悪かったから、自分の使用する馬や車や品や、食膳にかかる諸費用を削減《さくげん》することを命じる。これにたいして、左右大臣と太政官が、五位以上の官人も諸経費を削減したいと上奏する。

仁明天皇は「穀物の不作は、朕《ちん》が原因だ。災害の発生が、補弼《ほひつ》の臣下の所為《せい》であるはずがない」と、一度はことわる。最終的には、税金から高給をとる太政官《だじょうかん》の諸費用削減という、妥当な結論におちつくが、この仁明天皇の発言は、いままでにない傾向をもっている。

天皇が食事までへらせば、太政官は従うと言わざるをえない。それを予想して、天の配剤《はいざい》の責任をもつのは、唯一無二の存在である天皇だけで、ほかの者は、すべて天皇をたすける臣下であると、はっきりさせている。天皇以外の者のなかには、父で太上天皇の嵯峨の帝も源氏もふくまれている。淳和の帝の死後、それまでとはちがう独自性をもって、仁明天皇は政務を執りはじめた。

このときに恒貞皇太子だけが、自分にかかる諸経費の削減を申し出なかった。実父の淳和の帝を亡くして日が浅い十六歳の少年に、そこまでの深慮はむりだが、皇太子を補佐する人材がいなかった。

加冠《かかん》したばかりの阿保親王の末っ子、十五歳の在原業平の胸も、淳和の帝の思いを汲《く》んでさわぐ。砕かれた白骨が塩のように山に散る。この西山は、大原野の小塩《おしお》の山といわれる。感受性の強い少年のなかで、この刺激がどんな実をむすぶのかは、まだ分からない。

六月十日に、阿保親王は弾正尹《だんじょういん》に命じられた。

淳和の帝が亡くなって、二か月後の七月七日。こんどは右大臣の藤原三守が、五十五歳で亡くなった。直前まで公務をしての突然死だ。淳和の帝は、恒貞皇太子の実父。藤原三守は皇太子《こうたいし》傅《ふ》という恒貞皇太子つきの高官を兼任していた。

左大臣の藤原緒嗣《おつぐ》は、まえから辞表をだしていて、老齢と病気のために自邸に閉じこもり登庁をしない。緒嗣は、恒貞皇太子の大叔父になる。恒貞皇太子を守る、実力者が欠けていった。

八月八日に、空席となった右大臣に源常《ときわ》（二十八歳）が、大納言には藤原愛発《あらち》が、中納言に藤原良房（三十六歳）が着任した。

五条西堀川《ごじょうにしほりかわ》まで迎えにでていた岡田狛《おかだのこま》が、さきに音人《おとんど》たちを見つけた。

「おまちしておりました」と、萎烏帽子《なええぼし》に水干姿の狛が身をかがめる。眼尻に笑いジワが刻まれる人懐っこい表情は、酒人内親王《さかひとないしんのう》の帯刀舎人《たちはきのとねり》をしていた若いころとかわりがない。三十半ばをすぎても、筋肉が張ったよい体をしている。二十九歳になった大枝音人の、清々しい瞳の輝きもかわりがない。

酒人内親王が亡くなってからも、狛は季節の野菜や魚を、大枝本主《もとぬし》の元にとどけていた。音人が家を構えてからは、両方の家に、ときどき顔をみせる。立ち寄りがてらに、なんだかんだと、よもやま話をする。さりげなく町の風説を、本主や音人の耳に入れている。学者馬鹿でまっすぐな父子に、世間の風を少し伝える。狛は狛なりに、そうして大枝親子に肩入れをしているつもりだ。

岡田狛にとって、酒人内親王は、かけがえのない主だった。その主が気に入った大枝親子だから、縁が切れてしまうのが寂しかった。どちらかというと、狛は自分を食えない男だと思っている。みかけよりも頭が働くからだ。だから、もともと親族がやっていた東の市《いち》の市人にもどったあとで、つつがなく市籍人《しじゃくにん》におさまってしまった。

東西の市は国営だから、勝手に商いができるわけではない。生産地に顔がきき、商品を大量にまとめて輸送できる経済力と輸送力をもち、市での商いの許可をとった人だけが、市人として商売ができる。市は都に住む人々の衣食をまかなうから、都の金はここに集まる。

古代豪族系の氏族は、それぞれが統治していた土地がある。豪族系氏族は、古代からのツテをたよって特産品をあつめ商業に熱心だ。陸の運送のための人員確保や、海の運送のための造船にも力を入れている。市人は、豪族系氏族とつながる者が多い。

一方、商人層が富むのをはばもうとしているのが、遠い常陸《ひたち》の国（茨城県）からきて、近畿周辺に地盤をもたない藤原氏だ。国への貢献がたかく、歴代天皇に重んじられたから、私有する荘園や農民などの個人財産は国で一番の富豪だが、近畿での地域密着度は古代豪族系ほどではない。

都にある東西の市を管理するのは京職《きょうしき》という役所で、市人のなかの代表たちを市籍人という。狛は東の市の市籍人の一人で、市人が税金を払わない代わりに、払わなければならない高い地代も免除されている。つまり公的空間を、ただでつかって、税金を払わずに商いができるのだから丸もうけ。そのうえ市籍人には、廓《くるわ》の運営が許可されている。庶民なので身が軽く、その時々で、いかようにも生きてゆけるような気がするから、さきの不安もあまりない。ただ、それだけでは、どこか空しい。たぶん、父や祖父が話していた冒険譚《ぼうけんたん》のせいだ。

岡田氏は、吉備《きび》氏から分かれた氏族。ほかの豪族系氏族とおなじように、大和朝廷に従うまえは、吉備氏も吉備地方（岡山県、広島県）を治める王だった。吉備氏は、七、八十年ほどまえに、吉備真備《きびのまきび》という学者をだした。この真備のときに、狛の祖父の叔父にあたる人が、市人として市場調査と情報操作をしていたと聞かされている。狛の父や祖父が酒人内親王の帯刀舎人だったのも、その市人の岡田綱という先祖が、桓武天皇のために、いや、天皇になるまえの山部王《やまべおう》のために働いていたからだそうで、祖父や父から聞いた昔話に狛はあこがれている。

狛は自分のためや家族のために、大それた夢を描いたりしない。名や位よりも、金や縄張りなどの実利が大切。地道に仕事をして、家族みんなが元気でくらせれば、それでよい。ただ現実的すぎるためか、人の夢には関わりたい気がする。その思いが酒人内親王をなつかしみ、大枝親子に肩入れするのだろう。

音人は、狛と出会ったころの音人とおなじ歳ごろの、二人の若者をつれていた。そちらに目をやって、狛はホーッと目を大きくした。

烏帽子《えぼし》をかぶって薄青の狩衣《かりぎぬ》を着た青年が、物珍しそうにあたりを見まわしている。この辺に、はじめて来たのだろう。鼻筋が通った細面で、良家の子には珍しいほど陽に焼けている。ただ狛が目をこらしたのは青年の男っぷりのよさではなく、漂わせている雰囲気が、珍しかったからだ。

烏帽子と狩衣は、貴人しか身につけることができない。狩衣の色が薄青で、齢からみても位階をもらうまえの貴族の子息なのだろうが、子供のように無邪気で無防備だ。若いとはいえ、この歳ごろになれば、なにがしかの構えができる。音人も知性の鎧を身にまとっていた。なにもない更地《さらち》のような青年は珍しい。視線を感じた青年が、目をむけてきた。奥二重で切れ長の瞳の、黒目と白目のさかいに濁《にご》りがない。するとその青年の襟筋《えりすじ》に、白くて細い指がかかった。

眼を移すと、烏帽子に薄萌黄色《うすもえぎいろ》の狩衣を着た少年が、青年にしなだれかかっている。暑いのだろう。袖で風を送りながら、少年も狛に顔をむけた。狛はゾッとした。ともかく、色が白い。ふっくらした赤い唇。顔の輪郭が少女のように滑《なめ》らかで、すんなりと尖ったアゴ。長い睫の下で、うるんでみえる瞳。こちらは自分の美しさを十分に承知して、それを生かす技を心得ているらしい。

視野のなかに、動くものがあった。音人たちについてきた萎烏帽子に水干の舎人《とねり》が、腰を屈めたのだ。大枝家の舎人の顔は知っているが、見かけぬ顔だ。中肉中背だが、屈強な体をしていて目力が強い。とっさに気をとり直した狛は、音人たちを導いた。

東の市につづく外町《そとまち》という一角に、狛は住んでいる。都は一町（約百二十メートル四方）ごとに土塀で囲まれているが、外町辺りは土塀の中の一町を、南北に四分割、東西に八分割（四行八門《しぎょうはちもん》）して、三十二に分けた共同区。横約三十メートル、縦約十五メートル（約四百五十平方メートル・約百三十六坪）を一戸と呼ぶ、東西に細長い分譲地だ。

「こんなところですが、どうぞ」

自分の住む小屋に案内すると、大枝音人が若者たちをうながして板の間に上がった。供人は背中をみせて、上がり框《かまち》に腰をおろす。

「在原の弟たち。上が守平《もりひら》、下が業平《なりひら》だ」

……奈良の帝の三回忌の日に、酒人さまの供をして萱《かや》の御所《ごしょ》へ行った。あのとき庭を走っていた小さな男の子と、乳母に抱かれていた赤ん坊だ……。

「はじめて、おめにかかります。岡田狛です。さて音人さま。わたしに、たのみとは」

「この春に、末の業平が初冠をした」気をゆるせる者のまえでは、音人は兄として在原の弟たちに接する。

「祝いは、なにがよいかとたずねたら、ねだられた。太上天皇の崩御《ほうぎょ》で、さきにのばしていたが……」

「はい？」

「……」

「……音人さま？」

「こいつが女を知りたいと、兄者に甘えた」と十七歳の守平が、代わりに答える。

「そういうことで。それなら年頃のよいお方が、いくらもおられましょう」

「いや。そういう店に、行きたいという」と守平。

「妓楼《ぎろう》（遊廓）ですか。それは、まずくないですか」話しながら狛は考える。

東の市の外町には、三軒の廓《くるわ》がある。大きくて流行っているのは、狛が営む遊亀楼《ゆうきろう》だ。それを知っていて、音人は頼んできたのだろうか。

「父の君に、迷惑がかかるようなことは困る。説教をしてみたが、一生に一度だけ。一度でよいからと泣きつかれて、どうしてよいか分からずに、途方にくれてしまった。そういう場所を、どこか知らないか」聞きづらいらしく、音人は頰を染めて、身をかたくしている。

「若盛りですからねえ……」と狛。どうやら音人は、なにも知らないらしい。狛の廓でもよいのだが、これほど目立つ若者たちだから、「あれはだれ？」ということになって……むこう三軒つらなっている廓中に、音人と狛の関係や、阿保親王家の子息たちが廓遊びをしたことが、噂になるにちがいない。それは、よくないだろう。

「たしか阿保さまは、弾正尹《だんじょういん》になられたとか」と狛が手を膝に乗せた。

弾正尹は、弾正台《だんじょうだい》とよばれる役所の最高官のことで、一昔まえの弾正台は、太政官以下の有位の犯罪者を……つまり偉い人でも摘発できる、強力な行政監察省《ぎょうせいかんさつしょう》だった。いまは新しく検非《けび》違使《いし》という警察のような組織ができたし、弾正台には捕縛に使える兵がいないので、盗賊の追捕などは検非違使にまかせている。しかし町の治安や町並みの不全などは、弾正台が視察する。胡《う》乱《ろん》な者を取り締まる弾正台の最高位にいる人の子が、胡乱なところに出向くのは、危険ではないだろうか。

「警護はつける」音人の言葉に、上がり框《かまち》に腰をかけていた男が立って、狛の方をむいた。

「堺と羽曳野《はびきの》を仕切る、土師《はじ》の手配師《てはいし》だ」と音人。

「難波《なにわ》の土師。雄角《おつの》ともうしやす。お見知りおきいただきやす」

「これは……ごあいさつがおくれました。岡田狛ともうします」狛は、あわてて身を屈めた。

「分からぬように人を配ってございやす。ご安心なせえ」いかつい顔の、目だけが笑っている。

土師氏も古代豪族だ。古くから大王の御陵を守った土師《はじ》氏は、いまは四枝に分かれている。京の大枝に住む土師氏は、桓武天皇の母后と縁があり、大枝《おおえ》と氏をかえた。音人の継父の大枝本《おおえのもと》主《ぬし》は、その流れをついでいる。旧都奈良の西を本貫地《ほんがんち》とする土師氏は、秋篠《あきしの》と菅原《すがわら》に氏をかえた。菅原氏は学問の家になり、当代一の漢学者の菅原清公《すがわらのきよきみ》をだした。古稀《こき》（七十歳）をむかえる清公は、漢風のしきたりや文化が大好きな嵯峨の帝に重んじられて従三位を賜っている。音人《おとんど》は、清公の愛弟子だ。

僧の行基《ぎょうき》を縁族にもつ堺の土師氏は、かわらず御陵《ごりょう》を守り、土木建設にかかわって技人《てひと》をたばねている。手配師は、公共工事に使う技人や人足をあつめる者で、悪所でのおさえがきく。

「難波の土師氏がついておれば……」と考えが決まった狛が、背をのばして愛嬌のある笑顔をみせた。

「西の市の外町に住む、青砥《せいと》と白砥《はくと》にあずけましょう。二人とも一世を風靡《ふうび》した娼妓《しょうぎ》でしたが、いまは双砥楼《そうとろう》という妓楼を任されています。彼女たちなら性根《しょうね》が通っていて、心得もあります。双砥楼の並びには、ほかに廓がありませんので、裏の口から入れば噂にもならないでしょう」

聞いていた雄角が、ニヤリとしながら軽くうなずいて、上がり框《かまち》に座りなおした。

「たのめるのか?」

「形《なり》もかえましょう。それでよろしければ、おまかせを」

「業平の、初冠の祝儀《しゅうぎ》だ」と音人が銭袋《ぜにぶくろ》を渡して「足りるだろうか?」

「充分です。おあずかりします」と、手で重さをはかった狛《こま》。「どちらに、お戻しすれば」

「守平は、父上と暮らしている。業平は、伊都《いっ》内親王の邸だ。隣だから、どちらでもよい。世話をかける」

秀才音人は、いまの業平とおなじ初冠した歳ごろに、酒人内親王に会って衝撃をうけた。ふだんは真面目な暮らしぶりなのだが、なぜか破調に弱いのは、そのせいだろうと自分で思う。守平と業平は、ほんとうに血がつながっているのかと疑うほどに、漢学ができない。父の本主のあとをついだ音人が、教えれば教えるほど眠くなるらしく、これほど教えがいのない生徒はいない。

こんなのに関わっていたら、どんな災いがふりかかってくるか分からないと思うのだが……甘えられると捨てておけない。そんな音人を、狛もまた捨てておけない。

双砥楼の白砥と青砥に事情を話して、守平と業平をわたすと、狛は先に帰った。

東の市の市籍人と、西の市の市籍人は仲が悪い。東の市は賑わっているが、西の市は湿地帯だから立地条件が悪くて寂《さび》れはじめている。そのために西の市籍人が、専売品をおきたいと申し立てたので抗争中だ。双砥楼の本当の持ち主は秦《はた》の一族なので、すでに人をやって話はしてあるが、これから狛は音人から預かった金の何倍かの金を包んで、秦氏の本貫地の太秦《うずまさ》まで出むく。こういうことを入れあげるというのだと思いながら、廓のまえで人ごみに姿をけした土師雄角の、事情をのみこんだようなニヤケ顔を、狛は思いだした。

「これ。どうかしたかい。ぼうや」と、白砥がふりかえる。

双砥楼を出て足をとめた業平が、賑わう小屋をながめている。ここも外周は土塀で囲まれていて、中に細い道が通り、小屋が立ち並んでいる。東西の市がある六条は、山陰道《さんいんどう》につながる七条大路に近いので人出が多い。市は、東西ともに四町の大きさがある。中を通るはずの道も含まれるから、約二百五十メートル四方の広さだ。その市を囲む東西南北の二町ずつ、計八町を外町という。月の前半が東で、後半が西と、市を開く日は決められているが、外町は市のないときも賑わいがたえない。

外町には湯屋《ゆや》（蒸し風呂）もあるし、酒や食べ物をだす小屋もある。旅人を泊める小屋も廓《くるわ》もある。はじめて盛《さか》り場をおとずれた十五歳の業平は、ゴチャゴチャした小屋や、人の賑わいを見て「きれいだ。夢のようだ」と雰囲気に酔っている。

「じゃあ、ぼうやも、やっと遊ぶ気になったかい」と青砥が聞く。

「おことわりです」

「それは、こっちが言いたいよ。うちは、ひとときの幻、まやかしの恋を売るところだ。冷やかしなど、おことわりしたいよう」と白砥。

心配だと付いてきた守平は、さっさと遊客になってしまった。秋の日が落ちて、雰囲気だけを味わうからと、女と遊ぶのを拒む業平少年を、青砥と白砥はもてあました。妓楼で兄を待たせるわけにもゆかず、自宅につれてゆこうと出てきたところ「ひとときの幻。まやかしの恋……」と業平は見惚《みほ》れている。

「白砥。闇に映える子だねえ」

「まるで蛍だ。さあ、ぼうや。遊ばないのなら、いつまでもキョロキョロしないどくれ。そういうのが、一番たちがわるい。肥溜《こえだ》めに落っこちないように、足元に気をつけて、こっちに、おいで」と白砥がくらい小道にまねく。おなじ町内に、白砥と青砥の住む小屋もある。

狛の住まいと似た小屋に、業平をあげて、

「兄さまは、陽がのぼるまで出てこないよ。夜道は帰せない。今夜は、ここに、お泊まりな」と青砥が几帳をまわして板の間を区切った。

「なにか腹に入れるかい」と白砥。

「うん」

「お偉い方の食べ物をまねた膳を、とり寄せることもできるが……雑炊《ぞうすい》を食べたことはあるかい」

「なに、それ?」

「米や菜を炊き合わせた粥《かゆ》だよ。わしらの腹を満たすものだが、それなら小女《こおんな》につくらせる。食ってみるか」

「うん」

「そういえば……小夜《さよ》は、どこにいった? 青砥」

「また、となりのジジイの世話でもしているのだろうよ」

「小夜。小夜!」大きな声をだしながら白砥が外にでると、青砥が強い香を炊きはじめた。

もどってきた白砥が、土間から広口と盃を運んでくる。

「甘蔓《あまかずら》と、酒に漬けた山桃の汁を漉《こ》して、清水で薄めたものだよ。こっちは白酒だ。酒は飲みかたがあるから、馴れるまでは飲みすぎないことだ」

そそがれた山桃の汁を一口飲んで、うまそうな顔をした業平が「ねえ。おばさん」

「ン！」

「ひとときの幻。まやかしの恋って言ったよね。妓楼は男が銭を払って、女を抱くところでしょう」

「みてくれはよいが、つくづくヤな子だねぇ。好かれている。惚《ほ》れられていると客に思わせる商売だ。待っていてくれる。会いたい。見たいと思う客の気持ちは、りっぱに恋心だろ」

「娼妓《しょうぎ》も、本気で好いてくれるの？」

「泡沫《うたかた》の嘘を承知の恋枕。わきまえのない一見《いちげん》の客を、うちは上げないよう。客筋がよいから、娼妓たちも嫌っちゃいない。本気じゃないのは、おたがいさまだろ」

「たまには、いたがね。胸をしめつけるような客がさ。ねえ。白砥」

「胸をしめつけるか……いいねえ。ひとの恋でも、恋心はいいものだなあ」

「恋におぼれて、身をこがし」

「あげくに焼け焦げちゃ、おしまいだがねえ」と二人が笑う。そこに体格の良い女が、土鍋を運んできた。

「母さん。亀爺《かめじい》とワシの雑炊が炊きあがったが、これを客にまわしてもよいのか」

小夜《さよ》という名で、若くて幸の薄そうな小女の姿を、勝手に想像していた業平が、つまらなそうな顔をする。歳は若いのだろうが、大きくたくましく健康そうで、抱きついたら押しつぶされそうな娘だ。

「なにを炊きこんだ。小夜」と白舐。

「米と、菜っ葉と、鹿の干し肉と、鮭の削り節を入れた。熱いうちに、卵を割りこむといい」

「おまえ！　ワシらがいないと、こんなに豪勢なものを食らっているのかい」と青舐。

「亀爺が、干し肉と卵をくれた。あれ、まあ」と小夜が、どたりと座った。

「どうした？」

「客というのは、新しくきた姐さんか。こりゃ魂消《たまげ》た別嬪《べっぴん》さんだ」

「男だよ」と椀に雑炊をよそって、業平のまえにおきながら白舐。

「別嬪というは、仕草や表情を美しく練りあげた人のことだよう。生まれつきの良し悪しは、どうにでもなる。考えもなく立ち、ボーっと歩き、顔の表情を自在にあやつれないものは、よく見りゃ造りは良いのにねえ……といわれるのが落ちだ」

「しかしな。生まれつきがよくて、可愛い可愛いと、もてはやされ、いつのまにか見せかたを心得てるってこともあるだろう。すこし嫌味だが、この坊やも、なかなかのものだ。磨きをかけたいと思わないか。白舐」と、業平をながめながら青舐。

「ワシらみたいに育てた米も食えない、すきっ腹をかかえた百姓の子ならねえ。男でも女でも、いいじゃないか。これだけの玉なら磨きあげて、都一の流行りっ子。恋の上手に仕立てあげたいところだが……」

「母さんたち。男娼《だんしょう》もおくのか？」と小夜。

木しゃもじで雑炊をすくって、口をつけた業平が「アチッ……」

「ほら。熱ものを口にできない、大層な生まれだから……ぼうや。冷まして、おあがりな」

「まったく、おしいねえ」

「おしい」と白砥と青砥。


つぎの春（八四一年・承和八年）の草が萌《も》えるころ。甘い風を吸いこんで、守平は馬の背に揺られていた。東山にそって南下すると、伏見《ふしみ》、小野、深草《ふかくさ》の里がつづく。このあたりまでは、貴族の別業（別荘）が点在するし、人通りも多い。巨椋池《おぐらいけ》の横をぬけて、宇治の大橋を渡り、木津川のそばまで来ると人通りが少なくなった。はやく進みすぎた守平が、そろそろ早駆けができそうなのに、なにをグズグズしていると、馬足を緩《ゆる》めてふりかえる。

青春ただなかの十八歳の春だから、守平は心が躍《おど》って気がはやる。なにか、ときめくことがありそうな……そんな期待が体からあふれる。

舎人のサンセイとモクミに守られて、冠の磯《いそ》（額の部分）の下に指を入れて掻きながら、かなりおくれて業平がやってきた。上気した色白の肌に、流行りの濃淡の布で仕立てた、紫の狩衣《かりぎぬ》がよく合っている。似合ってはいるが、服の色は一目で分かるように、階級によって使用が定められている。

金銀、赤、紫は、上級貴族の色。ほかの階層が着てはいけない禁じられた色で、色目も上位に行くほどに濃くなる。守平も業平も血統的には二世王（天皇の孫）で、三品阿保親王の子だが、臣籍降下《しんせきこうか》して在原氏。皇族ではないし位階《いかい》もない。親がかりの身で、収入もない。業平の母の伊《い》都《つ》内親王《ないしんのう》は、なにを思って、濃い紫が混じる狩衣を用意したのだろう。こういうことには、くわしいはずなのに、業平を甘やかしすぎる。

「守兄《もりにい》。ちょっと、待って……」

守平がうなずくと、さっそく業平は馬をおりて、モクミに冠《かんむり》を外してもらっている。

……ったく、もう！　と守平は口をとがらせた。

成人して冠をかぶると、人前で外せなくなる。外出中はもちろん、自宅でもかぶる。寝るときもかぶる。病に伏していても、訪ねる人があればかぶる。冠は羅《ら》という透ける生地でできているから、それほど蒸れないが、まだ馴れていない業平には、わずらわしいらしい。守平も馬に乗るときは、冠などないほうがよいと思うけれど、どうして、あいつは、ガマンができないのだろう。

モクミとサンセイは、止めの簪《かんざし》をぬいて業平の冠をはずすと、用意してきたらしい袋に入れて……いきなり、その袋を業平につきだして、懐から刀をとりだすと、抜いて身をひるがえした。

東の山間から飛んできた矢を、モクミがたたき落とす。二本目の矢は、サンセイが二つに斬った。三本目の矢をモクミが両断していると、サンセイが業平をかかえて、業平の馬に跨《また》がった。

二人乗りをするつもりだと、守平が体を前にずらすと、モクミがうしろに飛び乗ってきた。山のなかから、口笛が交わされる。

「だれ？」と疾走《しっそう》する馬上で守平が聞く。

「トウゾク！」とモクミ。

サンセイとモクミが綱《つな》をとる、二頭の馬は四人を乗せて、新緑のなかを渓流にそって疾走した。あとを追ってくるものはいない。渓流が東の山間に折れる河原で馬をとめた。川に沿ってさかのぼれば、むかし、恭仁京《くにきょう》とよばれる都があったところにいく。四人が目指しているのは奈良だから、ここからは川筋から離れる。

「おりて！　馬、休ませる」と、サンセイ。

「おまえらは、スゴイ」と言いながら、守平は馬をおりた。

サンセイとモクミは、阿保親王の母の葛井藤子《ふじいのとうし》の甥になる葛井三好《みよし》が、二年まえに世話してくれた。葛井氏は古い渡来系《とらいけい》豪族で、九代まえの聖武天皇の信頼が厚く、やたらに大建造物を造ったころの木工寮《もっこうりょう》を任されていたから、山人とのかかわりも深い。サンセイとモクミは、山を漂流《ひょうりゅう》する山人と呼ばれる者で、戸籍がないから人のうちに数えられない。

歳は本人たちも知らないが二十歳くらいで、兄弟でも親族でもないそうだが、二人とも小柄で似ているから従弟ということにして、二人の住んでいた小椋山《おぐらやま》に地盤を持つ小野篁《おののたかむら》にたのんで、近江《おうみ》に戸籍をつくって名も決めた。親王家や貴族の邸の使用人は、身元を届ける義務があった。台帳は手書きで、元本に不明な字が多く、それを書き写しているから、あてにならないしろものだったし、有力な保証人があれば新戸籍の申請もできる。淳和天皇は治世のあいだに、渡来系氏族の本貫地を都の内に移させた。そのころは都に住む人が、まだ多くはなかった。都に住めば、租税の一部が免除されるので、いまは都に籍をおき地方でくらすという、要領のよい人もいる。都の庶民の戸籍や納税は、京職《きょうしき》が管理している。

サンセイとモクミが籍をつくって、親王家の使用人になるのを、山の仲間たちは気の毒がった。山を流離《さすら》っていれば、自然の危険はあっても自由だ。山人は檜皮剝《ひわだは》ぎや、炭作りや、ひご細工ができるので、それほど生活に困らない。山人にかぎらず、特殊な技術をもつ渡来系技術者は、本貫地がなく、出来高払いで、納税義務がない。そのほうが、ずっと暮らしやすい。

良民という戸籍のある庶民との通婚は禁じられているが、いったい、どこのだれが、地方の百姓の小娘と、山人や技人《てひと》の青年の恋をとりしまる。「いくな!」と山の仲間はとめた。山家《やまが》育ちのサンセイとモクミが、かたくるしい都づとめを逃げださないのは、阿保の邸の住み心地が悪くなかったからだ。衣食住つきで賃金がでるし、心配だった租税のことも、阿保家をとりしまっている家令《かれい》の和仁蔵麿《わにのくらまろ》がやってくれているので、知らないままでいる。

舎人《とねり》という職名だが、本物の舎人は、天皇や皇太子のそばで雑用をする、舎人寮に属する四百人ほどの官人だけをさす。サンセイとモクミのように、主《あるじ》に私費で雇われる者は、従者と呼ぶのが正しいが、似たような姿で、似たようなことをするから、舎人と呼びならわしている。

「さっきの、あいつら。なんだったの。山人?」銀色の花をつけた川辺の猫柳《ねこやなぎ》の小枝を、白い指で折りながら業平が聞く。

「山人、ない!」サンセイがむくれて馬の首筋を拭いた。

「ヤジリ、ちがう」と馬の足を調べながらモクミ。

「おまえが派手な格好をするから、ねらわれるのだ。業《なり》」平らな小石をさがしながら、守平が言う。

「どうして、そうなるの!」猫柳を、うしろ襟《えり》にさそうとしていた手をとめて、業平。

「まちぶせ？」とモクミ。

「小熊、ねらう？」守平と業平をジロジロながめて、サンセイ。

「小熊って、われらのことか？　ねらわれる、おぼえなどないよ」守平は、川面すれすれに石を飛ばす。小石ははずんで、三回跳ねた。

「小熊殺す。親熊おどす。うごくの殺す」とサンセイ。

「そんな可哀そうなことをするの？　おまえたち」と業平。

「山人。しない！」とサンセイ。まてよ……と、守平が聞きかえす。

「父上の動きを牽制《けんせい》するために、われらを殺す。そういうことを言いたいのか？」

「それ」とサンセイ。

「しらべる」とモクミ。

「逃げているさ」守平。

「あと、ある」

「……そうだな」

「守兄！　そうやって分かってやるから、サンセイとモクミは言葉がうまくならない」と、猫柳の枝を襟にさし、ほぐれた鬢《びん》の毛を風になびかせながら、しんなりと身をそらして、業平が陽光に目を細めた。

サンセイとモクミは、なまりが強くて都言葉になれない。二人にしか分からない言葉を早口で交わして、笑ったり、じゃれ合ったりするから、寡黙《かもく》なたちではないらしいが、都言葉は、なるべく短くすまそうとする。だから表立ってつれて歩けず、阿保親王でなく守平と業平の供をしている。

昼すぎには、平城山《ならやま》をこえて萱の御所についた。残り少ない髪も白くなり、体もちぢんで曲がったが、いつもの、なつかしそうな笑顔をして小木麻呂《おぎまろ》がまちかねていた。

「業平さま。初冠《ういこうぶり》、おめでとうございます。これで阿保さまのお子さまがたの冠姿を、すべて拝見できましたな」

「小木ジイ。これ」業平が、猫柳をさしだした。髻《もとどり》をなおしてもらって、冠を被っている。ヒマなときは竹を細かく割ったヒゴで、花差しを編んだり、笊《ざる》を直したりしているサンセイとモクミは、手先が器用だから便利だ。

「真如《しんにょ》さまと葛井三好《ふじいのみよし》さま。大枝本主《おおえのもとぬし》さまが、おいでになっています」と小木麻呂が告げた。真如は阿保の弟。葛井三好は阿保の甥で、守平たちの兄の仲平の叔父。大枝本主は音人《おとんど》の継父で、はじめての先生。十代の守平と業平にとって、親戚の、うるさいおじさんたちだ。

平城京が廃止されてから五十七年がすぎているが、旧都奈良は荒涼とした廃都にはならなかった。遷都《せんと》の目的の一つが寺社勢力の切りはなしだったので、桓武天皇が寺院を奈良に残したからだ。京の都の南にあるので、南都と呼ばれるようになった奈良は、いまは田園風景のなかに寺社が建つ宗教都市になっている。

萱の御所は、奈良の帝の私有財産で、嫡男の阿保が相続した。平城宮跡と松林苑跡《しょうりんえん》の広大な敷地は、真如が朝廷からもらった。萱の御所と、真如が所有する旧宮城の北側は、平城京をつくるときに、いくつか壊したほど巨大古墳が多い。

宮城跡のすぐ北側にも、都をつくるときに前方後円墳《ぜんぽうこうえんふん》の方形の部分を壊して、遺体を安置する円形の部分をのこした半残りの古墳がある。山桃の木が多いから楊梅《ようばい》（山桃の唐名）陵《りょう》と呼ぶこの古墳の、西に真如は草庵をつくって、ほかは田畑とした。

萱の御所は楊梅陵の東にある。真如は自分の草庵と、萱の御所を寺にすることを望んでいて、阿保に同意を求めてきた。守平と業平は忙しい阿保の代理で、この二人をよこしたのが「すべて、まかせる」という阿保の意思表示。つまり来るだけで、なにもしなくてよい。狩りでもして遊ぶつもりだ。

奈良の帝の御座所だった仏間で、あいさつをすませたあとで、葛井三好が「元気そうだな」と、すみにひかえたサンセイとモクミに声をかけた。どちらが上か、狩りの腕を競う若者がいるという山人たちの噂を小野氏から聞いて、さがしだして舎人に仕立てた当人だ。

「ハッ！」「ハッ！」と、サンセイとモクミが、身を伏せる。

「どうだ。都に慣れたか？」

「ハッ！」「ハッ！」

「なにか、困っては、いないか？」

「ハッ！」「ハッ！」

「都にきて、どれぐらいになるかな？」

「ハッ！」「ハッ！」

「？」

「あの……三好どの」守平が割ってはいって「じつは……」と、矢でおそわれたことを話した。

「ねらったのでしょうか」と本主が心配そうな顔をする。

「臣籍降下している守平と業平を、ねらうだろうか」と叔父の真如。

「阿保さまは、親王のままです。嫡子相伝《ちゃくしそうでん》なら、桓武天皇の嫡子の嫡子。阿保さまを牽制《けんせい》するために、お子らをねらうことは、あるかもしれませんな。いちおう調べてみたほうが……」と、本主が話し終えないうちに「ハッ！　ます！」「ます！」と、サンセイとモクミが勇んで答えた。

「守平さま、業平さま、おねがいします」「します」

「この地には、大枝本主さまの、ご親族の秋篠《あきしの》さまや、菅原《すがわら》さまの縁者もいらっしゃるし、もうすぐ紀名虎《きのなとら》さまの、ご子息もおみえです。みなさま手練《てだ》れをお連れでしょう」業平が渡した猫柳

に、庭の赤い椿をそえて、奈良の帝の小さな念持仏《ねんじぶつ》のよこに活けながら小木麻呂がうけあって、

「よっこいしょ」と立ちあがり、「これ。舎人どの。出かけるなら干《ほ》し飯《いい》を持ってゆかぬか」

「ハッ!」「ハッ!」

炊いた米や糯米《もちごめ》を乾燥させたものが干し飯。湯や水をかけて、もどして食べるインスタント食品だ。サンセイとモクミは、山に入れば食料にこまることはないが、米は大好きなので、大喜びで小木麻呂のあとを追った。


入れ替わるように、名虎の息子の紀有常《きのありつね》が、僧形の男を伴って入ってきた。

「備後《びんご》の紀氏で、大安寺《だいあんじ》におります」有常が三十代の僧を紹介する。

「行 教《ぎょうきょう》ともうします」静かな声をだす僧だ。大安寺は奈良にある真言宗の寺。空海が開いた宗派だから、真如と同門になる。

「この者が、宇佐八幡神宮《うさはちまんじんぐう》を都に勧 請《かんじょう》したいと、もうしております」と有常が言う。

「宇佐八幡宮を、ですか」と本主。

宇佐八幡宮は、九州の大分県にある神仏 習 合《しんぶつしゅうごう》の寺で、天皇家の信仰も厚く、奈良の都の東南にも、宇佐八幡宮を勧請した八幡神社があり、全国にある国分寺の鎮守《ちんじゅ》とされている。

ただ称 徳《しょうとく》天皇のころに、「宇佐八幡の御神託《ごしんたく》事件」といわれるものがあって、遷都《せんと》のときに、

寺社勢力を除こうとした桓武天皇におきざりにされた。

「どちらに勧請されます」と真如。

「男山《おとこやま》へ」

「ああ。男山は、紀氏が開墾《かいこん》なさったところでございましたな」と本主。

「はい。山崎の大泊《おおとまり》のそばにあります」と有常。


平城京から、長岡京《ながおかきょう》に遷《うつ》った一番の理由が、水利のよさを求めたからだった。

平城京は、佐保川につづく大和川が、河内平野を流れて堺港に入るが、ところどころ船の往来に、苦労するところがある。それにくらべて、木津川、宇治川、桂川が合流する長岡は、水利が格別によい。合流した川は、淀川となって難波の港に流れこむ。淀川は大和川より川幅があり、流れもおだやかだ。ただ長岡は水利がよすぎて、氾濫《はんらん》した水が引かずに疫病《えきびょう》が蔓延《まんえん》した。

平安京に遷ってからも、物資の輸送には長岡京の近く、三つの川の合流点から水路を用いている。この合流点を山崎の大泊《おおどまり》とよぶ。男山は山崎の泊《とまり》の東側に、こんもりと茂る山で、水路を用いるときの都の入り口にある。

「宇佐八幡でしたら、お許しがでましたら、木工寮《もっこうりょう》を使って官費での建造ができましょう」と三好。

「はい。なにかと、お世話になると思います」

真如の師の空海は、一念で雨も降らす熱い男だった。行教《ぎょうきょう》は静かだが水のような存在感をただよわせている。人柄も信頼できそうで、つきあったほうが良さそうだと、大人たちが互いを値踏みをしながら、話をつづけているあいだに……守平と業平は、すっごく眠くなった。


はじめての遠乗りで、尻やももの内側がすれたらしい。円座に座っているのが辛くなった業平が、広廂《ひろびさし》にゴロンと腹這《はらば》う。なんとなく、ざわめいていると思ったら、庭につくられた垣根のむこうで、落ちた椿の花をつないで、小木麻呂が少女たちと遊んでいる。

大人たちが知らん顔で話しているのを見て、守平も「尻が痛くて熱い」と、いつも挿している腰の小刀をおいて、横にならんで腹這った。守平も業平も臣籍降下したが、天皇の孫で歳も十八と十六。もう子供ではないのだが、わきまえがない。

「かわいいな」と業平がささやく。小木麻呂に遊んでもらっているのは、十歳をすぎただろう二人の少女だ。似ているので姉妹かもしれない。年上の少女は前髪を、紫色の細い組紐《くみひも》で結わえている。動くと紐のさきがゆれる。

「きれいな女《め》の童《わらわ》たちだ。表情が生き生きしている」と守平。

「ねえ。守兄。大人になったら、女は顔も名もかくすって、ほんと？」

「うん」

「顔もみないで、その人を好きになれるの？」

「額とか、髪は見えるらしい」守平も位階がないから、高貴な女性を知らない。そういう人がいる場所に、出してもらっていない。阿保家の女房や、帳内《ちょうない》として派遣される女房は、口うるさくて、おっかない。近ごろは通うところもあるが、顔をむきだしにした庶民の娘なので、上流階級の事情は噂でしか知らない。

「額や髪に恋するの？　母上はかもじ（エクステやウィッグ）をつけているよ。良いかもじだから、守兄にゆずるように、ねだってあげようか」

「ばかにするな！」と守平が業平の首に腕をまわした。記憶がはっきり残る五歳のころには、業平は守平の弟として、そばにいた。業平の母は高い身分の内親王で、守平の母はいやしい生まれだが、一緒に遊んで育ったから仲がよい。

「評判で美人だときいて、歌《うた》のやりとりをすると、心映《こころば》えも分かるのだろう」と歌のやりとりなどしたことがないのに、守平が教える。

「詩《うた》か。女の人も漢詩をつくるのか」と業平がガッカリする。

「いや。そっちじゃなくて、たぶん恋の歌は、和歌じゃないかな」

「和歌ねえ。それなら、なんとかなるかも……」と業平。

「つくったことが、あるのか？」

「やってみなければ分からない。五・七・五・七・七と、言葉の数を合わせればよいのだろ」

「そんなに簡単なことでは、ないと思うけどな」

「あの子たちは大人になれば、きっと美人だよ。だから、いまのうちに口説いておこうよ。うまくいったら、二人のうちの一人は守兄にゆずる。だから、あの違い棚の上に硯《すずり》があるから、そっと取ってきてよ。ねえ」と業平が目でしめす。

異母兄弟は、母の身分の差で上下関係ができる。業平が母の生まれを意識して、守平を使うのならば、それはそれでいい。でも業平には、そんな気はない。それでも業平と一緒だと、ワリを食うことが多いのが頭にくる。まず女のような容貌で二歳下だから、子供のころから取っ組み合いをしても、本気になって殴る気になれなかった。それに、こうやって甘えられると、ついつい、きいてやる。きっと、これは資質の問題だ。年下だとか、弱そうなものに、手をかしてしまう自分がいけないと思いながらも、守平は立ち上がった。話に夢中になっている大人たちに気取られぬように、そっと硯《すずり》を取りに行って、もどってきて蓋を開け「磨《す》り残りが……」と業平を見て仰天した。業平が、自分の狩衣《かりぎぬ》の裾を、守平の小刀で切っている。

「おい！　なにをしている。おまえの母上が、今日のために、そろえてくださった、新しい狩衣だろう！」

業平の狩衣は、信夫《しのぶ》地方（福島県）で作られる摺《す》り布（ストーン・ウォッシュ）の信夫摺《しのぶず》りで高級品だ。切りとった布の染めが擦れて薄いところをえらんで、業平が筆を走らせる。

「守平！　業平！」と、真如の声が飛んだ。

真如、本主、三好、有常、行教の五人が、話をやめて見ている。真如は叔父で、本主は先生。三好も幼いときから知っているけれど、名虎の息子の有常とは数回しか会っておらず、行教は、はじめてだ。

やべぇ……と守平は、円座に素早く座って「はい。叔父上」

「なにをしている」と真如。

「庭にかわいい乙女がおります。文を使わそうと思いました」守平の横に、ゆっくり座りながら、ぬけぬけと業平が答える。

有常がスッと立ち寄って庭先をのぞき、「あの娘たちですか」と聞いた。ギョロ目で豪快な父の名虎に似ずに、繊細な感じがする青年だ。二十六歳と年も近く馴染も浅いので、まだ遠慮がある。

「上の娘は静子《しずこ》。十四歳になる妹です。下の娘は涼子《りょうこ》。十歳になる、わたしの娘です。めったに外にだすことはありませんが、初笄《ういこうがい》（女子の成人式）まえの思い出をつくってやろうと、若菜摘みに連れてまいりました。お歌は、どちらの娘に送られるおつもりで？」

「……」業平が、指で鼻の横をこすった。

「娘たちは幼くて、返歌もできません。せっかく信夫摺りを裂いてくださったのですから、わたしが拝見させていただきましょう」とそばにきて、有常は膝をついて手を出した。業平も、しぶしぶ布を差しだす。

読み終わった頃合いをみて、「有常どの」と本主が声をかける。有常が本主に布を届け、五十代の三好から三十代の行教までが、かわるがわるに十六歳の恋の歌に目をとおし、やがて行教が、湿り気のある声で朗々と歌いあげた。

かすが野の　若紫《わかむらさき》の　すり衣《ごろも》　しのぶのみだれ　限り知られず

（若紫とおなじ色の　紫の偲《しの》ぶ〈信夫〉の摺り布を身につけていたから　忍ぶ思いの乱れが　限りないように思えます）


「よい歌だ」と本主が感心する。

守平は、九州の大宰府で生まれたが、そのころのことは覚えていない。兄たちから聞かされた思い出が、自分の記憶のようになっているだけだ。

京の都に帰ってきて、はじめて文字を教えてくれたのが大枝本主だった。業平も五歳から、本主に読み書きを教わった。本主はやさしい先生で、いつまでも二人のことを気にかけてくれる。だが、ほかの者は首をかしげたり、腕を組んだりして黙っている。これは、小言がはじまるまえの、イヤーな雰囲気だ。

「業平どの。これは、ほんとうに、あの娘たちにあてた恋歌ですか」怖い顔をして紀有常が、みなの思いを言葉にした。

和歌は、どのようにでも読みとれる危なさがある。かすが野という奈良の地名と、紫という皇位の色。摺る、偲《しの》ぶ、乱れ、限り知らずと重ねる言葉。奈良の帝からの皇位継承の乱れを、批判する歌と、とれなくもない。しかも着ている狩衣を切り裂いて書く、発想と行動力があるから、大人たちは業平が政治批判をするような歌を詠《よ》むのではないかと、危ぶんでいるらしい。そりゃないと守平は思うが、業平は考えもなく結論に飛んでしまうことがある。政治に無関心でも、性格が危ない。

「お相手が幼すぎて、ほんとうの恋とは遠いから、解釈もうまれるのでしょう。歌にともなう恋があれば、だれも深読みをしません。

業平さま。泥の中から立ち上がり、美しく咲くから、蓮《はす》は仏の座となるのでしょう。人を思ってあがく心の泥から、歌も立ち上がって咲くのではありませんか。

苦しみ、哀しみ、もがき、あこがれる。そんな悩みの多い、よい恋をなさいませ。そして、これからも、よい歌をお詠みください」行教が、しっとりと場を治めてくれた。

なるほど……お坊さんは、話が上手いな……と守平は感心して、有常も「とりあえず、娘たちが成長するまでは、わたしが、あずかりましょう」と信夫摺りの布をふところにつっこみ、一件落着と席にもどって、居住まいを正した。

「では、嵯峨の帝の婿である良房どのは、源氏の太政官の賛同を得られるのですね」葛井三好が聞く。話の途中だったのだろう。転がっているわけにもゆかなくなって、守平と業平も座に加わる。

十五年まえに亡くなった、さきの右大臣の藤原冬嗣《ふゆつぐ》の閑院《かんいん》という大邸宅は、冬嗣の次男の良房が相続した。そのときにも、なぜ長男ではなく次男が……と、とり沙汰されたが、淳和天皇の御代では、長男の長良のほうが先に出世したから沙汰もやんだ。

しかし仁明天皇の即位のあとで、冬嗣の次男の良房が、いままでに例のない七段を飛びこえる昇進をして、参議で権中納言《ごんのちゅうなごん》になった。淳和太上天皇が亡くなると、良房と源潔姫の婚姻が明らかにされて、良房は嵯峨太上天皇の娘婿で、源氏たちの義理の兄になることが分かった。それを話題にしていたのだろう。

「その潔姫さまと良房どののあいだに、お子はございますか」と本主。

「女子が一人おられます。わたしの娘の涼子とおなじ年の生まれで、今年で十歳になられる明子さまです」と有常が答える。庭で遊んでいる歳下の女童を、有常は娘の涼子といった。みるからに幼い。

「元服なさった恒貞《つねさだ》皇太子のもとに、娘を入内させる方が少ないそうです」と有常がつづける。

「さきを危ぶんでのことか」と真如。

「はい。皇太子の父君の淳和院と、右大臣の三守《みもり》さまが亡くなられました。大叔父で左大臣の藤原緒嗣《おつぐ》さまは、登庁しておられません。新しく右大臣になられた源常さまが、皇太子傅を兼任なさっていますが、着任早々で馴染がうすく、形だけです。恒貞皇太子の即位を望んでいるのは、藤原愛発《あらち》どのだけになりました」

有常は父の名虎にいわれて、政情を伝えにきたらしい。

左大臣の藤原緒嗣は式家で、急死した先の右大臣の三守は南家だった。この二人が欠けたあとに残るのは、藤原北家の大納言の愛発と、中納言の良房だ。愛発は冬嗣の異母弟で、良房の叔父になる。要職についている藤原氏は、もはや北家だけになった。

恒貞皇太子が即位すると、幼少時代から皇太子に仕えた愛発の力が強くなる。藤原氏の中心が愛発に移ってしまう。嵯峨の帝の後押しがあり、源氏の太政官の標を動かせる良房が、それを見過ごすだろうか。

「良房どのと源氏が義兄弟となりますと、良房どのの妹がもうけた帝の第一皇子を、擁立《ようりつ》しかねないということですか」つぶやいて、本主が手で膝をなぜた。

「皇太子を入れ替えるかも知れませんな。こんどは愛発どのと良房どの。北家同士が覇権《はけん》を競うのでしょうか」と張りだした眉間《みけん》にしわをよせて、葛井三好が太い息をつく。

「あのう……」と、ついて行けなくなった守平が、右手を上げる。本主が条件反射で、「どうしました」と聞いてくれた。

「おっしゃっていることが分かりません。皇太子を入れ替えるとか、どうして、そんな物騒なことを話し合われているのですか。もしかして、これって、陰謀《いんぼう》とか密談とかですか」

「バカモノ。なにを寝惚けている」真如が、陽に焼けた坊主頭をつきだした。父の阿保より七歳下の叔父は、いつも自然体だ。

「恒貞皇太子が廃されるかもしれないと、心配しているだけだ」

「それは聞こえましたが、なぜ皇太子さまが廃されるのです」

「恒貞皇太子は、帝の従兄弟《いとこ》。帝には実子で、もうすぐ元服される第一子の道康《みちやす》親王がおられる。たしか十四歳だ。この道康親王の母は良房の同母妹で、良房の妻は源氏の一の姫だ。良房は血のつながる道康親王を、皇太子にしたいだろう」

「したいからって、それが、なにか……」と、守平は分からない。

「この国の実権を握るためなら、どんなことでも藤原氏はする。とくに北家はタチが悪い。帝に謀反を企てたと冤罪をつくって、皇太子を囚獄して亡き者にするくらい、簡単にしてのけるだろう」

「ばかな!」と守平よりはやく、業平が反応する。

「たびたび、くり返されてきたことだ。良房が天皇の外戚になるために動くなら、帝が皇太子に譲位をされる前だ」

「分かっていて、放っておくのですか」

「藤原氏を朝廷から一掃《いっそう》することは、もうできないだろう。北家に限らなければ、わたしのおバアさんも藤原氏だ。守平や業平の、ひいおバアさんだ。業平などは、母方のおバアさんも藤原氏だから、どっぷり藤原だ」と真如。

「ゲェ」「ウッソー」

「名虎は、どう言っている」と真如は有常にきいた。

「源氏の君たちが参議の座を占められてからは、ほかの氏族が高位にあがることは、むずかしくなりました」

「そりゃ、そうだ。大臣や大納言や参議の数は決まっている。しかも上席は、移動なしの終身雇用だ。それを源氏と藤原氏が占めてしまえば、ほかの氏族に機会はない。なにしろ源氏は若いから、さきは長いぞ。豪族系の出世は、むずかしいだろう」

四年まえに、参議で従二位になった紀百継《ももつぐ》が亡くなってから、豪族系の公卿《くぎょう》はいなくなった。名虎は、まだ正五位上の散位《さんい》に止まっている。いっときは、仁明天皇に入内した娘の種子が皇子を産んで、縁故出世ができるかにみえたが、その種子が子供もろとも内裏《だいり》から下げられてしまった。それでも名虎は、紀氏一族のために、なんとかしようと動きまわっているらしい。宮仕えというのは、大変だな……と思うけれど、守平には実感がわかない。

京の都は東西約四・五キロ、南北約五・三キロの長方形で、北の中央に大内裏《だいだいり》がある。大内裏のなかには、大極殿《だいごくでん》をはじめ、政治を行う各官衙《かんが》と、天皇がくらす内裏が建ち、東西約一・二キロ、南北約一・四キロの塀で囲まれている。

大内裏の外壁の南中央にある朱雀門《すざくもん》から、都城の南門の羅城門《らじょうもん》までは、朱雀大路《すざくおおじ》が通っている。朱雀大路は、幅が七十メートル余り。その両外に犬走りと側溝《そっこう》が約七メートル幅でついているから、それを入れると八十四メートル幅だ。柳や槐《えんじゅ》の街路樹が植えられて、長さは約四キロある。

朱雀大路の東を左京、西を右京という。朱雀大路を中心に、東と西に向かって一から四までの坊《ぼう》、北から南へは一から九の条《じょう》という正方形の地域分けが、大路で区切られて作られている。さらに大路と大路の間に、東西も南北も三本の小路が真っ直ぐ通っていて、碁盤《ごばん》の目のように土地を区分する。この大路や小路で区切られた、約百二十メートル四方の正方形の土地を町と呼ぶ。

どの道にも側溝という溝があり、水が流れている。道と道が交差するところは側溝も交差するので、上に板を被せた暗溝《あんこう》や橋の数が多い。地形は北東の土地が高く、南西に向かって低くなっているから、側溝の水も都の南西に広がる河内平野に流れ込む。

地価は、大内裏と朱雀大路のそばが高い。つまり中心に近く、北に行くほど高くなる。東西では南西部が低く右京は湿地になりやすいので、東の左京の方が賑《にぎ》わっている。とうぜん一番良い場所は、官地か高位の貴族たちの邸になっている。

阿保親王の邸は、左京二条三坊にある。四品を賜って邸をもらったときは、現役天皇の第一皇子だったので、一町（一万四四〇〇平方メートル・四三六〇余坪）の広さがあり場所も良い。十四年も九州にいたが、品位も邸も没収されなかった。帳内《ちょうない》という朝廷が費用を払ってくれる使用人を使えたので、留守のあいだも邸の手入れはされていたが、人の住まない邸はさびれていた。

都に帰ってすぐに、淳和天皇の口添えで、叔母にあたる伊都《いつ》内親王を妻にした。伊都内親王は桓武天皇の第八皇女だから奈良の帝の異母妹で、歳は阿保より十歳以上若い叔母になる。

伊都は無品の内親王なので、朝廷から邸を下賜されず、母の藤原平子が所有する東山の別業（別荘）で母と共に暮らしていた。婚姻してから、阿保は邸の一画に母娘を迎え入れた。いまは阿保は三品親王になっていて、伊都の母の平子も亡くなった。阿保は役職のほかに、上野太守《こうずけのたいしゅ》、上総太守《かずさのたいしゅ》と実入りのよい立場にいたから、隣の官地を買って、左京二条三坊十五町を伊都の邸としている。二町をぶち抜いた邸ではなく、一町ずつの邸が隣り合っている。

阿保の住まいは客の出入りがあるので、北の中御門大路に四脚門《よんきゃくもん》を構えて、ハレ（晴）の場もつくられている。ハレの場は儀式につかう建物のことで、普段はつかわないが、そこから望める庭も小奇麗《こぎれい》にしている。

ただ阿保は見栄っ張りではなく、よけいな出費を抑える貯蓄型で、奈良の帝の合理主義をついでいる。住み暮らすケ（褻）の場には、何棟かの建物がある。ハレの場と阿保の居住する棟は、檜皮葺《ひわだぶ》きの屋根で広廂をそなえ、一部は渡り廊《ろう》でつながっているが、ほかの棟は独立家屋で廂もせまく、板葺き屋根のところもある。大宰府生まれの守平は、その一棟で成長した。

伊都内親王の住まいは、阿保の邸に近い北側の半町分を、塀で囲んで新築した。客はめったに来ないので、ハレの場はなく、ケの建物を暮らしやすく造った。業平は、ここで育った。残りの半町は、阿保家や伊都家の使用人の住む小屋や、蔵や牛小屋や馬小屋があり、畑もある。

父が三品親王で、初冠《ういこうぶり》はすませたが、まだ位階をもらっていない青少年は、登庁する日を目指して奨学院《しょうがくいん》に通うか、自宅に家庭教師を招いて猛勉強をしている。国の大学寮《たいがくりょう》は、入るのも学ぶのもむずかしく全寮制だが、皇嗣系の子弟が通う別院の奨学院は、かなり融通がきく。守平と業平は蔭位《おんい》の制で、二十四、五歳ごろには、従五位下か正六位上をもらえるはずだ。従五位下は貴族の最下位だが、七千人の官人のなかの、選ばれた四百人、日本のトップ四百人だ。

位階をもらえば、国費から給与がでるから、職場のない散位《さんい》でも登庁日数が決められている。恥をかかないていどの、漢籍《かんせき》や古例や律令《りつりょう》にかんする知識をもちあわせたほうがよい。どこかの省《しょう》や寮《りょう》（諸官庁）に配属でもされたら、なにも知らないでは通らない。

すでに兄の仲平と行平は登庁していて、仲平は刑部省《ぎょうぶしょう》に配属されている。守平と業平も勉強しなくてはならないのだが、一人でいるときに読書している守平は良いとして、業平は漢籍や律令の丸暗記と、漢文の読み書きと、唐律《とうりつ》や歴史や先例を丸暗記するような勉学が、とことん嫌いだ。本を開くと拒否反応がでて、眠ってしまう。気絶するに近い。

阿保は勉強、勉強とうるさくするかわりに、二人をサンセイとモクミにまかせた。

勉強がいやならば、文官《ぶんかん》ではなく武官《ぶかん》にしよう。阿保も武芸が好きで、筋肉質で立派な体をしている。朝廷には六衛府《ろくえふ》とよぶ、武官が務める役所がある。そちらに推薦すればよいだろう。

伊都内親王の住まいの南側の、使用人の小屋や畑などがある半町は、守平と業平、サンセイとモクミに荒らされっぱなしだ。見た目とちがって業平は、射的《しゃてき》や剣や相撲《すもう》の稽古は、すすめなくてもやる。とくに乗馬が好きで、阿保が馬を四頭もそろえてくれたので、しばしば遠乗りにもゆく。奈良の帝から相続した長岡京の邸と土地を、阿保はさらに買いふやして別業（別荘）と田畑にしている。都から長岡までは人通りが多いので、早駆けはできないが、遠乗りにはよい距離だった。守平と業平は、サンセイとモクミをつれて、よく長岡の別業に遊びに行く。

六月になって、淳和の帝の孫の正道王《まさみちおう》が二十歳で亡くなった。淳和の帝と高志《こし》内親王のあいだに生まれた嫡子の恒世《つねよ》親王の嫡子で、今上の仁明天皇の猶子《ゆうし》（養子）だった。淳和の帝と高志内親王は異母兄妹だったから、二人のあいだに誕生した子は体が弱いことがある。孫の正道王も、虚弱体質だったのかもしれないが、淳和の帝の遺族が亡くなると、いつも宮中の緊張が増す。守平と業平は、大人たちの緊張を敏感に感じていた。だが人生経験がない二人には、なにが起こっていて、その先になにが持ちあがるのかは分からない。

九月のはじめに大雨がふって川があふれた。京中の橋と山崎橋《やまざきはし》や宇治橋《うじはし》がこわれた。見に行こうとしていると、サンセイとモクミが新しい水干と短袴に着替えさせて、萎烏帽子《なええぼし》を被せた。

「はあーッ?」

「馬。可哀そう。人、死んだ。家、無くした。それ見たいの、バカ。歩く」

「こんな舎人《とねり》みたいな恰好でーぇ?」

「舎人、靴、ない。怪我するの困る」「靴はく!」長靴の上に浅い草鞋《わらじ》をつけて、サンセイとモクミが、ミノを着せた。

「行こう!」

「サンセイ。なんで、おまえが仕切るのさ」

「主さま。われらに、まかせた」

「それ、似合ってる」

「ねえ。おまえたちって、ほんとうは、もっと話せるだろう?」

「業《なり》。この格好は歩きやすいよ。萎烏帽子の方が、頭だって軽い」と守平。

「軽いのは烏帽子じゃなくて、守兄《もり》の性格でしょうが」

天変地異は不吉なできごとの前ぶれで、人は祟《たた》りだと信じている。合理的で近代的な奈良の帝の血をつぐ守平と業平は、そういう信心よりも野次馬根性が勝っている。五条の橋がないのをたしかめて、四人の青年は、ぬかるみを歩いて山崎までやってきた。増水は止まったが、まだ水は引いていない。音を立てて流れる泥の川は見ごたえがある。

山崎の泊《とまり》は冠水《かんすい》して、漂流物が浮いている。なかに溺死者が漂っていた。船寄せ場もこわれている。見ていられなくなったサンセイとモクミが、泥のなかに入って働いている人と一緒に、浮遊物を片付けはじめたので、守平と業平も泥に入った。

「おなじとき、生きるように、生まれた。だから、みんなで生きる。困っているとき、助ける。困ったとき、助けてもらう。分かる?」とサンセイ。

「……あれ……まだ、子供だ」と業平が、流れてきた溺死者に寄ろうとする。

「怖かっただろう。かわいそうに」と守平も追う。

「動くな! 守! 業! 足とられる」とモクミ。

「ン……」

「引き寄せる」とサンセイが、サオを探してきた。

崩れた船着き場の石垣の石を運んだり、流れて打ち上げられた戸板や木材を運んでいると、屈強な男たちを指揮して残った橋げたを調べさせていた萎烏帽子《なええぼし》の男が、そばを通りすぎてから立ち止まった。ふり返って首をかしげ、しげしげ顔を見て、

「在原さまの、お坊ちゃんたちでは？」

「……」見覚えがあるような気はするが、分からない。

「難波の土師雄角《はじのおつの》でやす」

「ああ……」名乗られて思いだした。遊廓に行ったときに、音人が連れていた土師の手配師だ。山崎橋周辺の復興に出てきたのだろう。

「もう、要請《ようせい》がでたのですか？」守平は、泥まみれの手で額をぬぐった。

「朝廷からですかい。物見《ものみ》にも、来やしません。庶民の災難時には、お上は後手《ごて》にまわるのが得意でやして」と雄角が白い歯をみせた。

「じゃあ、人助け？」

「そんな玉に、見えますかい。ここは、うちが請け負うことになりやしょう。そんときに出面《でづら》はしっかり頂きやす。ただ、わしらが出遅れりゃ、迷惑するのは、お上《かみ》じゃなくて、ここに住んでいる人や、都にくらす庶民でやしょう。

溺死者は、わらの上に並べておくんなさい。木材は高みに運んで、乾きやすいように立てて、おくんなさいよ。使えそうなものは使いやす。石は大きさを分けて、積み上げてくだせい！」

けっきょく長岡の別業に帰るのさえ、おっくうになって、小高い場所に建てられた大きめの小屋で、見知らぬ人と炊きだしの雑炊をすすり、四人は寝ることになってしまった。

「お邸の方は、ご存じですかい」と、雄角が探して来てくれた。

「行先はつたえたが、泊まるつもりはなかったから」

髪についた泥を、ポロポロ落としながら守平が答える。

「知らせたがよいと思いやすよ」

「だめ。離れない、行けない」とサンセイ。

「なるほど……」雄角までが、サンセイの言葉を解して腕を組んだ。

「春先に、雇われ盗賊に、ねらわれたそうですな。でも、その格好じゃ、だれにも分かりゃしませんぜ」

「われら、思いつき、いい」とサンセイ。

「でも、離れない。流れのとこ、入る。深い。溺れる。危ない」とモクミ。

「ねえ、モクミ。あのとき、守。業って怒鳴っただろう」と業平。

「忘れた！」

「そうだな、坊ちゃんたちは、こんな所をご存じないから、そりゃ目を離さねえほうが、ようございましょうな。これから深草《ふかくさ》の紀氏《きし》さまへ使いを遣《や》りやすから、お邸に伝えるように言伝てておきやしょう。ところで、山人の舎人というのは、おまえさん方ですかい」

「われ、サンセイ」「われ、モクミ」

「紀氏さまのお許しがでたら、男山の木を少し伐《き》って、仮橋をかけようと思っていやす。手伝って、もらえやせんかい」

「ノホキリ（鋸）ない」「テップ（鉄斧）ない」

「いや、山や木の具合を、見てもらえればよいので。素人が、やたらと伐ったら、あとで山がこまりやしょう」

避難してきた人や、片付けにきた人が詰まった部屋で、サンセイとモクミに挟まれて、守平と業平は横になった。守平の腕を枕に、業平はスースーと寝息をたてているが、守平は寝付けない。

体臭と湿《しめ》った薪の燃え残りの臭いと、カビの臭いがこもっている。使用人の子らと遊び疲れて、彼らの小屋で眠りこけていたころに嗅いだ臭い……。貴族の子だと知らなくても、ここにいる人は、守平を受け入れてくれた。ただの守平を、ちゃんと一人前に扱ってくれた。なんだか腹の底が、いい感じに、せつなくなる。


洪水が起こった日から、八日後。

まだ水は引いていない。都も西の京の南西部は、道が泥の川となり、泥に埋まった小屋もある。米やマキの値が上がり、河内平野からくる野菜も、難波から運ばれる魚も届かない。庶民のなかに衰弱死や餓死するものが出はじめた九月九日。重陽《ちょうよう》の節会《せちえ》に当たるこの日に、例年どおりに、内裏《だいり》の紫宸殿《ししんでん》では盛大な宴《うたげ》がひらかれた。

重陽の節会は、菊の宴ともよばれる。菊花を浮かべた酒を酌み交わし、詩を詠んですごすために、公卿《くぎょう》以下五位以上の文官と、漢詩の上手な文人が招かれる。このとき、二月から大内記《だいないき》になった、正六位上の伴善男《とものよしお》という三十一歳の小男が、仁明天皇のそばに仕えていた。

伴氏は、むかしの大伴《おおとも》氏だが、大伴皇子といった淳和の帝の即位で氏を伴と変えた。天皇とおなじ名は、皇子のころの名も口にすることができないので、慣例としての変更だ。

伴善男は、なかなかの家系をもつ。

曾祖父《そうそふ》の古麻呂《こまろ》は、嘉智子《かちこ》太皇太后の祖父の、橘《たちばなの》奈良麻呂《ならまろ》が起こした謀反に加わって捕えられて拷問死。杖《つえ》で叩いて、犯行の自白や共犯者を聞きだすので、尋問中に死亡する者が多い。杖の下で命を落とすので「杖下《じょうか》に死《し》す」というが、殴り殺すのだから、言葉の響きのようにきれいなものではない。

祖父の継人《つぎと》は、そのころ大伴氏の氏長者（氏族の長）だった大伴家持《やかもち》が、おとなしくしていろと遺言したのに、奈良の帝の尚侍《しょうじ》だった薬子の父の藤原種継《たねつぐ》を射殺して、佐渡島《さどがしま》に送られて、獄中で斬首。重い刑のときは、「斬死にあたいするが、罪一等を免じて流刑にする」という判決がほとんどだが……ともかく佐渡で亡くなった。父の国道《くにみち》は、祖父の継人の連座の罪で佐渡に流されていたが、恩赦で帰京した。

国道は、非常に有能だった。能吏として評価されて参議にまでなったが、いきなり陸奥《むつ》に左遷《させん》されて、赴任先で急逝《きゅうせい》する。地方でのことなので詳細は分からない。

この家系を背負った伴善男は、これまで内裏のなかにある校書殿《こうしょでん》（図書館）につとめていた。天皇家の書物の整理係から、大内記《だいないき》へ移動するのは異例の出世だ。大内記というのは、天皇の日常の記録から、詔《みことのり》の草案まで作るから、学識者が就《つ》く職だ。伴善男は学歴がなく学閥《がくばつ》ではないが、読書好きの仁明天皇は校書殿を利用することが多く、善男の知識と頭の良さを認めての厚遇だった。

嘉智子の祖父が謀反人となった「奈良麻呂の変」とよばれる事件だが、実際は予兆《よちょう》があっただけで、なにも起こっていない。当時の政治に不満をもつ若いエリート官人たちが、大内裏の庭にあつまって水杯《みずさかずき》を交わしただけで投獄された。そのころは批判されても仕方のない政情だった。しかし、これが切っ掛けとなって、伴氏は時の流れから粛清《しゅくせい》されてきた一族だ。

文官ではないので、阿保親王は「自宅にいます」とことわって、重陽の宴に出なかった。京の都は、東に鴨川《かもがわ》、西に桂川《かつらがわ》が都城をはさんで流れているが、ほかにも京極川や堀川や左比川や大宮川や、何本もの川が北から南に流れている。大路小路には側溝があり、冠水で壊れた橋も修復されていない。弾正台は、都の治安や整備を任されている京職《きょうしき》を監督するから、その責任者の阿保が自宅待機するのは筋がとおっている。

阿保の立場はむずかしい。弾正台で阿保の下の大弼《だいひつ》になっているのが、参議の三原春上。彼は太政官の一人として、重陽の宴に出席している。阿保は親王として各省の長を歴任してきたが、中央の政治に関わる職からは遠ざけられている。だから目立たず、それでいて意固地にみえないように、さりげなく、ふるまわなければならない。

山崎の泊から帰ってこない二人の息子を思いながら、阿保は邸で菊花を浮かべた盃をかたむけた。松の梢にかかる半月が、さえざえと輝いている。


朱雀大路《すざくおおじ》は、多くの人が行きかっている。そのうえ牛や馬が、放し飼いにされている。違法なのだが、運動不足にならないように、どこかの邸のものたちが勝手に放すのだ。

この日は、弾正台の巡察使がまわる当番日だったので、さすがに牛や馬はいなかった。弾正台の巡回は、町をきれいにたもつ役目の京職が、ちゃんと仕事をしているかどうかを調べるためで、庶民を取り締まるためではない。

それなのに「そこの者。とまれ!」と先頭の若い巡察使が、居丈高な声をだした。六人の男たちの一団が足をとめる。みかけぬ風体の一団は、大きな木箱をのせた荷車を引いていた。

「荷をあらためろ」と巡察使が、京職の役人に命じる。一団の主らしい、きれいな水干を着た細身の男が、箱の蓋を開けるように供をうながした。開けられた箱の中には、海産物や書物がつまっている。主らしいその男が、書状と木札をだして小者に渡し、小者からそれを受けとった京職の役人が、そのまま巡察使に渡した。

弾正尹《だんじょういん》の阿保親王の身元保証書と、伊都《いつ》内親王の保証書。そして熊野の贄戸《にえこ》の腰文幡《ようもんばん》と、身元を証明するものは三通あった。騎乗のままで、上司の保証書を開けてしまった弾正台の巡察使に、左京職《さきょうしき》の役人が「毎年、おとどけしているものを運んでおります」と、もったりと説明する。

「知っているのか」

「はい。例年のことです。行かせてよろしいでしょうか」

「ああ」と不機嫌そうに、新入りの巡察使がうなずいた。

道の掃除も、どぶさらいも、土塀の補修も、住んでいる人が家のそばをきれいにすることになっているが、熱心にするものは少ない。それを管理する京職は忙しい。弾正台の新入りに、余計なことをされるのは、うんざりだ。

「行ってください」と、京職の役人が男たちをうながした。

もう十年以上も、重陽の宴のころに紀伊からとどくものを、守平も、阿保も、伊都《いつ》も、業平も、邸中が心待ちにしている。弾正台に止められた男たちの一団は、伊都内親王の邸の烏丸小《からすまこう》路《じ》の裏口をたずねた。阿保家と伊都家の使用人の小屋や、厨や、馬小屋や、畑などがある一画だ。

「おお！」と戸を開けた舎人が、うれしそうな顔をした。

「あれ！」と竈《かまど》でマキの火をおこしていた厨女《くりやめ》。

「よお」と走り寄った馬飼いは、荷車を運び入れるのを手伝う。

「家令どの！」「伊都さま……」と、それぞれの棟へ知らせが走る。下女が井戸の水を汲み、足洗いの桶を満たす。知らせをきいた伊都内親王が、小袿《こうちき》をたくしあげて、下女の草履《ぞうり》をつっかけて走りでてきた。

「シャチどの！」

「伊都さま。ご息災《そくさい》でなによりです」一団を引き連れていた、水干姿のシャチが微笑む。真っ白な歯がまぶしい。

「さあ、早く……」三十八歳になった伊都は、シャチの手を握って引きずらんばかりだ。

伊都内親王と阿保親王は、桓武《かんむ》天皇の娘と孫息子。伊都が二十歳で、大宰府《だざいふ》帰りの阿保が三十二歳のときに結ばれた。それまで互いに会ったこともない。母の藤原平子と、東山の別業で心細い思いをしてくらしていた伊都は、この縁談にのり気だった。伊都の母の平子は、藤原南家の乙叡《おとえい》の娘だ。乙叡の妹が藤原吉子。吉子の子が桓武天皇皇子の伊予《いよ》親王。謀反で囚獄されて餓死した母子だ。乙叡は連座で裁かれたが、内親王を生んでいた桓武天皇夫人の平子と、成人前の弟は連座を逃れてすえおかれた。すえおかれたままで、ヒッソリと生涯をおくるところだった。

子供に異常がでることが多いので、異母兄弟婚は禁じられたし、一世皇女は家臣と通婚できないから、もともと内親王は配偶者のあてがない。だから多くの内親王が、ヒッソリと生涯をおくる。なかには出家して、尼門跡《あまもんぜき》になることもある。適齢期は十五、六歳だけど、内親王は恋をすることも、夫や子供をもつという将来の夢を描くこともない。たずねる人のない東山の別業で、母と二人で静かに老いてゆくのかと思うと、伊都は寂しかった。そんなときに、ときの淳和の帝が用意した縁組だった。南の国から、氏素性の正しい妻がいない、年上の甥の親王がやってきたのだ。

くらべる相手はないけれど、阿保親王は包容力があり、生活力もあるよい夫だ。結ばれて業平が生まれてから、伊都は邸の一棟で育つ守平のことが気になりはじめた。身分の卑しい女が、大宰府でもうけた子だと聞かされたが……その子が、なぜ、阿保と住む？

守平の母が子をたずねてきたと知ったときは、阿保を愛しはじめていたから嫉妬した。阿保は音楽が好きで、笛も琵琶《びわ》も和琴もうまい。業平が生まれたころは、一町を区切って伊都の棟もあったから、阿保の棟から笛や琵琶のたどたどしい音が聞こえてくると、だれを教えているのかと、産後の血がカッカとのぼせて眠れない。

貴族のあいだでは、男が女のところに通う妻問《つまど》い婚がふつうで、一緒に住むのは正妻だけだ。数いる妻のなかでは、血統の高い女子が正妻とされ、阿保の正妻は内親王の伊都だ。母方の南家は落ちぶれて、阿保の出世の助けになりそうもないが、正妻の自負ってものがある。

……この邸に、身分の卑《いや》しい女の子が育ち、その母がたずねてくるとは……どういうこと？

ある日、ようやく歩きだした業平に、鶏や馬をみせてやりたくて、使用人が暮らす一画に母の平子と散歩に出た。業平よりも、少し歳上らしい子らが、三、四人で井戸や竈《かまど》のまわりを走りまわっている。伊都の姿をみた舎人が、子らを叱って追いはらったが、一人だけ残った男の子がいた。使用人の子が身につけない衣装を着ている。例の子だ！と思ったとたんに、声がでた。

「お名前は？」三歳ぐらいの子は、キョトンと伊都を見あげている。男の子のそばで、膝をついてひかえた若者が「阿海とよばれております」と、凛《りん》と通るが女のような声で答えた。冠をかぶらず、髪も結わずに背でまとめて、水干と袴をつけている。

「あなたは？」

「阿海の母、シャチともうします」

予期していなかったので、伊都はつまった。目をしばたいているあいだに、ためていた恨みつらみが頭のなかでこんがらかって、目先の好奇心の方が強くなり、つい聞いてしまった。

「母って、え……あ……どうして、そのような形《なり》をしているのですか」

返事がない。聞こえないのかと「もう少し、こちらへ」と大声をだすと、水干姿の若者は、子供の手をひき立ちあがって寄ってきた。その仕草も表情も、えらく男前で、これほど凄みがあって、きれいな動きをする若者に、伊都は会ったことがなかった。伊都は二十三歳。誕生日を祝うことがないし、年号が変わるので、庶民は自分の歳を忘れてしまうから分からないが、シャチもおなじような歳ごろ。眼のまえで片膝をついてひかえられると、

「いつも、その……男姿でいるのですか」と、こんどは伊都の母の平子が、興味深そうにたずねた。

「さようでございます」

「母君は」

自分の母を母君とよぶとは思っていないシャチが、意味が分からず、いぶかしげな顔をする。

平子のほうは、言葉が通じないのかと、大声で区切って聞く。

「あなたの、お・か・あ・さ・ま・は、お・元・気・で・す・か?」

「生まれたときに、亡くなったと聞いています」

「父君は」

「二年まえに身罷《みまか》りました」

「いまは、お一人きりですか」もともと嫉妬深い性格ではない伊都が、口をはさむ。

「兄が三人おります。三人とも、おなじ船に乗っています。父も叔父も船乗りでした」

「あなたは……えーっと」

「シャチともうします。船の上で育ちました。いまも大船に乗っております」

「あのう……もしかして……あなたは、あの……海賊さん？」と伊都。

「はい？」と、まぶしそうな目で伊都を見あげて、シャチが苦笑いをした。

シャチに会って、阿保が守平を自邸で育てることを受けいれた伊都は、守平を自由に自分の棟に遊びにこさせたり、泊めたりするようになった。

それから十余年。伊都の母の平子は亡くなり、阿保は伊都の邸を建ててくれた。渡り鳥のように一年に一度、シャチは息子をたずねて滞在する。そしていつのまにか、伊都はシャチの航海の無事を祈り、シャチは伊都の邸にもどってくるようになっていた。運んでくる木箱は二重底で、下に珍しい異国の品をかくしている。

「真如どのに、使いをだしましょう。おまちかねでしょう」と伊都が、いつもより高い、はしゃいだ声をだした。

「業平さまと、守平は」

「まあ、聞いて。帰ってこないのですよ。あの子たち……」

ずっとまえにシャチが植えた、伊都の庭の銀杏が色付きはじめている。

藤原良房《よしふさ》は、阿保親王の動静をさぐることを、なおざりにしていない。生母の葛井藤子《ふじいのとうし》に五位が追贈されてからの阿保親王は、平城《へいぜい》天皇の嫡子としての存在が大きくなった。平城天皇は桓武天皇の嫡子。血統がかわった光仁《こうにん》天皇からはじめると、嵯峨の帝や淳和の帝は庶子の傍系《ぼうけい》で、阿保親王が直系になる。

阿保親王は、十八歳から三十二歳になるまでの十四年間を、大宰府の権帥《ごんのそち》として過ごしている。流刑ではないが、この地に、この職で封じこめられると、たいていは都が恋しくて神経を病み、命をちぢめてしまうのだが、阿保は三人もの子をつくった。若かったからかもしれないが、落ちこんでいたとは思えない。バカかもしれないと少し期待をしたが、淳和天皇が都にもどして各省を任せると、そつなく仕事をこなす。そのうえ祖父の桓武天皇に似たのか、押しだしがよい。大柄で整った容姿をしていて、管弦もたくみだ。良房より十二歳の年上で、たしか四十九歳になるはずだから、源氏たちよりは、はるかに貫禄があり人望もある。藤原氏に反する不平分子をあつめて、統率できる要注意人物の一人だ。

「紀伊の船党《ふなとう》が、今年もきたのか」と良房がたずねた。

「はい」東一条第《ひがしいちじょうだい》の家司《けいし》の藤原三竹が、白湯をすすめながらうなずく。遠い親戚で正直な律儀ものだが、イライラするほど気がきかない。

「それで」

「はあ」

「なにをしている」

「いつもと、おなじようで、東寺の真如さまが、たずねておられるようです」

「かわりはないのか」

「はい」

五戸の責任者が集まって、道の掃除や、隣のようすを気にかけるような仕組みがある。あるが、うまく機能はしていない。その仕組みをつかって、良房は家司を隣近所の邸の家令《かれい》や家司《けいし》や事業《じぎょう》と交流させている。家令や家司や事業は、みんな邸を取り仕切る人のことで、やることは変わらないが、主人の身分や階級によって、まとめる家人の数が変わり、呼ばれる名も変わる。親王家や皇嗣《こうし》系の家は家令。臣下の公卿《くぎょう》の家は家司。ただの貴族の家は事業という。

阿保親王の邸は、良房の小一条第《こいちじょうだい》の近くだから、三竹は阿保家の家令の和仁蔵麿《わにのくらまろ》と知りあいで、よくたずねている。良房にとめられているので、訪ねるけれど招かない。三竹が聞いてきた話に引っかかると、良房は密偵《みってい》に探らせる。紀伊の船党のことも、ずいぶんまえに調べたが、阿保の子の母方の親戚で政治的に怪しいものたちではなかった。

阿保の弟の、四品高岳親王《よんほんたかおかしんのう》こと真如のことも調べている。親王などの高い身分で出家すると、自分の邸に住み高僧を招いて法話をきいて、しずかに暮らすことが多い。真如のばあいは、空海に惚れこんで出家してしまった。出家まえに生まれた息子も、その母たちも邸も放りだして、修行僧として空海に師事していた。変わり者といえば、こっちも変わり者だが、政治にかかわる心配はないだろう。だから伊都内親王の邸の裏口に、中年の修行僧と、潮焼けした無冠の男たちが出入りすることを、良房はふつうだと思っている。いまのところ、阿保親王のまわりに不穏《ふおん》な動きはないようだ……。

雑色《ぞうしき》たちが庭を掃いている。この季節は、日に何回かの落ち葉掃除が必要だ。

「あれは？」良房の目の先を追った三竹が、

「どれでございます」

「垂髪《たれかみ》を束ねて、箒を使っている……右から三人目」

「ああ。かれこれ十年になりますか。京職の役人が使ってくれぬかと、連れてまいりました。孤児の童でございます」

「孤児……十年もいるのか」

「はい。おとなしい子で、ていねいな仕事をします」

「おとなしいか。口答えをしないのか」

「いわれたことを黙って、まじめにする子です」

「人づきあいは」

「うまくないですね。人に逆らいませんが、口下手なせいか一人でいるのが好きなようです」

「名は」

「連れてこられたころは、四、五歳にみえましたが、自分の名も親の名も覚えていないようで、イチと呼んでいます」

良房は、その童の働きぶりを、しばらく眺めていた。几帳面な仕事ぶりだ。

「まじめで、人に逆らわないか……十五、六歳にはなっていよう。戸籍を作ってやれ。側番に、ためしてみる」

「はい。ありがとうございます」家司が、うれしそうな顔をした。

正丁《せいちょう》と呼ばれる十六歳から六十歳の庶民には、納税義務がある。中納言《ちゅうなごん》の良房の邸で働くものが無戸籍ではこまるので、三竹の計《はか》らいで、この子は家原連《いえはらのむらじ》氏《し》の遠縁の子として家原芳明《よしあき》という名になった。


十一月の新嘗祭《にいなめさい》（収穫祭。正月と並ぶ大行事）のあとの叙位で、紀名虎は従四位上になった。あと一歩で高みをのぞめる地位だ。在原行平《ゆきひら》は従五位下になった。良房の同母弟の藤原良相《よしみ》は従五位上になる。女性では、良房の妻の源潔姫が正四位下になって、存在が公にされた。

「本心を聞かせてほしい。信用に足りる男と思うのか」こちらは徹底的に人払いをした、仁明天皇の暮らす清涼殿《せいりょうでん》。かすかに薬湯の香りがする。

考えをまとめるために、しばらく源常《ときわ》は灯りに目をやった。

「太上天皇のまえで、源氏を守ると、たしかに良房は約束しました。そのとき嵯峨院には、一郎や三郎や四郎がおりましたから、その約束は違《たが》えないと思います」

「そのことを、右大臣は、どう思う」

もう一度、常は間をおいた。

「政《まつりごと》は、一つの氏族を守るものではありません。国を豊かにし、国人を守るためのものとぞんじます」

仁明天皇は、鋭い目を常にすえた。仁明天皇は三十一歳。異母弟で右大臣の源常は二十九歳。

「嵯峨の帝は、ひどく、お悪いのか」

「御本復《ほんぷく》は、ご無理ではないかと思います」

「国政のことなど、考えられたことは、一度もあられまい」

「……申しわけございません」

「最期のわがままが、源氏を守るために、娘婿の良房の位階をあげることか。中納言に正三位とは、正気の沙汰とは思えない。正三位は大臣の位階だ」

「中納言を正三位にしておけば、大納言が欠けたときに、良房さまが大納言に指名されましょう」

左大臣の藤原緒嗣《おつぐ》は、老齢で臥せっているから、いずれ近いうちに左大臣の席が空く。大臣は大納言から選ぶ。いまの大納言は、橘氏公《うじきみ》と藤原愛発《あらち》だ。大納言の席も、左大臣が亡くなれば、玉突き式に、いずれ空くだろう。

「わたしは、まだ、その先があるように思います。どこか、ふつうではない気味悪さを、わたしは良房さまに感じています。お気をつけ下さい。帝」と常は言った。

キシキシと、歪みを生じさせながら、この年は暮れた。

三

起きもせず　寝もせで夜を　明かしては

翌年は、八四二年（承和《じょうわ》九年）。

阿保《あぼ》親王は五十歳。大枝音人《おおえのおとんど》は三十一歳。在原仲平《ありわらのなかひら》は二十六歳。行平《ゆきひら》は二十四歳。守平《もりひら》は十九歳。業平《なりひら》は十七歳。


正月の叙位で、三十八歳の良房が正三位になった。

参議の正躬王《まさみおう》は、従四位上で左大弁《さだいべん》になる。正躬王は、皇籍にのこった桓武天皇の孫で、文章試験に及第した秀才。皇嗣系の官人が、たよりとしている。正躬王と共に、参議を命じられた和気真綱《わけのまつな》も、もともと右大弁だったので、能吏《のうり》が参議のなかに入った。この二人に、仁明天皇は期待をした。

阿保親王は弾正尹《だんじょういん》はそのままに、上総《かずさ》（千葉県中部）の太守《たいしゅ》になった。二度目の任官だ。正六位上の伴善男《とものよしお》は、大内記から蔵人《くろうど》になった。

一月の末に、阿保の邸に、上総の市原（千葉県）の百姓が望陀布《ぼうだふ》という特産の布をとどけにきた。去年、安房が合併されてから、上総は大国になっている。

地方は、朝廷から送られる国司《こくし》と、その土地を治めていた豪族と、開墾した田畑や米の貸しつけで裕福になった力田者《りきでんしゃ》といわれる百姓が、三《み》つ巴《どもえ》の勢力争いをくりかえしている。都の貴族の争いは、冤罪《えんざい》をつくって追放するか、暗殺する陰湿な戦いだが、地方は殴った張《は》った斬った殺したと、分かりやすい暴力による争いを起こす。集団で戦える男たちをあつめられる者が育ちはじめている。

阿保のもとにやってきたのは、市原の力田者で白猪玄以《しらいのげんい》という。阿保の母方の葛井《ふじい》氏と大昔につながりがあり、まえに太守をしていたときに、地方豪族との境界争いを裁くことがあって一度会っている。そのときに、骨っぽくて実直な男だという印象を、阿保はもった。

太守が百姓を邸に入れて会うのは異例だが、太上天皇《だじょうてんのう》をやめて煙霞《えんか》に遊びたいとのぞんだ父を持つ阿保は、上から目線の生き方を好まない。血統の良い人が頭脳や性格がよく、気力胆力をもっているわけでもなく、庶民が劣っているとも思えない。

短い治世だったが、奈良の帝と側近の藤原仲成《なかなり》は、地方行政の実態を知るために多くの時間をさいた。律令格式は畿内での施行はできても、地方行政までは手が届かない。地方を整備しなければ、やがて中央が地方を支えきれなくなる。父の政務を見聞きして、大宰府に長く住み、山陽道を往復した阿保には、地方がもちはじめた力が理解できる。阿保は、玄以からの二度目の太守就任の祝いをケの場で会って受けとり、長旅をねぎらった。そのあつかいに、玄以は奥歯をかみしめ泣くのをこらえているような、不器用な表情をみせた。

登庁すると休みがなくなるからと、シャチは守平をつれて去った。遠洋航海につれだす気だ。ヒマな業平もさそわれたが、何か月も船上にくらすときいて、断固としてことわった。顔を見せるたびに真如《しんにょ》は「もったいないことをした。一緒に行けばよかったのに」と、業平にくり返す。サンセイとモクミは、シャチからもらった海人《あまひと》のクマテ（熊手）に夢中になっている。暴れん坊の舎人たちが、ときどき、すり傷をつくるのを、伊都も家令も女房も舎人も下仕えたちも、ヒヤヒヤしながら楽しんでいる。

ずっと一緒の兄がいないので、なにもする気になれなくて、業平はゴロゴロしている。年のはじめの伊都の邸には、おだやかな日常があふれていた。

二月十六日に、仁明天皇と藤原順子のあいだに生まれた第一皇子の道康《みちやす》親王が、十五歳になって内裏《だいり》の仁寿殿《じじゅうでん》で元服した。仁明天皇の第一皇子だから、初冠《ういこうぶり》が内裏で行われても不思議ではないが、さきに紫宸殿《ししんでん》で行われた恒貞《つねさだ》皇太子の元服を、はるかにしのぐ派手な催しを、順子の兄で中納言の良房が用意した。

親王や藤原一族がかけつけた宴は宵《よい》までつづき、用意されていた百三十人分の高価な祝い返しの品がくばられた。道康親王の後ろ盾になる、良房の財力をみせつけるようなやりかただ。

二月二十九日に、参議の藤原吉野が、老いた親の世話をしたいと辞職願いをだすが許可されなかった。吉野は、恒貞《つねさだ》皇太子が立坊した九歳のころから淳和院に配属されていて、ずっと皇太子の側近だった。吉野の動きで、人々は十七歳の恒貞皇太子が、無事に即位できるかどうかを口にして危ぶむようになった。

道康親王の初冠から、ちょうど一か月後の三月十六日に、恒貞皇太子の実家の淳和院では、皇太子の同母弟で十三歳になる第三皇子の恒統《つねむね》親王が亡くなった。恒統親王の母は、仁明天皇の妹の正子皇太后《こうたいごう》。淳和帝の息子や孫は、恒世《つねよ》親王、正道王《まさみちおう》、恒統親王と、つぎつぎと去ってゆく。恒貞皇太子の兄弟や甥だ。

仁明天皇の父は嵯峨の帝、母は橘嘉智子。父方の祖母は、藤原式家の乙牟漏《おとむろ》だから、北家の良房と血縁関係がない。父の嵯峨の帝が押しつけた藤原良房や源氏のほかに、仁明天皇は独自の側近を作りはじめている。天皇自身が知識人なので、へつらいやおもねりしかできない佞臣《ねいしん》はきらいで、実力のあるものが選ばれている。

嵯峨の帝によって流刑にされた小野篁《おののたかむら》も、そばにおいている。篁の縁につながる、小野町《おののまち》と小野小町《おののこまち》の姉妹も女房として仕えている。嵯峨の帝が現役だったころ、あでやかな舞姿で宴のスターになった良岑安世《よしみねのやすよ》の息子の宗貞《むねさだ》も、蔵人《くろうど》として仕えている。才子にかこまれた仁明天皇も、内宴（私宴・小規模な宴会）をひらくが、無意味なドンチャンさわぎではなく論争を好む。論争は無料だから、父のように三日とあげずに徹夜でさわいで、国の金を浪費したりはしない。

四月十一日に改装工事がはじまる内裏を出て、仁明天皇は冷然院《れいぜんいん》に移った。冷然院は大内裏の外の、左京二条二坊の三、四、五、六町を占める四町の後院《ごいん》（天皇、太上天皇のための邸）だ。恒貞皇太子も天皇に従って、冷然院の曹司《ぞうし》に移った。

伊都内親王の邸を、伊都の叔父夫婦がたずねてきた。

漢書を枕にころがって、桜花を散らす春雨をながめながら、

起きもせず　寝もせで夜を　明かしては　春のものとて　ながめ暮らしつ

（起きているわけでも　寝ているわけでもなく　分からないまま夜が明けて　春の風情を　眺めて暮らし

ています)

と、五・七・五・七・七と指を折りながら、歌をひねっていた業平は、

「ほうれ。業平さま。そうやって毎日、ころがっていると、いまに、おカイコさんになってしまいますぞ。大叔父さまが来られましたから、ごあいさつに行かれますように」と家令の和仁蔵麿《わにのくらまろ》に、せっつかれた。

「えー」

「えーじゃありません。さあ、はやく起きなされ」

「モクミ……サンセイ」

「……」

「サンセイ! モクミ!」

「ハッ」と、モクミがひかえる。

「髪をなおして」

「へーェ。雨のなか、どこ、行きますか」

「まろのおたあさまのおじさまがまいられておらっしゃる」

殿上人に特殊な文化が芽生えようとしている。勉強は嫌いだが流行に敏感な業平は、さっそく使ってみた。

「マロノオタアサ……なに、ございます」

「母上のことだ」

「へんな言葉！　普通に、話せ……ませ」

「！」

「さ。行きましょう」手早く業平をととのえたモクミ。

「ついて、くるの？」

「マロノオタアサ、見たい」

「おまえ。ぜったい、人前で声をだすなよ」

「ハッ」


「貞雄《さだお》おじさま。おひさしゅうございます」

「これは……業平どの。すいぶん大きくなられました」

藤原貞雄は、伊都の母の平子の弟で乙叡《おとえい》の息子、「伊予《いよ》親王事件」のときに、元服まえだった貞雄は細々と生きのこった。

「妻の睦子《むつこ》です」と滑舌《かつぜつ》もわるく、貞雄がつれの女を紹介する。

業平は、睦子という二十歳ぐらいの若い妻には、はじめて会う。祖母が生きていたころのように、貞雄も伊都を訪ねてこないが、正月などの祝いごとには顔をだしてくれる。今年の正月も貞雄は一人だったから、新しい妻なのだろう。

「睦子と申します」

ずいぶん座りのよい人……と業平は思った。座っている姿もデンとしているし、体形もドンとしている。美人ではないが、余計な主張をかもさず物分かりはよさそうだから、ジャマにならなくて、なじみやすい印象がする。

「伊都さまに話していたところですが、このたび睦子が、北家の長良《ながら》さまのところへ、乳母にあがることになりました」

「えっ……」話がよく分からないが、思わず業平は、母をうかがった。

音もなくふる庭先の雨に、伊都は目を投げている。南家の妻が、北家の乳母として仕えるとは……母には、実家の没落がつらいだろう。

「伊都さまは、ご不快かと存じます」察したらしく睦子がいう。湿り気のある、かわいい声だ。

「道康親王の元服で、わたしも祝いに参内《さんだい》した」ペタペタと貞雄が語る。

「そのおりに、長良さまにお目にかかって言葉を交わした。乙春《おとはる》さまが身ごもっておられると話されるので、わたしも睦子が身ごもっていることを話した」

長良は、良房の二つ歳上の同母兄だが、弟が先に出世したからか、良房よりは親しみやすく思われている。乙春は、長良の正妻だ。貞雄は位階も低いし、排斥《はいせき》された南家の藤原乙叡の息子だから、北家中心の宴の場では、肩身のせまい思いで、かたすみにいたのだろう。道康親王の元服を祝わなければ、なにを疑われるかもしれず、辛い立場だ。社交的な性格ではない大叔父を、みかねた長良どのが声をかけてくれたにちがいない。その姿が見えるようだ……と業平。

「それきり忘れていたが、二月に睦子に子が生まれたことを聞かれたらしく、祝いをいただいた。お礼にうかがって話がはずんで、睦子の乳が、よくでることを話した」

大人になると、いや、歳をとると、妻の乳がよくでることで話がはずむのか？　歳はとりたくないと業平は幻滅したが、かまわず貞雄はペタペタとつづける。

「この月に、乙春さまに姫が生まれた。そして長良さまから、乳母になってはもらえないかと、お誘いをいただいた。睦子にきいたら、よいという。睦子は、まだ若い。わたしは本人が承知なら、働くのもよいと思った。長良さまは人柄のよいお方だし……」

「働きに、いらっしゃるの？」と伊都が割りこむ。

「はい。乳がでるという取りえしかありませんが、それで、つとまりますなら働きたいと思います」と睦子が、はっきり答える。思ったとおりに座りがいい。

「そう。わたくしがあなたでも、きっとそうします」

え……母上は、なにを言っているのだろうか。

「長良さまの枇杷第《びわだい》は、お近くでございます。なにかのおりには、長良さまのお邸に、わたしがおりますことを思いだしてくださいまし。わたしは貞雄どのの妻で、伊都さまの叔母でございます」

と睦子。……もしかしたら、北家の邸内に南家の者がいるということ……それはつまり、北家の内情を摑めるということなのだろうか……それなら、きっと覚えておくよ。睦子大叔母さん……と業平は、睦子の姿を眼に焼きつけた。

座りのよい睦子はドンと動かず、毒にも薬もなりそうにない老いた貞雄は、揚げ餅を前歯でポリポリとかじって、ペチャペチャと舌をならす。奥歯がないらしい。

萱《かや》の御所《ごしょ》も老朽化してきたので建て直すことがきまり、これが最後と、奈良の帝の命日の前夜から縁者があつまって泊まることになった。阿保《あぼ》と真如《しんにょ》、大枝本主《おおえのもとぬし》と音人《おとんど》、葛井三好《ふじいのみよし》と仲平《なかひら》、紀有常《きのありつね》と行平《ゆきひら》、業平《なりひら》。真如の息子の善淵《よしふち》と安貞《やすさだ》。遠洋航海に行ってしまった守平《もりひら》は欠席だ。

このところ雨が降らずに空気が乾燥していたが、蒸してきたと思ったら夕方から大雨になった。軒先《のきさき》から落ちる滴が、膜を張ったようになっている。雨音で会話も途絶えがちだが、気温が一気に下がって気持ちがよい。

「こりゃ晴れても、なかなか乾きませんなあ」茅葺《かやぶ》き屋根を見あげて、小木麻呂が怒鳴った。

近ごろ耳が遠くなってきたのか声が大きいのを、さらに張りあげるから、うるさい。

それでも奈良の帝につかえた老爺がいてくれるから、阿保たちは、ここを故郷となつかしむ。家屋もジイも古びたけれども、なんとか、いつまでもあってほしいと、みなが小木麻呂にやさしい視線を投げたときに……最初の使いが、紀氏から届いた。

行平と有常が、使いの言伝を聞いて顔色を変える。

「どうした?」と阿保。

「太上天皇が、倒れられたそうです」と行平。

去年の暮れごろから、嵯峨の帝の容体は心配されていた。いつ倒れても不思議ではない。畿内は好天がつづいていて、急に大雨が降った。大きな気圧の変動に、弱った心臓がたえられなかったのだろう。

大枝氏からも葛井《ふじい》氏からも、使いが届く。嵯峨の帝が暮らされる嵯峨院に本貫地が近い大枝氏は、あと四、五日だろうと具体的に知らせてきた。しかし弾正台《だんじょうだい》からは、なにもいってこない。

「まだ、公表していないのか」と阿保。

「はい」「はい」「はい」

口だけは達者な小木麻呂が、家人を指揮して、ずぶぬれの使者たちの体を拭かせているから、それぞれが妙な姿勢で答える。

「帰らねばならない」と腰をあげる阿保。

「われらも」と仲平と行平。音人と有常が、からだを動かす。しきりに空と風向きをみていたサンセイとモクミが、「雨、すぐ止みます」「夜中、晴れるでございます」と声をあげた。

「兄上。山人舎人が出立は明朝。雨があがって水が引いてからが、よいと言っております。明日は、父上が亡くなって十八年目の命日です。今夜は、おとどまりくださいと真如がすすめる。我が子の世話をするような、小木麻呂のもてなしをうけて、ゆっくり休んだ阿保たちは、暗いうちに法会《ほうえ》を終えて、日の出のまえに都に戻っていった。残ったのは真如と葛井三好と、善淵と安貞と業平だけ。一日中、経をとなえるつもりらしい真如の声を聞きながら、業平は座っている。

すべてを変えてしまう一瞬がある。すべてが変わってから、あたりまえのように過ごしていた日々が、どんなに素晴らしかったかを思い知る。十七歳の業平は気がついていないが、嵯峨の帝危篤《きとく》の一報がとどいた一瞬が、幸せな少年時代の終わりだった。雨上がりの清々しい木洩《こも》れ日が、磨きあげられた萱の御所の床に舞い、油蟬が鳴きはじめた。

七月七日に、嵯峨の帝の容体悪化がおおやけにされて、相撲の節会《せちえ》が中止になった。

同月十一日に、右近衛大将《うこのえのだいしょう》の職が、大納言の橘 氏公《たちばなのうじきみ》から中納言の良房に代わって、藤原助《たすく》が左近衛督《さこのえのかみ》に任命された。助は、良房の若い叔父になる。すでに良房の同母弟の良相《よしみ》が、左近衛少将になっている。

左右近衛の大将は、左右大臣が兼任する習《なら》いが、左大臣の藤原緒嗣が休職中なので、これまでは、右大臣の源常が左近衛の大将で、大臣の次の大納言の橘氏公が、右近衛の大将についていた。

どこの世界でも、どの時代でも、軍部は最高官の下に置かれるもので、通常ではない人事異動がおこなわれたら、軍部を握った人によるクーデターの前兆かもしれない。蒸し暑いのに、殿上人は、ふるえあがった。

嵯峨の帝のご遺言と、良房と源信らの源氏につめよられて、良房を右近衛大将にした仁明天皇は寝込んでしまう。

おなじ七月十一日の朝に、伊都内親王の邸の厨口《くりやぐち》を、日差しをふせぐ深傘をかぶった僧がたずねてきた。このところ監視を強化して、一日に何回か、ようすを窺いながら行き過ぎる良房の間諜《かんちょう》は、それを真如だろうと見過ごした。使用人でさえ最初は真如かと、見まちがえた。僧侶は筆と紙を借りると、その場で文を書く。

「これを伊都さまに」

妙な客や舎人になれている邸のものは、女房に文をわたして伊都に届けた。都中にただならない気配が漂っているから、奈良からもどった業平は、サンセイとモクミをつれて母のそばにいた。

「目のまえで、したためられたのですね」墨がかわいていない文を見て、伊都が念をおす。

「はい」

「母上。どうなさいました」と業平がのぞく。

文には「阿保親王に、お目にかかれるように、おとりはかり願いたい」とだけで署名もない。

しばらく考えて、伊都はきめた。

「お通しください」

「母上。うかつなことは、しないでください」と業平がとめる。

「橘《たちばなの》逸勢《はやなり》さままでです。この文字を見まちがうはずがありません」

嵯峨の帝の御代に、三筆《さんぴつ》とよばれる能筆家がいた。一人は嵯峨の帝。一人は空海（弘法大師）。そして、もう一人が、都の門にかける「平安京」という扁額《へんがく》を書いた橘逸勢だ。

橘《たちばなの》嘉智子《かちこ》太皇太后《だいこうたいごう》の従兄《いとこ》の逸勢は、空海や最澄《さいちょう》と一緒に、遣唐使として唐に留学したことがある優秀な学徒だった。帰国後に従五位下をもらったが、体調をくずして邸にとじこもり、長く登庁していない。

母の平子が亡くなったときに、伊都は奈良の興福寺《こうふくじ》に願文《がんもん》を納めた。その願文を書いてもらったのが逸勢だから、会ったことはないが文字にはなじんでいる。

「橘逸勢さま?」業平には、だれだか分からない。

伊都は、せわしなく頭を巡らせる。亡き空海と逸勢は、おなじときに唐に渡った若いころからの友人で、真如は空海の弟子だ。

「僧侶の姿をしておいでなら、真如どのが手をかしておられるはずです」

「しかし、母上……」

「藤原北家を甘くみてはいけません。帝や太上天皇の崩御《ほうぎょ》のときは、反乱が起こりやすいものです。嵯峨の帝が崩御されたら、良房は、この機に恒貞《つねさだ》皇太子を廃し、妹の産んだ道康《みちやす》親王を皇太子に立てようとするでしょう」

伊都は桓武天皇の皇女で、母は伊予親王の疑獄《ぎごく》事件で罪に落とされた南家の乙叡の娘だから、それなりに政治の裏を読んでいる。

「阿保さまは、あなたがたに蔭位《おんい》の制の特権と財産を残すために、親王として宮中で生きてこられました。道康親王が皇太子になられたら、良房の権力は一段と大きくなります。帝の外戚になるのが、北家の積年の夢です。きっと手段は、えらびません。

淳和の帝に縁のある皇子や、奈良の帝の嫡子の阿保さまは、めざわりになります。橘氏も必要ではなくなったのでしょう。おそらく恒貞皇太子を廃するために、皇太子や橘氏をまきこむ、大きな疑獄事件が用意されているはずです」

「それなら……なおさら関わらないでください！」

「逸勢《はやなり》どのを、お通しください！」と、伊都がねめつけた。息子べったりの母でなく、寂しがりやの内親王でもなく、伊都は桓武天皇の娘の顔をみせた。女って、わからない……と業平は思う。


昼すぎに朝廷からもどった阿保は、伊都の邸で逸勢と会った。

「すでに、何回か、告発があったと、言われますのか」

「正規の告訴ではありませんが、皇太子さまが呪詛《じゅそ》をしているという誣言《ぶげん》は、すでに仁明天皇のお耳に入っております」

逸勢は五十八歳。やせて胆汁《たんじゅう》のような顔色をしている。

「たしかですか」

「帝のそばにつかえる、信用のできるものに、たしかめております」

呪詛は呪いのことで、人形《ひとがた》に名前を書いたり、ドクロのなかに相手の髪などを入れて、命をちぢめる祈禱をする。奈良の帝が宮中からまじない師を追いだしたが、すぐに復活した。

呪詛の罪で裁かれた皇族や貴族は多い。呪詛は現場を押さえるわけではなく、証言だけで有罪判決を引きだせる、かんたんな疑獄罪だ。捕縛《ほばく》のドサクサにまぎれて、人形やドクロを井戸などに放りこんでおけば物的証拠になる。これまで呪詛をしたと訴えられた皇族や貴族は、近衛兵に邸をとり囲まれて、幼い子供も入れた一家全員が縊死《いし》を命じられるか（長屋王一家）、幽閉されたあとで毒殺されている（井上《いかみ》皇后）。

恒貞皇太子が呪詛をしたと訴えたら、主犯が皇太子になり、連座の罪で母の正子皇太后も裁かれるだろう。それだけで済めばよいのだが、正子皇太后の母の嘉智子太皇太后にも罪が及ぶ。それは仁明天皇の退位を、早めることになりかねない。おそらく良房のねらいは、道康親王の立坊と、その後の仁明天皇の譲位《じょうい》だろう。近衛を掌握《しょうあく》したのは、淳和院や朱雀院《すざくいん》を取り囲むためか。

「わたしに、なにを望まれます」と阿保。逸勢が、ふところから書状をとりだして差しだした。

「恒貞皇太子の帯刀舎人《たちはきのとねり》の、伴健岑《とものこわみね》がしたためました。健岑は身動きがとれません。わたしは病に伏しておりましたから、警戒されておりませんので、お願いにまいりました」

書状を読みながら、阿保の目が細くなる。伴健岑は知らないが、頼るものが舎人しかいない皇太子の立場が伝わってくる。

「嵯峨の帝が崩御されたら、皇太子さまの立場が危うくなるのではないかと臆測して、東へ逃げようと画策したのは、わたしと健岑。皇太子さまは、ご存じないことです。この書状をもって健岑が阿保さまを訊ねて、ご一緒にとお願いしたと、良房が準備した呪詛の罪で皇太子さまが捕縛されますまえに……」逸勢が、すこし下がって両手をつく。

「阿保さま。なにとぞ我らを、謀反をたくらんだと、奏上してください」

吹きぬける風が、几帳《きちょう》の裾をゆらす。逸勢の痩せてとがった肩のむこうに、阿保は薬子《くすこ》と仲《なか》成《なり》の姿を見ていた。父の奈良の帝を守るために、毒をあおいで死んだ薬子。自ら囚われて射殺された仲成。恒貞皇太子を守るために、橘逸勢と伴健岑は、おなじことをしようとしている。

すでに皇太子が呪詛していると、仁明天皇の耳に入れているのなら、良房が用意している疑獄罪の主犯は恒貞皇太子。嵯峨の帝が崩御されて葬儀が終わったあとで、良房は近衛兵を率いて皇太子の捕縛に向かうだろう。そのまえに逸勢と健岑が、自ら主犯を買ってでた。

弾正尹《だんじょういん》の阿保は、高級官僚の不穏な動きを告発できることになっている。法令では、天皇に直奏《じきそう》できることになっているが、じっさいは太政官を通さずに天皇に直訴することはできない。とくに今、仁明天皇は嵯峨の帝の危篤を知っても、病気だと冷然院から動かなかった。仁明天皇に会えるわけがない。阿保が告発すれば、すぐに逸勢と健岑は逮捕されて尋問されるだろう。恒貞皇太子が加担したという証言がほしいために、尋問は拷問になるだろう。

「むごい死を、のぞまれるのか」

「放っておいても長くはない命。恒貞皇太子と正子皇太后に代われますなら、最後の活かしがいがございます」

逸勢たちの犠牲で、恒貞皇太子と正子皇太后を救えるのか、しばらく阿保は考えた。阿保の奏上は太政官がうけとり、病の床にある天皇に届くかどうかも分からない。淳和の帝の子である恒貞皇太子のお味方は……。

几帳のかげで、伊都と業平が耳をそばだてている。サンセイとモクミも耳に手をあてて、二人のそばにひかえている。

「おあずかりいたしましょう」

阿保が答えたときに、業平は思わず飛びだそうとした。その肩に手を当てて、伊都が頭を振る。その日の午後に、阿保親王はふたたび登庁して帰ってこなかった。


七月十五日。五十六歳の嵯峨太上天皇が永眠された。ただちに三関が閉じられ、内裏と兵庫（武器庫）が警備される。都のうちの緊張はきわまった。

嵯峨の帝は、ていねいな遺言書をのこされた。

葬儀は近親者だけが、少人数でかんたんに行うように。埋めた場所は塚にせず、目印となる木も植えず、平らにならすように。亡くなった日を国忌とせず、命日は今の天皇の代だけ、小規模に寺で行うように……といったことを、こと細かく書き残している。

宴は朝まで終わらない。思ったことを口にして行動にうつす。枡目《ますめ》をすべて埋めなければ気がすまない、せっかちなうえに、しつこい質《たち》だ。子供の数は四十九人。そのうちの三十二人の皇子皇女が、臣籍降下して源氏になった。源氏という大家族を支配した太上天皇の崩御は、時代の流れを変える。

ともかく、朝に死んだら夕に埋めろ。夕に死んだら明朝に埋めろという、とても性急な遺言なので、嵯峨の帝が亡くなった当日は、すべての官人が警備と葬儀にかかりっきりになった。翌十六日に、嵯峨の帝のご遺体は、静かな場所をえらんで嵯峨院の北方の山に埋められた。従うものは嵯峨院につかえたものだけと遺言されていたので、人が出払った嵯峨院は閑散としている。

容態悪化を知らされてから、居住している朱雀院から移ってきていた橘嘉智子太皇太后は、嵯峨院の大院にとどまっている。嵯峨の帝と同じ五十六歳。女性の参列は遺言で断っているから、葬列が行く高雄山でもあおぎ見ようと、庭池のはたまで足を運ぶ。

「おや。阿保親王。まだ残られておられたのですか」

そっと近づいて、ひざまずいた男を認めて、嘉智子太皇太后が声をかけた。

「お願いしたいことがございます」

「なにごとでしょう」

良房の父の冬嗣《ふゆつぐ》にみいだされて皇后に立った橘嘉智子だが、嵯峨の帝は子の数が多いだけ妻も多い。そのなかで、とくに寵愛が深かったのが百済王慶命《くだらのこにきしきょうみょう》で、嵯峨院には帝がくらす大院と、慶明がくらす小院が建てられている。仁明天皇の治世下で、百済王《くだらのこにきし》家は多くの官人を五位以上に昇進させた。十九歳で参議になった源定も慶明の子。慶明も従二位をもらっている。

自分の息子の仁明天皇に、夫の嵯峨の帝が、ほかから耳に入るような小細工をして、愛妾《あいしょう》の一族を引きたてさせる。腹にすえかねることだが、公式の式典では嵯峨の帝のとなりに嘉智子は並び立った。慶明が小院を与えられた嵯峨院からは退去して、嵯峨の帝が退位後にくらすつもりで建てた広大な朱雀院に住み、皇后《こうごう》、皇太后《こうたいごう》、太皇太后《だいこうたいごう》と、気力一つで君臨した。

平安京ができて四十八年が経ち、五代の天皇が即位したが、最初の桓武天皇の乙牟漏皇后は、長岡京で死去して平安京に来ていない。次の平城天皇は即位のときに、すでに故人となっていた帯子に皇后位を遺贈。淳和天皇も即位のときに立てたのは故人の高志皇后だった。だから平安京で生存中に皇后になった女性は二人しかいない。最初の皇后が嘉智子で、次が嘉智子の娘で淳和天皇の二番目の皇后の正子皇太后。二十三歳で即位した仁明天皇は、ついに皇后を立てなかった。これからのちも、何代もの天皇に皇后はいない。よほど胆《きも》が据《す》わっていないと、嘉智子の立場は維持できない。

「これを」と阿保が封書をさしだした。うけとった嘉智子が、閉じていない封書から文《ふみ》をだし、冒頭に目を走らせ「これは……」と聞く。

「わたしが、したためました。逸勢《はやなり》どのからわたされた、伴健岑《とものこわみね》の書状を参考にしております」

池のはたに置かれた陶《とう》椅子に腰を下ろして、嘉智子はゆっくり文を読みはじめた。従っている二人の女房が、虫よけに扇で風を送る。片膝を立ててひざまずいた阿保は、身じろぎもしない。

未草《ひつじぐさ》の花に、お歯黒蜻蛉《はぐろとんぼ》が羽を休めた。

「逸勢が、動いたのですね」つぶやきとも、問いともとれる言葉を、嘉智子がもらした。眉の濃い理知的な顔立ちに、池の水の照り返しがチラチラする。

「帯刀舎人《たちはきのとねり》の伴健岑《とものこわみね》が、恒貞《つねさだ》皇太子を奉じて東北へ下るから、加担してほしいと、わたしに言ってまいりました。そのおりの話は、この文にしたためてございます。と、わたしが申したことにしていただきたい」頭を下げたまま伝える阿保の顔にも、池の水がチラチラと照りかえす。

弾正尹の阿保が、謀反の発覚を報告するさきは天皇か太政官であって、嘉智子は治世者でも政務官でもない。しかも疑獄の的の恒貞皇太子は、嘉智子の娘の正子の子。嘉智子の外孫だから、あきらかな違法行為だ。阿保は良房が用意している疑獄事件を止めるために、仁明天皇の母の嘉智子を加えようとしている。

しばらく水面をながめてから「阿保どのは、それでよろしいのですか」と嘉智子が問うた。

「逸勢と健岑の思いを、とげさせたく思います。子らはすでに臣籍降下をさせておりますゆえに……」

禅宗を広めるのに力をつくし、檀林《だんりん》皇后とも呼ばれる嘉智子太皇太后が静かにうなずいた。

その日のうちに朱雀院に戻った嘉智子は、つぎの朝に良房を呼びつけて、しっかり閉じた封書を、冷然院の仁明天皇に届けるようにと手渡した。

封書のなかを改めた仁明天皇は、すぐに皇太子の帯刀舎人の伴健岑と、但馬権守《たじまのごんのかみ》で従五位下の橘逸勢の謀反が発覚したから調べるようにと、勅命《ちょくめい》をだした。伴健岑と橘逸勢の私宅は近衛兵にとりかこまれ、二人の身柄は獄につながれた。たまたま健岑を訪ねて来ていた、伊勢斎宮の主馬長の伴一族の一人も収監された。ほかは左近衛の将曹《しょうそう》の伴武守と、皇太子の帯刀舎人の伴甲雄が捕まった。二人は健岑の同族で、日ごろから親しくしていた。事件にかかわりがなくとも、罪人の親族や親しい友人を同罪とする、連座の制という裁きがあるから収監したのだ。

何日も、ゆっくり眠っていない。夜になって東一条第《ひがしいちじょうだい》にもどった良房は疲れていた。良房は父の冬嗣から、閑院《かんいん》という邸を相続している。橘逸勢の邸は、閑院の南側の筋向かいにある。日ごろから閑院の家司《けいし》に命じて、ようすを調べていたが、なにも異常がなかった。遣唐《けんとう》留学生《りゅうがくせい》だった逸勢は、帰国してから病を理由に長期にわたって登庁していない。寝たり起きたりの暮らしで、体調のよいときは頼まれた書などを書いていた。政治に関わるまえに、世間とも人とも交わっていなかった。

「シ、碁盤《ごばん》を」と良房が言う。

しずかに碁盤が置かれた。いつも、そばにいる側番の舎人のシのほかに、はじめての男がいる。まだ少年で若い。良房は訊ねるような眼をシに向けた。

「家司さまから頼まれました。雑色《ぞうしき》をしておりました、家原芳明《いえはらのよしあき》でございます」

家司の三竹に戸籍を作るようといった、庭の掃除をしていた雑色がいたことを、しばらくして良房は思いだした。たしか孤児と聞いた。平伏したままの細い肩が、緊張で震えている。良房はシに向かって、アゴの先を上げた。

「顔を、お見せするように」とシが、小声でうながす。

少年は、目をふせたままで顔をあげた。鼻と右の唇のはしに、引きつれたような傷痕がある。おびえながら、エサを期待している野良犬のようだ。

「ジュツだな。シ。おまえにあずける」

シは平伏すると新入りをつれて、部屋の暗がりにもどった。

良房は、碁盤にパチンと石を置いた。

「橘《たちばなのはやなり》逸勢。伴健岑《とものこわみね》。阿保親王《あぼしんのう》」真ん中に黒石が三つ横に並ぶ。

「嘉智子太皇太后《かちこだいこうたいごう》。正子皇太后《まさここうたいごう》」三石の右の下に二つ。

「恒貞皇太子《つねさだこうたいし》。藤原愛発《ふじわらのあらち》」こんどは、左の下に二つ。

「藤原吉野《よしの》」真ん中の一目を空けて、黒石が四角く並んだ。

恒貞皇太子が呪詛をしていると、いくども仁明天皇の耳に入れてある。嵯峨の帝の崩御をまって、葬儀の警備が終わったあとに、恒貞皇太子の内舎人《うちとねり》が、右近衛府《うこのえふ》に皇太子を告訴する予定だった。それが寸前で、逸勢と健岑の謀反にすりかわった。皇太子の呪詛を、仁明天皇に告げていたことが漏《も》れていた。良房は黒石を一つ摘《つ》まみあげて、指先でもてあそぶ。

仁明天皇が好きなので碁が流行っているが、良房は打たない。考えを整理するときに便利だから、碁盤と碁石を用意している。

仁明天皇は病弱で、皇太子の呪詛を耳に入れても、嵯峨の帝の危篤を知っても、病で動けないほど体調が悪かった。嘉智子太皇太后からあずかった阿保親王の親書を渡すときも、蔵人頭の良岑宗貞《よしみねのむねさだ》を介したので、良房は病床の帝に会っていない。

だが親書を渡してから、逸勢らを逮捕するようにと勅命がでるまでは、やけに早かった。

「帝……」とつぶやいて、手にした黒石を、四角く並べた石の中央に良房は置いた。

恒貞皇太子は、嘉智子の娘の正子皇太后の子だ。仁明天皇には、父方の従弟で、母方の甥になる。天皇は、母の嘉智子を傷つけたくないだろう。それは分かるが、それだけか……。自分の子を皇太子にすることに異論があるとは思えないので、嵯峨太上天皇の承諾は得たが、帝の真意をはっきり確かめていなかった。帝は、道康《みちやす》親王を皇太子にのぞんでいない……もしかしたら、恒貞皇太子に即位させて、沢子がのこした第二皇子の宗康《むねやす》親王を、その皇太子にしたかったのではないだろうか……。

シとよばれた先輩と、家原芳明という名をもらった少年は、つぎの朝まで息をひそめて良房のそばにいた。御厠人《みかわやうど》の童や、宿直《とのい》の舎人が控えるところよりも近い、寝息が分かる場所だ。寝る前に御厠人の童を呼んだだけで、何も用はなかった。

朝の身繕いなどの世話は、ほかの舎人たちが来てやった。朝餉《あさげ》が運ばれたときに、しげしげと膳をながめてから、良房が箸で皿を叩いた。シはスッと陰からでて、ふところから箸と土器《かわらけ》をだして、示された皿のものを毒見した。良房の仕度が整ったころ、おなじ白袴に白い水干《すいかん》姿の男がシや芳明と代わったので、仕事が終わったらしい。

それから厨《くりや》で食事をとって、良房の居住する棟に近い、道具蔵のような開口部の少ない小屋につれてゆかれた。光の中で見ると、シという男は芳明よりも十歳ほど年上で、疲れ切った顔をしていた。

「わたしは苅田満好《かりたのみつよし》。おまえとおなじに与えられた名だが、お邸の中では、そう呼ばれている。お主さまはシとよぶ。親の名は知らない。浮浪児だった」

「……」

「話すのは苦手か」

コクリと、芳明はうなずいた。シが頬をゆるめる。

「わたしも苦手だが、伝えておかなければならない。おまえは、わたしと一緒に、お主さまが、お邸におられるときに、そばに仕えて命じられたことをする。お邸を留守にされているあいだは用がない。家原芳明か。よい名をもらったな。字は知っているか」

芳明が首を振ると、「名ぐらいは書けるように、書生に教えてもらったがよいな」とシは言った。

「昼のあいだしか使わないので、あまり顔を合わせることはないが、ここは何人かで使っている」部屋の隅に、行李《こうり》が四つ並べてあった。

「ここの者は側番舎人《そばばんとねり》といい、お主さまからは干支《えと》の名でよばれている。おまえは、ジュツと呼ばれるらしい。ジュツは戌《いぬ》だ。わたしのシは子《ねずみ》だ」芳明が身を引いた。

「顔の傷は、ネズミにかじられたか……。ジュツよ。おまえは、まだ十五、六だろう。わたしが、おまえなら、ここを逃げだして浮浪者に戻る。いまなら、おまえがどこへ行こうが、だれも追わないだろう」シは横になって背を向けた。そのまま眠るつもりらしい。

古着だが、いままで着たことがない上等な白袴と白い水干を汚してはいけないと思いながら、芳明は部屋の角に背中をつけて膝を抱いた。

芳明は子供のころから童雑色として、この邸でくらしている。これまでは邸の裏側にある雑色の小屋で、二十人ほどの大人の雑色と住んでいた。はじめはチビ、それからイチと呼ばれるようになった。庭仕事が好きだったので、衣食住が与えられる安定したくらしに満足していた。

それが家司によばれ、名と衣装を与えられて、良房のそばにとり立てられた。この邸でも、私費雇いの使用人を従者とよばずに、女房や舎人や雑色とよんでいる。雑色から舎人になったのだから、家司の三竹が喜んでくれた。だけどシの態度が、芳明を不安にさせる。疲れていたから、膝の上に頭をのせて芳明は眠ってしまった。夢をみた。

……冷たくて固くて臭いものに、ネズミが、たかっている。払っても払っても、ネズミが増える。そして大きなネズミが、飛びかかってきた。

声をあげて芳明は起きた。子供のころに、よくみていた夢だ。雑色小屋では、うるさいと怒鳴られるか殴られたが、シは背を向けたまま寝ている。まどろむたびに、芳明はおなじ夢をみた。そのたびに、うめいて目が覚めた。


七月十八日から、参議《さんぎ》従四位上で左大弁《さだいべん》の正躬王《まさみおう》と、参議従四位上で右大弁《うだいべん》の和気真綱《わけのまつな》が、逸勢と健岑の尋問をはじめた。弁官《べんかん》は行政管理官をかねた公文書《こうぶんしょ》作成係で、太政官の下ですべての省を束ねる。弁官になるのは実力を伴った能吏で、弁官の報告が太政官の審議のもとになる。謀反は一番の大逆だから、上位の左右大弁官が担当した。逸勢と健岑の口から、恒貞皇太子がかかわっていたという告白を得るために、尋問はすぐに杖で叩く拷問に代わった。

蔵人《くろうど》の伴善男《とものよしお》は、冷然院《れいぜんいん》の仁明天皇のそばに仕えている。

「え……はい」

ボォーッとしていた善男は、名を呼ばれたような気がして、あわてて手をついた。

「熱でもあるのでしょうか。いつもの、あなたらしくありません」

蔵人頭《くろうどのかみ》の良岑宗貞《よしみねのむねさだ》が、近くに座っている。同僚と一緒に朝の指令を聞いていたはずだが、だれもいない。

「申しわけございません」と、善男は下がろうとした。

天皇の日常に仕える蔵人は、天皇のプライバシーを守る立場にいる。天皇との信頼関係が強くなければ選ばれないし、権門の子たちが天皇との繋がりを強くするためにつく職だ。

藤原良房も、はじめは仁明天皇の蔵人として仕えた。藤原氏の子息は十代の終わりか二十代のはじめごろに、最初の宮仕えとして蔵人になることが多い。位階は五位か六位と低いが、のちに幕閣《ばっかく》入りするので、蔵人は出世コースのはじまりとみられている。仁明天皇の引き立てで、善男は三十一歳で蔵人になった。大内記《だいないき》から蔵人に移るのも、異例のコースだ。

「伴どの」と、良岑宗貞が呼びとめた。

「はい」と善男が座りなおす。庭の笹が風にそよいで、サヤサヤと音をたてた。

「嘉智子太皇太后さまが、こちらへ参られるそうです」

内裏は改装中で、仁明天皇は大内裏の外の冷然院にくらしている。冷然院は四町の広さがあり、間に通るはずの路もつぶして敷地としているから、一辺の長さが約二百五十メートルの正方形の邸で二万坪近くの広さがある。しかも町のなかにあるので、外壁のむこうに人のくらしがある。

「太皇太后さまは、朱雀院《すざくいん》を引きあげられますのでしょうか」

嘉智子が暮らす朱雀院も、朱雀大路に面した右京四条一坊の町の中にある。

「お見舞いと言っておられますが、おそらく修理が終わり、帝が内裏にもどられますと、この冷然院を、ご在所となさいますでしょう。ここなら太皇太后さまが内裏にあがられるのにも、帝がお出ましになるにも手近でございます」

友だちと世間ばなしをするように宗貞が言った。善男は内裏のなかにある校書殿《こうしょでん》に長くいたから、ずっと蔵人をしている宗貞の顔は、よく知っている。上司として接するようになってから日は浅いが、おなじような年頃の宗貞を、頭の良い親しみやすい人だと思っている。

血塗られた先祖をもつ善男とちがって、良岑宗貞《よしみねのむねさだ》は桓武天皇の孫で、仁明天皇とは従弟《いとこ》。父親は嵯峨の帝の宴で、あでやかに美しく舞い踊った美貌の貴公子の良岑安世《やすよ》だ。宗貞も和歌を詠み、あふれるような機知と感性をもっている。

「太皇太后さまが、お側におられたら、帝もお心強いでしょう。伴どの。すこし肩の力をぬかれませ」

「はい」

橘逸勢と、伴健岑、伴武守、伴甲雄、伴氏永と、健岑の家にいた伴水上が拘束されている。五人の伴氏が謀反の罪をとわれているときに、どうやって肩の力をぬけばよいのだと、善男はカチンときた。

「ながい歴史をもつ伴氏とちがって、わたしは父が臣籍降下してできた新しい氏《うじ》をもちますから、氏のために生きるということが、よく分かりません」

「はい」

「伴氏は武人。大君のために戦って屍《しかばね》を重ね、それを踏みこえて戦う一族。美しいが哀しい。伴どの。ご自身のために生きる喜びを、求められようとは思われませんか」

イライラするから、善男は顔色をよまれないように、うつむいた。汗が床に落ちる。

「長く宮中に仕える百済王家《くだらのこにきしけ》は、ときの移《うつ》ろいを知っています。これからは嵯峨の帝に代わって、太皇太后さまが帝をささえられるでしょう。連座に問われる方が、なるべく少ないように願っています」

宗貞が立ったので、善男は、うつむいたままで平伏した。悪意がないのは、よく分かるが、宗貞が口にしたのは庶民になりたいと奏上した平城天皇のように、本性のままに生きたいと望んだ淳和天皇のように、頂上を知る人がいうことだ。踏みつけられ、つぶされた一族の怨念を背負って、這い上がろうとしている善男の気持ちを逆なでする。

いや、そうではない。自分のささくれた心が、生きる力をもとめて、怒りを貯めようとしているのだ。それを感じて、宗貞は忠告してくれたのかもしれない。冷静にならなくては……。

皇太子の呪詛を、良房が、いくども仁明天皇に告げたのは聞いている。それが伴氏の謀反に変わった。良房が変えたわけではないだろう。

百済王家……。宗貞の祖母は百済王家の出身だ。嵯峨の帝の寵妃は百済王慶命《きょうみょう》。太上天皇の病状を、だれよりも早く、くわしく知る立場にいた。空海の弟子で、仁明天皇の内供奉十禅師《ないぐぶじゅうぜんじ》の真済《しんぜい》なら、この冷然院にも出入りしている。病で邸にこもっていた橘逸勢も、友人だった空海の寺に顔をだしていても不思議はない。東寺には、阿保親王の弟の真如が住んでいるはず。橘逸勢と伴健岑は、仁明天皇の意向を汲んで罪をかぶろうと立ちあがったのだろうか……。

善男の頭のなかに歌がこだまする。新嘗祭《にいなめさい》や大嘗祭《だいじょうえ》で、伴氏がかなでる久米歌《くめうた》だ。「……みつみつし　久米の子らが　垣下に　植ゑし椒《はじかみ》　口ひひく　吾は忘れじ　撃ちてしやまん……」

（勇猛果敢な久米の兵士が　垣のしたに植えた山椒は　口が曲がるほどピリリとくる　それを忘れない　さあ　勇気をふるって　突撃だ！）

善男は頭をふった。怒りを活力にしていてはダメだ。冷静にならなくては……。

嵯峨の帝が亡くなって八日目の七月二十三日に、天皇の命をうけて、藤原良房の同母弟の良相《よしみ》が皇太子に仕える人々を検挙した。おなじ日に、仁明天皇がほかに例をみない詔《みことのり》をだす。

「謀反を企んだのは、伴健岑と橘逸勢。これよりまえに、恒貞皇太子が呪詛《じゅそ》をしていると聞いていたが、それは問題にしない。ただ皇太子にも責任があり、嘉智子太皇太后もおなじ考えなので、皇太子を廃することにした」

天皇の決断は詔《みことのり》とよばれて絶対的な力をもち、一度発令されたものは、くつがえすことがむずかしい。出してしまえば、それが通る。その詔に、三十二歳で在位十年の経験がある仁明天皇が、母の名と母の考えを盛りこんだ。

やんわりと、しつこく、嵯峨の帝は仁明天皇を支配してきた。嵯峨の帝は儀式や宴の場で、親王とおなじように源氏の男子を並ばせ、仁明天皇が即位したてのころに源氏を参議にしてしまった。詔に母の名を入れた仁明天皇は、源氏の特別扱いをやめようとしていた。源氏は仁明天皇の父方の半分弟で、母の嘉智子とは血が繋がらない。良房のほうは数の多い源氏を、義兄として利用しようとしていた。

「承和《じょうわ》の変《へん》」と呼ばれる橘逸勢らの事件に連座して、皇太子に仕えていた大納言の藤原愛発《あらち》、中納言の藤原吉野《よしの》、参議の文屋秋津《ぶんやのあきつ》をはじめ、五位以上の貴族が二十七人と、六位以下の地下《じげ》官人が六十人も、官職をとかれて遠国に任地した。

帯刀舎人と、病気で家にこもっていた従五位下の但馬権守《たじまのごんのかみ》の謀反にしては、高官の連座が多い。恒貞皇太子が即位したら大臣になったはずの藤原愛発や、太政官になったはずの藤原吉野や文屋秋津は、官位をうばわれて都を追われた。

十七歳の恒貞皇太子は、輿に乗って母の正子皇太后がくらす淳和院にもどり、やがて出家する。淳和院は、右京四条二坊に四町の広さをもつ邸だ。

町の人々は戯詩《ざれうた》で、廃太子となった恒貞親王に同情をよせた。官僚たちは眉をひそめながらも、一方で大量に空席がでた官職に就《つ》けるのではないかと、大いに期待をした。

さっそく三十八歳の良房が、愛発を追いだして空席となった大納言になり、それまで良房が占めていた中納言には、すでに参議になっている三十二歳の源信がなり、三十歳の源弘《ひろむ》と滋野《しげのの》貞主《さだぬし》が新しく参議に加わった。

翌月の八月四日に、藤原順子を母とする十五歳の道康《みちやす》親王が、良房を筆頭とする新しい太政官たちに要請されて皇太子になった。道康皇太子は源氏たちの甥で、良房の甥にもなる。嵯峨の帝の四十九日がくるまえに、すべてが終わった。

橘逸勢は、流刑地に送られる途中で、衰弱がひどくて亡くなった。

逸勢には幼い孫娘の愛玲がいて、その娘が祖父の護送車のあとを泣きながら追って歩いた。旅支度もしていないから、はきものは破れてなくなり、血だらけの裸足でついてくる。逢坂山《おうさかやま》を超えたあとで逸勢は亡くなったが、流刑先の伊豆まで運ばれる祖父の遺体を載せた車のあとを追う。その姿が哀れだと、人々の涙をさそって評判になった。朝廷は使いをだして、愛玲を無理やり都へつれもどした。

嵯峨院で、嘉智子太皇太后に封書を渡した日を最後に、阿保親王は登庁していない。
嵯峨の帝の崩御《ほうぎょ》から三か月余りたった、十月二十一日。阿保親王死去の知らせが届けられた。

四

仇《あだ》なりと　名にこそ立てれ　桜花《さくらばな》

仁明《にんみょう》天皇は、阿保《あぼ》親王の葬儀の監督と護衛に、官吏をさしむけた。阿保の弟の真如《しんにょ》が仏僧の中心になって行われた葬儀の日には、参議の和気真綱《わけのまつな》に詔《みことのり》を伝えさせた。

「親王の誠意のおかげで、先ごろの謀反を、国が乱れることなく治めることができた。遺族には恩恵をあたえよう。残った者のことを心配することなく逝《い》って欲しい」

阿保親王は遺贈されて一品《いっぽん》親王になった。

堂のなかに、読経の声と参列者の挙哀《こあい》の声が、ウオン、ウオンとこだまする。声をあげて泣くのを挙哀といい、できるだけ大きな声をだして泣くのがよい。喪服は白だったが、このごろは鈍色《にびいろ》も用いられるようになった。

紀有常《きのありつね》は父の名虎《なとら》たちとともに、阿保が親しくしていた人たちが座る、遺族の斜めうしろの席にいる。大枝音人《おおえのおとんど》も、有常のそばに座っている。

「最期のお別れに、お顔を拝見させていただきたい」

勅使《ちょくし》の和気真綱《わけのまつな》が、阿保の家族に向かって言った。母の身分からすれば、桓武天皇の外孫になる末っ子の業平が阿保の嫡子《ちゃくし》になるが、位階をもらっていない。長男の仲平と次男の行平は、おなじ従五位下だから、伊都《いつ》が、かまわず歳の順に並べさせたので、だれが喪主なのか分からない。すでに社会に出ている仲平と行平が、ていねいに頭を下げた。

棺のうしろにひかえている、白い水干《すいかん》に萎烏帽子《なええぼし》姿の、難波の土師雄角《はじのおつの》が手下に指図する。土師氏の本業は、貴人の忌儀にたずさわることだから、なれた仕草で棺に被せた布をとって、ふたを開けた。かすかな腐臭が香にまじる。阿保親王、五十歳。頬の肉がそげているが、通った鼻すじや、あごの線が生前をしのばせる。

「おう。おう。おやつれになりました」と真綱が声をあげた。堂内の挙哀も、ひときわ大きくなった。

在原の四人兄弟が、そろって人前に並ぶのは、はじめてのはずだ。十九歳の守平と、十七歳の業平は、おおやけの場に出ていない。阿保親王が整った顔立ちの大柄な貴公子だったから、四人の遺児は、いずれも体格のよい好青年だ。有常は、四人の背中を斜めに見ている。

仲平は首が太く、肩幅も広く、胸に厚みがあり、全身に力をいれて座っているのがよくわかる。眉をととのえた清々しい貴族顔の行平の背中は、丸みがあり、なれがあって、無駄がない。兄弟のなかで漢学が一番できる、優等生の背中だ。守平の首筋は黒すぎるだろう。正しい喪装を着て行儀よく座っているが、なぜか気を抜いているように見える。父親の葬儀なのに、日向で寝ている猫のようだ。すこし体を崩している業平は、おおぜいの人に混ざると、きわだって色白なのが目立つ。吹き出ものができる年頃なのに、きめの細かい白い肌は、しっとりと潤ってなめらかだ。そのうえ紫色の手巾をだして目元をぬぐうときに、シナッと動くのが色っぽい。参列者が通りすぎるときに、業平の姿に目を止めるのを確かめて、有常は口のはしを少し上げた。

父の名虎が、雄角の目をとらえて招いた。そっと雄角が寄ってくる。

「どこから工面した」と、扇で口元をかくしながら名虎がささやく。

「チョとめぇに、京職《きょうしき》を手伝って鴨川などをさらって、収めたドクロが五千個あまり」

「そんなに」

「へ。まじないに使わねぇようにドクロを集めろってお達しでやしたが、日ごと現れる新仏も放っちゃおけやせん。背丈も肩幅も足りやせんが、顔の骨格さえ似てりゃ、分かりゃあしません」

「ああ」

「民は飢えておりやす。生きている間《ま》に一瞬なりとも極楽を……腹いっぱいに味わわせてやりてぇもので、ごぜぇやす」

「どう?」

難波の港をでた大船のうえで、風になびく髪を手ではらってシャチが聞いた。

「頭が冷たい」

「どうしても東北に行くか。もっと寒いぞ。いまからでも、航路は変えられる」とシャチ。

「大宰府《だざいふ》では、顔を覚えられているかも知れない」

「もっと南へ行けばよい。この国のことさえ知らぬものばかりだ」

「国は離れぬ。己が影を落とす存在になったから隠れるが、子らの行く末は、風の便りに知りたいからな」

「下総《しもふさ》の佐原で」

「まずは佐原へ行く。遠江にも賜田があるし、武蔵《むさし》にも墾田《こんでん》を開いてある」

「死んだはずの主《ぬし》が、受けとれるわけがなかろうに」

「亡くなった乳母の縁族で、阿保氏という土豪《どごう》がいる。賜田のほかは、その名を借りて登記している。書類もある」

「アテになるものか。行っても知らぬと追い払われる」

「それならシャチ。おまえが面倒をみてくれ」

冠を脱いで、シャチとおなじような姿をした阿保は、楽しそうに青空に目を細めて、大きく潮風を吸いこんだ。

十二月に入ると、木立も冬枯れてしまった。風が強いので、吹き溜まった枯葉がカサコソ音をたてる。遠くのほうに小さく見える騎乗の二人を待ちかねて、紀有常《きのありつね》は爪先立ちをしてみた。二十七歳の男が、ときめいて浮かれている。有常は、ふつうに女性が好きだ。妻もいるし子供もいる。断じて、少年を愛したりはしない。それでも、きれいな蝶を見つけたように、みごとな陶磁器に魅せられたように胸がさわぐ。

深草《ふかくさ》は羅城門《らじょうもん》をでて東南に五、六キロほど離れている。都が奈良にあったころから、この土地は紀氏が開墾して受けついできた。自然のままに道がうねり、季節がら作物はないが、田畑と田舎家が点在していて、その田舎家に紀氏が住んでいる。

職場が宮中で、歩いて通勤するには、なるべく大内裏のそばが楽なので、父の名虎は左京三条三坊十四町に邸をもっている。有常も四条三坊に邸があるが、従六位下の散位なので時間にゆとりがあって、深草の庄にもこれる。この里には、有常の妻と娘がくらしている。

「オーイ」有常を見つけたのだろう。守平が馬の上で袖を振っている。

「お待ちかねです」サンセイとモクミと馬を、小作人でもある一族にまかせて、有常は守平と業平を招きいれた。都のような築地塀《ついじべい》がないから、深草の庄は開放的だ。鶏がえさをつつき、馬小屋も牛小屋も目につくところにある。風をふせぐために蔀《しとみ》を半分降ろした囲炉裏《いろり》の間に、守平と業平を案内する。部屋には喪中休職中の、仲平と行平が座っていた。

「寒かったろう。まず腹から温めろ」と仲平が、鉄瓶から木椀に湯をそそいで二人のまえにおいた。二十六歳の仲平は、小野氏の娘を妻にして子供がいる。

異母兄弟は母方で育つから、一族意識だけでつながっていることが多い。しかし在原の異母兄弟は、阿保が左遷《させん》されていたあいだに大宰府で生まれて、おなじ邸でくらしていた。知り合いも親戚もいない、風習も言葉もちがう土地で、先が分からない阿保について都落ちした仲平と行平の母は、はげまし合わなければ暮らせない。末の業平だけは都生まれだが、守平が業平と仲よく育ったので、四人と、もう一人の大枝音人は、兄弟として親しんでいる。

「邸は売れたのか」と、二十四歳の行平が聞く。都に帰ってから行平の母は、母方の紀氏を頼って、この深草の庄の有常の家の隣に住んでいる。

「はい。父上が官地と交換するように、手をまわしておられました」と白湯を飲みほした守平が答える。

「伊都《いつ》さまは、いかがですか」と有常も聞いた。

「一緒に行きたかったと悔しがりながら、心細がっています」と椀をフーフー吹きながら、業平がすくうような眼差しを有常に向ける。

「心細いのは、守《もり》も業《なり》も一緒だろう。おまえたちには、支えてくれる縁族がない。わたしは出世もしないだろうし、大した力もないが、話相手にはなる。困ったときや寂しいときは、遠慮なくこいよ」と仲平が真っ直ぐな声をだした。仲平は思ったことを、そのまま口にできる。仲平に会うたびに、飾りをつけたり、相手の求める答えをさがして会話する自分を、有常は反省する。仲平が言うように、守平は宮中での後ろ盾が、まったくない。業平には母の伊都内親王がいるが、伊都の母は「伊予親王事件」に連座した南家の藤原乙叡の娘。父は桓武天皇なので、父方の異母兄弟姉妹は、老齢なうえに他人の面倒をみるほど、まめな人たちではない。血統はよいが、業平にも頼れる庇護者《ひごしゃ》はいない。

「これから、どうなるのかな……」と守平がつぶやいた。

阿保親王が財産を残しているから、くらしには困らないだろうが、まだ二人は十代だ。痛ましいような気持ちになりながら、有常は立って棚の文箱《ふばこ》から信夫《しのぶ》摺《ず》りの布をとりだすと、業平のまえにおいた。

「おぼえて、おられますか？」

「かすが野の　若紫の　すり衣　しのぶのみだれ　限り知られず　この歌は？」と行平。

「早いもので、もう二年ちかくも経ちますか……。わたしの妹の静子《しずこ》と、娘の涼子《りょうこ》にあてて、業平どのが詠まれた歌です」と有常が、そのときのようすを分かり易く簡潔に説明した。こういうことなら、よけいなことを考えずに、うまく話せる。

「業平どの。あのときに、お目にとまった妹の静子ですが、嵯峨太上天皇の喪があけましたら、道康《みちやす》皇太子の元に入内することになりました。今日は、そのことを、みなさまにお知らせするつもりでした」

「内諾《ないだく》が、おりましたのか?」と行平が、不思議そうな表情をした。

「はい」

「それはまた、どうして……でしょう」と行平は、器用に右の眉だけを上げてみせる。

名虎の娘に、種子と静子がいる。有常の姉妹たちだ。姉の種子は仁明天皇の更衣《こうい》だったが、順子女御に無礼があったと訴えられて、息子もろともに内裏を追放された。そんな、いわくつきの更衣の妹を、皇太子の妻に迎えるだろうか。だれが推したのだろう。よほど強いコネと、金のかかる裏取引があったのではないかと、上げた右の眉で行平は聞いている。

「わたしは知りません」声に力が入らない。推測はできるが、本当に知らない。名虎から聞いてないし、有常は静子の入内に反対している。

「皇太子さまが、静子どのを召されたのでは?」と守平。

「八月に立坊されるまで、道康皇太子は良房さまの邸のなかで暮らされております。この里にいる静子が、お目にとまる機会はありません。父は皇太子さまに、お目通りもしておりません」これは、はっきり否定できる。

「だったら、帝が決められたのでしょう」と、業平が言った。

「そんなバカな……」と否定しかかって「あるな」と行平が眉間を寄せた。

嵯峨の帝が亡くなって道康皇太子が立坊してから、太政官の顔ぶれが変わった。大方の予想のように、道康の外叔父になる良房が大納言になった。藤原氏では式家の緒嗣《おつぐ》が左大臣のままで私邸で伏せっているが、高齢だから復帰はムリだろう。もう北家の良房を上回る藤原氏はいない。左大臣が休職中なので、太政官の最高位にいるのは、仁明天皇の異母弟で右大臣の源《みなもとの》常《ときわ》。大臣のつぎの大納言には良房と、嘉智子《かちこ》の弟の橘氏公《たちばなのうじきみ》。その下の中納言に源信《まこと》がいて、参議に源弘《ひろむ》がいる。

恒貞皇太子を廃する勅《みことのり》に母の嘉智子の名を入れて、橘氏を前面におしだした仁明天皇は、嵯峨の帝が亡くなったあとで滋野貞主《しげののさだぬし》を参議にした。滋野貞主は文章《もんじょう》試験《しけん》に及第した知識人で、いろいろな職を務めてきた実力のある官人だから、貞主の起用を有常も心のなかで拍手した。滋野貞主の出自は変わっていて、氏素性がよくなければ上級官人になれない仕組みのなかで、貞主の家は中級、下級の官人だった。ただ貞主の曾祖父が、金が発掘されたことを知らせて出世した。滋野朝臣《しげののあそん》と名のってから、数年しか経っていない。

仁明天皇が、能力のあるものを登用しようとする、正しい治世者の姿勢をみせているのは気持ちがよい。だけど、それは、氏素性だけで高位についた源氏や、競争者をつぶして勝ち残った良房とは、相反する方向だった。

紀氏は、三百年以上もつづいた氏族なので、数が多い。数年まえまでは参議を出して、政治の中枢にかかわっていた。源氏が重要な地位を占めるようになってからは、五位や六位の地方官僚に甘んじているが、能吏を抱えている。天皇自身が政務をとるならば、無視できない一族だ。

「もしも帝が決められたのならば、静子どのにとっても、紀氏にとっても幸いなことです」と行平が言った。父の名虎の考えとおなじだ。

「さて、どうなのでしょう」と有常は流した。ちょうど酒や、脂の乗ったウズラの丸焼きなどの田舎料理が運ばれてきた。干した野菜や米を入れた鉄鍋《てつなべ》も、囲炉裏《いろり》に下げられた。ほどよく酒がまわって、みなの口が軽くなってきたところで、もう一つの、有常にとっては、とてもだいじな話を持ちだしてみる。

「わたしは、人間が小さくできております。与えられた仕事を、しっかり務めたいと思っていますが、自信も野望もありません。わたしは、目立たず役立たずの下級官人として、生涯を終えるでしょう」自己否定から話しはじめるのは、我ながら、いやなクセだと分かっているが、けっこう効き目はある。

「そんな、わたしですが、それでも、やってみたい夢があります。野望といってもよいでしょう」有常は言葉をとめて、まわりを見まわした。

「なにを?」思っていたように、行平が聞いてくれる。行平は、目いっぱいまじめな男だ。

「わたしは和歌が好きです。少々ですが、和歌をたしなみます」

ホオーッというような目を、みなが向けてくれる。

「仲平さま。小野氏の女房が、帝のもとで恋の歌を詠んで、評判になっているのを、ご存じでしょうか」仲平の妻は小野氏の娘で、この深草の里の北の、小野の里に住んでいる。手にした箸を膳にもどして両手をひざにおき、仲平が有常を見た。

「聞いている。たまたま、わたしが知っている二、三の歌が、別れた男をしたう歌だったからか、切なくなった」仲平は、素直でやさしい。先入観をもたずに、ありのままで向きあってくれる。それだけ、ぶれない、強い心を持っているのだろう。

「みごとに心に染みいる歌です。生涯かけても、わたしには作れません。業平さま」肝心《かんじん》なところだ。さりげなく聞こえるように、有常は気をつかう。

「ん?」ウズラの手羽をかじっていた業平が、脂のついた口元を手でぬぐって、有常に目をむけた。

「恋の歌を詠んでみませんか。業平さまなら、小野の女房のように、人の心を動かすような歌を詠まれるでしょう」反応がない。ぎこちなく座が静まっている。有常は文箱をとりにいって、薄い紙をとりだした。

「業平さまが信夫《しのぶ》摺《ず》りの歌を、妹や娘に贈られたあとで、あなたさまを思って、わたしが詠みました」それはウソだ。阿保親王の喪中で私邸にいる在原の兄弟に、一夜を田舎家で過ごされませんかとさそいをだして、四人が来てくれると分かってから詠んだ。ただ思いつきは、二年まえの春から持っていたから、完全なウソではない。

仇《あだ》なりと　名にこそ立てれ　桜花《さくらばな》　年にまれなる　人も待ちけり

（浮気者だと　評判を立てましょうよ　桜の花　あまり会うことのない人たちも　あなたを待っているでしょう）

在原の兄弟は、だまっている。守平がヒョイと腰をあげて、囲炉裏のうえの鍋の蓋《ふた》をとった。湯気がたって、うまそうな匂いが部屋を満たす。うまそうな匂いは、人を安心させる。

「こいつを、仇桜《あだざくら》に仕立てたいのですか。それが有常どのの、野望でしょうか？」木のしゃもじで鍋をまぜながら、ついでのように守平が口にした。有常は二十七歳で、守平は十九歳。業平は十七歳だ。有常は、この二人の性格をつかんでいない。身軽に席にもどった守平が、こんどは邪気のない目で有常をとらえて聞いた。

「その小野の女房は、桜の花のように、華《はな》やいでおられるのでしょうか」

「歌の上手さが、つくった噂でしょうが、つぎつぎに恋をされる、華やかで美しい女房だといわれています。業平さまが歌を詠まれることを知って、華やいだ美しい男性歌人がいてもよいのではないかと思いました。わたしは考えて歌をつくりますので、ある程度の歌人で止まってしまいます。業平さまの歌は未熟ですが、情のままに言葉をつらねておられる。なにごとも漢風を見習うなかで、和歌はすたれてしまいました。しかし和歌こそが、我が国の歌。我が国の心です。

いまの帝は、和歌も好まれます。もしも、ふたたび和歌が盛んになれば、業平さまなら精進次第で、ひとかどの歌人となられましょう」

守平を相手に、力んで話していることに気がついた有常は口をつぐんだ。有常は、頭も悪くないし学識もある。そつなく宮仕えもできるが、父のような権勢欲や自己顕示欲《じこけんじよく》がない。やる気がないので、だれに先を越されようと傷つかず、そこそこの地位で満足できる。父からは覇気《はき》がないと叱られるのだが、もって生まれた性格だから仕方がない。こんなに熱く語るなど、我ながらビックリする。

「気はたしかか。有常どの」と行平が、眉をよせて険しい顔をした。

「和歌が好きなら、勝手につくればよいでしょう。さきほどからの話では、業平に恋の歌をつくれとか、つぎつぎに恋をする小野の女房のような歌人になれとか。冗談じゃない。ジョウダンじゃ、ありませんよ！　いずれ業平は、官人として出仕する身です。仇桜とはなにごとです。パッと咲いてパッと散る、仇《あだ》なりと 名にこそ立てれ ですか。そんな名を立てる必要が、いったい、ぜんたい、どこにあります！」だんだん行平の声が高くなって、さいごに裏返った。

「まあまあ、行兄《ゆきにい》。業平は奥手で、まだ通う相手もいませんから、ご安心を……」と、守平がとりなしてくれる気らしい。ただの妄想だった。ほんとうに冗談です。忘れてくださいとあやまってしまおうかと、有常は業平を確かめた。業平は黙りこくって、蔀《しとみ》のすきまから外をみている。昼までは晴れていたのに、山間に雲がかかったらしく、チラチラと小雪が舞いだしている。

「風花《かざばな》……桜吹雪と、見まがうような……」と業平がつぶやいた。

「まやかしの桜……まやかしの恋。好きあう二人が、白髪になるまで寄りそうのは、人と人の愛でしょう。パッと咲いてパッと散る。限りがあるからこそ切なく狂う恋ならば、まやかしでも本気でも、変わらないのではありませんか」と行平に言ってから、業平は文箱から新しい紙をだして筆を走らせた。

今日来《こ》ずは　明日は雪とぞ　降りなまし　消えずはありとも　花と見ましや
（今日こなければ　明日は雪のように　降り散るでしょう　消え残った雪があっても　花と見えるかどうか……今日きてしまったのが　なにかのご縁でしょう）

「業平！　有常の口車にのって、その、なんだ……桜とか、花吹雪とか、妙なものになるつもりならば、今日をかぎりに兄弟の縁を切る。有常どの。我々の友情もおしまいだ！　二度と、お目にかかることもないだろう」と行平は立ち上がったが、したたか酔っているので足元が定まらない。有常の郎党がよばれて、体を支えた。

「申しわけございません」と有常が、行平に向かって頭を低く下げる。

「帰る！」郎党に抱えられて行平は出ていったが、小雪の降るなかを都まで帰ったのではない。母の住む隣の家の、暖められた寝所に運ばれて、行平は眠ってしまった。

「行平さまが賛成してくださるとは、はじめから思っていません。ただ最初に立ち会っていただかないと、本当に傷ついてしまわれます。業平さま。行平さまのことは、ご心配ありません。あのかたは真面目すぎるだけで、兄弟思いなかたです」有常は笑みを浮かべた。業平を世に送りだすことを考えると、うれしくて顔がゆるむ。

「業平。有常どのが言われたことを理解して、返歌をよんだのか」と仲平が念をおす。

「うん」

「おまえが自分で決めたのなら、わたしは反対しない。おもしろそうだ。

ただ宮中には、嵯峨の帝や、いまの帝のお子で、臣籍降下した源氏が大勢いる。われらの祖父は四代もまえの帝で、在位期間も短いから、わたしもそうだが、漢学が苦手なおまえの出世の道は限られている。おそらく五位になるころには、老いているかもしれない。帝の宴によばれて歌を詠めるのは、五位以上の漢詩を得意とする文官だ。

小野小町どのは帝に仕える女房だから、その歌も世に広まる。有常どの。どうやって無位で無名の業平を、華やかな歌人にするおつもりか?」

真顔の仲平に問われて、ここぞとばかり、有常は身をのりだした。

「宴で詠まれる漢詩は、はじめから題がきまっています。歌人は、いくども推敲《すいこう》をかさねた詩をだします。もっと自由に、心のままに感じた言葉を連ねてこそ、わたしは人の心を打つことができると思います。和歌は、そうであって欲しいのです。

わたしは業平さまに、宮中歌人のような枠に、おさまって欲しくありません。漢詩とちがって和歌は、庶民にも受けいれられるはずです。それが恋歌ならば、きっと、よろこばれます。そして恋の歌は、どのような相手に、どのような状況で詠んだかという詞書《ことばがき》がそえられると、面白味もまします。業平さまと相談して、わたしが詞書を作り、歌は市井《しせい》に広めましょう」

「市井に流す？　庶民のなかに、広げるってことですか？」と守平。

「はい。狭い宮中のなかではなく、多くの人に和歌を広めたいのです。紀氏は中級官人を抱えています。京職《きょうしき》にいる紀氏に頼めば、力をかしてくれるでしょう」

「それって、こいつの容姿も、利用しようってことですか。ああ……それで仇桜《あだざくら》。小さいころから、女の子のように可愛いといわれてきたから、こいつは人に見られるのが好きですが……」

と守平が、いたずらっ子のような目つきをして言い足した。

「有常どの。市籍人《しじゃくにん》なら知っています。手っ取り早く市《いち》に流しましょう」驚いた有常に、守平が続ける。

「大枝の兄者の紹介です。それから、こいつを仇桜にしたてられそうな、心当たりの女が西の京におります。それも大枝の兄者が紹介してくれた、市籍人の紹介です」

おもしろい。本当に、おもしろくなりそうだ。思い切って口にして、よかった……。

「業平さま。書きとめられた歌を、わたしに見せてください」と有常は、さっそくつめ寄った。

年が明けて八四三年（承和十年）。

嵯峨の帝の喪中なので、正月の朝賀はなかったが、恒例の叙位《じょい》は年明け早々におこなわれた。叙位は、正月と十一月の新嘗祭《にいなめさい》におこなわれる。法的には、五位以上の官人の昇級を決めるのは天皇で、六位以下の官人の昇級は太政官に任されている。しかし五位以上でも、太政官が審議して選んだ名簿を参考にして、天皇が認可することが多い。一階でも上がりたい官人は、推薦されるために人脈をつかい賄賂《わいろ》を贈り、モーレツな運動をする。太政官たちは、自分の派閥をふやすための人材を推薦する。

恒例の叙位から少し遅れた一月二十三日に、紀名虎に正四位下が、伴善男《とものよしお》に従五位下が叙位された。紀氏と伴氏は古代豪族系官人を代表する二氏で、この日に叙位されたのは二人だけだった。五十三歳の名虎は大柄で、大きな顔と各造作《かくぞうさ》を持っている。気質も親分肌で、すこし横柄《おうへい》だが面倒みはよい。三十三歳の善男は、百四十八センチと小柄で、眼のくぼんだ痩せた男だ。この二人の叙位は、仁明天皇の人選だった。

二月の中頃になって、やっと有常は左京四条四坊に住む、妻の一人のもとを訪れた。正月に形だけ顔をだして、家は近いのに、ずっと放っていた。正月の祝いや、名虎が叙位した祝いがつづき、身辺が慌ただしかったせいもあり、ひまができると業平の歌を読んで、あれこれ考えることに忙しかったせいもある。

「ずいぶん楽しそうな、お顔をしていらっしゃいますこと」と成子が言った。

「そう見えますか」

「ええ。眼が生き返っております。ねえ、容子」有常の盃に酒を満たしながら、成子の乳母子で女房の容子が「あまり若返って、差をつけられませんように」と笑った。

有常の妻は多くない。元服した十六歳で婚姻した、同族出身の妻が深草の庄にいる。子供もいて、萱の御所で妹の静子と遊んでいた涼子《りょうこ》も、深草の庄に住む妻の娘だ。

成子のもとには、五年まえから通うようになった。五年まえに有常は二十三歳で、成子は三十二歳だった。この婚姻も、とても珍しい。年上の女性に通うのが珍しいのではなく、成子が奈良の帝のときの右大臣、藤原内麻呂の娘だからだ。つまり成子は、冬嗣の妹で、良房の叔母になる。

娘に恵まれず、天皇の外戚になることができなかった藤原北家は、そのために、いろいろな策謀《さくぼう》をおこなってきた。血のつながらない嵯峨の帝を擁立《ようりつ》して、力のある縁族が少ない橘嘉智子《かちこ》を皇后とした。二人のあいだに生まれたのが、今上の仁明天皇だから、まだ北家は天皇の血縁になっていない。仁明天皇の子で、良房の妹の順子が生んだ道康皇太子が、北家の血を継ぐ初めての皇位継承者だ。その北家に、入内しなかった娘がいることが珍しい。

成子の父の内麻呂は、成子が幼いころに亡くなった。母の身分は低いが、数少ない北家の娘の成子は、異母兄で右大臣の冬嗣《ふゆつぐ》に大切にされた。しかし成子が婚姻可能な年齢になったときには、嵯峨の帝には嘉智子皇后がおり、多すぎる妻と子供がいた。つぎの淳和《じゅんな》天皇は、式家の緒嗣《おつぐ》の甥になるし、嘉智子の娘の正子内親王が入内したので、北家はかかわらなかった。

仁明天皇が皇太子として成人したときに、冬嗣は娘の順子を入内させた。仁明天皇が十六歳で順子が十八歳だったから、もう一人、北家の娘を入内させたかった冬嗣は、さらに年上の成子ではなく、遠縁の若い沢子をえらんだ。そのあとで冬嗣が亡くなり、甥の良房は自分のことで精いっぱいになって、成子の縁談まで手がまわらなかった。

有常が成子のもとに通いはじめたのは、北家と縁を結べと名虎に尻をおされたからだが、忍んでみると話が合う。同性でも異性でも、興味の方向と知識と知力が近い人に、人生でめぐり会えるのは稀《まれ》なことなので、有常は感激した。二人は、歳の差も、外見も、ついでに性別にもとらわれずに仲がよい。有常がもたらす藤原氏の内情の情報源が、この成子だ。

「名虎さまと、伴氏の善男さまの叙位は、帝が指示されたのでしょう？」と成子が聞いた。

「そう思います」

「道康皇太子の、妃候補がそろいましたね」と成子。皇太子に入内する娘の親の位階を、さきに進めることがある。やはり、おなじことを考えていたと有常。三十七歳になる成子は、黙っていると年相応に見えるのだが、話しはじめると有常には年齢が分からなくなる。とても身近に感じられるからだ。

「帝の側近の娘が、皇太子の妃となられるのでしょう。藤氏《とうし》が立てるのは、明子《あきらけいこ》と古子《こし》です」

と成子。

「古子さま？」明子は良房の娘だ。入内させるだろうと、だれもが思っている。だが古子は知らない。成子が、ちょっと得意げな顔をした。

「兄の冬嗣の娘で、長良や良房や順子の異母妹になります。兄が亡くなる少しまえに生まれましたから、すくなくとも十八歳になるでしょう。良房の娘の明子は、まだ十四歳です。明子が初笄《ういこうがい》（女子の成人式）を終えて、入内できるまでのつなぎです。ほかにも何人か、同族の娘を入内させます」

「古子さまに、会われたことは」

「あります」

「どのような、おかたです」

「若い人を悪くいうのは好みません」

「なるほど」

「よいのでしょうかねえ。帝は、ご自分で執政《しっせい》されるおつもりでしょうが、良房が大人しく見ているとは思えません」

「まさか帝の親政《しんせい》を、はばむとでも」

「いいえ。良房には、帝をはばむつもりはありませんよ。正しいことをするつもりです。すでに汚いことをやってしまった者にとっては、どんなに酷い人の道に反することでも、すべては大儀のもとの正義なのです。そこのところが、やっかいなとこ……すでに、人格の中心にある核が、狂っておりますもの」

成子は有常のことを、小心で上昇志向がなく、和歌が好きで人畜無害な男だと……まあ、実像とずれてないが……うまく良房に信じさせた。有常は成子をおろそかにせずに、仇桜計画や、それからさきのできごとも、あれこれ伝えて、四十五歳で亡くなるまでの成子のくらしを楽しませた。


人が行きかって、売りものの古着が風になびく。うまいのか、くさいのか、分からない匂いもこもっている。守平と業平は、贈一品《ぞういっぽん》阿保親王の遺児だから、一目で貴族と分かる高そうな生地の直衣《のうし》を着て、高そうな烏帽子をかむり、サンセイとモクミをつれている。来てしまってからでは遅いが、水干《すいかん》と短袴と萎《なえ》烏帽子を借りるべきだったと、守平は反省した。午後になればちがうのだろうが、この姿は目に立つらしい。西の市の外町にある遊廓、双砥楼《そうとろう》の青砥《せいと》と白砥《はくと》の住まいを、守平と業平が訪れたのは、早春の陽も高くなった昼まえだ。

「なんだねえ。朝っぱらから……」しばらく待つと、白砥が首を掻きながら外にでてきた。

「ほれ。先《せん》に泊まった女みてえにきれいな坊やと、男前の兄さんだよ」と呼びにいってくれた小女が説明する。顔を覚えていてくれたらしい。

「ああ。岡田狛《おかだのこま》が、まわしてきた坊やたちかい。どれ。ずいぶんと、お見限りだねえ。なんの用だい。まだ妓楼《ぎろう》は、あいちゃいないよう」

官人は日の出とともに仕事をして、多くは昼に仕事を終える。そろそろ官庁が閉まるころなのに、目のまえにいるのは、寝起きの水商売丸出しの中年女だ。こんなつもりじゃなかったと再び反省したが、わざわざ来てしまったから守平は咳払いをして、「えー。うかがいたいことがある」と言った。

「だから、妓楼は、まだだよ」うるさそうに首を掻きながら、白砥がくり返す。

「いや、そうではなくて、教えていただけるだろうか」

「なんだ。そうかい。道に迷ったのかい。どれ。どこへ行きたい」白砥が大きなあくびをする。

「ん……」どう言えばよいのだ？

「えーっと、たとえば、この弟を、パッと咲いてパッと散る、仇桜のような男にしてもらえるだろうか」

「あん？」と白砥が眼をこする。通じていない。

「つまり弟が、恋の上手になれるように、教えを乞うことができないだろうか」ボェーッとした顔は、まだピンと来ていない。

「小夜《さよ》……この子、なんといった?」それでも目が覚めたらしい白砥が、小女の腕を引っ張った。

「よく分からねえが、アダザクラとか恋のジョウズとか言ったな」と小夜。

「……もしかして、おまえさんの弟が、どこかの姫君をみそめたのかい。それが、うまくゆかないから、どうすりゃよいかと聞きにきたのかい」白砥が守平の顔をのぞいた。

「そうじゃない。次から次に華やかな恋をする、都で一番の色男になるには、どうすればよいかと教えを乞いにきた」

「からかっているのかい。いいかげんに、おし!」

「業。このおばさんが、恋の上手に仕立てると、本当に言ったのか?」これ以上、怒らせるまえに帰ろうかナと、守平は業平に、ささやいた。

「言った」と業平が芝居がかった身振りをそえて、口真似をする。

「幻の恋を承知の商売だよう。これだけの玉なら磨きあげて、都一の流行《はや》りっ子。恋の上手に仕立ててあげたいところだが、おしいねえ……って、言ったよね。おばさん!」

「母さんたちなら、言いそうだ」と小夜が笑う。

「小夜。おまえ、だれに喰わせてもらっている! 殿上人の子だか、なんだか知らないが、おまえさんがたの遊びに、つき合うほど、わしらは、ヒマじゃない。人に教えを乞うなら、礼儀と礼金というものが、あるだろうさ！」

礼金？　そんなことは考えていなかった。

「後学のために、うかがいますが、ちなみに色男の指南料の相場《そうば》は、おいくら？」と守平が聞くと、「ん……」と白砥がつまって「見世物じゃないよう。見るんじゃない！」と、立ち止まりはじめた人に当たり散らし、「そこにいちゃ迷惑だ。なかへ入れ。供の者も入れ。小夜。青砥を起こしな！」

守平と業平は、白砥に腕をつかまれて、小屋のなかに引っぱりこまれた。


「で、どうなりました」と和仁蔵麿《わにのくらまろ》が守平に聞く。守平たちが、白砥と青砥を訪ねた日の夜だ。蔵麿は、書史《しょし》の叫古居《さけびのふるい》と二人で、小さな小屋の半分を使っている。残りの半分は、サンセイとモクミが使っている。

阿保親王の邸は一町、隣接する伊都内親王の邸も一町の広さがあった。伊都の邸の半分には、使用人の小屋が何軒か建っていて、蔵や馬小屋や牛小屋や畑がある。一町の半分でも二千坪以上だから敷地は広い。

守平は、阿保のくらす邸に、自分の棟を与えられていた。都にきたのが三歳で、シャチがいないことが多かったので、守平は蔵麿に育てられた。叫古居は、大宰府に送られるまえの阿保に帳内として仕えていた舎人の子で、阿保が帰京してから童として住みこんだ。守平より二歳上で二十二歳になる。古居も蔵麿が育てて、読み書きや計算まで教えた。

阿保がいなくなって、いろいろなことが変わった。生前は三品親王《さんぼん》で上総《かずさ》の太守《たいしゅ》で弾正尹《だんじょういん》だった阿保には、定期的に高収入があった。品田《ほんでん》という田畑も貸してもらえ、そこからも収入がある。大舎人寮《おおとねりりょう》に属する、給金は国持ちの帳内《ちょうない》とよぶ使用人も、主が亡くなるとほかの邸に転属される。伊都は無品だから、国からでる扶養料は少ない。守平と業平も位階がないので給金がでない。

阿保は相続できる私財として、伊都には長岡に別業と田畑をのこした。業平には、津《つ》（兵庫県芦屋）や河内《かわち》（住吉）や近江《おうみ》に田畑と、萱《かや》の御所《ごしょ》がのこされた。守平には、和歌山や伊勢に田畑と、シャチのために作った堀内《ほりうち》という氏で、熊野の漁業と航海の権利を取ってくれていた。仲平や行平も、暮らしに困らないようにしてくれている。

しかし一町の邸を、二つも維持できない。だから四脚門《しきゃくもん》やハレの場がある阿保の邸を官に収めて、左京三条四坊三町に一町の土地を購入した。地価がちがうので金がのこり、それは蔵麿が管理している。

蔵麿は、財産の投資や管理に優れている。初めは大舎人寮から派遣された書生《しょせい》だったが、阿保に気に入られて、直接雇《やと》われる私人として家令になっていたから、いまも伊都の邸内の住みなれた小屋にいる。いまのところ守平は、伊都の居候《いそうろう》をしている。

「つまり妓楼《ぎろう》の女主《おんなあるじ》に、次々に恋をしかけて娘を泣かせるような、くだらない遊びはやめて、しっかり勉学しろと説教されたのですな」

ずんぐりした体のうえに、人の善さそうな四角い顔をのせた蔵麿が「ホッホッホッ」と笑った。

「西の京の、なんという妓楼です」

「聞いてどうする」

「かけあってまいります」

「いや。ジイ。あれは見込みちがいだ。妓楼を営んでいるのだから、少しは物わかりのよい女たちかと思ったが、ムリだ」と守平は止めた。

「だから顔を見て、たしかめます」ヨッコイショと、蔵麿が立ちあがる。

「ジイ。営業中だから、白砥さんも青砥さんも忙しいだろう。かけあう必要もないよ」

「ハクトとセイト。西の京の市の外町ですね」と蔵麿。

「相手は二人だから、こちらも二人の方がよいでしょう。家令《かれい》さま。お供します」と古居も立ちあがる。

「家令は親王家に仕えるもの。いまのわたしは在原家の事業《じぎょう》です」

「急に呼び名を変えろと言われたって……蔵麿さまァ。連れていってください」

「しきたりは、しきたり。おぼえておきなさい」

二人の声が遠のいてから、もしかしたら妓楼に上がって白砥と青砥を呼ぶつもりかと、守平は気がついた。


「良いのかな。店を人まかせにして」と蔵麿がたずねる。

「なにかあったら、呼びにくるよ」

「てっきり、文句をつけにきたと思ったに……」住居にしている小屋に、蔵麿と古居をあげた青砥が、白砥と顔を見合わす。蔵麿が想像していたより、質素な身なりで化粧も薄い。伊都が着ている唐衣《からぎぬ》のようなものを羽織っているが、ピラピラの平絹《ひらぎぬ》だし、袴もくるぶしまでの丈だ。

「業平さまは、それほど歌がうまいのか」と蔵麿に酒をすすめながら、青砥が聞いた。

「わたしには分からないが、紀有常《きのありつね》さまは、このような企てを、調子に乗って思いつかれるような、お方ではない」

「あれから青砥と話していたのだが、わしらはゴミを漁《あさ》って生きるドブネズミさ。守平さまは、そのドブネズミに、教えを乞《こ》いたいと言ってくれた。本当を言えばね、あの言葉だけで、生きてきた甲斐《かい》があったってものだ」と白砥。

「まあ、わしらで間に合うことなら手をかしてもよいが、だけど蔵麿さん。いま一つ、分からないよ。業平さまは歌がうまい。その歌を、わしらの間にも広めたいと、そこまでは分かったよ。なら勝手に、やりゃ、良いじゃないか」青砥の唐衣《からぎぬ》が滑って、下に着ている袿《うちき》の肩が見える。なるほど。滑りやすい薄い平絹を、わざわざ落として乱している。こういうのが色の道の手管《てくだ》の一つなのだろうと、蔵麿は内心で感心する。

「広めたいのは、恋歌らしい」蔵麿は、むだな説明を省いた。細かく説明しなければ分からないようなら、相手にすることはない。

「恋の歌なら、わしらにも分かりやすい。恋の歌と決めているのは、戯詩《ざれうた》のように、ご政道を批判しないってことだな」と青砥。

「それで、次々と恋をする仇桜《あだざくら》かい。浮いては消える泡沫《うたかた》の恋をして歌を詠み、それを庶民に広めようってのかい」と白砥。

「あの若さじゃ、歌のために恋をするのか、恋のために歌を詠むのか、自分を見失うかもしれないよ。なんのために生きているかを見失うと、生き難《がた》いぞ」と青砥。

「お二人は、なんのために生きてござる」と蔵麿は聞いてみた。そんなことを、考えたことがなかったのだ。

「わしらは、かんたんだ。ただ生きるために、生きている」と言って青砥が笑った。

「流行り病や飢えで、子供や若いものが、たくさん死んでしまった。生きのびたわしらは、地を言ってでも生きていなきゃ、申し訳がないだろうよ」と白砥。

「目が覚めて、ああ、まだ生きていたと思うと、ありがたいのさ。生きているだけで、おまんまが喰えるだけで、わしらは幸せじゃないか」


蔵麿の父親は、従七位下の下級官人だった。漢字の読み書きができるので、兵部省《ひょうぶしょう》の書生をしたことがあるが、それが生涯で一番高い位だった。蔵麿は長男で、弟と妹がいて、貧しいが楽しく暮らしていた。父も母も弟も妹も、蔵麿は家族が大好きだった。病が流行って、最初は母と幼い妹が亡くなった。二年後に長雨がつづいたあとで、腹をこわした弟が亡くなり、気を落とした父もセキがつづいて、あとを追った。家族を失うのが怖くて、だから蔵麿には家族がいない。阿保親王が残した在原家の人々が、蔵麿が仕えて守らなければならない家族だ。それでも毎日を忙しくすごしているから、あまり悩むこともない。置かれたところで、蔵麿も精一杯、今を生きるために生きている。


「業平さまと守平さまを、遊びにこさせてもよいかの」蔵麿は、白砥と青砥に頼むことにした。なにを頼むのか、いま一つ分からないが、なんとなく良いじゃないか。

「そりゃ」と白砥が、「かまわないが……」と青砥が答える。

「では、報酬のことだが、えー。飲み食いに灯り……米も油も薪《まき》も余分にいるだろう。塩や紙もつかう。サンセイとモクミをつければ四人分。どれぐらい来たかを計算して、損料《そんりょう》や手数料を入れると……」蔵麿が上をむいて、短い指を動かしながら計算をはじめる。

「遊びにくるだけなら、銭はもらえないよ」と白砥。

「わしは在原家の、財務管理を任されている」と蔵麿は、いばった。

「妥当《だとう》な金額を、月に二度、ここにいる古居にとどけさせる。銭は食いものにも、薬にも化ける。活かしてくだされや」


「ご案内させていただきます」

阿保親王の服喪休暇が終わって、天皇に近侍する侍従《じじゅう》になった行平が、作法どおりに身を屈めた。右大臣の源常《ときわ》と、参議《さんぎ》で大納言の藤原良房が、行平に続いて新装された内裏の清涼殿《せいりょうでん》の東廂《ひがしのひさし》に入る。行平が下がると、蔵人頭の良岑宗貞《よしみねのむねさだ》が御簾《みす》を巻き上げて「お入りください」と、二人を昼御座《ひるのおまし》に案内した。

清涼殿は天皇が暮らすところで、臣下との対面には東廂の御座をつかう。昼御座という、居住空間に入れてもらえる人は少ない。右大臣の源常は、仁明天皇の異母弟で三十一歳、大納言の藤原良房は異母妹の夫で、皇太子の叔父の三十九歳。政府の高官であり、近親者である二人は、なぜ天皇に召されたか分かっている。

もうすぐ、嵯峨の帝の一周忌になる。正確な忌日は七月十五日だが、この日が壬寅《じんいん》の日になる。仁明天皇と嘉智子太皇太后《かちこだいこうたいごう》は寅年の生まれなので、わざわざ寅の日に忌事を行うことをさけて、一日まえの七月十四日に一周忌をおこなうことを太政官たちが決め、嘉智子の許可をえた。それにたいして源信《まこと》と源弘《ひろむ》らが、法事は俗事にとらわれず簡略におこなうようにという嵯峨の帝の遺言をもちだして、それは俗事にこだわった考えだから七月十五日にやるべきだと訴えてきた。

「信の奏上をきいた」と二人と対面した仁明天皇が言う。

嘉智子皇后の皇子として皇后殿で育ち、十三歳で叔父の淳和帝の皇太子になって東宮に入ったから、仁明天皇は、ずっと内裏のなかで暮らしている。天皇になるべくして生まれ育った人だから、ときどき高熱を発して寝込むが、犯しがたい威厳がある。

右大臣の常《ときわ》は、静かに頭を下げた。それ以外に、できることがない。訴えた信と弘は異母兄弟だ。幼いころから案じていたとおり、源信は嵯峨の帝の皇子という特権意識をもったままだ。嵯峨の帝が、そう思い込ませたので、常の手にあまる。源氏の一郎の信は、仁明天皇とおなじ三十三歳。弘は、常とおなじ三十一歳。歳が多いから出来が良いわけはなく、能力も知識も高い常が筆頭の右大臣になっているが、信の邸で育った異母弟たちに、長兄の信の影響力は強い。

嵯峨の帝の一周忌を前倒しに決めた太政官会議に、中納言の信も参議《さんぎ》の弘も出ていた。弁官が上げて良房が提出した議案だが、常には異議がなかった。故太上天皇の法事を、たった一日だけ前倒しにするぐらい、目くじらをたてるようなことではない。会議では信も弘も発言をしなかったから、そのままにしておけばよいものを、いまになって天皇に異議を申し立ててきた。源氏のバカさかげんが、透けて見えるではないか。嵯峨の帝が存命中のような特別扱いを維持しようとして、すでに嘉智子が許可した日程に、不服を申し立てている。

「それにつきましては……」と良房が言う。鼻が高く大きく、濃い眉も眼も下がり気味で、あごの下に肉がついた、育ちがよさそうな上品なノッペリ顔だ。良房が声を張りあげるのを、常は聞いたことがない。子供っぽい声で、舌たらずで聞きとりにくい話しかたをする。おっとりとしているから、受け流してしまいそうになるが、内容を聞きもらすと、とんでもないことになる。

「太皇太后《だいこうたいごう》、皇太后《こうたいごう》、皇后《こうごう》の三后のお生まれになった年の日に、忌を避けるのは長く宮中につづいた慣例でございます。宮中の慣例を、俗事とするわけにはまいりません。そのように公卿らに審議させてもよろしいでしょうか」

表情を変えないように気をくばって、常は忙しく考える。先の太政官会議の席では、良房は天皇と太皇太后の生まれ年と同じ日だから、一周忌を一日まえにしたほうがよいと言ったのに、こんどは三后をもちだした。そんな慣例が、宮中にあるわけないだろう。

漢書によれば、太皇太后は今生天皇の祖母。皇太后は母。皇后は妻のことだが、これまで、この三后がそろったことがない。いまは嘉智子太皇太后と、出家した正子皇太后が息災だが、嘉智子は仁明天皇の母で、正子は淳和天皇の皇后で仁明天皇の妹になる。皇后はいない。

三后を尊めば、力を増すのは嘉智子だ。恒貞皇太子が呪詛《じゅそ》をしていると仁明天皇に告げて、橘氏を陥《おとしい》れようとした良房と、橘嘉智子のあいだに講和でも成立したのだろうか。良房の妹で道康皇太子の母の順子を、皇后に立てたいのか。あるいは皇太子が即位したあとで、順子を皇太后にするつもりかも……。

「右大臣に意見は？」と仁明天皇が聞いた。

「臣《しん》は、御意《ぎょい》のままに」合わせてはいけないのだが兄である帝の目を捕らえて、臣下として帝に従いますと、常は思いのたけを目に込めた。清涼殿と呼ぶわりに、ちっとも涼しくない。雑《ぞう》色《しき》（下層の使用人）が庭に水でも打ったのだろう。涼《りょう》味《み》は豊かだが、実質は苔の匂いがまざった、ベットリとした湿気が立って、さらに蒸しはじめた。

源信らの奏上を却下して、嵯峨の帝の一周忌は七月十四日に行われた。晦日《かいじつ》（喪明け）は、七月末日にされた。そのすぐあとに、嘉智子の祖父の故橘奈良麻呂の反逆罪が許されて、位階が贈られた。これで橘氏の血統から、謀反人がいなくなった。

そして長らく病の床にいた、左大臣の藤原緒嗣《おつぐ》が老齢で亡くなった。緒嗣は藤原式家の百川《ももかわ》の息子で、要職に残った北家以外の最後の藤原氏だった。

「どうなさいました」

机の上の筆や硯《すずり》をかたづけながら、小野篁《おののたかむら》が聞く。

「……つとまるだろうか」と道康《みちやす》皇太子が問いかけてくる。

隠岐《おき》の島（島根県・隠岐諸島）に流刑にされた篁は、仁明天皇に呼びもどされて、皇太子の学士（家庭教師）をしている。

「だいじょうぶです。皇太子さま」やさしいシワを眼尻に刻んで、元気づけるように篁はうなずく。

「立坊するときに、太政官がそろって、嫡子相伝《ちゃくしそうでん》が正しいとのべて我を押した。たしかにいまの帝に限っては嫡子かもしれないが、廃された恒貞《つねさだ》親王は先の帝の嫡子だ。嫡子相伝というならば、桓武天皇の嫡子は平城《へいぜい》天皇だけではないだろうか」

「立派な帝になられませ」

隠岐に流されるまえは、廃太子の恒貞親王の学士でもあった篁が、はげますように言う。篁にとっては、恒貞親王も優秀でかわいい生徒だった。幼いころから懸命に学び、成人してからは仁明天皇に仕えていた恒貞親王は、いまは母の正子皇太后と淳和院でくらして仏教修行中だ。

「人に優れるところのない身には、すべてが重すぎる」

隠岐の島に流されていたころ、篁は海をへだて五十キロ先にかすむ、本土をながめてくらした。海人の釣り船が沖にこぎでる自由を、うらやんで日をすごした。そのやるせなさと孤立感が、廃太子にされた恒貞や、代わって立坊させられた道康の孤独と重なるような気がする。二人の少年は、自分でなにかを企んだわけでも、望んだわけでもない。そして十五歳の道康は、意識の大きな転換期を迎えようとしている。

物心がついたころから、道康は叔父の良房に「いずれ皇太子になられます」と聞かされて成長した。仁明天皇と藤原順子のあいだに生まれた第一皇子で、祖父は嵯峨の帝、祖母は嘉智子《かちこ》太皇太后。嵯峨の帝の両親は、平安京を造った桓武《かんむ》天皇と藤原乙牟漏《おとむろ》皇后だと教えられた。母方の祖父は、右大臣の藤原冬嗣《ふゆつぐ》。曾祖父も、右大臣の藤原内麻呂《うちまろ》。非の打ちどころがない血筋で、皇太子となって天皇になる身だ。良房の邸で生まれて外に出ることがなかったから、ほかの考えを知ることがない。

六歳の春に、それまで会ったことのない父の仁明天皇に会えると聞かされて、雨の降らない日は、毎日、拝舞《はいぶ》の練習をさせられた。このころの記憶はのこっている。拝舞は、儀礼のためにおこなう特別なおじぎのことだ。笏《しゃく》をもって庭に出て、まず二回おじぎをする。笏をおいて立ち上がり、左右左に向かって袖を振る。つぎに膝をついて左右左に向いて袖を振り、笏を取って膝をついたまま一回転する。そして立ち上がって二礼して終わる。

ただ順序を覚えればよいというものではない。大人が居並ぶなかで、一人で庭に出て、伴奏もなく一人でおこなうのだから度胸がいる。袖の振りかたも、美しくなければならない。

一番の難物は、笏を持ち膝をついての一回転で、ずるずる回ってもほめられない。もっとも美しいのは跳ぶらしい。手にものを持って、立って跳びながら一回転するのもむずかしいのに、膝立ちの一回転だ。かなりの身体能力が必要で、大人の貴族は拝舞の心得はあるが、ほとんどしない。でも跳ぶのは上級者なので、一回転を美しくやればよい。

七月に、はじめて良房の邸を出て、道康は内裏に上って父に会った。天皇である父は、御簾《みす》の内で影しか見えない。応答も人伝てなので声も分からない。六歳の道康は拝舞をすることで緊張していたから、見えない聞こえない天皇のことまで気にするゆとりはなかった。

拝舞は、見物していた大人たちが感嘆するほど、うまくできた。ホッとしたときに、見物人の「皇太子も、おみごとでしたが、道康親王も、おみごとでございます」という声が耳に入った。六歳だから、その意味を考えたりしなかったが、あとになって思いだすことができたのは、なにか違和感を覚えて、それが深層に残ったからだろう。

それからも道康は、良房の邸のなかだけで成長した。良房は最高級のあつかいをしてくれた。起きてから寝るまで、身のまわりのことは自分でしない。着がえさせてもらい、顔や手を洗ってもらい、髪を結ってもらい、尿意や便意を感じたら便器をもってきてもらい、尻も拭いてもらう。食事は、朝と夕の二回で、飯を高く盛りあげた器と、菜の小皿がならぶ。小皿の数がおおいほど高級だから、菜のことをおかず（お数）という。道康だけでなく、貴族は似たようなくらしをしている。

道康のもとへは、良房がえらんだ家庭教師がやってくる。鷹を放つことや、騎馬なども教えられる。裕福で、すべてを管理されて、雑音が耳に入らない単調なくらしだった。

十五歳の二月に、ふたたび道康は良房の邸を出て、元服のために内裏に行った。まだ元気だった祖父の嵯峨の帝が、親王や源氏を参列させてくれたが、父の仁明《にんみょう》天皇は道康の元服に出てこなかった。十五歳になっていたので、道康は仁明天皇の欠席を不思議に思った。式のあとで百数十人が出席した宴が、……この宴の席の片すみで、業平の母方の大叔父の藤原貞雄と、道康の外伯父になる長良《ながら》が、妻の妊娠を話題にしていたが……延々とつづいた。

この日の道康は主役だから、最後まで宴の席にいた。これも生まれてはじめての経験だ。そのときに酒のまわった客が、「恒貞《つねさだ》皇太子」という名を口にするのを聞いた。仁明天皇の第一皇子で、皇太子になるべく育てられた自分のほかに、皇太子と呼ばれる人がいる。

こんどは、大きな疑念をもった。「恒貞皇太子」とは、だれなのか。家庭教師に質してみたが、だれも答えてくれなかった。

元服から六か月後に、太政官たちを従えた良房に嫡子相伝が正しいとうながされて、道康は皇太子として東宮に移り住んだ。そのあいだの皇太子交代の事情も知らなかった。

「恒貞親王は、どういう方ですか。おいくつです。どなたの、お子です」という問いに答えてくれたのは、皇太子となってからの学士の小野篁《おののたかむら》だった。良房の息のかからない師だ。あとになって道康は、篁を東宮学士に選んだのは、父の仁明天皇だと気がついた。

道康は幼いころから、桓武《かんむ》天皇から嵯峨《さが》天皇へ、そして仁明《にんみょう》天皇へと皇位が継がれたと思いこんでいた。篁は、平城天皇、嵯峨天皇、淳和天皇と、兄弟間で受け継がれた皇位継承を、編纂《へんさん》が終わりつつある「続日本後紀《しょくにほんこうき》」という国の正史に残すはずの事実にそって教えてくれた。「恒貞皇太子」は、父に皇位をゆずった淳和天皇の皇子。正式に即位した皇太子だった。

じゃあ……なぜ自分は、「恒貞皇太子」が謀反を起こすまえから、皇太子になると良房に言われてきたのか……。良房の邸で育った道康は、ほかのことまでも理解してしまった。叔父の良房が、恒貞皇太子に罪をきせて廃し、権力を握るために道康を皇太子にした……。

嵯峨の帝の喪があけたので、十六歳の道康皇太子の元に娘たちが入内してきた。良房の妹にあたる藤原古子《こし》。東子女王。藤原年子。藤原是子。ほかに参議の滋野貞主《しげののさだぬし》の娘の奥子。貞主の姪の岑子。伴善男の養女の江子。

紀静子には、父の名虎《なとら》がつき添ってきた。一通りの口上《こうじょう》や挨拶や、やり取りがすんで、静子が顔をあげた。名虎はどんぐり眼《まなこ》だが、それがいいとこ取りで、うまく遺伝したのだろう。

紀氏は、そろって目がクリッとして、顔の表情がゆたかだ。その子鹿のような瞳を動かして
「あっ！」と静子が小さな声をあげる。

「どうしました」と名虎。

「赤とんぼ！」と静子。

「これ！」と名虎が、ギョロ目で叱った。

廂《ひさし》のうえに、赤とんぼが羽を休ませている。静子は皇太子に「どうするの？」と問うような目を向けた。同じ歳の少女と目を合わせた真面目でやさしい皇太子は「獲《と》ってさしあげましょうか」と腰を浮かした。

「指を、こうしてクルクルまわすと、とんぼが目をまわすから、つかまえやすいのですって」と静子も身を乗りだす。

「え……こうですか？」

廂のうえの、とんぼの目をまわすのなら……皇太子は左手を床について、右手の人差し指をクルクルさせながら近づいたが、とんぼは逃げてしまった。

「あっ！」

「あっ！」おなじように這《は》ってきた静子。皇太子と二人して、とんぼを眼でおって笑いだす。

「広いお庭。歩いても、よいのでしょうか？」

新装された東宮に越して一年。皇太子は、まだ勝手に庭を歩いたことがない。東宮は大内裏のなかの皇太子が住む塀で囲まれた一画で、東宮坊《とうぐうぼう》と呼ぶ役所が管理し、そこに勤める官人だけで百人余り。東宮に従事する雑色《ぞうしき》の数は、官人より多いだろう。
「ご案内します」と道康が笑みをうかべた。

この日から、皇太子の恋がはじまった。皇太子のもとには、そこそこ美しく、そこそこ性格もよく、そこそこ頭もよい娘たちが、それからも続々と送りこまれて来るのだが、紀静子は皇太子の愛しき人になった。

五

行《ゆ》く蛍 雲のうへまで 往《い》ぬべくは

「イテ！」とモクミ。

「動くからだ！」とサンセイ。

「よーく見てごらん。ほれ。こう、かたむけるのさ。剃刀《かみそり》をつかうと肌が痛むし、そった毛が強《こわ》くなる。絹糸でそるのが一番だ」と白砥《はくと》が、両手の指で絹糸を張って、業平の体をつかって体毛処理を教えている。

守平と業平、サンセイとモクミは、白砥と青砥《せいと》の家を蔵磨の予想を上回るほどに訪れている。妓楼が忙しいときは放っておかれるが、それでも守平は楽しい。この雑然とした居住区と、雑然とした人間関係が好きなのだ。今日は貴族たちが化粧をはじめたという話を、白砥と青砥にひろうした。

「ケッ！　男が眉をそって白練《しろねり》をぬるのか」業平の背中の産毛を、絹糸で器用にそりながら白砥がきいた。サンセイは白砥をまねて、モクミの背中をそっている。

「みながみなでは、ないらしいが、白練をぬったあとに墨で眉をかいて、唇に紅をさすらしい」

「どんなふうに眉をかく」と青砥がきく。

「山形や棒形や、点みたいに丸いのだってさ」守平も実物は見たことがない。聞きかじりだ。

ちょっと想像して「へんだろ」と青砥が切り捨てた。

「歯には鉄漿《かね》をぬる」と守平はウンチクをかたむける。

「カネ？」

「酢や茶で鉄釘《てつくぎ》を錆《さ》びさせてつくった黒い液をぬる」

「歯を黒くするのか。どうしてさ？」

「虫歯が多くて欠けているから、全部黒くしてしまったほうが、まだ見場《みば》がよいからだろうな」

本当のところは知らないが、守平のとぼしい知識では、貴族とよばれる人は歯が悪い。青砥が、守平の顎《あご》をとらえて「アーンしてごらん」と言った。

「白くてきれいな歯並びだ。うん。口の匂いもよい」こういう扱いをされるのが、守平は好きだ。

「サンセイとモクミが作る、黒文字《くろもじ》のヒゴの先が細かい房になったもので、毎日掃除している」と守平は説明する。

「じゃあ殿上人も、そうすれば、よいじゃないか」と白砥。

「暦注《れきちゅう》にしたがうから、そうも、いかないらしい」

「暦博士《こよみはかせ》がだすという暦の注意事項かい。そのとおりにすると歯をなくすのか。あほらしい」

「モーさま。薬湯ができたよ」と小夜が桶を運んできた。

「その痛んだ肌に湿布をするから、着物を脱がすよ」小夜が守平の着物を脱がそうとすると、サンセイを放り投げて、糸剃《いとそ》りの実験台になっていたモクミが飛んできた。

「さわるな。我がやる」

「なんだ。モクミ。おまえ……もしかしたら、小夜に男の体をさわらせたくないとか？　ホレたのか」と頬杖をついて寝転んだ守平は、モクミの顔を見あげ、図星だとエツにいる。

「あれ。そうなのか。わしにホレたか。モクミ」小夜がうれしそうに、一回り小柄なモクミの背中を片手でドスンとたたいた。つんのめりそうなモクミを、みなが笑いながら、はやし立てる。

青砥が薬研《やげん》をだしてきた。「なんだ。それ」とサンセイがきく。

「白練はつかうな。あれには毒がある。むかし、乳まで白練を塗っている母に赤子がいた。母がいないときに、さびしくて乳が恋しかったのだろうよ。白練を入れておいた小箱から、なかのものをすくって、なめてしまった……苦しんで死んだよ」

化粧品として売られている練り白粉は、水銀《すいぎん》か鉛《なまり》で練っている。どちらも毒性が強い。白砥が手をとめて、気遣うように青砥をながめた。おそらく青砥自身の身の上話だろうと、白砥のようすで守平は見当をつける。

「ナーさまには、いらないだろうが、白粉を使うなら、この薬研で白米をすって作れ。そのまま刷毛《はけ》でたたいてもよいし、椿の油か海藻のぬめりを入れて練ればよい。髪を絡めるのも、椿の油か海藻のぬめりがいいぞ」と青砥が教える。米は赤米のほうが多いから、白米を粉にするとは思わなかった……。

「にぎやかそうだな」と、となりの漆塗《うるしぬ》りの老爺が顔をだす。

「亀ジイ。いっしょに夕餉《ゆうげ》を食ってゆかないか」と白砥がさそう。守平たちがいるときは、食費は在原家が、あとで清算してくれる。

「いいのかい」

「かまうものかい。なあ。モーさま」

「いっしょに食おう。多いほど楽しい」と招きながら、守平は業平を見た。白い背中を見せながら、業平は気持ちよく寝入っている。まったく、どこでも寝る男だ。

「ナーさまは体臭が甘い。香を炊《た》かずに、花の香りをつけられないか？」と青砥が思いついた。

「花は枯れると香らないよ」と小夜がいう。

「いや。干し草は香る」とサンセイ。

「枯れるまえに乾燥させれば、花の香りが残るかもしれない」とモクミ。

「楽しそうじゃのう。どれ、わしも知恵をかそうか」と亀爺が口をはさんだ。

「漆は乾燥に気をつかう。唐渡《とうわたり》の薬草は乾燥しているが、ただ干すだけではなく薬能《やくのう》が残るような手だてがあるのだろう。いろいろ試みてみよう」

それまで書きためていた業平の和歌を、紀有常が恋の歌に見立てて詞書《ことばがき》を考えているころに、西の市の外町では、まだ位階のない三代前の天皇の孫の守平と業平の兄弟が、歌や踊りやエステや色の道などにいそしんで、桜の花のようなモテ男づくりに、はげんでいた。

秋の虫が鳴いている。穂先が白くなった薄《すすき》が揺れる。茜色《あかねいろ》を少し残して濃紺になった空に月がかかる。業平と守平とサンセイは、三条四坊六町にある邸の塀のまえにいる。

この邸に、仁明天皇の女房《にょうぼう》の一人が忌で里帰りしている。女房は内裏《だいり》に勤める女性官僚で、女官といわれたむかしは、しっかり仕事をした。昨今では宮中に勤める女性も、貴族の家に仕える女性も女房というようになり、その女房のもとに通う男が現れて、かなり色っぽい存在に変わりつつある。ただし宮中に勤める女房のもとに通うには、男のほうも、それなりの位階が必要で、無位の業平には手の届かない存在だ。だから里帰り中で、しかも色好みと評判の女房なら、願ったりかなったりの人なので、聞きこんできた守平が業平をそそのかした。

昼まえに業平が送った歌に、しばらくして色よい返事がきた。これは業平の歌が良かったからで、色好みと噂のある女房ほど、相手を厳選《げんせん》する。色好みは蔑称《べっしょう》でなく、ほめ言葉だ。

「あまりにも、近くないか」と業平が心配そうな表情をした。

この邸のまえの小路をへだてたとなりが、阿保の邸と買い換えた三条四坊三町で、古い邸をとりこわして守平と業平のために新居を建設中だ。だから里帰り中の女房のことも知ったのだ。

「通うのに楽だろう」と守平。

「別のところに通うときには、わずらわしいだろう」と業平はグスグスしている。

「いまさら尻込みして、どうする！　通うところなぞ、どこにもないじゃないか。それに忌が明けば内裏に戻るさ。いいか、業。双砥楼の姐《ねえ》さんたちが教えてくれたように、うまくやれよ」

間違えないでほしいが、青砥と白砥は双砥楼のおばさんで、姐さんたちは若い娼妓《しょうぎ》のことだ。性技や口説き文句の手ほどきを、業平はじゅうぶんに教授してもらっている。

業平は十九歳になる。十五、六歳で妻ができるから、十九歳なら子がいてもおかしくない。それなのに、守平も業平も決まった配偶者がなく、子もいない。守平の場合は、いまは、いないだけの話だが、業平はズーッといない。いままで女性に夢中になったことがない。人を愛せない男ではなく、情が深くて、親にも兄弟にも家人にも愛情をもっているから、女のように美しい弟の下半身に問題があるのではないかと、守平は少し疑っていた。娼妓たちから、だいじょうぶと保証されて……こんなことまで聞くのじゃなかったと思いながらも、守平はホッとしたことがある。

「どんな人？」と、心細そうに業平が聞く。

「年上なのは、たしかだ」と守平。

「美しい。カンペキです。我ながら、見惚れるほどのできばえです」と業平の身づくろいをしていたサンセイが、一歩下がって腰に手をあててうなずいた。

「気おくれがするなら、鳴りものでも入れてやろうか」父に手ほどきをうけた守平は、音曲が得意で、いまも笛をもっている。

「やめてください。守さま。もうすぐモクミがきます」とサンセイが言い終わらないうちに、細い松明《たいまつ》で籠《かご》のようなものを照らしながら、モクミがやってきた。

「さあ。行きますよ。この崩れた壁から入って、西側にある棟です。ああ、灯りが、ともっています」とモクミ。そっと忍びこんだのだが、庭の虫の音《ね》が消えた。

「なんだ。それ」と歩きながら、守平がモクミに聞く。

「鈴虫を集めました。これからは、いつでも使えるように飼っておきます」紫苑《しおん》と黄菊と薄の植えこみのうしろの闇に、しゃがみながらモクミがささやく。

「業さま。あの月明かりがとどく紅葉のそばに、薄の穂を背にして、左側の顔を見せて佇んでください」とサンセイが指示をだした。「もう一歩まえ。顔をチョイ上。目線を少し右へ。ようし。いいでーす」

モクミが松明を消した。闇になって、しばらくすると、リンリンリンリン、耳を圧するように鈴虫が鳴きだした。目指す女房がいる棟の廂《ひさし》に、女人が姿をあらわした。女房に仕える、下仕えの女房だろう。ときならぬ鈴虫の大合唱に、外のようすを覗きに出たのだろうが、月明かりに佇《たたず》む業平を見て、膝を立てたまま固まってしまった。

心もち上を向いて佇んでいた業平が、ゆっくりと目を流してから、体の向きを変えた。そして静かに歩きはじめる。

さあ、はじまりだ。


ゆとりのある成人した貴族の男子は、父親の邸をはなれて自分の邸をもつ。守平は二十一歳になるから、はやく独立しなければならない。母親は子といっしょに住むことがあるので、業平は伊都の邸にいてもよいのだが、三条四坊に業平と守平のための邸を建てている。邸の大きさは律で決められているが、貴族は律に従わずに一町の邸をもつことが多い。ただ邸を維持するには人手がいるから、守平と業平が半町ずつ分けてつかえるようにした。これなら無位でも、なんとかなる。

昨日の夜は、守平たちは三条四坊三町の竣工《しゅんこう》まぢかな邸に泊まった。明け方に帰ってきた業平は、ひとしきり考えて女房にあてた和歌をつくると、サンセイに届けさせて眠ってしまった。

午後になってから、仲平がやってきた。大工と檜皮葺《ひわだぶ》きの屋根の工事に、仲平は妻の小野氏を介して小野山人《おののさんじん》をよこしてくれた。それだけでなく、暇さえあるとやってきて、工人たちに混じって削りを習いながら手伝っている。手先は器用だが性格が朴訥《ぼくとつ》だから、あんがい向いているのかもしれない。今日も袖をくくりあげて、仕上がった柱や床を、たんねんに調べている。

「うまいこと、上がりやしたな」と、やはり検分にきていた土師雄角《はじのおつの》と秦正和《はたのまさかず》が寄ってきた。

塗《ぬ》り壁《かべ》は、難波の土師氏がしてくれた。一町の北を業平、南を守平の宅とするから、築地塀の内側に、もう一巡り塀をつくった。伏見の稲荷山の秦正和は、柱の礎石《そせき》や井戸や肥溜《こえだ》めの石組みを指揮してくれた。

秦氏は、聖徳太子の側近だったが、すでに幻の氏族となっている。官位は高くても外従五位下止まりで、貴族ではない。しかし大内裏のある場所は、もともと秦氏の邸があったところだから、秦氏の協力がなければ平安遷都はなかった。むかし機《はた》の織り方を教えるために全国に派遣されたから、津々浦々まで広がる支族をもち、その中心が太秦《うずまさ》の大秦《おおはた》氏だ。秦氏や土師氏は、インフラ工事専門業者だから、個人の家の工事に出てくるのはめずらしい。

「仲平さまの腕が上がったのには、おどろきました」と小野山の惟熊《いくま》。小野山人は、一人の親方がまとめる十五、六人の集団がいくつもある。檜の皮を剝《は》いだり葺《ふ》いたりする組と、木工をする組があり、双方が来てくれている。

「正月は、新しいお邸で迎えられましょう」と秦正和が守平に言った。

「使用人は、どうなさるおつもりですかい」と雄角。

「蔵麿どのから、わたしが、ここに住むように言いつかりました。業平さまは、まだ伊都さまと同居されるでしょうし、蔵麿どのも、あちらに住まわれるでしょう」と叫古居《さけびのふるい》が答える。

「そういや、古居どのは、書生として官に推薦するって話を、ことわっちまったとか。そりゃ、またどうして」と雄角。

「父は大舎人寮《おおとねりりょう》に属する官舎人でしたが、配属先が一定しませんでした。サンセイとモクミをみておりますので、気楽な従者として、生涯、守さまたちに、お仕えするのもよいかと考えました。守さまたちがお役をしくじったら、わたしは読み書きや計算ができますので、多少の面倒も、みられると思います」

「あん！」と守平。信用されているのか、いないのか、どっちだ？

「一人じゃ、庭の掃除もできないでしょう」と秦正和。

「飯の支度や、馬や牛の世話もしなくちゃならねえだろうし、着物を洗ったり張ったり縫ったりする下仕えの手も、いりやしょう」と雄角。

「わたしは無位だ。できるだけ人を少なくして、なるべくなら男だけがいいな」と守平。

「従者をやとえる、資金はあります」と古居。

舎人を連れた行平が、めずらしく庭をぬけてくるのが見えた。業平とは絶縁したきりで、兄弟とも会わず、ここへ来るのもはじめてだ。

「なにを話していた？　チラッと、従者とか聞こえたが、めったな人をやとうでないぞ。文屋宮《ふんやのみや》田麻呂《たまろ》のことは聞いただろう」と、挨拶もせずに行平は新しい廂に腰をおろした。

文屋宮田麻呂が、謀反の罪で収監されたのが五日まえ。訴えたのは従者の陽侯氏雄《やこのうじお》だった。

家宅捜査をして押収された武具は、弓が十三枝。矢を入れて背負う胡籙《やなぐい》が三具。矢が百六十隻。剣が六口。一か所にあったのではなく、宮田麻呂が所有する数軒の家にあるものを、まとめた数だ。武具の携帯は、武官と帯刀舎人のほかは許されていないが、これぐらいの数なら、練習用や護身用として守平も家においている。十三枝の弓と六口の剣で、国を相手に、どうやって謀反を起こせるのか……？

宮田麻呂が捕えられたのは、少しまえまで筑紫守《つくしのかみ》（北九州の知事）をしていて、新羅《しらぎ》使からワイロを受け取ったからとも噂されている。新羅（半島の国）は、壱岐《いき》の島から見えるほど、戦乱の嵐が吹きまくっている。国は新羅にかかわらない方針をとっていた。その方針に逆らったからというけれど、いまいち、はっきりしない内部告発によって、宮田麻呂は裁かれて有罪。斬首《ざんしゅ》にあたるが罪一等を減じて、財産を没収して流刑にされた。

文屋氏は、天武天皇の血統をつぐ皇嗣系の官人で、「承和《じょうわ》の変」で連座した恒貞《つねさだ》廃太子の側近だった文屋秋津の同族だ。

「身元のしっかりした、気の利いたものを探してみやしょう。正和どのにも、頼んではどうですかい」と雄角が、守平に申しでる。

「若いものでよいのでしたら、太秦の大秦氏に声をかけてみましょう」と正和も言ってくれた。

「狛どのにも、頼んでおきやす」と雄角。

「守平！」と行平が眉根を寄せた。

「ん？」

「この者たちは、信用できるのか」

「行兄。土師雄角どのは、音人《おとんど》兄のご親族ですよ」

「ン……」

「それより、なにか用ですか」

「ああ、業に会ったら渡してもらいたい」

「業なら、そこに転がっているから、自分で起こして渡したらどうです」

行平は、部屋のなかで紅葉色の狩衣《かりぎぬ》を着て、寝乱れている業平を……どうやっても目に入る、派手で大きなかたまりを、見えぬふりをした。

「いつでもよいから、業に会ったときに渡してくれ」と舎人が抱えている文箱《ふばこ》から、束ねた紙を出して行平は廂《ひさし》におく。仲平が寄ってきて、手にとって読みはじめる。袖をまくり上げた仲平を見て、行平は眉根をよせて立ち上がった。

「では……帰る」

「ありがとう。行平」去ってゆく背に、仲平が呼びかける。

「なにしに来たんだか……やさしいなあ。仲兄は」守平は口をとがらせた。

「やさしいのは行平だよ。守。見ろ。小野小町《おののこまち》どのの歌だ」

行平が持って来たのは、小野小町の和歌の書き写しだった。伊都の邸に届ければよいものを、業平の所在を確かめて手渡すつもりで来たらしい。

「でも、この歌も……この歌も、仲兄が小野氏から聞いて、すでに業に渡されたものでしょうに……」紙をめくりながら守平が言うと、仲平が笑いだした。

「侍従《じじゅう》をしていて聞きだしたのだろうが、どんな顔をして頼んだか。守。わたしは、人づきあいも上手くないし、気の利いた話もできない。世渡りが下手だ。だが本当に不器用なのは、うまく立ちまわっている行平のほうかも知れないな」

どこかで落ち葉を掃きあつめて、たき火をしているのだろう。しみじみと人恋しくなる煙《けむ》い匂いを嗅ぎながら、守平は暖かくなった。


この年の四月二十二日に、参議《さんぎ》の三原春上《みはらのはるかみ》が辞表を出して退職した。六月十日には、参議の朝野鹿取《あさののかとり》が七十歳で病死。七月二十二日には、左大臣の藤原緒嗣《おつぐ》も七十歳で死亡している。だから左大臣の席と、参議の二席が空いていた。

明けて八四四年（承和十一年）の正月の叙位で、良房の兄の長良《ながら》が従四位上の参議《さんぎ》。良房と長良の妹で、道康皇太子の生母の順子は従三位。末の弟の良相《よしみ》は従五位上で、内蔵頭《くらのかみ》兼左近衛少《さこのえのしょう》将《しょう》になった。

七月に、従二位の右大臣の源　常《みなもとのときわ》が、左大臣に立った。常の移動で空いた右大臣になったのは、嘉智子太皇太后《かちこだいこうたいごう》の弟で正三位の橘　氏公《たちばなのうじきみ》だ。

大臣は大納言から選ぶ。このときの大納言は、橘氏公と藤原良房。良房は一年前に大納言になったばかりで、氏公は長く大納言を務め年齢も上だった。氏公を右大臣に任ずるのは順当なはずが、仁明天皇は自分の近親だからと詔《みことのり》で述べた。先の恒貞皇太子を廃するときの詔と、この詔で、仁明天皇は橘氏を強調した。

嵯峨の帝が望んだ遣唐使の派遣や、多くの女御や更衣の存在が、国の財を消耗させた。庶民に餓死者が多いことを心配して、環境に強いソバや麦を育てることを奨励した仁明天皇は、自分の代で国費を戻し、天災などの非常時に備えて蓄財をしようとしていた。しかし、仁明天皇の意にこたえて動く官僚が少なかった。良房は、一刻も早い道康皇太子の即位を望んでいるだけで、源信は、源氏の優遇がつづくことを望んでいる。そして太政官は、良房の一族と、信の弟たちが占めている。

都は、火つけ、盗賊、人さらいが絶えない。内裏でさえ、一か月に二回も盗賊に入られるほどで、世情は大荒れだ。

昇位したときに、職を辞退してみせて、断られるという慣習がある。「わたしには重すぎます」「あなたでなければ務まりません。受けてください」というやりとりをして、その地位につく正当性を周囲に認めさせる。

左大臣になった常は、俸禄《ほうろく》（給料）の辞退を申しでた。左大臣と右大臣は俸禄がおなじだから、今さら返上を申し出たのは、仁明天皇が企んだパフォーマンスに乗ったのだ。仁明天皇は、常の辞退に対して、このように答えた。

「朕《ちん》と左大臣は兄弟だが、君主と臣下の間柄だ。親族としての思いと公の間で、一方にかたよれば、公平で正しい見解にはならない。私情では理解できるが、公の立場で判断すると、俸禄の返上を受け入れることはできない」

このやりとりで、仁明天皇は源氏は臣下であると明言したが、源信と信の邸で育った源氏たちの意識は変わらなかった。

八四四年の七月からの政府高官は、左大臣に源常（三十四歳）、右大臣に橘公氏。参議は、藤原長良《ながら》（四十二歳）、橘岑継《たちばなのみねつぎ》（四十歳）、阿部安仁《あべのやすひと》（五十一歳）、和気真綱《わけのまつな》（六十一歳）、正躬王《まさみおう》（四十五歳）、源弘《ひろむ》（三十二歳）、滋野貞主《しげのさだぬし》（五十九歳）、藤原助《たすく》（六十歳）。参議で大納言の良房（四十歳）。中納言に源信《まこと》（三十六歳）と、復職した源定《さだむ》（二十九歳）。

これは仁明天皇が信頼するグループと、良房のグループと、源信のグループの三つに分けられる。

十七歳になって、道康《みちやす》皇太子は変わった。父と接する機会もふえた。仁明天皇は、青ざめた顔色をした痩せた人だが、病のせいで白眼が塑像のように白く、眼光が鋭くて近寄りがたい。道康が皇太子になったことを喜んでいるようにみえないが、嫌われているようにも感じない。

一月に母の順子が従三位になった感謝に、ふたたび道康は仁明天皇のまえで拝舞《はいぶ》をした。二月には紫宸殿《ししんでん》の内宴《ないえん》に招かれて、酔って庭に踊りだして、梅の枝を折って襟にさした。私的な宴に親しくよばれて、うれしかったからだが、紫宸殿は内裏の真ん中にある正殿で、階《きざはし》のそばの東に梅が、西に橘《たちばな》が植えられている。のちに洪水で梅の木が倒れて枯れてしまい、代わりに桜が植えられて、右近《うこん》の桜、左近《さこん》の橘とよばれる大切な木だ。

その木の枝を折ったのだから叱られた。仁明天皇は罰として、内裏の射場で弓技の催しをさせ、その懸賞品を道康に提供させた。

叔父の良房は、すべてを管理しながら仕えてくれた。叱って罰をあたえた初めての人が父だった。道康は仁明天皇に、父の愛を感じた。そして道康も父親になった。紀静子が、第一皇子を産んだからだ。

それから二年が経過した、八四六年（承和十三年）の春。伊都《いつ》内親王の邸。

門のまえに、へんな女が立っているというので、東口から出てしばらく歩くと、頰かむりをした男がツッと寄ってきた。懐の刀の柄をにぎって、モクミが腰を落とす。

男は頰かむりをとって「岡田狛《おかだのこま》でございますよ」

「狛さん！　あれっ。土師雄角《はじのおつの》さんも」とモクミ。

「なにか用ですか。邸を訪ねてくればよいのに」と二十一歳になった業平が、形を決めて立ち止まった。相変わらず色白で女性のような艶やかな顔立ちだが、業平は百七十センチをこす大柄だ。骨も筋肉も、しっかりしている。

「なにがあったのか、お分かりじゃねえのですかい。業平さま」と、烏帽子《えぼし》を被った業平を、見あげるようにして雄角が聞いた。

「これから、どちらへ」と狛。

「守の風邪が治ったから、久しぶりに西の京のおばさんたちのところに行く約束だけど……用があるならもどるよ」

「白砥《はくと》と青砥《せいと》のとこへ？」「ちょうど、ようがす。おともしやす」

「ん……？」

昼まえで人が少ない頃合いだが、それでも南へのびる東洞院大路《とうどういんおおじ》には、チラホラ人影がある。

伊都の邸のある左京二条三坊のあたりは高級住宅地だが、大邸宅だけが並んでいるわけではなく、一町のなかを区切った庶民の住居もある。近くの邸が借りて邸勤めの従者を住まわせたり、通勤に便利なので、下級官人が部屋借りをして住んでいる。だから人の往来がある。業平たちが通ると、その多くが姿を追う。連れのいるものは通り過ぎるの待ったあとで、ヒソヒソと話しはじめる。

「いつも、こうか?」と怖い顔をして、雄角がモクミに聞いた。

「こうって?」とモクミが聞きかえす。雄角や狛は六条あたりにいて、三条にある守平の邸には顔を出すこともあるが、伊都の邸を訪ねたことはない。待ち伏せをされたようで、不愉快だ。

「人の目が、集まるのかってことだ」と狛。

「殺気は見逃しません。ご安心ください」舎人になって七年もたち、伊都や守平や業平をしっかり守っているモクミが、すげなく言った。

「そんなことを、聞いちゃいねえ」と雄角がつぶやく。

守平とサンセイが合流して歩きはじめると、さらに衆目がそそがれる。

「お邸に、牛車《ぎっしゃ》はねえのですかい?」と雄角が業平に聞いた。

「母上の車と、父上が使っていらした車はある」と業平。

「どうして牛車を、お使いにならない?」と狛。

「あわれにも、父上の牛たちは、歳を取って次々と儚《はかな》くなってしまった。母上は出かけないから、そのままにしている」と業平。

「牛がいない？　牛と牛飼いの童《わらわ》は、三条のお邸に紹介したでしょう」と狛。

「たしかに牛と、狛の三男坊の犬丸と、ほかに一人の牛飼いはいるが、うちには牛車がない」と守平が笑う。

「ウダウダいわずに、牛車をお使いください！」と歩きながら、狛が声を大きくした。

「なぜ？　わたしは位階がない。無位の者は、牛車を使うのを禁止されている」

業平が答えているときに、二人の若い娘が行きすぎた。下級官人の娘か妻だろう。すれちがってから立ち止まり、話しながら振り返る若い娘に、業平も立ち止まって振り返り、形を決めて流し目をした。

「なにを、しているのです。さあ、業さま！　止まらずに歩いて！」と狛が怒っている。

「どうしたのですか。狛どの。守さまと業さまに、危険でもせまっているのでしょうか」さすがにモクミも、狛と雄角の二人が待ち伏せしていたことを、不安に思いはじめた。

「四条大路のさきの、綾小路《あやのこうじ》を西に曲がってくだされ。朱雀大路《すざくおおじ》は、一気に右京に渡りやすすよ」と雄角が号令した。

「よーし。朱雀大路を一気に駆ければよいのだな」と守平が冠のひもを結びなおす。

二十三歳になった守平も、無位のままだ。嵯峨の帝に十七人の源氏の男子がいる。仁明天皇も、更衣がもうけた皇子を、源氏姓にして臣下に降ろしはじめた。源氏は近い天皇の一世王で、在原氏は遠い天皇の二世王だから、皇嗣系《こうしけい》の叙位枠に入るのがむずかしい。しばらく無位のままで過ごしそうだ。

「守さま！　走っちゃいけません。目立ちます。業さま！　女子《おなご》に袖などふらずに、その袖で顔を隠して、トットと歩いてください！」と狛が叱り飛ばした。


朱雀大路をわたると、狛と雄角は小路だけをえらんで、西の市の東側の外町にある代書屋に立ち寄った。痩せた老爺が目をあげる。

「在四《ざいし》さまと在五《ざいご》さまだ」と狛が紹介をする。

「これが……いやあ。狛さん。難波の。思っていたより、実物のほうが数段とよいねえ。じかに拝めるとは、ありがたや。ありがたや」と爺が、筆を耳にはさんで手を打った。

「縁起でもねえ。ホウ爺さん。在《ざい》さまがたは、まだ、お陀仏《だぶつ》しちゃいねえ」と雄角。

「手だし無用にたのむ」東の市《いち》の市籍人《しじゃくにん》だが、秦氏と付き合いがあるので、西の市でも狛は顔が利くらしい。

「こころえた」と爺。

「だれ？」と業平が聞いた。

「代書屋のホウという死にそこないで、都の浮浪者や乞食を束ねておりやす。西の京も、この先は空き家が多く、浮浪者が勝手に住みついていて、危険なところもござえやす。おぼえておいて、くだせえ」と雄角が答える。

「この二人は、在さまの舎人衆だ」と狛がサンセイとモクミを、まえに押した。やはり、ただならないことが起こったと、モクミはサンセイと顔を見合わせる。


「外町の住人や、浮浪者や乞食は、裏でつながっております。じっさいに鼠《ねずみ》の溝のように、敷地もつながっていますから、大路小路をよぎるときだけ注意をすれば、人目に立たずに、どこへでもゆけます」と白砥たちの住まいで、だされた白酒をあおりながら、狛が言う。

「困ったときは、どこかの店《たな》に飛びこみなせえ。どこへでも通してくれやす」と雄角。

「おもしろそうだけれど、どうして？」と守平。

「在五さまの評判が、まだ、届いてねえのですかい」と雄角が聞き返した。

在五《ざいご》とは、在原家の五男をさす。一夫多妻で子の多い貴族たちは、名まで覚えるのがたいへんで、藤原家は藤、清原家は清、小野家は野と姓をあらわす一漢字に、一番目、二番目の生まれ順をつけて呼ぶことがある。阿保親王の男子は五人。在一は大枝音人《おおえのおとんど》なので永久欠番。在二が仲平、在三が行平、在四が守平。なかでも業平は、在五として人気が沸騰《ふっとう》した。

「まえに紀有常《きのありつね》さまにたのまれて、市《いち》で業さまの歌を流しました」と狛。

「わしらも廓《くるわ》で流したよ。もう二年も、まえになるか……」と白砥が、なつかしそうな顔をする。

「さりげなく、自然に広がるようにというご要望でしたので、大げさにせずに伝えていたので……字が読めねえのばかりですからねえ。耳で聴《き》いて覚えるのに、すこし時がとられました。それでも、歌の心は伝わるのでしょう。いまでは業平さまの歌を、民どもが知っております。

それが、ここにきて、急にべつの反響がでてきましてね。まあ一月《ひとつき》ばかりまえから、ボチボチ噂になっておりましたが、この十日ほどは、すさまじい勢いで。業平さまをじかに見たものが、あおったのでしょう。歌を詠《よ》まれた在五さまが、華やかで美しい、女とみまがうばかりの若い貴公子だと、そりゃ、もう大さわぎで。女子《おなご》の多い市のなかで、ここに在五さまがおられると怒鳴ったら、踏みつぶされますよ」と狛。

「業は、みごとに仇桜《あだざくら》になったということか」と守平。

「米の値は上がる。租税は高え。疫病が流行れば、家族に病をうつさねえように、自分を捨ててくれと頼むものが出てきやす。生きづれえ世でごぜえますから、なにか、こう、パッと楽しいことに、浮かれてぇんで」と雄角。

「尊い血筋の、若く艶《つや》やかな在五さまが恋をしなさる。その恋の歌を、まるで自分にあてて詠まれたように、女子《おなご》たちは受けとるんでしょうな」と狛。

「夢でやすよ。夢を見てぇんで。いやねぇ。歌なんぞ、とんと分からねえが、こう、胸がキュンとしやす。人が人を想うってのは、良いもんでごぜえますな」雄角が、しみじみと呟いた。

業平の歌は、市井《しせい》から広まった。

業平は、宮中の宴によばれて、歌を献上《けんじょう》する立場にいない。ただ恋をして、相手を想う恋歌が詞書《ことばがき》とともに広まり、それが妖艶《ようえん》な美貌と重なって庶民のアイドルが創られた。のちになってだが、こんな話もささやかれている。


いつかきっと優しい男と結ばれるという、夢をみている女がいた。成人した息子が三人もいる女なので、苦労して子たちを育てあげ、はかない夢をみることで、辛い現実を忘れようとしていたのだろう。母親思いの末の息子が、ある日、狩に出かけた在五《ざいご》の馬の口取りをした。そして母の夢の話をした。

在五は息子の気持ちを愛でて、その母と一夜を過ごす。それっきりのはずだったが、女は忘れられずに、こっそり在五のようすを覗きにきた。老いた姿をきらった在五だが、女心を哀しくおもい、別れの一夜を重ねる。

相手は生活に疲れた、初老の庶民の女だ。こういう噂につながる夢を、業平は庶民に与えた。


こんな話もある。

大事に育てた病弱な娘が、いよいよ危なくなったときに、在五と一夜を過ごしたかったと、親に語った。伝え聞いた在五が娘のところにやってくるが、すでにこと切れている。熱烈なファンだった娘の忌《き》に服して、夏のさかりに在五が詠《よ》んだと伝えられている歌。

行《ゆ》く蛍《ほたる》　雲のうへまで　往《い》ぬべくは　秋風吹くと　雁《かり》に告げこせ

（飛ぶ蛍よ　雲の上まで　いけるのなら　ここには秋風が　吹きはじめたから　帰っておいでと雁に伝えておくれ）

暮れがたき　夏のひぐらし　ながむれば　そのこととなく　ものぞかなしき

（なかなか暮れない　夏の黄昏《たそがれ》を　ながめていると　なにがということではなく　切なくてたまらない）

六

世の中の　人はこれをや　恋と言ふらむ

おなじ八四六年（承和《じょうわ》十三年）。道康《みちやす》皇太子の母の藤原順子は、三十九歳になった。元服したばかりの正良皇太子（仁明天皇）のもとに入内したとき、皇太子は十六歳で順子は十八歳だった。嵯峨の帝を即位させた、父で左大臣の藤原冬嗣《ふゆつぐ》も健在だった。早々と入内してきた冬嗣の娘は、さっそく道康皇太子を身ごもった。だが道康を出産するまえに、父の冬嗣は亡くなった。母の美都子は気丈な女性で、嵯峨の帝の尚侍だったが、道康が誕生して一年半余あとに父のあとを追った。

同母兄弟の、長兄の長良《ながら》は二十五歳。次兄の良房《よしふさ》は二十三歳。弟の良相《よしみ》は十四歳と、若くて位階も低かった。良房が潔姫を娶《めと》っていたことと、順子が皇太子の第一親王を産んでいたことだけが支えとなった。皇太子だった仁明天皇のもとには若い娘たちが入内して、両親が亡くなってからの順子は、後宮で忘れられた。

即位したあとで、仁明天皇は、淳和天皇の皇子の恒貞《つねさだ》親王を皇太子にしたが、皇后は立てなかった。

仁明天皇には、子をもうける力がある。だから天皇に愛された出産能力のある妃たちは、後宮を離れることが多い。出産は里でするから、妊娠三か月目から出産のあと一、二か月ごろまでの、およそ一年近くを、里で過ごす決まりがあるからだ。この別離で、天皇の愛もいよいよ深まるのだろうが、忘れられた順子は、身ごもる機会もないから里で過ごすこともない。里方で育つ息子の道康《みちやす》に、会うこともできない。兄の良房が嵯峨の帝に取り入って、義兄として源氏の後見をする約束で異例の出世をするまでは、順子はひっそりと暮らしてきた。

道康が皇太子になってから、順子の境遇は大きく変わった。ただの古女御《ふるにょうご》ではなく、春宮《とうぐう》(皇太子・東宮)の母后という、特別な人になった。

仁明天皇は、皇后の規定を太政官《だじょうかん》たちに論議させたが、皇太子の母となった順子を皇后にする気はなく、良房を大いにくさらせている。皇后を立てない代わりに、仁明天皇は順子に従三位という女御のなかの最高位を与えた。それに順子は、好きなときに東宮に暮らす一人息子に会えるようになったから、それで充分だ。

池のはしに植えられた、若い楓《かえで》が風情よく色づいている。この季節は過ごしやすいので順子は好きだ。東宮の庭をながめていた順子は、部屋のほうに体の向きをかえた。薄暗い室内に目がなれてくると、道康皇太子と藤原明子の顔が、はっきりしてくる。明子に目をとめた順子は、内心で首をひねった。人形のように開いているだけで、感情がない下がり目。その目が、兄の良房に似ているように見えた。……やはり、兄の娘かしらん？

皇太子になって四年がたち、道康は十九歳になっている。去年、良房の娘の明子が、道康のもとに入内してきた。良房が婚姻したときに、すれ違うように順子は入内したから、良房の妻の源潔姫も、後見している姪の明子も、里帰りができなかった順子には、なじみが薄い。その上、後宮では良房の妙な噂がある。

良房は四十二歳になるが、明子のほかに子がいない。妻は潔姫だけだが、明子が生まれたのだから、ほかに子が生まれてもよいはずだ。北家の氏長者《うじのちょうじゃ》の良房に、娘が一人で跡継ぎがないのは、おかしい。氏長者というのは、子を作ることも仕事のうち。だからこその一夫多妻だ。妹の順子でさえヘンだと思うのだから、良房は子ができない体質ではないかと言われている。ただ、そうなると、明子の父親はだれなのかと、臆測するものもでる。

潔姫は十六歳まで源氏の邸で暮らしていて、おなじ歳の源信と仲がよかった。十六歳は適齢期。源氏の邸の主は信で、監督する大人がいない。臣籍降下《しんせきこうか》したとはいえ、嵯峨の帝が一世皇女と臣下の婚姻を認めたのも、異母兄弟婚が禁止されてからの、信と潔姫の関係をかくすためではないか。良房と婚姻したのちも、信と潔姫は恋仲で、明子が生まれたのではないかという噂を、好んで信じる人は多い。

でも明子が、良房の娘でないとも決められない。

順子は、息子の道康と姪の明子とのあいだに、早く子が誕生することを勧めなくてはならない。せっつくまでもなく、道康と明子は良房の邸で生まれて育ち、ずっと良房の監督下にあった。「道康さまは皇太子になり天皇となるお方です」「明子さまは皇后となり、つぎの天皇の母后となられるお方です」と、幼いときから言い聞かせられて、藤氏の内輪の集まりでは、いいなずけのように仲よくならんだ幼馴染だ。

「皇太子さま。明子さま。はやく皇子がお授かりになりますことを、母は待っております」とだけ順子は二人に言った。

道康は黙っている。あれ……どうしたのかしら？

今、仁明天皇は、収穫ができなくなった荒田を測量して新たな耕作人をえらび、ふたたび収穫をあげる田にしようと試みている。十九歳になった道康は、民のくらしを案じて国策を考える実父を、尊敬しはじめていた。そして父は、自分を皇太子に望んでなかったのではないかと疑っている。道康の元服に欠席した父が、第二皇子の宗康《むねやす》親王の元服を、内裏のなかの清涼殿《せいりょうでん》で自らの手で行ったからだ。父は道康を嫌っているのではなく、道康の後ろにいる良房を警戒している。

民の暮らしを考える父。藤原氏のために早く明子に皇子をと、せがむ伯父と母。十九歳の道康は、皇太子として伯父に擁立された自分を、受け入れられない父の帝の苦悩が分かる。皇太子は公人だ。母の実家のためではなく、父の帝に従って国のことを考えるのではないか……。

すでに四人の藤原氏の娘が入内しているが、道康は、だれもそばに寄せていない。道康が好きなのは第一皇子を産んだ紀静子で、出産のために静子が里に帰っているときは、父が推した滋《しげ》野貞主《ののさだぬし》の娘の奥子や姪の岑子、伴善男の養女の江子を、そばに召す。伴江子は、道康の第二子になる男子を産んでいる。だけど、幼いころから道康の妻になると言われて育った明子を、遠ざけて傷つけることもできない。ため息もつけない道康は、ボーッと遠くに目をやった。

優しい子だと順子は思う。やっと会えるようになった息子に、順子は母性愛をふくらませている。家のために生きてきた順子が、はじめて人への愛をもった。家よりも、自分の命よりも大切な息子が、いつでも会えるところにいる。何でもしてやりたいのに、望みをかなえてやりたいのに……心がすれ違っているような気持ちの悪さがある。男の子って、そんなものなのかしら……。


迷ったけれど、順子は妹の古子《こし》のところにも顔をだした。古子は、父が亡くなる直前に生まれた異母妹で、やはり良房が育てて、道康に入内させた。

「まあ、お姉さま。よくいらっしゃいました。すてきな、お召し物ですね。ここに使われているのは金糸でしょう。お似合いですわ。お姉さまは、なにを召されても映えますものね」と古子が、高くて平たい早口と笑顔で迎える。

「お変わりなく、おすごしですか」と聞きながら、来るのではなかったと順子はくやんだ。歳が離れているし、母もちがうから親しくないし、このハイ・テンションも話題も苦手だ。

「変わりはございません。でも、お姉さま。変わりがないのは、皇太子さまのせいです」古子は、片手を順子の耳のそばに立てて、身を寄せた。

「夜の、お招きがないのです」古子の息がふれた耳が、鳥肌立つ。

「お姉さまから、お口添えしてください。お姉さまにしかできないことでしょう。北家の後ろ盾がどれほど大切か、皇太子さまは、お分かりになっておられません。明子さまか、わたくしかが、はやく皇子をもうけなければいけませんわ」

　苦手ではなく、この娘は嫌いだと順子は思う。喉のうえだけを使って、鼻に抜ける不自然に高い声も、早口も、愛想笑いも、みんなキライ。道康にも、選ぶ権利はある！

「では古子さま。わたくしは、そろそろ……」

　これから藤原氏の娘を入内させるときは、気の利いた話ができる、教養と知性を身につけた女房を付けたほうがよいと、兄に進言しておこう。

「あら、そんな……。まだ、いらしたばかりじゃありませんか。唐来の茶を入れさせます。体によいそうですので、ぜひ味わってくださいませな」

茶？　お茶は輸入品で、めったに手に入らない。良房が届けたのだろうが、なぜ？　そんなに、仲がよいのかしら。

「お顔を拝見して、安心しましたので、おいとまいたします」

「まあ。もうちょっと、よろしいでしょう。せっかくですのに……」

立ち去りぎわに、わたくしが嫌っているから、古子も嫌っているだろうと、順子は気がついた。わたくしは、どんな表情で古子を見ていたのだろう。これまで、どんな顔をして暮らしてきたのだろう。帝は、どのように、わたくしを、ご覧になっておられたのか。道康は……。さっき、わたくしは、古子とおなじことを道康に言ってしまった……。わたくしは道康の身になって、気持ちを汲んだことがあっただろうか。


九月の末。

紀名虎《きのなとら》の邸は、左京三条三坊十四町にある。中洞院大路をへだてた左京三条四坊三町に、守平と業平の新しい邸がある。つまり大路をはさんだお隣りさんだ。正四位上で刑部卿《ぎょうぶきょう》の名虎の邸は一町で、ハレの場は檜皮葺《ひわだぶ》きの屋根と広廂《ひろびさし》を備え、庭に泉水もつくっている。池は側溝から水を引きこんで、側溝に流せばよいので、手入れは大変だが作るのに手間はいらない。

そのハレの場で、露顕《ところあらわし》の儀が行われていた。男が女のもとに通う婚姻では、三日間つづけて通ってから、三日夜《みかよ》の餅《もち》を食べて、かりそめではなく長つづきする関係ですよと、近い身内に披露する。いわば、結婚披露宴だ。

この日、花嫁の祖父の紀名虎は、息子の有常《ありつね》の娘婿《むすめむこ》をもてなすために、ごく内輪の宴を開いていた。初々しい若妻は有常の娘で、名虎の孫娘になる十五歳の紀涼子《りょうこ》。二十一歳の婿は、阿保《あぼ》親王の末息子で、色好みとして世間に名高い、在原業平《ありわらのなりひら》だ。

「業平さま。いく久しく、涼子をおねがいします」と名虎が身を伏せた。若いころより太って、少し体を動かすだけで息切れがしている。

「おひきうけしました」と業平が応じる。

あのころ……。奈良の帝の三回忌で萱《かや》の御所《ごしょ》を訪ねたころは、乳母に抱かれていた赤子が、生まれてもいなかった孫娘の婿になるとは、想像もしなかった。ずいぶん時が流れたのに、なぜ若いころの記憶は、こんなにも、みずみずしいのだろう。

「ホント?」と涼子が、クルリと業平に目をむける。

「涼子!」と花嫁の父の有常がたしなめた。

「お父さま。この方は、この世で一番、長く久しく付き合うことができない方だと、よくご存じでしょう。この方は婿ではなく、そのときかぎりの恋人むきでしょうに。あちらの花、こちらの花と舞い飛んで、血筋は良くても、位階も仕事もありません。

お爺さまも、なぜ婿とみとめて、わざわざご自宅で露顕をするのですか? 深草《ふかくさ》で充分です」

「なかなかの娘でしょう」と有常が、業平にささやく。

「涼子さんは、業平さまが、お嫌いなの？」

一か月まえに、道康皇太子の皇子を出産して、父の名虎の邸に帰っている紀静子が聞く。涼子は静子の姪になるが、歳が近いので小さいころから姉妹のように仲がよく、面差しも似ている。

「嫌いならいいけど、好きになりそう。それって、いやな予感でしょう。静子姉さま。好きになって傷つくのは、わたし。業平さま。この世の女性は、だれでも、あなたを好きになると思っているでしょう？」

「いや、そこまでは、さすがに」

「ほら！　少しはそうかと考えた。業平さま。わたしとお父さまと、どっちが好き？」

「涼子さんは、ご自分の父君を妬《ねた》まれるほど、わたしを好いてくださるのか。なんと可愛い」

「言うこと、なすこと、あなたって芝居っぽい！」

「この席に、お招きできるものなら……」と、静子がつぶやいた。

若者たちの話を聞きながら、むかしを思いだしていた名虎が、娘に目をむける。二児の母となった静子は、落ち着いて艶《つや》やかさがましている。

「……言いたいことを、口にされたこともないでしょうに」と静子。

妊娠と出産の別離を寂しがって、道康《みちやす》皇太子からは、たびたび文《ふみ》が届いている。娘を入内させて紀氏の生き残りを図《はか》ったはずだし、その願いはかなったのに、近ごろの名虎は気が重い。謀《ぼう》略《りゃく》が渦巻く宮中に入内させた静子が、皇太子の想われ人となって、はじめて名虎は一人の父として、祖父として、娘や幼い孫たちの行く末が不安になった。もうすぐ二人の皇子を名虎のもとに残して、静子は東宮にもどる。二歳半になった上の皇子が、乳母や女房につきそわれて入ってきた。片言を話しはじめて、走ったり飛んだりが楽しい、可愛いさかりだ。

「これは、お目がさめましたかな」と、名虎は相好をくずした。

見慣れぬ顔をみつけて、トコトコと業平のそばへきた幼児は、「いい香り」と背中を業平の腹にくっつけて、膝のうえに座った。包むように袖でおおった業平の、美しすぎる横顔を見て、名虎の孫娘の涼子は不覚にも……美しさは、すぐに見慣れてしまうけど、同情は引きずるから最悪!と分かっていながら……もしかしてこの人も、ほんとうは寂しい人なのかもと、思ってしまった。

中性的で妖艶《ようえん》な美貌をもつ、色好みの男の妻は生半可《なまはんか》ではつとまらないのに、涼子は紀氏の地盤がある深草に住んで、業平の訪れを待つようになる。

涼子がツンケンしているので、昼間は訪ねてくるけれど、夜は帰ってしまうという嫌味な行動を、業平が三日も繰り返した。業平が住む伊都内親王の邸から、深草までは七キロはあるから、ツンケンする涼子も、昼は顔をだして交わりもせずに帰る業平も、どっちも、どっちだ。

そのときに、涼子が詠《よ》んだ歌。

天雲《あまくも》の　よそにも人の　なりゆくか　さすがに目には　見ゆるものから
（空や雲のような　遠い存在に　なってしまうつもりなの？　私の目には　来ているのが見えるのに　抱きもせずに！）

業平の返しは、

天雲の　よそにのみして　経《ふ》ることは　我《わ》がゐる山の　風はやみ（速み）なり
（私が空や雲のような　遠い存在に　なってしまうのは　落ちつくはずの山の　風が激《はげ》しくて　近づけないからでしょうに！）

おそらくこの歌から、頭の上がらない、おっかない妻のことを、山の神と呼ぶようになったのだろう。

べつのときに喧嘩をして、もういい。別れよう！　と業平が詠んだ歌。

年を経《へ》て　住み来《こ》し里を　いでていなば　いとど深草《ふかくさ》野《の》とやなりなむ

（長い間　住み暮らしたこの深草の里を　わたしが出て行ってしまえば　もっと草深い　ただの野原になってしまうだろうよ！）

涼子の返しは、

野とならば　鶉《うずら》となりて　鳴きをらむ　狩《かり》にだにやは　君は来《こ》ざらむ
（ただの野原となったら　鶉《うずら》になって鳴〈泣〉くわよ！　あなたは狩り〈仮り〉にでも　きっと来てくれるわよね）

別れ話の最中に、この歌を詠み返す妻と、業平は別れなかった。この機知、鋭く返すくせに、明るく、のどかな、この感性。別れられるわけがない。

ある日、舅《しゅうと》となった紀有常《きのありつね》の家を、ふらりと業平が訪ねたが、あいにく留守だった。まだかまだかと、帰りを待ちわびて、じれたので詠んだ歌。

君により　思ひならひぬ　世の中の　人はこれをや　恋と言ふらむ

（あなたから　教えられましたよ　世の中の人は　こうして待ち焦《こ》がれる思いを　恋と言うのでしょうね）

恋多き男のくせに、業平はこれまで女の応待や返事を待ち暮らしたことはなかったらしい。

有常の返しは、

習《なら》はねば　世の人ごとに　なにをかも　恋とは言ふと　問ひしわれしも
（教えてくださいよ　世間では　何をもって　恋と言うのか　私の方があなたに聞きたいとおもいます）

まえの年（八四五年・承和十二年）の十月に、奈良の法隆寺の僧善愷《ぜんがい》が、寺の檀越《だんおち》（大檀家《おおだんか》）で少納言《しょうなごん》の登美直名《とみのただな》が、法隆寺の奴婢《ぬひ》や財物をかってに売って、その金を横領したと訴えていた。訴えを受理したのは、弁官局《べんかん》。左大弁は、従四位上で参議の正躬王《まさみおう》。右大弁は従四位上で参議の和気真綱《わけのまつな》。橘逸勢と伴健岑を謀反の罪で取り調べた左右の大弁官と、その下官の弁官だ。

今年（八四六年・承和十三年）の春ごろから、この横領事件の審議がはじまった。審議にあたる弁官のなかに、仁明天皇の蔵人《くろうど》から右小弁《うしょうべん》に移動していた、従五位下の伴善男《とものよしお》がいた。弁官は、左大弁、右大弁、左中弁、右中弁、左小弁、右小弁の六人がいる。左右では左が上で、大中小は大が上。右小弁の伴善男は、最下位になる。

「あのう……この訴状には、受理の日付が書かれていませんねぇ」

僧膳愷の訴状を見て、新入りで一番下位の弁官の伴善男が聞いた。日付は記入必要項目で、不備な書類を受理できないと律令で決まっている。

「受付日を記入しないと、不備な書類になりませんか」自信がなさそうに、善男が言う。

「そうだな」と一人が答えたが、書類は、そのままになった。

太政官に直結して各庁を束ねて、書類を作成する弁官は忙しい。左弁は、中務《なかつかさ》、式部《しきぶ》、治部《じぶ》、民部《みんぶ》の四省を、右弁は兵衛《ひょうえ》、刑部《ぎょうぶ》、大蔵《おおくら》、宮内省《くないしょう》を担当する。生まれ育ちだけで選ばれる太政官や各省の長官とちがって、政治の下敷きをつくる中核なので、有能で学識の高い能吏《のうり》が就任する。多忙だから、この横領罪も訴訟から何か月もたってから審議を始めた。

訴えられた登美直名《とみのただな》は少納言《しょうなごん》。官僚は上から、左右《さう》大臣、大納言、中納言、少納言とならぶ。登美直名は血統がよく、聖徳太子の弟の来目皇子《くめのおうじ》の末裔《まつえい》だ。だから法隆寺の檀越として大切にされているのをカンチガイしたのか、断りもなく寺の宝物や人まで売って、その金をネコババした。血統は良いけれど、人格は悪い。善男の亡父と交流があったが、貴族とよばれる五位以上の官人は四百人。おなじ氏族が世襲して各官庁を歴任するので、親の代までさかのぼれば、たいがい誰かと交流はある。

「僧侶は、弁官局でなく、治部省《じぶしょう》か僧綱《そうごう》に訴える決まりではありませんか……」と善男が首をひねりながら問いかけたときも、上司たちは無視をした。

善男は背が低く、痩せているので、みかけが地味だ。うつむいて肩を落としていると、存在感が希薄なのか、たいていは物みたいに無視される。右小弁になってから、ずっと善男はムシされてきた。法規と照らし合わせて、それを口にするクセがある男ではないかと思われているらしく、なにを言っても相手にされない。

若いころから登庁している善男だが、天皇に関わる中務省だけに配属されていた。大内記《だいないき》になったときに、学者たちが誰だろうと気にしたぐらいで、三十五歳の伴善男という風采《ふうさい》のあがらない小男のことを知っているのは、仁明天皇とその側近だけだ。

審議の日に、弁官たちは僧膳愷を奥の部屋で待たせた。

「あれ？　囚獄《しゅうごく》しないと、いけないのではありませんか。それに僧服ですね。平服着用が義務でしょう」と上司全員がそろったときに、善男は全員の耳に届くように、すこし声を張り上げて異議をとなえた。

僧が訴えをおこすときは、俗業《ぞくぎょう》（普通の服装）でなければならない。訴訟人は、その訴訟が嘘の場合があるから、訴訟の日から判決がでるまで囚獄すると決められている。ただ日常の業務のなかではウヤムヤにして、知り合いに便宜をはかっている部分だ。これまで何も起こらなかったから、全員が善男の言い分をシラッとムシした。

善男にとって難しかったのは、ここまでだった。

弁官たちの審議の結果、僧膳愷の訴えには嘘がなく、檀越で少納言の登美直名が法隆寺の私有財産を売りはらい、その金を自分のものにしていることがあきらかになった。

伴善男が動いたのは、そのあとだ。

さあ、こっちも始まった。

膳愷《ぜんがい》が勝訴したあとで、右少弁の伴善男は、上司である五人の弁官を、手続きに不備があったと逆訴訟した。一人を相手にするだけで、うんざりするような有識者で弁論の達人を、が、ひっくるめて訴えたのだ。ダメな上司なら、宮中には掃いて捨てるほどいる。それを部下が訴えていたら、まちがいなく、だれもいなくなる日がくる。官人たちは、びっくりした。伴善男という男の存在が、知れ渡ったのは、このときだ。

弁官たちが不備な書類を受けとり、僧服の告訴人を囚獄せずに、法規に反したあつかいをしたのは明白だったので、善男の訴えが正しいことは、すぐに判明した。ただ、その弁官たちの失策が、公罪《こうざい》か私罪《しざい》かを決めるために、このあと延々と論議がつづく。

公罪は、うっかりミスで違約金を払えばすむ。私罪は、自己認識がありながら、目的をもって行った行為で、犯罪で免職になる。つまり過失か、故意かのちがいだ。弁官たちに判決をだすまえに、公罪か私罪かを決めなければならない。法律の権威者の明法博士《めいほうはかせ》を交えた論争が、政庁を揺るがすことになった。

訴えられた右大弁の和気真綱《わけのまつな》は、「チリ、ホコリの立つ道は、人の目をさえぎる。このような場で、一人だけ正しいことを言ってもムダだ。辞職して、さっさと冥途《めいど》に行ってしまいたい」と論争に加わらずに、自邸にかえって門を閉じた。この人は阿保の葬儀に天皇の勅使《ちょくし》として出席した人で、官僚のあいだでは日常的になっているなれ合いを見逃したとはいえ、冤罪《えんざい》を作ったわけではない。どちらかというと、和気氏は清い生き方をしてきた氏族で、真綱も真っ直ぐな気性だった。

「私罪です。公罪でしたら、わたしが注意したときに改めることができたはずです。すべての問題点を、わたしは事前に弁官全員に指摘しています」

残った四人の上司を相手に、伴善男は一人でまくしたてる。善男は、目立たない小男ではなかった。

「日付が記載されていないのは書類として不備だと、わたしは注意しました。そのときに、日付を記入することはできましたね」

「それは……」

「わたしの言葉を、おぼえておられますか。どう申しました。言葉にしてください。まちがいを知っていて正さないのは、私情があったからではありませんか」

これほど強気な男が、上司のまちがいに気がついたときに、なぜ、もっと突っ込んでこなかったのか。なぜ、あとになって、弁官全員を罷免《ひめん》するような告訴を起こしたのか。だれもが不思議に思った。はじめのうちは、裁かれた登美氏を知っているから、断罪した上司に復讐したのだろうという見方もあった。十年以上もまえに亡くなった父親の知りあいで、罪科が明らかな男のために、なんの目的でこんなことを、この小男はするのだろう?

だが五月の末に、道康皇太子の学士である小野《おのの》篁《たかむら》が、権右中弁《ごんのうちゅうべん》として論争に加わり善男の味方についたから、この騒動の本筋が分かりはじめた。権《ごん》は副のいみで、臨時につくられた弁官で、小野篁は、骨っぽい正義漢で仁明天皇の側近だ。最初から、これは弁官全員の罷免が目的で、善男を放ち、篁を援護《えんご》に送ったのは、仁明天皇だった。

邸に閉じこもっていた右大弁の和気真綱は、九月に六十三歳で亡くなった。二代まえの嵯峨の帝と、その息子の大勢の若い源氏と、娘婿の良房の下で、まじめに草案を起こして誇りをもって生きたつもりの真綱が、一番先に考えなければならない今上天皇をないがしろにして、日常に慣れ合っていたと自認するのは辛かっただろう。

真綱が亡くなると、篁が左中弁になった。明法博士の報告書をうけて、十一月になって太政官たちは善男の訴えを認めた。正躬王《まさみおう》らは、私情をいれて膳愷《ぜんがい》の訴訟を受けとったので、弁官を免職。登美直名は流刑。正しい訴訟をしなかった膳愷も流刑。半年をついやして論議された「法《ほう》隆寺明法論争《りゅうじめいほうろんそう》」という事件だ。

伴善男は、いちやく有名になった。人は善男のことを、闘鶏《とうけい》のようだといった。チキン野郎とバカにしたのではない。ニワトリは、霊力のある鳥と尊ばれている。二羽のニワトリを闘わせる闘鶏は貴族の大好きな遊びで、三月三日は清涼殿のまえで闘鶏がおこなわれる。闘うのは気の強い雄鶏で、足の爪でける。くちばしでつつく。十メートルや十五メートルは飛ぶ荒々しさだから、闘鶏と言われた善男は、頭の良さと強気と弁論の巧みさを評価されたのだ。

八四七年（承和十四年）。

正月の叙位で、従四位下の小野篁は参議になり、従五位上の伴善男は左中弁になった。四月に篁は弾正大弼《だんじょうだいひつ》にもなり忙しくなったので、道康皇太子の学士をやめた。代わりに皇太子の学士になったのは、従五位下で大内記の菅原是善《すがわらのこれよし》。亡父は大枝音人の師である菅原清公《きよきみ》という高名な漢学者で、是善本人も文章試験《もんじょうしけん》に及第した能吏だ。

仁明天皇は、母の嘉智子の住む冷然院を、月に一度は訪れるようになった。

冷然院は、大内裏の東南に隣接しているが、天皇が出かけるのだから公卿たちも供をする。嘉智子の存在は大きく重くなった。二十代のころのように、仁明天皇は神泉苑《しんせんえん》や双岡《ならびがおか》などにも、日帰りの御幸をするようになった。

水無瀬《みなせ》とよばれる離宮がある。淀川をはさんで山崎の大泊《おおとまり》の対岸にあり、長岡にも近く、道なりでゆくと内裏から十キロほど離れている。仁明天皇が若いころに狩りをしたところだ。この離宮へも、日帰りで御幸する。

多くの医学書を読み、薬にも通じていた仁明天皇は、自分が丈夫でないことを知っていた。真剣に政治にとりくみ、たまに日帰りの外出をする。それが命を削ることも分かっていた。それでも腹心を要所におき、自分が政治の舵《かじ》をとるために、精力的に働いた。仏教への関心も深く強くなっていった。

祟《たた》りや怪異が、しきりにとりざたされている。旱魃《かんばつ》や、長雨のような天災も、疫病の流行も祟りといわれる。だれかが亡くなっても、祟りのせいになる。祟りには、恨みをいだいて亡くなった、祟る者がいる。怪異は、妖しいことやモノノケが現れることをいう。鳥の群れが大内裏に集まっても、キツネが迷い込んでも怪しい。夜の宮城は官庁が閉まると、天皇が居住する内裏と、皇太子が居住する東宮をのぞいて、人気が少なくなる。光源も弱いので、得体のしれない人影があるだけで怖い。怪しい。おぞましい。

仁明天皇は、民のくらしが豊かで安全であることを願って、内裏に僧を集めて経を読ませた。

少ないときで四、五十人ほど、多いときは八百人の僧が集まって、三日も続けて読経をする。ひんぱんにやるから、内裏のなかは抹香《まっこう》臭く、大内裏を通らないと内裏には入れないので、官人たちは僧の行列を日常的に見ることになった。

その僧のなかに、仁明天皇が律師《りっし》にした神護寺別当《じんごじべっとう》の真済《しんぜい》もいた。遣唐使の派遣に失敗したときに、奇跡的に難破船から生きのこって大宰府《だざいふ》で事情聴衆された留学僧は、内供奉十禅師《ないぐぶじゅうぜんじ》として仁明天皇のそばに仕えて信頼をえていた。

そして無位の業平が、蔵人《くろうど》として仁明天皇のそばに召された。

「蔵人頭《くろうどのかみ》の良岑宗貞《よしみねのむねさだ》です」

「はい」

「在原《ありわら》どの。在五《ざいご》どのと、お呼びしてもよろしいでしょうか」

「はい」

「出仕なさるのは、はじめてと、うかがいました」

「はい」

「蔵人は、帝の私生活に仕えます。蔵人にとって一番大切なことは、見聞きしたことを外にもらさないことです。心して、守秘義務《しゅひぎむ》をお守りください。帝のお世話は、なれたものがおりますから、あなたは先輩たちのようすをみて、少しずつ仕事をおぼえられるのがよろしいでしょう。在五どの？」

「……」

「在五どの。いつまで、顔を伏せていらっしゃいます。わたしは熊ではありませんから、死んだふりをしてもムダです。起きてください。在五どの！」

「……ん」

「ほう。噂にたがわず、なまめかしい。いわゆる女顔で、色気のある美青年ですな。ところで登庁の初日に遅れて、昼も近くなっていらっしゃるとは、朝帰りでもなさったのでしょうか」

「いえ」

「蔵人と侍従《じじゅう》には宿直《とのい》があります。当番割を確認して、これからは早番のときも遅刻をしないようにしてください。宿直のときは衣冠装束《いかんしょうぞく》も用意してください」

「宿直ですか。じゃあ、遅番があるのですね？」

「はい？」

「蔵人頭さま。わたしは遅番専門で、おねがいします」

「在五どの。帝は、あなたと和歌の話をなさりたいと思っておられます。帝は、なにごとにも深い知識をもたれていて、おなじように深い知識をもつ方と、語りあうことが、お好きです。あなたは和歌をつくる才能をお持ちですが、少し、あれぇ……？　その束帯《そくたい》は規則どおりのように見えますが、襟の幅が太くてゆるいのではありませんか。袖幅もちがうし、ふちに厚みがありますね」

「いいえ。蔵人頭さま。それは眼の錯覚です」

「ホッ、ホッ、ホッ。わたしの眼は、わたしに断りもせず、かってに錯覚いたしません」と良岑宗貞が笑ってつづけた。

「桜の枝を、襟《えり》にさされたことはありますか」

「え……いま、なんと？」

「桜の枝を、襟にさしたことはありますかと、うかがいました。まだ、寝てます？」

「残念ながら、起きているみたいです。ああ。猫柳《ねこやなぎ》の枝なら、さしたことが……」

「どうでした？」

「浅くさして動くと、落ちてしまいます。深くさすと、枝の折れたところが背中にあたって、痛くって」

「でしょう。わたしの父は、桜の枝を襟にさして舞ったといいます。襟の内側に、枝を深くさしこむために、綿入りの布でできた袋を仕掛けていたそうです。父は美しく華やかな人でしたが、それなりの努力やしかけを、色々しておりましたよ。あなたの束帯も、首筋や腕をさりげなく人目にさらすための、仕掛けだらけではありませんか。はて、さて……。あなたに廷臣《ていしん》が、つとまるのでしょうか」

「さあ……どんなものでしょうか。遅刻せずに出仕しろといわれても、なかなかに。ねえ」

「ムリですね。在五どの。おなじ和歌を好む同士として、あなたの出世に役立つように、廷臣のこころえを教えてさしあげようと思いましたが、わたしが、愚かだったようです」

「はあ」

「参議《さんぎ》や公卿《くぎょう》になりたいですか」

「べつに……」

「政道に関心がありますか」

「すこしは」

「どのように」

「権力争いで、非道なことが行われるのには腹がたちます」

「人ならば、誰でも、それぐらいのことは思います。だからといって、小野篁どののように、政道を批判する歌を詠《よ》むと島流しにされます。漢詩は詠まれますか」

「いえ。理屈っぽいのは苦手で」

「ならば、今のまま、恋の和歌をつくって過ごされませ。和歌は、ことばに表さない思いまで伝える力があります。女性でしくじっても、たぶん島流しにはされません」

「ほんとですか！」

「たぶんですよ。たしか孝謙《こうけん》天皇の御代に、悪所で遊ぶのがお好きな皇子が、皇太子に名指しされたそうです。あとで素行が悪いと知られた帝が、すぐに廃太子になさいました」

「それで？」

「それだけです。廃太子にされた皇子は、さっさと自分の邸に帰ってしまわれた。女性絡みのしくじりは、出世のジャマにはなりますが、政道を正そうとする正義感の強い立派な方々とちがって、杖下《じょうか》に死すことも、追放されることもありません。ところで和歌は、どなたに習われました？」

業平は懐から、しわのよった紙束をとりだして、手でのばした。

「見てください。すごい歌でしょう。師となる方はおりません。よい歌を読んで学びました」

「どれ……」と身をのりだした良岑宗貞が、「ああ、小野小町どのの歌ですねえ」といいながら紙をめくる。

「おかしいです。ありません」

「なにが、ないのです」

「どうして、わたしの歌が、ないのですか。納得がゆきません！」

三十一歳になる良岑宗貞《よしみねのむねさだ》は、蔵人から蔵人頭へと、仁明天皇の私生活によりそって生きてきた。宗貞の父の安世《やすよ》と、業平の祖父の平城《へいぜい》天皇と、業平の母の伊都内親王は、みな桓武天皇の子で異母兄弟姉妹になる。忘れてはいけないので加えると、仁明天皇の父の嵯峨の帝も、桓武天皇の子で、異母兄弟だ。

七

大幣《おおぬさ》と　名にこそ立てれ　流れても

同じ八四七年（承和《じょうわ》十四年）。五月の末から六月にかけて、台風や大雨がつづいた。そして六月十六日に、正四位下の紀名虎《きのなとら》が亡くなった。六月も末の夜に、三条三坊にある紀氏の邸を仲平が訪ねてきた。仏前に手を合わせてから「葬儀のときは参列だけで、申しわけなかった」と有常《ありつね》に向きなおって挨拶をする。

「いや。兄上が好きなようにしてください」と答えたのは、有常のよこに座った行平。仲平が来るという使いをもらって、さきに来て待っていた。

「音兄は代参をたてられたから、気にしないでいいですよ」と守平。こっちは、名虎の邸の筋向かいに住んでいるので、声をかけると、すぐに来る。

「本主《もとぬし》さまが、ずっと居てくださいました」と紀有常。

「本主どのは、お元気ですか」

「すっかり年をとられました」

葛井三好《ふじいのみよし》も、萱《かや》の御所《ごしょ》の小木麻呂《おぎまろ》も、すでに故人となっている。五十代が長寿になるかどうかの別れみちのようだ。官僚には定年がないから、氏長者《うじのちょうじゃ》の寿命次第で、残される一族の未来も変わる。名虎のあとをついだ有常は、三十四歳で正六位上、まだ五位になっていない。仲平は三十一歳で、従五位下の散位《さんい》。行平は二十九歳で、従五位上で伊予権守《いよのごんのかみ》と右近衛少将《うこのえのしょうしょう》を兼任している。守平は二十四歳で無位。業平は二十二歳で蔵人《くろうど》。三十六歳になった大枝音人《おおえのおとんど》は、従五位下になっている。こちらは下から叩き上げて、実力で貴族と呼ばれる五位まで昇ってきた。

「名虎どのは、心残りだったでしょう」と仲平。

「刑部卿《ぎょうぶきょう》をやめて、いずれ参議にという思いはありましたので、心残りだったでしょう」と有常。

「まったく、良房さまに都合の良いときに亡くなられた」と行平が眉を上げる。

「行平さま。父は寿命です。わたしは妹の縁に頼るだけが、紀氏の生きる道だとは思えません。この邸で育つ御子たちが、つつがなく過ごされることだけを願っています」

ずっと有常は、そう言っている。一族に強い影響力のある、その時の実力者を氏長者という。名虎は親分肌で、皇太子に娘を入内させてからは、紀氏の長者とみられていた。三十を過ぎた名虎の息子が、青いことを言ってよいのだろうかと、行平は物足りない。

「服喪で妹が戻っておりますが、お会いになりますか」と有常が仲平に聞いた。妹ではなく、静子さまと言うべきだろうと、行平が眉を寄せる。

「お目にかかれるのですか?」と仲平の声が、はずむ。

在原氏を名乗る男子は、阿保家の四人と真如《しんにょ》の息子の二人だが、桓武天皇の娘を母にもつ業平を除いて、母方の出自が低い。阿保も真如も母の出自が低いから、奈良の帝系の在原氏は、軽くあつかわれているように行平は感じている。だいたい長兄でありながら、在原氏をなんとかしようという気概《きがい》がなく、さきに弟の行平に出世されても、のほほんと笑っている仲平も悪い。

「涼子。お伺いしてきてくれないか」と有常が娘の涼子に言った。

「はい」

やがて衣擦《きぬず》れの音がして、道康《みちやす》皇太子の更衣《こうい》の静子と、赤子を抱いた乳母が上席についた。

行平と近い年頃の尼と涼子が、有常のそばに座る。

「阿保親王さまのお子の、在原仲平さまと守平さまです」と有常が、妹の静子に紹介する。

「皇太子さまの第三子になられます御子さまと、更衣の紀静子さまでございます」有常のよこから、明るく気さくに声をかけたのは尼さんだ。

「このたびは、御愁傷《ごしゅうしょう》のことと存じます」と仲平が言い、守平も一緒に頭をさげた。

「仲平さま。聞いていましたとおりに、やさしげなお方ですね。わたしは名虎の娘で、妙信《みょうしん》と申します」と尼さん。このシャキシャキした尼さんに、どこかで行平は、会ったことがあるような気がする。

「もしかして……三国《みくに》の町さま？」

「はい。もとの三国の町、もとの紀種子です。お久しぶりでございます。行平さま。あなたさまが加冠の儀をなさるまえに、深草でお目にかかっておりますね」

やはり、おせっかい種子だ。仁明天皇の更衣で一男一女をもうけたが、過失があって下げられたと聞いている。

「いまは、どちらに？」

「父が亡くなり、ここも寂しくなりましたので、移ってこようかと思っています。真子内親王さまも、そのほうが、お心強いでしょうし、静子さまの、お話し相手ぐらいはつとまりましょう」

静子さまと呼んでいるが、種子が姉で静子が妹。大宰府から帰って、しばらく深草の母の家に住んでいた行平の幼馴染だ。種子の娘の真子内親王は、この名虎の邸にいるはずだが、体が弱いとかで、行平も会ったことがない。

そこへ女房の笑い声と、子供の笑い声が近づいてきた。やがて四つ這いの業平が、背中に三歳ぐらいの男の子を乗せてあらわれた。

「阿子さま。もののけを見つけました。馬を降りて退治しましょう」と業平。

「どこ？」

「ほれ、その色の黒いの！」

「業！　わたしに振るな」とチョンと座りなおした守平が、もののけのふりをして構えてみせる。

「天下の色男も、形無《かたな》しでございましょう。仲平お兄さま」と涼子。

「はい？」

「仲平どの。ご案内もせずに、世間には伏せておりますが、あらためて、ご紹介します。わたしの娘婿の、業平さまです」と有常。

「はい。え……なに？」と仲平。

「わたしも、知ったばかりだ」と行平。

「こんな男を婿にして……よいのでしょうか？」と仲平。

「よいはずが、ありません！」と涼子。

「これが、娘の涼子です」

「はじめまして。仲平お兄さま。わたしが在五さまの妻の、紀涼子でございます」

「ほう。それは……なにかと、よろしくおねがいします。そして、こちらが？」

「皇太子さまの、第一子の御子さまです」と妙信。

母の里で生まれて育つ天皇や皇太子の子は、はじめて父に会うまで名がない。初諱は五歳から十歳ごろまでに行われるが、それまでは阿子とか阿殿とか小殿とか御子とか、適当に呼ばれている。

「ああ……膝が痛い。すりむけていたら、どこで励んだのかと疑われるかもしれない」と業平が指貫《さしぬき》をたぐって白い膝をだした。指貫は、ふくらんだズボンで、生地を多く使うから、貴族しか身に着けない。

「わたしは疑いません。いったい、どこの、どなたに疑われるのです」と涼子。

「聞こえた？」

「いやでも耳に入るように、言ったでしょう。蔵人《くろうど》には当番があると聞きます。どうして、あなただけは、夜ごと宿直《とのい》をしなければならないのでしょうか」

「帝が、くつろがれたときに、和歌の話をなさりたいだろうと、いつでも参じられるように、宿直を代わってもらっている」

「ああ言えば、こう言う。深草の荘には、とんと顔を見せてくださらないではありませんか。どうして、こんな方を、婿にしてしまったの。お父さま」

「在五どのの妻は、おまえにしか、つとまらない」と有常。

こりゃ駄目だ……と行平は失望した。

蔵人になった業平は、おおいに艶名《えんめい》をはせている。大内裏《だいだいり》には多くの官庁があり多くの役職があるが、天皇の居住する内裏のなかを職場とするのは、蔵人と侍従《じじゅう》と内記《ないき》だけ。ふつうは、五位以上の貴族でなければ昇殿《しょうでん》をゆるされないが、蔵人と侍従は五位以下でも天皇のそばに上がれる。

大内裏の官庁区は、女は下仕えの雑色《ぞうしき》だけの男の世界だが、内裏の中には、天皇の後宮がある。まだ規約がないが、天皇の妃は、女御《にょうご》と更衣《こうい》に分けられている。女御は、藤壺、桐壺などとよばれる一棟を居住に使うが、更衣は部屋か、几帳で区切った部屋の一画を居住に使う。女御や更衣に仕える女房も、宮中に仕える女房も、おなじような居住区を使う。これを町《まち》と言う。
これまでは、里に帰っている女房や、庶民の女性を相手に恋をしてきた業平も、内裏に宿直すれば女房の町《まち》を訪れることができる。業平が蔵人をしていたのは、二十二歳から二十三歳までのあいだだから、腹を空かした大食いの猫が魚屋に飛び込んだように、恋をしまくった。
近ごろ、行平が耳にした歌がある。

大幣《おおぬさ》の　引く手あまたに　なりぬれば　思へどえこそ　頼まざりけり
（大幣のように　みんなが引き寄せようとしている方ですから　恋しいと思っても　頼りにすることはできません）

幣《ぬさ》というのは、木に麻や紙の切り抜きを巻きつけた、神官がお祓《はら》いに使う道具で、縁起物だから川に流されるのを奪いあってとった。特別な大幣は、ふつうの幣よりも奪いあいが激しい。そんな大幣のように、女性が奪いあう人だから、あてにできないと、どこかの女房が詠みかけたのだ。この歌に業平が返したのが、

大幣《おおぬさ》と　名にこそ立てれ　流れても　つひに寄る瀬《せ》は　ありてふものを
（大幣と　名前が立てられて　流れても　いつかはどこかの瀬に　辿りつくでしょう　それはあなたかも

……)

これを聞いたときに行平は、頭に血がのぼって、近くにあった香炉《こうろ》を蹴とばして灰だらけになった。自分のことを、大幣のように引く手あまたの男だと名乗る奴がいるか！

それに詠み人知らずで歌いかけてくる女性が、どこのだれか分からないのに歌が上手い。これだけの歌詠みなら、どこのだれか分かるだろうに……。もしかしたら、有常が女になって歌いかけたのでは……と行平は疑っている。

紀氏の存亡よりも、有常は業平の恋歌を広めることに熱心で、仲平は階級意識が欠落している。守平はゴロゴロなまけて、登庁なぞ考えてもいないし、これじゃあ、在家に未来はない。未来どころか、来年も、明日でさえも、ないかもしれない！　名虎の邸は、有常が相続した。皇太子の子が育っているから、一町の広さの邸は存続させなければならないというのに、ほんとうに大丈夫だろうか。

年の暮れに、嘉智子《かちこ》太皇太后の弟で、右大臣の橘氏公が亡くなった。皇嗣系の氏族なので、地盤と厚みのない橘氏に、右大臣氏公の死は大きなダメージとなった。

翌年（八四八年・承和十五年＝嘉祥《かしょう》元年）の正月の叙位で、四十四歳の藤原良房が右大臣になっ

た。おなじ日の叙位で、良房の同母弟で従四位下の左近衛中将《さこのえのちゅうじょう》の良相《よしみ》（三十五歳）が参議にな
る。すでに長兄の長良《ながら》が参議になっている。源氏を除いて、この日まで、おなじ一族から三人の
太政官が立ったことはない。
左大臣は引き続き、源常《ときわ》。良房が占めていた大納言になったのは、源信《まこと》。信が占めていた中
納言には、源弘《ひろむ》がなった。仁明天皇の側近からは、正月に従四位下になった伴善男が、二月に
参議になる。小野篁は、すでに参議。こちらも異例の昇進だ。
そして大枝音人は従五位下の大内記《だいないき》に、在原行平は右近衛少将《うこのえのしょうしょう》になった。
六月十二日に、白い亀があらわれた祥瑞《しょうずい》を祝って、年号は嘉祥《かしょう》にかわった。

年号が変わってまもない、七月二十九日。
「ジイ！　母上のそばを、はなれるな！」と業平が叫ぶ。
「サンセイ。だれも残っていないか。家より人だ」
「だいじょうぶです。業さま。すぐに雨が本降りになって、火は消えます。女たちは伊都《いつ》さまと
一緒に。男は暴れないように、馬を引き出せ。残ったものは、西側の棟に荷物を運べ。わたしは
火の移ったところをこわす」
近くの邸からも、舎人《とねり》たちが応援にきてくれて、サンセイの指示で家財を運びだすのを手

伝ってくれる。噂をきいた守平とモクミが、三条の邸から従者をつれて駆けつける。ありがたいことに、近くの在五《ざいご》ファンも、遠い六条からは岡田狛《おかだのこま》も、人手をつれて来てくれた。

この日、伊都内親王の邸に、雷が落ちて火の手が上がった。家財を運び終わったあとで豪雨になり、火災はたいしたことにならなかったが、伊都の住みくらしていた棟は半分がこわれてしまった。

伊都を、無傷の棟に寝かせたあと、

「仲《なか》兄も、行《ゆき》兄も、音《おと》兄も、有常《ありつね》どのも来てくれたと、蔵麿《くらまろ》と古居《ふるい》が言っていた」と荷物のあいだで、守平が業平に伝える。

「みんなが……」

「ああ。人出が多すぎるので、怪我人がいないのを確かめて引き返したそうだ。なんでも言ってこいとの伝言だ。音兄からは、すでに粽《ちまき》が山ほど届いている。ほかの兄たちからも、次々に見舞いの差し入れが届くぞ」

「ここでしたか」と岡田狛がやって来た。

「狛。東の市にも落雷があったそうだが、ここにいて大丈夫なのか」と守平。

「あっちは、息子たちがおりますから、なんとかしてましょう」

「いつも、ありがとう」と業平。

「こりゃ珍しい。礼を言われちまった。いえね。ご門のまえには、見舞い客がつめかけています。そこで、こいつを一つ、お目にかけようと思いましてね」と狛が差しだしたのは、古くて小さな欠けた土器《かわらけ》だった。

「なに、これ」

「差し入れですよ。黍餅《きびもち》が二つ、のっています」

「見えてる。でも、だれが」

「さあね。名乗ってゆきませんでしたが、貧しい身なりの若い娘で、どこかのお邸の下働きでしょう。そういうのが多いのですよ。おそらく、在五さま贔屓《ひいき》でしょうな」

酒と盃を運んで、サンセイとモクミが加わった。

「なんとも、いじらしいねえ。あの娘は今夜、なにを食うのでしょう。水を飲んで寝るつもりですかい」と狛。守平が手をのばして、黍餅を取った。

「守さま。知らないところからの差し入れは、毒が盛られているかも知れない」とモクミが止める。

「かまうものか」かじりつきながら、瞼《まぶた》を閉じた守平のまつ毛に露がある。モクミが残りの黍餅に手をだした。

「とるな。わたしに届けられたものだ」と業平。さきにパクリとかじった残りを、モクミの口に突っ込んだ。

「在五さま。おまえさま。年をとっちゃいけませんよ。いつまでも若い娘に……いや老いた女や男にも、甘い夢を見せてくださいよ」と狛。

「年をとるなとは、むずかしい注文だな。じつは……業。使いを出そうとしているときに、落雷さわぎを聞いて言いそびれていたが、母が戻ってきた」と守平が辺りを見まわす。サンセイが、素早く周囲に人の有り無しを確かめて、うなずく。

「父上が亡くなった」と守平。

「ん」

「おまえの色好みを面白がられて、つぎの歌が届くのを、楽しみにしていらしたそうだ」

「……」業平が、愁《うれ》いをおびた艶《つや》のある目を守平に向ける。しばらく守平を見て、つぎに狛に目を移す。それから空になった、小さな欠けた土器を見やり、

「黍餅をくれた娘にとって、これが一番、見場のよい器だったのだろう」と愛おしそうにふところに入れた。


つぎの日から、雨が少なくなる合間をみて、伊都たちは東山の別業《べつぎょう》（別荘）に移った。娘のころに、伊都が母の平子と暮らしていたところだ。荷物も少しずつ運んだが、天気が回復しない。回復しないどころか、河内《かわち》平野を中心に雨が降りつづき、やがて川の水があふれて宇治橋《うじばし》まで流されてしまった。

東山の別業には、守平の邸からシャチがきた。

火事太りというぐらい、火事見舞いの品があつまるが、今回は雷でこわれた珍しい例で、普段は疎遠になっていた人までが思い出して見舞いをくれる。蔵麿と古居は、見舞い返しや、近隣へのおわびや、お礼の名簿を作るのに大忙しだ。

阿保の訃報《ふほう》を聞いても、今さらなにもできないから、兄たちは、それぞれに東山の別業を訪れてシャチから話を聞いた。阿保は地方豪族として自由に余生を楽しんで、東の地に土地の娘を母とする二人の幼子も遺《のこ》して、それほど苦しまずに往生したらしい。

大枝音人《おおえのおとんど》も、東山の伊都を訪ねてきた。

「公に認めることができなかった息子が、もっとも頼りになる息子だった。きっと後世に名を残すだろう」

音人が従五位下になったと聞いたときに阿保がそう言って、祝い酒を周囲に配ったとシャチから伝えられた音人は、胸がキュンとなって、「ご遺髪を一房、分けていただけませんでしょうか」と、伊都の念持仏《ねんじぶつ》のまえに置かれた半白の髪をねだった。阿保の子で遺髪を欲しがったのは音人だけなので、伊都は喜んで、きれいな袱紗《ふくさ》に一房を包んだ。それを押しいただいて懐にしまったあと、

「シャチどの。これからどうなさいます」と音人が聞く。

「はて……」とシャチが腕を組む。四十半ばになったはずだが、かわらずの男伊達《おとこだて》なので、ちょっと華奢《きゃしゃ》なおっさんにしかみえない。

「一緒に、暮らしましょう」と伊都がさそう。

「それがよいと存じます。できれば、お二人で、長岡の別業に住まわれますように」と音人がすすめる。

「なぜです？　長岡は水害で、ひどいことになっているではありませんか」

「別業のあるところは高台で地盤も固く、水害は、これからも起こりましょうが、水が上がることはないと存じます。今回も、はじめは放火かと疑いました。落雷と聞いてホッとしました」

「なにが、ホッとした、ですか。音人どの。いきなり昼のように明るくなって、ドカン、グラグラですよ。耳はキーンとなるし、変な臭いにセキこむし……」

「伊都さま。まだ、はっきり、うかがっていませんが、雷はどこに落ちたのです」とシャチ。

「さあ……どこでしたっけ」

「銀杏の木が育ちましてね。母上」と守平。

「うちは放火されそうなのですか。兄上」と業平が聞く。

「いや、そういう情報はないが、用心するに越したことはない」と音人。

「どうして？」

「都の治安が悪すぎる。内親王のお邸は、狙いやすいかも知れない」

「良くは、ならないのですか」

「上が乱れているから、下も乱れる。帝が、ご政道を正そうとしておられる。藤氏や源氏の君たちにも、廷臣として仕えることを望まれている。帝は民政に心を配る立派な治世者だが、すでに奸計《かんけい》を巡らせて恒貞親王を廃し、道康皇太子を立てた良房さまが、帝の親政に従うとは思えない」

「また、なにかが起こるとでも」と守平。

「善い人が黙ってしまうと、悪がはびこるっていうでしょう。正しい人が立ちあがって、藤氏や源氏を追い出して、帝の親政を助けたらよいではありませんか」と業平。

「源氏の君たちは、帝のご兄弟。太政官の多くが、良房さまの兄弟と源氏の君だ。それに源氏の君や藤氏のなかにも、常識のある人格者はおられる」

「イガイと、小心ですねえ。音兄」と守平。

「わたしは微力《びりょく》な小心者だ。だがな。守。わたし一人で済むなら、政道批判もできるだろうよ。でも、それが断罪されるときに、裁かれるのは、わたしだけではない。連座《れんざ》の制で、わたしを育ててくれた大枝氏が滅ぼされる。善人が傍観《ぼうかん》すると悪が栄えるというが、傍観せざるをえない。そのうえ悪は、敵対する者を始末するが、善は始末されるだけで手をださない。手をだしたら、悪になってしまう」

「それって、救いようのない、ドウドウめぐり」と業平。

「今回の改元《かいげん》で、帝は嘉智子《かちこ》太皇太后の嘉の字を年号に使われて、太皇太后の御祖父の奈良麻呂《ならまろ》さまに太政大臣を追贈された。橘氏を重用され過ぎているようで気にかかる。

わたしは学者畑の人間だから、公平な立場を貫いてゆきたい。だが、わたしにできるのは、藤原良相《よしみ》さまに、正しい政治のあり方を説くことぐらいだろう」

良相は、今年から参議に加わった、長良《ながら》、良房、順子の同母弟。良相は仏教への帰依が深く、正妻が亡くなったあとは独り身でいる。その妻が広江乙枝《ひろえのおつえだ》の娘で、数年まえに乙枝は、氏を母方の大枝に変えている。だから音人と良相は姻戚関係で、年齢も音人が二歳上と近いので親しい。

「守平も業平も、自分の手の届く範囲で、正しいと思うことをすればよい。くれぐれも政争に巻き込まれないようにしてほしい」

「ご心配なく」

「言われなくても、楽しくないことはしない主義です」

音人は、阿保の遺髪をおさめた胸のあたりに手をおいた。

「外では儀礼的な接しかたしかできないし、立場が対立するときが来るかも知れないが、わたしは、おなじ血をもつ弟たちを裏切らない。

伊都さま。長岡なら難波の土師《はじ》氏に、目を配るように手配できます。なにとぞシャチどのとご一緒に、長岡へ移られませ」

「長岡に行ったら、業平と会えなくなります。業平」

「はい？」

「女子《おなご》のあいだを訪れるように、わたしのところにも来てくれますね」

「もちろん！」

「来ないと、わたしも歌を詠《よ》んで、岡田狛とやらに頼んで広めてもらいますよ！」


珍しい人も訪ねて来た。

「まあ……睦子《むつこ》どの」

伊都の叔父の藤原貞雄の妻の睦子だ。三年まえに、貞雄は老齢で亡くなった。その葬儀のとき以来で、睦子は相変わらずドンとしてデンとしている。

「あらーァ。大きくなって。いくつになりました。邦雄《くにお》さん」

「六歳になります」伊都の小さな従弟は、すっかり少年らしくなっていた。

「大叔母さま」と業平。

「睦子で、けっこうです」

「いまも、枇杷第《びわだい》におられるのですか」良房の兄の長良《ながら》の邸を、枇杷第という。そこで睦子は、長良の娘の乳母をしている。

「はい。すっかり住みなれてしまいました」

「長良どのの姫も、邦雄どのと、おなじ歳ですよね」

「そうです。むかしから業平さまは、きれいな方だと思っていましたが、ますます艶《あで》やかになられましたねえ。わたしの耳にも、歌や噂は聞こえてきます。でも高子《たかいこ》さまは、まだ六歳。恋のお相手には幼《おさな》すぎますすよ」

菓子や飲みものを運ぶ女房と供に、シャチが来て座った。変わった姿に、すこし目を見開いたが、睦子は動じない。

「兄の守平の母です」と業平。

「伊都さまの叔父の妻で、睦子と申します」

「シャチと申します」

「高子どのとは、どのような姫君ですか」と業平。

「姉君が一人おられるのですが、ずいぶん前に、平高棟《たいらのたかむね》さまの室《しつ》になられて、別のお邸に暮らしておられます。六人の男兄弟のなかで育ったようなものですから、まあ、気が強いこと……」

「枇杷第では、お子たちが一緒に、住まわれているのですか」と伊都。

「はい。たしか、お二人は外腹《そとばら》で生まれて、すぐに引き取られたと聞きますが、いまじゃそれが、どのお子か、分からないぐらいです」

「じゃあ乙春《おとはる》さまは、お子を五人も産まれたのですか」

「そうらしいです。長良さまが穏やかな方なので、お邸は、にぎやかで、あっちで喧嘩、こっちで悪戯。止めに入るのは、いつも基経《もとつね》さまです」

「その方は」と業平。

「ご三男で、十一歳になられます。しっかりして頭の良い、子供らしくないお子で」

「お嫌いですか」とシャチ。

「そう聞かれると……可愛いとは思いません。でも嫌うほど、性根が悪いとも思えません。いずれ入内する日が来るからと、大人びて高子さまに説教するのが、腹立たしいだけで……。子供は好きに遊んでもよいと、わたしは思いますからね。良房さまは、この基経さまを、お気に入りのようすです」

「右大臣が、枇杷第に来られるのですか？」と業平。

「ええ。隣の小一条第《こいちじょうだい》に住んでおられますから。シャチさま。わたしは、あの方は嫌いです」

だされた白湯を、睦子はゆっくり飲んだ。


嘉祥《かしょう》元年と改元した直後の、落雷と洪水。

水害の被害が、おおよそ片付いて道が復旧してから、伊都はシャチと長岡の別業に越していった。落雷が落ちた邸は官に売った。これで左京二条三坊にあった、阿保親王と伊都内親王の邸はなくなった。業平は蔵麿たちをつれて、左京三条四坊の守平の住居と背を合わす邸に移った。

「守平さまがみえました。外に来ていただきたいと、申されています」と伊都の女房が伝えにきた。

長岡の別業は、皇太子時代の奈良の帝の邸跡に建てられた田舎屋だ。周辺の土地を阿保が買って田畑にしていたから、小作人も大勢いる。赤松だらけの東山より明るく、都に住むより気楽だが、伊都もシャチもヒマをもてあましていたから「どこに?」と勢いつけて庭に出た。

「伊都さま。母上」と足を洗っていた守平が、井戸のまえで手をふった。

「紹介します」縦にも横にも大きな娘が、そばにいる。守平の妻……と顔を見合わせた伊都とシャチに、娘の影になっていたモクミが出てきて頭をさげた。

「伊都さま。シャチさま。妻の小夜です。ここに置いて、いただけないでしょうか。よく働きます」

「ああ……」

「モクミの子が腹にいます。まえの勤めは、子供を育てる環境ではありません。伊都さま。母上。おねがいします」と守平。

「小夜には、身寄りがありません。おねがいします」とモクミ。

「シャチどの。にぎやかになりそうですね」と伊都が、うれしそうにシャチを見た。

庶民は、何人もの妻をやしなう甲斐性《かいしょう》がないので、一人で子沢山の女が多いが、上流階級は一夫多妻。多くの子を産む妻のほうが少ない。

業平は家の造作を工夫するのが好きで、長岡の家の壁に、わざわざヒビを入れて隙間に花の種を植え、新しい垣根に古色をつけて、釣瓶《つるべ》につる草を巻きつけ、茅葺《かやぶ》き屋根にも苔や花を植えて楽しんでいる。だから、よく長岡に来て泊まるのだが、それでも、ずっと同居していた一人息子が、少しでも間遠くなると、伊都は寂しくてさいそくした。

大晦日《おおみそか》だから、忙しいのを知っていて、伊都が送った歌。

老《お》いぬれば　さらぬ別れの　ありといへば　いよいよ見《み》まく　欲しき君かな

（年を取ると　死別という避けられない別れが　ありますよ　そう思うと会いたい　直ぐにでも、会いに来て欲しい）

業平の返しは、

世の中に　さらぬ別れの　なくもがな　千代《ちよ》もと祈る　人の子のため
（世の中に　死別なぞ　無ければよいのに　千年も生きてほしいと祈る　子のために）

翌年は、八四九年（嘉祥二年）。

仁明天皇の四十歳（満三十九歳）の祝いで、正月の叙位《じょい》も大盤振舞《おおばんぶるまい》だった。右大臣の良房は従二位になった。左大臣の源常《ときわ》は、良房よりも年下で位階は上だったが、これでおなじになった。

在原業平《なりひら》も、二十四歳で従五位下になり、貴族の仲間入りをした。守平より早い叙位は、蔵人《くろうど》として天皇のそばに仕えていたからで、叙位はされたが役職がない散位《さんい》。従五位下なら、天皇に招かれても昇殿《しょうでん》できる。遅刻ばかりして、片っ端から内裏《だいり》の女房《にょうぼう》を口説く蔵人にするより、このほうが被害が少ないと、良岑宗貞《よしみねのむねさだ》が進言でもしたのだろう。登庁はするけれど、職場も仕事もない。サンセイとモクミのどちらかを適当に連れてきているが、舎人の溜《たま》りに待たせている。大内裏のなかでは一人きりで、身を持て余す。

大内裏には、六千何百人かの経験豊かな地下人《じげにん》（六位以下の官人。昇殿を許されない）と、四百人ほどの貴族が勤めているが、忙しくて、だれも相手をしてくれない。

帝の四十の祝いに、右大臣の良房が興福寺《こうふくじ》の僧にたのんで、四十体の観音菩薩と経や長歌《ちょうか》を献上《けんじょう》して、「倭歌《やまとうた》は人を感動させる」と言ったと聞いた業平は、内裏のなかの良岑宗貞の曹司《ぞうし》をたずねてみた。曹司は休息所。下位のものは大部屋だが、頭《かみ》は個室を与えられている。

「蔵人頭《くろうどのかみ》さまは、お忙しくて、いつ戻られるか分かりません。お待ちになるのでしたら、わたしが、お相手します」と留守番をしていた宗貞の従者がいう。

「お相手？」

「はい。後宮を彷徨《さまよ》われると困りますので」

「それは、お相手といわずに、見張りというのでは？」

「分かっていただいてありがとうございます」

「まだ昼前だというのに、なにを考えている。べつに用があるわけではないので……」と業平が腰を上げかけると、「やはり宗貞さまは、おられませんね」と一人の女房が、供の小女房をつれて入ってきた。

「お借りしておりました書を、お返しにまいりました。おられましたら、ついでに、お話でもと思っておりましたが、おや。先客がおみえですか」と業平を見て首を傾げ、座りこんだ。髪に幾筋か光るものが混じっているから、四十を三つか四つ、いや、もっと超えているかもしれない。

「もしや、在五さまでいらっしゃいますか」

額のでた理知的な顔立ちの女房だが、顔立ちは見えないことが多いので、あてにできない。声と香りが頼りだが、いくら思い出そうとしても、なじみがない。忍んだことは、ないはず。たぶん……。

「あのう……どこかで、お会いしましたか」

「いいえ。現世《げんせ》でも前世《ぜんせ》でも、お会いしたことはございませんが、妹から文を見せてもらいました」

妹に文をだした。さあて……。なにしろ、女房たちに争奪戦を起こさせた大幣《おおぬさ》だから、恋文もまめに出したので、見当がつかない。

「小野町《おののまち》さま。もっと手焙《てあぶ》りを用意いたしましょうか」シンシンと冷え込むので、気を利かせた宗貞の従者が聞いた。

「はい。おねがいします」

小野町。小野小町《おののこまち》の姉。噂に高い小野小町には、たしかに文を出した。恋文ではない。歌の指南《しなん》をねがった文だが、返事はなかった。

「なるほど。みごとに美しいかたですね」声の調子で、業平は、けなされた気がした。

「正面を向いて、美しさの形を決めておられる。でも気を抜かれるときは、ありませんか。こんなところを、人に見られたくないと思われることはないですか。そういうときの姿まで、自然に演じることができれば、その艶やかさに厚みが出るような気がします」皮肉にも聞こえるが、適切な助言のような気もする。

「見た目がすべて。あなたは、まだ形にとらわれておられるように見えます。形にとらわれると、人間が小さくなりますよ。

まあ、生意気なことを、言ってしまいました。ちょっと気が立っておりましてね。

漢学や漢詩を重用された嵯峨の帝から、妹や蔵人頭さまのような和歌よみ人を、帝は守ってこられました。その帝にむかって、倭歌《やまとうた》は人を感動させると、右大臣さまがおっしゃったと聞いて、カーッとしましてね。自分は歌の一つも詠めずに、お金をだして、お坊さんたちにつくってもらって、なんでしょうか。あの方は。きっと人と共感できる感性が、欠如しておられるのですよ」

言いたいことを言ってくれたので、うれしくなった業平が笑った。

「あら。まあ。よい笑顔」と小野町は座り直し、

「在五さま。人の命は、はかないものですが、歌は人の心を活かしたままで、繋いでいくことができます。言葉にしていない言葉を汲みとれるような歌を、あなたならつくってくださるだろうと、蔵人頭さまや妹が話しておりました。まあ、まあ、すっかり、一人で話しこんでしまって。在五さま。いつでも忍んでおいでなさいな。歳の差などは、わたしは気にいたしませんよ」と立ち上がった。

右近衛《うこのえ》にも顔をだしてみた。

「なにか……？」近衛兵の一人が声をかけてくれる。

「在少将《ざいしょうしょう》は、お忙しいですか」まちがいがなければ、行平は右近衛少将《うこのえのしょうしょう》のはずだ。

「さあ」

「……もしかして？」と、もう一人が近づいてきて「在五《ざいご》どのですか？」

「はい」

「おい。在五どのだ」「お入りください」「少将をよんでまいります」

「おじゃまでは、ないですか」

「近衛は、要請《ようせい》がでるまでヒマですよ」

「まあ、どうぞ」「いやあ、実物に会えるとは……」

近衛兵は、天皇の警護と儀式にでるが、戦闘に出向くことはない。それでも訓練はしている。乗馬、武闘、音楽、行進などが主な訓練内容だ。文官とちがって、冠の上につける纓《えい》という細長い飾りは巻いたもので、正装するときは馬の毛で作った丸い耳当てのようなものをつける。靴は革のブーツ。実戦兵ではないから、家柄が良くて身長が高く、見た目のよい若者が多い。

行平がやって来た。

「……じゃま？」

「いや、時間はある」行平も帰れとは言わない。

「わたしより大きい」と近づいてきた近衛。平均身長は百五十六、七センチで、百八十センチを超えるとめずらしい。百七十五センチの業平は、大きいほうだ。

「細くて折れそうな人だと思っていました。でも想像していたより、色白で美しい」

「こんな弟がいるなんて、在少将がうらやましい」

「でも、なにも知らないよ……」と行平が、小声でつぶやいた。いつもはキンキンと文句ばかり聞かされるから、どうしたのかと顔をのぞいたら照れている。それが新鮮で、業平は行平に、すっごく身内の感じをもった。

「ウソでしょう。あんな歌をつくれるのに」

「和歌は詠めても、漢詩はつくれない。まず漢籍を覚えようとしない」

「わたしも」「……わたしも」「利口なら文官になっている」「いや、わたしは漢詩を詠《よ》める」

そこへ、見張っていたのだろう。「中将《ちゅうじょう》が来た!」と、一人が駆け込んできた。馬鹿な近衛が、あっという間に整列した。外へ出る機会をのがした業平は、目立たぬように隅にうつる。

入って来たのは、すらりとした中将で、行平より若く業平より上だろう。

「要請《ようせい》がでた。渤海国《ぼっかいこく》(ロシア沿岸)の使者を迎える」

そこで中将は、業平に目を止めて眉をしかめた。不審から疑問へ、そして見当をつけて好奇心をそそられた。そのまま感情がでる目をしている。

「儀礼《ぎれい》の訓練と、楽《がく》の練習をしておくように。帝と使者のまえで楽奏《がくそう》する。使者が都につくのは、この月の終わりか五月の初めになるだろう。儀礼服や持ち物もしらべるように。以上。散れ」それから行平に寄って「在少将。よろしくたのむ」

「うけたまわりました。中将」

「ところで行平どの。弟御か」

「はい。業平です」

中将は業平に向き合うと、

「かすが野の　若紫の　すり衣　しのぶの乱れ　限り知られず」と、いきなり業平のむかしの歌を歌いあげて「文を届けても、よろしいな?」

この人、なに?　頭は大丈夫?　恥じらいもなく成り切っているから、そこそこ様にはなっているが、人前で断りもなく自分の歌を歌われてカチンときた業平は、手を広げて優美《ゆうび》な礼を返した。青砥と白砥に踊りを鍛えられたから、即興の表現力には自信がある。

中将は軽くうなずいて、サッと踵《きびす》を返すと出て行った。

中将の姿が消えるのを待って、「すごいものを見てしまった」「融《とおる》と在五《ざいご》か」と、近衛兵たちが騒ぎだす。

「あの方は、どなたです」と業平。

「右近衛の中将の　源《みなもとのとおる》　融どのだ」と行平。

「ミナモトってことは、源氏？」

「嵯峨の帝の第八皇子。今上の弟君で猶子《ゆうし》になられている」

「ふぅん……」

「内裏で元服されたのを、知らないのか」

「承和の変」で廃太子となった恒貞《つねさだ》親王と、日程をずらせばよいものを、おなじ日に、おなじ内裏で源融は元服した。臣籍降下した源氏は一世王（天皇の子）。それまで臣籍降下したのは、多くは二世王（孫）以下だったから、父の嵯峨天皇は息子たちの貴種《きしゅ》性を、さまざまなかたちで主張した。そのために、一世王意識が抜けない源氏がいる。一郎の信と八郎の融は、勘違い源氏の双《そう》璧《へき》だった。

「あいにく寡聞《かぶん》でして」

行平は右の眉を吊りあげ、業平に親近感をもったらしい近衛兵たちは笑った。

「しばらく忙しくなりそうだけれど、いつでも顔をだしてくださいよ。在五どの」

「家に帰ったら、在五どのを知っていると、自慢します」

しばらくして源融から届いた文には、ほかで詠んだものですがと断って、こう書かれていた。

みちのくの　忍ぶもぢずり　誰《たれ》ゆゑに　みだれむと思ふ　我ならなくに
（陸奥国《むつのくに》で作る　紫色の文字《もじ》摺《ず》りは　誰のためのものでしょう　乱れたいと思う　わたしのためでしょう

か）

六位以下の散位《さんい》は、散位寮というハローワークのような役所に顔をだして、一家を養うために臨時の職をさがそうと必死だ。業平のように五位以上の位階をもつ散位は、二日に一度ほど登庁していれば義務日数を満たせる。それで庶民の税金をあつめた国費から、位階相当の給与をもらう。職給や季節給はつかないが、六位以下にくらべれば高給とりで、そのうえ蔭位《おんい》で叙位される者は私財をもっているから生活に困らない。

業平は散位の生活にもなれてきた。顔見知りもできたし、近衛兵たちとは友達になった。

、

秋七月。内記《ないき》の曹司《ぞうし》で肘枕をして、疲れをいやしていた大枝音人《おおえのおとんど》は、部屋の隅のくぐり戸が開く音で目が覚めた。使っていない狭い隙間から、業平がもぐり込んで来る。

「どこから来る？」

「目立つと困るでしょう。狭いところを抜けるのは、なれているから。いつもは、月明かりですけれどね」と冠を直して、音人の横に座った業平が「……起こした？」

「表敬訪問なら、名乗って表からこい」

「兄上。父上の遺髪は、どうされた？」

自分の思いつきで頭がいっぱいになり、相手にかまわず話をする業平の癖は分かっているので、音人は懐から袱紗《ふくさ》に包んだ遺髪をだした。

「やっぱり肌身につけていた。これ使って」業平が取りだしたのは、小さな袋物。組み紐《ひも》がついている。どうやら、これを届けに来たらしい。

「みごとな刺繍《ししゅう》だな」手にとって見ると、青竜《せいりゅう》が縫ってある。

「手先の器用な女《ひと》でしょう？」

「どなたかが作ってくださったのか。わたしのために、心を込めて、一針一針を刺《さ》したのではないだろうに……」

十四歳も年下で、子供のころには勉強を教えていたから、つい音人は父親のような気持ちになってしまう。

「それは音兄のものだと言ってある。わたしのは、これ」と業平が首の紐をひいて、おなじような小袋を取りだした。そこには朱雀《すざく》が縫いとられている。

「そうか。おまえは、なにを入れている」

業平は袋口をゆるめて振り、土器《かわらけ》の欠片《かけら》を手にのせた。

「皿を持ち歩けないから、割って入れた。これが生きていてもよいと、わたしの後を押してくれる。ときどき、生きているのか、いないのか……どうでもよくなって、天明《てんめい》に溶《と》けたくなる。そんなときに、これを確かめる。これは、わたしの月の欠片だから」

「……そうか」とうなずいたが、まったく分からない。ただ生と死のあいだを、彷徨《さまよ》っているような脆《もろ》さと、安物の土器の欠片を、大切にしていることは分かった。

子供のころから、どこか危なっかしいところが、この子にはあった。頭は悪くないし、勘もよいのだが、思考が不整理なのではないだろうか。なにを人生の一番にするか決まっていないような気がする。それが不明だと、立ち位置が決められないだろう……いや。自分の立ち位置が分からない人は、大勢いる。それとは少し違う。もしかしたら、なにを一番にしたいかは決まっているが、立つ所が不安定なのか。

ちゃんと言ったでないか。生と死。現《うつつ》と幻《まぼろし》。そして夜と朝とのさかいの天明に溶けたいと。天明は夜明けまえの薄明かりだが、真夜中に日付が変わるのではなく、夜明けが一日のはじまりになる。天明は、昨日と今日の境目だ。官人という現実と、恋多き和歌の名手のはざまで、すたれた和歌の復活を、この子は担っている。

「兄者」

「ん……」

「父上の車を貰ってくれぬか」

父の阿保は、生前は三品親王《さんぼんしんのう》だった。位によって乗り物の形が決められている。

「あれは在家《ざいけ》のもの。それに親王の乗り物だ。わたしが使うわけにはいかない」

「屋根を取っちゃえばいい。あの車を持つのは、兄者のような気がする。守とわたしは、もっと簡単な網代車《あじろぐるま》をあつらえることに、シッ……。だれか来た」

「おい！」

止めようとしたが、業平は素早く書棚のうしろに身を隠してしまった。どこかに忍び込んでは、隠れるような暮らしをしているのか。足音がして咳払い。人影がさして菅原是善《すがわらのこれよし》が顔をだした。

「起きておられましたか。大枝どの」と部屋に入った是善。膝をついて円座に座ろうとして、鼻をクンクンさせる。

「これは、とんだ野暮《やぼ》をしたようで……」と立ち上がった是善に、

「菅《かん》どの。お待ちください。在原《ありわら》どの。おでましなされ」と音人は声をあげた。

「在原どの？」と是善が、動きを止める。

「業平！　子供じゃないのだから、出てきて、ご挨拶をなさい！」

業平が座ったときには、すでに席についていた是善が、笑顔で、

「花の香りがいたしましたので、遠慮しようと思いましたが、これはまた、どこぞの女房よりも数段と色っぽい方を、曹司に引き入れておられたとは……。菅原是善と申します」

土師氏から分かれた菅原氏と大枝氏は、同祖だ。是善の父の清公《きよきみ》が、音人の学問の師だったから、音人は子供のころから是善と親しいが、業平は、はじめて是善と会う。

「在原業平です」

「菅どの。ご用でしたら席を外させます」

「いや。すぐに知れることです」と是善が、来た方向に人がいないかを確かめる。そういうことには察しのよい業平が、潜《くぐ》り戸の外を確かめて、自分が脱いだ靴を中に入れた。是善が膝を寄せる。

「先月、明子さまが体の不調をうったえて、宿下がりをなさいました。本日、ご懐妊の報告が、東宮にとどけられました」と小さな声で是善が伝える。

良房の娘の明子は、道康《みちやす》皇太子の女御《にょうご》。文章博士《もんじょうはかせ》の是善は、参議《さんぎ》になった小野篁《おののたかむら》にかわって、皇太子の学問の師となっているから、たしかな速報だ。


そのころ守平は、モクミと秦《はたの》ムカデを連れて、西市をほっつき歩いていた。土師雄角《はじのおつの》と岡田狛《おかだのこま》と、家を建てるときに縁ができた秦正和《まさかず》が、一族の青年たちを守平と業平の従者としてよこしてくれている。秦の本筋の次男だというムカデは、十六歳だがデカい。モクミがチョイと、守平の袖を引っぱった。

「ん?」

モクミの目線のさきに、浮浪者らしい汚れた少年が、雑穀を商う棚に集まった人の足元で、こぼれた麦や粟《あわ》をすくって汚い麻袋に入れている。市ではよく見かける光景だ。棚主の目を盗みながら穀物を拾ったあとは、野菜を商っている棚の下に落ちている、色の変わった葉ものを拾った。キョロキョロと落ちているものをさがしながら、少年は市の西門から外にでる。門の周りにも物売りがいて、ここにも浮浪者がたまって、手をさしだして物乞いをしている。

守平は、少年のあとをつけはじめた。西堀川《にしほりかわ》小路を南に下りて梅小路を西に行き、右京八条三坊あたりの壊れた築地塀のすきまに、少年はもぐり込んだ。のぞいてみると、そまつな手造りの掘っ立て小屋が、夏草の茂みの中に点在している。廃屋となった邸に、小屋を建てて住みついているのだろう。槿《むくげ》の古木のそばの、ムシロでおおわれた小屋に少年は入った。

都に住む人の数が足りずに、いまだに転居者を歓迎している。京職《きょうしき》に戸籍を届けて、租税をおさめる人は多いほどいい。

家のない浮浪者は多いが、戸籍も住むところもないから、人として数えていない。浮浪者の利用施設もあるが、だれも使わないほどひどく、とり壊しになるはずだ。

守平は、少年が入った築地塀のすきまから、なかに入った。モクミもムカデも、ついてくる。庭に座っているだけの二人の男が、どんよりした目を向けた。

「代書屋《だいしょや》のホウを知っているか?」

いつか教えられた、浮浪者を束ねているという爺さんの名を、モクミが口にした。

「ホウの知り合いだ。通してくだされ」すっかり都なれしたモクミと、大柄なムカデは、きれいな水干《すいかん》に萎烏帽子《なええぼし》の舎人姿。守平は狩衣《かりぎぬ》に烏帽子をつけているから場違いだが、男二人は反応がない。口をきくのも動くのも、おっくうなのだろう。

少年が、ゴザをもって外に出てきたので、守平たちは夏草の中に身を潜めた。すり切れたゴザを日向に広げて袋の中のものをだし、米や菜についた小石などを、ていねいに選り分けながら、少年は小屋に向かって声をかける。

「お母さま。今夜は雑炊《ぞうすい》が食べられますよ。少しは元気がでるでしょう」

やはり……と、守平は立ち上がった。少年のように見えるが娘ではないかと感じて、どうしてか分からないが、すごく気になって、つけて来たのだ。

「だれ?」と娘も、薄紫の槿の花のまえに立ち上がった。ずっと洗っていないのか、髪が地肌からでる脂で房になっている。

「母者のぐあいでも悪いのか」近づくと、すえた貧乏の臭いが鼻につく。

「来るな!」と、足もとの石を拾って、娘が目を光らせる。

「どうしました……」小屋のムシロを上げて、骨が分かるほどに痩せた、母親らしい女が這って来た。

「病まれているのか」と守平。

「どなたです。なにをしに、まいられました」と苦しそうに母親。

「怪しいものではありません」

「市《いち》から、つけてきたのだから、充分に怪しいでしょう」と、モクミが片膝を土につけて、

「こちらは、在原守平さまでございます。わたしは従者のモクミ。大きいのも従者でムカデと申します」

「おまえらが名乗ると、さらに怪しくならないか？」

「在原さまと、おっしゃいますか。もしや、亡くなられた阿保《あぼ》親王さまの……」と、やっとのことで、地べたに座った母親が聞く。

「はい。在四さまです」

「そのような、お方が、なんのご用でまいられました？」首は上げているが、息をするのも苦しそうだ。

「市で見かけて気になった」と守平。

「それで施しでもして、自分は善人だと自惚《うぬぼ》れたいのか！」と、娘に怒鳴られて、正面から向き合った守平の胸が、ドッキン！　鋭くにらんでいるが、切れ長できれいな目をしている。汚れているが、面立ちがよい。母親は、髪も梳《と》き体も拭いてもらっているのか、さっぱりとしているし、言葉遣いが上品だ。娘はわざと身を汚して、乱暴な口をきいている。訳有り……かな？

「困っているようす。わたしの家で働く気はないか」母と娘が、黙って互いを見つめ合う。

「母者は衰弱している。疫病《えきびょう》が流行ったらどうする。わたしの家で働けば、充分に食べさせられる。ゆっくり休ませることもできる」

「医師に、みせてもらえるか?」と娘。

「ああ。みせよう」

「薬もくれるか」

「約束する」

「……なにを、すればよい」

「働く気があるのなら、まず連れて帰る。あとのことは家のものに聞け。名はなんという」

「このような暮らしをしているものに、名なぞ、ございません」と母親が言った。


長年の栄養失調だったらしく、母親は一か月もすると動けるようになった。二十歳ぐらいの娘は、こざっぱりした形《なり》になると、きりっとした美貌の持ち主だったが、人に慣れようとしない。よく働くのだが、話しかけても答えない。

「素性の分からないものを……」と、伊都が長岡に移ってから、守平の邸に住んでいる蔵麿が、気を許さずに目を光らせている。十月のはじめに、母親と娘が改まって守平の暮らす棟《むね》にきた。

「用か」蔵麿と古居を相手に、昼から笛を吹いていた守平が聞く。

「お世話になりました」と母親。

「出てゆくのか」

「はい」

「あては、あるのか」母親が下を向く。

「では、ここにおればよい」

「わたしは、伴水上《とものみなかみ》の妻で元子と申します。この娘は伴倫子《りんこ》です」

「リンコ。リンコ。どういう字を当てる……」と守平。

「お聞き覚えはございませんか？」

「いや……まったく。ぜんぜん。すまないが覚えがない。わたしの知り合いだろうか」と守平が、蔵麿に助けを求める。

「うーん。伴氏……水上どのですねえ。そういえば、たしか……守さまを思いだした水っぽい名でございましたな。もしかして、伊勢の？」と蔵麿。

「はい。伊勢斎宮《いせのさいぐう》の主馬頭《しゅめのかみ》だった伴水上です」

「ああ。そうでございますか」

「どなた。ジイの知り合いか」と守平。

「阿保さまが奏上されて、橘 逸勢《たちばなのはやなり》さまと伴健岑《こわみね》さまが裁かれたことは、ご存じですね。守さまが、のんびり船に乗って、海の上におられたころのことです」と蔵麿。

「あれは父上が、逸勢どのに頼まれて、恒貞《つねさだ》親王と正子皇太后を守るためにしたと聞いているが……」

「伴健岑さまが逮捕されましたときに、たまたま都をたずねていて、健岑さまのお邸に滞在していたため、巻き込まれて裁かれた方がございます。その方が、伊勢斎宮の主馬頭さまでした」

「えっ。道康《みちやす》皇太子を立てるために、良房がでっちあげようとした冤罪《えんざい》を、かわすための誣告《ぶこく》に、巻き込まれた？」

「はい。それで連座の罪で、裁かれた方がおられるのです」と蔵麿。

「では、わたしについて来たのは、父を恨んでのことか。恨みを果たそうとしてか」と守平。

「いいえ。わたしたちも事情は知っております。ただ働かないかと言われたときに、すがってもよいのではないかと思いました」

「じゃあ、なぜ出て行く」

「わたしたちは、罪人の家族です」

「たしか承和の変に関わった方は、すでに罪を許されたはずですが」と古居。

「尋問が、きびしかったのでしょう。都を追われて、すぐに水上は亡くなりました。あのとき裁かれた方々の罪は許されましたが、なぜか水上の名がございません」

「巻き込まれだから、こんどは記載もれでは？」

「いつまでも、ここにおりますと、ご迷惑をおかけするかもしれません」

「それなら、かけてくれ。頼む。リンコ。リンコどの。一生、わたしに迷惑をかけつづけてくれないか」と守平。

「リンコさまの、あとをつけたときに、お若いころのシャチさまに後姿が似ていたと、モクミが言ってました」と古居が蔵麿にささやいた。

「そういうことですか。守さまは、乳離れができとりませんから」

「ん？」

「なるほど。どことなく、シャチさまに似ておられますな。そういうことでしたら、倫子さま。守さまは、あなたさまに会ったときから、心を惹かれておられるようです。一目ぼれでございますな。守さまの気持ちがご迷惑なら、うとましいとはっきり言って、それはそれ。わたしが目を光らせておりますから、無体な真似はさせません。どうぞ安心して、この邸で過ごされませ。これから寒くなります。お母上のためにも、おとどまりくだされ」

「それでは、ご迷惑が……」

「守さまは、つくされるより、つくす方が好きですから、お気になさいますな」

「伴水上さまのことは、恩赦に記載漏れがあるのではないかと、わたしが申し立ててまいります」と古居。

「承和の変から、七年余りになりますか。ご苦労されましたな。元子さま。倫子さま」と蔵麿が、小さな目を細くした。

十一月二十二日に、道康《みちやす》皇太子が仁明天皇の四十歳を祝って数々の品を贈り、自分のことを「臣」と言って祝いを述べた。皇太子も天皇の臣下であることを、強調したのだ。紫宸殿《ししんでん》で道康と会った仁明天皇は、宴《うたげ》の席をもうけた。天皇が居住する内裏の中にある紫宸殿は、天皇家の儀式や宴などに使われる正殿で、廂近くに梅と橘の木が植えられている。皇太子になったころに、その梅の枝を折って、仁明天皇に叱られた場所だ。

この日の宴には、左右《さう》大臣、大納言、中納言、参議、各卿などの公卿たちと、五位以上の文官が集まっていた。日暮れが早く、黄昏《たそがれ》はじめたころに、皇太子が琵琶《びわ》を演奏した。喜んだ天皇が、玉座《ぎょくざ》からはなれた場所に和琴を用意させて演奏する。仁明天皇が玉座を離れて、和琴を演奏をされるのは、はじめてだから、みなは興奮した。

弾き終えると「子らとの初謁は終えたか」と、仁明天皇が皇太子に声をかけた。

道康が東宮の外にでるときは、公用でも私用でも、右大臣の良房がピッタリとついてくる。道康は良房抜きで、天皇と個人的な会話を交わしたことがない。その個人的な会話を、仁明天皇は公卿と五位以上の文官のまえでした。

「まだです」

「どのような皇子がいる」

「第一子は、紀名虎の娘の子で五歳になります。第二子は、伴氏の娘の子で四歳になります。第三子は、第一皇子とおなじ、紀名虎の娘の子で三歳になります」

お耳に入っているはずなのに、と思いながら道康が答える。

仁明天皇は周りを見まわした。声の届くところに、太政官がそろっている。

「光仁《こうにん》天皇の母后が紀氏であるから、即位されたあかつきには、第一皇子を親王とされるがよい」

うれしい驚きで、道康は緊張した。その喜びを、背後にいる良房に気取られたくないから、必死になって背中のこわばりをゆるめ、声が震えそうなので小さく一息で答える。

「うけたまわりました」

仁明天皇は玉座にもどり、やがて退出されて宴も終わった。


それから三日後に、良房に言われて、道康は仁明天皇に食事を届けた。調理した料理と、ほかにも新鮮な食材を、たくさん東宮から内裏にデリバリーしたのだ。息子から食事を届けられたら、もてなさないわけにゆかないから、仁明天皇は住まいとしている清涼殿《せいりょうでん》に道康らを招いた。道康にくっついて内宴《ないえん》に加わったのは、良房と長良、源信と源弘。仁明天皇が信頼する左大臣の源常が入っていない。ごく少人数で、一緒に楽しく飲み食いしたが、ほんとうは、うちとけられる面子ではない。

嵯峨の帝が亡くなってから、良房と源氏を阻もうとする仁明天皇と、皇位を血族で占めようとする良房のあいだには、表面にでない抗争がある。天皇が可愛がっている第二皇子の宗康《むねやす》が、正月の叙位で中務卿《なかつかさきょう》になった。中務卿は、桓武《かんむ》天皇が皇太子になる前についた職だから、良房は警戒心をたかめている。それに先日の、皇太子の第一皇子を親王にという発言だ。先手を打たれている気がする。

道康の立太子のときに、嫡子相伝《ちゃくしそうでん》が正しいと言いはって、太政官をまとめたのは良房だった。だが平安京で嫡子相伝が行われたのは、桓武天皇から平城《へいぜい》天皇（奈良の帝）への一例だけで、あとは兄弟間と叔父から甥への譲位《じょうい》しか行われていない。仁明天皇が譲位をきめて、道康の皇太子に異母弟の宗康を立てるようにと望んでも、なんの不思議もない。嵯峨の帝の立坊が、まさに、それだった。

宗康親王は、兄の長良の妻の妹の子だ。長良には甥にあたるが、良房との縁はない。食べて飲んで座がなごんだときに、良房は明子の妊娠をつたえて、早まったことをしないでほしいと言うつもりだったのに、すっかり、くつろいだようすの仁明天皇が、さきに聞いた。

「倭歌《やまとうた》は人を感動させると、右大臣は長歌を献上《けんじょう》して朕《ちん》に言ったが、大臣の言う倭歌には和歌もふくまれるのか」

「は……」

「いにしえの和歌では、どれを好むのか？」

「……」

和歌愛好家は古い歌も知っているが、まだ万葉集《まんようしゅう》は公開もされずに伴氏の手元にある。和歌の素養がない良房に、答えられるわけがない。

そのあと深夜まで歓談したが、論争を聞くのが好きで、自身も論客である天皇の、芸術や宗教や政治への観念を聞くのに終始して、娘の妊娠などという話はもちだせなかった。

「お疲れでございましょう」と客が引きあげたあとで、蔵人頭の良岑宗貞《よしみねのむねさだ》が仁明天皇をいたわる。

「嫡子相伝が正しいと、良房は皇太子を立てた。嵯峨の帝でさえ譲位のさいに、皇位を継ぐはずのない庶子の身が、皇位についたと明言されている。皇位継承を藤氏にあやつられるなかで、藤氏の血をつぐ皇太子は、どうするかな。あの皇太子は、朕《ちん》の意を汲もうとしている。まちがいなく朕の子だ」

仁明天皇の目に光がある。宗貞が、ふと微笑んだ。

「どうした」

「いえ。ごゆっくり、お休みください」

チラッと宗貞は思ったのだ。桓武天皇から正しい嫡子相伝をしたならば、平城天皇、母に従五位下を贈られた阿保親王、そして内親王を母とする、あの大幣《おおぬさ》どの……そりゃない、ナイ！

天下国家のためにも、和歌の再隆盛のためにも。

八五〇年（嘉祥三年）は、正月から宮中が揺れた。

元日は雨だったので朝賀《ちょうが》は行われずに、天皇は紫宸殿《ししんでん》に五位以上の官人をあつめて宴をした。朝賀の儀式は朝堂院《ちょうどういん》で行われるが、そこは大内裏にある儀式用の広場だから、五位以下の六位から八位までの地下の官人も参列できる。紫宸殿は内裏の中にある建物だから、五位以上の者しか入れない。

そして、正月四日に、例年のように、母の嘉智子太皇太后に正月の挨拶をするために、仁明天皇は冷然院《れいぜんいん》にでかけた。

左京二条二坊にある冷然院は、距離は近いが大内裏の外で、親王や太政官たちが列をなして供をした。太皇太后の娘の子、つまり孫の恒貞《つねさだ》親王を謀反の罪で廃して皇太子になった道康は供《ぐ》奉《ぶ》していない。宴がもりあがり、そろそろ引きあげるころに、天皇は玉座の御簾《みす》をでて南側の階《きざはし》の下におりて、笏《しゃく》を両手に持ってひざまずいた。

笏を両手に持ってひざまずくのは正式な儀礼の形で、天皇の権威をあらわす。酔っぱらって、庭をながめに行ったのではない。なにごとか、どう対応すればよいかと、一座は緊張した。階の下で南をむいて威儀を正した天皇は、左大臣の源常《みなもとのときわ》と、右大臣の藤原良房をまねいた。階は庭に下りるための階段で、その下段でひざまずいた天皇に呼ばれた左右の大臣は、庭に下りて平伏するしかない。

大内裏が北に作られて都を見下ろすように、天皇の座は、いつも北にあり、北から南にいる臣下を見下ろす。臣下は南から北の天皇をあおぐ。これは絶対の決まりだから、ちょうど酒がまわって寒さもしのげ、よい心持ちになっていた親王や太政官たちは、どうすりゃよいのかと腰を浮かせた。

「太皇太后は宮中深くにいて、朕《ちん》が輿《こし》に乗るところを見られたことがない。今日は輿に乗るところを見たいと望まれている。朕はことわったが、大臣はどう思うか」と天皇は左右の大臣に訊ねた。

この日は北風が強く吹き、雪が舞っていた。京の都は地下水源が豊富な盆地なので、緯度のわりには底冷えがする。秋の紅葉が山の裾野から山頂にむかって色づくほどに、地べたが冷たい。上空の寒気は強くないので、雪は水分の多いベタ雪だ。北風に烏帽子《えぼし》をあおられ、雪で湿った軒下に伏せて、良房はアングリした。そんなことを訊ねるために、階の下まで降りて威儀を正したのか。御簾の中から、招けばよいではないか。

「親に対する礼は尊むべきもので、太皇太后のお望みをかなえるのが、よろしいでしょう」と常が答えた。打ち合わせていたのかと、良房は常の顔をうかがったが凍りついている。寒さだけではないだろう。太皇太后の目前で、無視なさいとは、だれも言えない。

返事を聞いた天皇は、ゆっくりと階を上がって部屋にもどり、太皇太后のいる御簾のまえに座った。天皇と太皇太后の座は北側にある。御簾の中の嘉智子太皇太后は、南を向いて座っている。その御簾に向かって、仁明天皇は北を向いて座った。天皇が太皇太后に臣下の礼をとった。階の下までおりて左右大臣を招いたのも「太皇太后が輿に乗るところを見たいといっておられる」と質問したのも、すべては嘉智子のまえに北面して座るための流れだと、良房は気がついた。

良房が知るかぎり、臣下のように北を向いて座った天皇は、孝謙《こうけん》天皇しかいないはずだ。百年ほどまえに行われた東大寺の盧舎那仏《るしゃなぶつ》の開眼《かいげん》式のときに、孝謙天皇は父の聖武《しょうむ》太上天皇と共に、大仏に向かって北面した。そのときも天皇が北面したということで、騒ぎになったそうだが、あいては大仏だったので政治や人事に口出しをしない。いま仁明天皇が北を向いて座ったのは、大いに口を出すにちがいない母の嘉智子だ。側近を参議にして、母の太皇太后に臣下の礼をとり発言力を強化する。こんなことをつづけられたら、良房の夢は成就《じょうじゅ》できなくなる。もう、待っていられない！

やがて階の上まで、輿が運びこまれた。仁明天皇は太皇太后の御簾に向かって、うやうやしく礼をして輿に歩みよった。乗るまえに動きをとめて、顔を太皇太后のいる御簾のほうに向ける。重い雲にさえぎられた外は、光が閉ざされて墨絵のようだ。仁明天皇の背後で、風にあおられた雪が竜のように渦を巻いた。

二日後の一月六日に、仁明天皇は倒れた。

もともと高熱をだして寝込むことがある天皇だが、熱がでても二、三日で政務にもどった。ウイルス系の病気は、風が目にみえない邪《よこしま》なものを運んでくるので、風邪といった。空気感染だけでなく、媒体《ばいたい》が蚊のようなものでも、風邪という。仁明天皇は、そういう病持ちで、自分で調薬《ちょうやく》するほど病になじんでいた。

七日と八日におこなわれた正月の叙位の式は欠席。十六日におこなわれた踏歌《とうか》と、二十日の舞妓の舞は御簾の中からみて、二十六日と二十七日に、盗賊の追捕と、お経にかんする詔《みことのり》をだしたが、冷然院で輿に乗ったときを最後に、仁明天皇は人前に姿を見せなくなった。

二月一日に、道康皇太子や太政官たちは、仁明天皇がくらす清涼殿《せいりょうでん》のそばに集まった。五日に、皇太子と左右大臣が、天皇のそばに呼ばれた。

蔵人頭の良岑宗貞に支えられて、襖《ふすま》に座った天皇は、眼を真っ赤にした異母弟で左大臣の常に目をやったあとで、道康皇太子を見た。藤原北家の血を継ぐ我が子だ。道康は目を凝らしている。そっと天皇が手をのばした。皇太子になるまで良房の邸にいた道康に、天皇は一度もふれたことがない。

道康が、恐る恐る手をのばしたときには、天皇の手は力なく下りていた。心の思いを目にこめて、道康は父を見る。仁明天皇は、かすかにうなずくと、良房に目をくれることなく蔵人に合図した。すでに書かれていた遺言書が、左大臣の常に渡された。

それから一か月半余りもあとの、三月二十日までのあいだに、なにが起こったのか、道康皇太子には分からない。内裏には僧侶が集められて、たえず経が読まれていた。二月十九日に、冷然院の嘉智子太皇太后が心痛のあまりに倒れ、六日後の二月二十五日に、太皇太后の娘で、仁明天皇の妹の秀子内親王が亡くなった。

三月十一日に、仁明天皇は受戒を受け、十九日には、第二皇子の宗康《むねやす》親王と、臣籍降下した息子の源多と共に出家して、戒律を誓受《せいじゅ》したと伝えられた。そして道康は、再び内裏で控《ひか》えるようにと、良房から言われた。二月のはじめから、ずっと清涼殿のそばにいたのではない。

三月二十一日に、仁明天皇の崩御《ほうぎょ》がつたえられた。臨終の父に会うこともなく、すぐに道康は輿《こし》にのせられて東宮にむかった。六衛府《ろくえふ》が物々しく居並ぶなかを、神璽《しんじ》（勾玉《まがたま》）・宝剣《ほうけん》（草薙《くさなぎ》の剣）・符節《ふせつ》・鈴印《れいいん》などを納めた櫃《ひつ》が近衛の少将たちに守られて通り、そのあとを道康をのせた輿が行く。つづいて左右の大臣をはじめとした公卿がつづく。道康のうえに、重いものがのしかかってきた。

「お上がりください」

追いかえされると思ったのに、業平は良岑宗貞《よしみねのむねさだ》の曹司《ぞうし》に通された。内裏のなかは線香の匂いがして、読経の声が遠くに聞こえるだけで、静まりかえっている。しばらく待つと宗貞が顔をだした。

「お通夜とか、ご葬儀とかは?」

「みなさま。東宮にゆかれましたから、こちらには近臣しか残っておりません」

「崩御されたばかりなのに?」

「ほったらかしです。穢《けが》れをきらってか、太政官たちは、お別れにもこられておりません。良房は、神璽《しんじ》や宝剣などを押さえることしか、考えておりませんのでね。神器を頂くのが帝ですから、それを奪われたご遺体は、帝ではないということでしょう」

「奪われたと、おっしゃいましたか?」

「わたしの心象です」と宗貞は膝を指で叩いた。

「病みつかれてからも、頭はしっかりしておられました。良房は皇太子に譲位をするようにと言ってきたのですが、帝は応じられませんでした。譲位されないかぎり、神璽(勾玉)・宝剣(草薙の剣)・符節・鈴印などの神器は帝のものです。ですから崩御を知らせますと、スワッとばかりに、すぐに皇太子と神器を東宮に運びだしましたよ」

右大臣を呼びすてにしているのは嫌っているからだが、この人は良房の従弟でもある。父親同士が、母をおなじくする異父兄弟なのだ。

「譲位なさらなかったのは、回復される見込みがあったからですか」と業平。

「死期は悟《さと》っておられました」

「なら……」

「そもそものはじめは、良房が、でっちあげた承和《じょうわ》の変です。

帝は恒貞親王を廃して、道康皇太子を立てるおつもりはありませんでした。恒貞親王は嘉智子さまの外孫で、幼いころから皇太子として帝のそばに仕えておられましたし、それに、もし、ご実子を立てるならば、可愛がっておられる宗康《むねやす》親王を、恒貞親王の皇太子にと思っておられました」

「では今回も、道康皇太子への譲位に応ぜず、宗康親王に譲位なさろうと……」

「いいえ。帝は頭の良いかたです。後ろ盾のない宗康親王の身を案じて、出家をすすめられたのは帝です。帝は書いていない行間に、意味をもたせたのですよ。譲位をせずに出家して、内裏で崩御される。それが表です。それを、どう読み解くかは、人によってちがうでしょう。帝は、道康皇太子さまのことも、心配されておりました」

「皇太子さまをですか」

「七七日《しちなのか》がおわりましたら、わたしは、ここをでて出家するつもりでおります。出家しますと、恋の歌は歌えなくなりましょう。在五どの。恋歌は、あなたに託しますよ」

「は……」

「あなたの叔父上が、若い御坊を伴っておいでになっています。清涼殿《せいりょうでん》に上がられませ」

仁明天皇の遺体を安置した清涼殿は、白い布でおおわれて、ようすが変わっていた。御遺体のそばの仏壇にむかって、数人の僧侶と尼僧が経を唱えている。そのまわりを大勢の僧が囲んでいる。仁明天皇に仕えた蔵人や女房は、喪服を着て廂《ひさし》に静かにならんでいた。業平は、末席で手を合わせる。

僧の中心に、袈裟《けさ》をつけた叔父の真如《しんにょ》の姿があった。その横に座って経を唱える、立派な袈裟をつけた年若い僧の姿を見て、業平はびっくりした。仁明天皇かと思ったのだ。

「恒寂入道親王《こうじゃくにゅうどうしんのう》さまと良祚尼《りょうそに》さま。もとの皇太子の恒貞《つねさだ》親王と、正子皇太后さまです」と宗貞がささやく。ならば、その横で合掌《がっしょう》だけしている、剃《そ》りたての青い頭の青年僧が、仁明天皇と一緒に出家した第二皇子の宗康親王と源多だろう。

宗貞が正子皇太后のそばにより、耳打ちした。正子皇太后が頭を巡らせて、業平を見た。この人も仁明天皇に似ている。太政官たちが東宮に移ってくれて、ほんとうに心ある葬儀になったと思いながら、業平は深く頭を下げた。

真如は平城《へいぜい》天皇の子。恒寂入道は淳和《じゅんな》天皇の子。良祚尼こと正子皇太后は嵯峨天皇の子で淳和天皇の皇后。業平は平城天皇の孫。蔵人頭の良岑宗貞《よしみねのむねさだ》は桓武天皇の孫で、のちに出家して遍《へん》昭《じょう》と名乗る。遍照の名のほうが、のちの世に知られている和歌の名手だ。遍照は、宮中を下げられた紀名虎の姉娘で、仁明天皇の更衣の三国町こと妙信と、その子の常康親王を、ずっと気にして世話をしつづける。

東宮では、集まった太政官らが、すでに論議の最中だった。

討論好きの仁明天皇は、決着をつけなかったことで、次代に大きな議案を、いくつも遺《のこ》した。右大臣の妹を母とする皇太子に、生前譲位《せいぜんじょうい》をしなかったこと。皇后を立てなかったこと。死期をさとりながら、居を移さずに内裏で崩御したこと。一刻をあらそって決めなければならない難題ばかりが遺された。

「まず親王さまですが、亡くなった帝の思し召《おぼめ》しがありますので、第一子に親王宣下をすることを、皇太子さまは強く望まれております」と、仁明天皇の近臣で、元東宮博士《とうぐうはかせ》だった小野篁《おののたかむら》が道康の意向を伝える。

「第一皇子の母は紀朝臣《きのあそん》です。紀橡姫《とちひめ》は光仁天皇の母后であり、桓武天皇の祖母后になります。第一皇子を親王とすることに問題はないと存じます」と、これも仁明天皇の忠臣の、伴善男がつづける。

小野の野の字をとって野宰相《やさいしょう》とよばれる篁は、当代一の論客で皇太子の信頼もあつい。そのうえ体が大きくて、迫力満点だ。ほかにも決めることがあるのに、親王宣下を一番にもちだしたのは、篁の知恵だろう。良房の娘の明子が臨月を迎えている。

「第一皇子の母の姉は、亡き帝のもとを下げられた更衣でした。過失を犯した更衣の妹の子を、親王にすることに反対です」と源信が異議をとなえる。

「先ほども申しましたが、その亡き帝の思し召しがあり、皇太子さまが望んでおられます」と篁はゆれがない。

硬骨漢《こうこつかん》で正論を口にする篁を、論争でやりこめるのはむずかしい。ようすをみている良房には、異母兄の仁明天皇に寄りそって生きてきた左大臣の源常が、疲れ切って顔色が悪いのが分かった。常さえいなくなれば、源氏は思うままにできる。

良房は、鳥のように空の上から、人を観察できると思っている。たとえ本当に、少しぐらい人を鳥瞰《ちょうかん》できる目をもっていたとしても、その目に映らない人がいた。良房自身だ。

八　抜き乱る　人こそあるらし　白玉の

仁明天皇が崩御《ほうぎょ》されて四日後の、八五〇年（嘉祥《かしょう》三年）三月二十五日。

良房の邸の側番舎人《そばばんとねり》のジュッは、左京北辺四坊にある染殿《そめどの》の舎人の控えどころにいた。


大臣の封戸《ふこ》は二千戸。いまは空席だが、太上天皇の封戸も二千戸。太皇太后と皇太后は千戸。良房は右大臣だから国で一番の高給取りなのに、亡父の冬嗣に与えられていた封戸や所領を、自分のものと保障してほしいと奏上するほど強欲だ。

大きな邸を建てるのも好きで、いまは左京三条二坊の閑院《かんいん》の隣の、左京三条三坊に東三条第《ひがしさんじょうだい》を作って、そこに住んでいる。隣り合った閑院と東三条第は、東西に通る小路をつぶして、それぞれが二町（三万平方メートル弱。約九千坪弱）の広さがある。

南北の縦路をつぶして、邸を四町に広げないのは、大臣の邸の大きさは二町までという規制があるからだ。北西に嘉智子太皇太后が住む冷然院《れいぜんいん》があるが、これは天皇の後院だから南北の縦路もつぶして総面積が四町。

そのほかに良房は、いままで住んでいた東小一条第、染殿《そめどの》、五条第と、一町の広さの邸を所有している。このうち、五条第は妹の順子が、染殿は娘の明子が使っている。


百本の桜を植えた染殿は、花盛りだ。ほのかなはずの桜の香りが、ここでは密にする。ジュツは、眼を閉じて花の香りを楽しんでいる。すでに一刻ほどまえから、邸のなかが騒がしい。そろそろだろうと思ったときに、染殿の家令が入って来た。

「皇子でございます。元気な皇子でございます。母子ともに、お健やかです。家原《いえはら》どの。さあ、はやく、お知らせくださいい。それぞれのお邸には、こちらから知らせをやります」

邸内では家原芳明《よしあき》と呼ばれているジュツは、黙って頭をさげた。それから麻布を細くさいて編んだ、手製のわらじをとりだした。それを足にくくりつけながら、土にのびた影を見る。晴天の日は、影で時刻が分かるから便利だ。

今日は仁明天皇を、深草の山陵《さんりょう》に葬る日だ。帝の葬列は朱雀大路《すざくおおじ》をすぎて、都の外に出ているころだろう。染殿は都の最北東にある。ジュツは土御門大路《つちみかどおおじ》門から都をでると、駆けはじめた。伏見稲荷《ふしみいなり》まで約十キロ。そこで行列を待つつもりだ。

在位のままで崩御した天皇は、平安京の桓武《かんむ》天皇と、平城京の称徳《しょうとく》天皇。どちらも前後に事情があった。だから称徳天皇のときは、皇太子の光仁《こうにん》天皇は葬列に参加しなかった。その先例があるので道康皇太子は加わっていないが、右大臣の良房は葬列に加わっている。外出時の良房の側番舎人をしている壬生久巳《みぶのひさみ》のシンが気がついて、列を離れてきた。毎日、交代のときに顔を合わせている。

「皇子さまでございます。母子ともに、お健やかです」

輿《こし》のなかで知らせを受けた良房は、しばらくして腹をふるわした。良房は、悲しい、苦しい、うれしいというような、もろもろの感情になれていない。必要に応じて笑みはつくるが、心から笑ったことも、怒ったこともないので、腹をよじって笑うことを知らない。それでも不思議なことに、腹だけがヒクヒクとふるえる。

仁明天皇を深草の山陵に送る日に、明子が次期天皇の皇子を産んだ。まさに天の配材……ツキがある。

葬列は深草まで行って法要をするから、良房が邸に戻ってくるのは遅くなるだろう。ジュツは昨日の昼から寝ておらず、夜は身じろぎもせずに良房のそばに控えていた。十キロ余り走って、五キロ近くを歩いてもどったから、帰りは七条から都に入り、西洞院大路を北に上がる歩きやすい路を選んだ。雑色《ぞうしき》のころ、厨《くりや》の買いだしの荷物持ちで東の市《いち》に来たことがあるが、いつも気持ちが悪くなった。いまも足が定まらない。場所が悪いのか、それとも疲れたからか、と思いながら下を向いて歩いていたので、前からきた男にぶつかってしまった。

「気をつけろい！」

「すいません」

たぶん六条あたりだ。あやまってから歩きだそうとしたら、足の感覚がなくて動かない。ジュツは、その場にしゃがみこんだ。怒鳴った男がもどってきた。

「どうした。気分でも悪いのかい」

「大丈夫です。すいません」

「ひどい汗だ」

「すいません。大丈夫です」

「今日は、近衛《このえ》も衛門府《えもんふ》も兵衛《ひょうえ》も京職《きょうしき》も、出そろって警護をしている。怪しまれるといけない。店も閉めてるから、うちで休んでいっちゃどうだい」

「大丈夫です。どうぞ、行ってください」

「来な！」勝手に腕をとられたので、放そうと両手を振りまわしたが、空気をかきまわしただけだった。

「いやだ！」ともがいたが、空いている方の腕も、だれかにつかまれて、しばらく引きずるように運ばれて、ジュツは暗い家の中につれ込まれた。頭がボーッとして、事情がよく分からない。

耳が、走ったあとの心臓のようにドクドクして、吐き気までする。ひんやりした板のうえにころがされて、逃げだそうと思うのだが体が動かない。いきなり瞼《まぶた》を指でつままれて老人の顔が映った。ジジイは、ジュツのあごに手をかけて、口をこじ開けた。

「水を、たっぷりやってくれ、それから欲しがるだけ、塩をやれ」

このジジイを、知っているような気が……頭が混乱している。ひしゃくで、無理に水を飲まされた。半分は口からこぼれたが、何回も水を飲ませようとする。そのあいまに、口の中にザラっとしたものが突っこまれる。塩といっていたが、塩っぱくない。なにを飲ませているのだろう……。

「おい。阿茶《あちゃ》。寝かしてやれ」

アチャ。……あちゃ……かあちゃ……かあちゃん。そうだ。このジジイは、あのときのジジイだ。なんだ。夢のつづきなのか。目覚めようともがいているつもりで、ジュツは気を失った。

……「かあちゃん。かあちゃん……」かあちゃんは、答えてくれない。もう、ずっと、かあちゃんが動かない。ゆすっても、たたいても動かない。やわらかくて温かい、かあちゃんの体が、固く冷たくなってゆく。ネズミがきた。最初は恐る恐る、ネズミが一匹、顔をだして、かあちゃんに近寄ろうとするので、手を振りまわして追い払った。でも一匹が二匹、二匹が三匹。追い払っても追い払っても、ネズミがくる。かあちゃんを食おうと、ネズミがくる。ネズミが、かあちゃんをかじって、かあちゃんの顔をかじって……。

ジュツは、ときどき、うめいて、そのときだけ目が覚めた。

「居合わせてくれて助かった」と岡田狛が、代書屋《だいしょや》のホウに言った。

「悪い病じゃないのかい」と狛の息子の剛《ごう》が聞く。ジュツが、ぶつかった男だ。東の市の外町にある、遊亀楼《ゆうきろう》という狛のもつ妓楼《ぎろう》のなかだ。帝を埋葬する日だから、もちろん商売はしていない。外町も人通りがなく、静かだ。

「うつるような病じゃない。目を覚ましたら、さいごにションベンをしたのは、いつか聞いてみろ」

「なんだい。そりゃ」と狛の次男の栧《えい》。狛には息子が三人いて、長男の剛は廓《くるわ》をまかされ、次男の栧は東の外町でめしやを、三男の犬丸《いぬまろ》は在原家の牛飼い童《わらわ》をしている。

「おそらく、飯も食わず、水も飲まずに、一日以上、働いたのだろう。水気が体から抜けている。こんどからは、ときどき塩をなめて、水ぐらいは飲めと言ってやれ。起きて、ションベンが出来るようになったら、帰して大丈夫だ」

「上物の布でこしらえた水干《すいかん》と袴《はかま》をつけているから、どこかの邸勤めだろうに、ひでえ使われかただな」と栧。

「もしかしたら……あの口元の傷を、前に見たような気がする」とホウが、思いだそうとする。

「知っている男かい」

「ン……あれは、崩御《ほうぎょ》された帝が、即位されたころだったかな」

「そりゃ、ずいぶんと古い。十四、五年も前だろう」

「あのころは、世の中が、ひどかった」

「いまだって、ひどいさ」

「京職の役人が、口元と鼻を、ネズミにかじられたガキを抱いて来た。なんでも、母親の遺骸《いがい》にすがりついて、倒れていたそうだ。まだ息があったので、しばらく面倒をみた」

「ネズミにかじられたガキなぞ、めずらしくもない。たしかに、その子なのか」

「そう思って見れば、幼顔の面影がのこっている。アチャ。あいつは寝たかい」とホウが、水を汲み換えにきた妓女に、声をかけた。

「ああ。うなされているがね」と妓女が答える。器量は並みだが、しっかり者で、琵琶《びわ》を上手く弾く妓《こ》だ。習いごとが上手くなるのは、芯《しん》はまじめな努力家なのだろう。

「寒がったら温めてやってくれ。人肌がよかろう」

「だれが揚《あ》げ代を、払ってくれるのさ」

「それ。看護代として十文だそう。女に手をだす元気はないさ。どうせ、しばらく店は休みだろうが」

「ケッ!」と言いながら、アチャが小銭を取って行ってしまうと、ホウがつづける。

「あの子なら、死んだテテ親が雑色として仕えていた邸の、童雑色になったはずだ。その邸ってのが……」と、ホウは首筋をかいて、目で窺う。

「どこだい？」と狛。

「十文」ホウが、すっと手をだす。

「チッ！」


うなされて覚醒したときに、ジュツはアチャを見た。

「かあちゃん」

「どうした」

「来てくれたの……」

「寒いかい」

「……かあちゃん。来てくれたの。来てくれたの。かあちゃん」

「さあ、ゆっくり休みな」

アチャは横になって、ジュツを抱き寄せた。ジュツは子供のように、アチャの胸に顔を埋める。母ちゃんが冷たく固くなってから、はじめてジュツがふれた人肌の温もり。なつかしい母ちゃんの温もりだった。めずらしくジュツは、深い眠りに落ちた。

「右大臣の邸か」と狛。

「とくに人使いが荒いとは、聞いてないがな」と次男の栧。

「そういや、染殿のお方が産み月を迎えられているから、生まれたとか」と長男の剛。

「右大臣は葬列に加わっているから、知らせに走ったか……」とおやじの狛。

「一度、聞いてみたかったのだが、狛さんよ。おまえさん、だれのために噂をあつめている。帝が市籍人《しじゃくにん》を召されることなど、もう二度とないだろうによ。つぎの帝は、右大臣の甥だ。なにかい。藤氏のために、働く気かい」とホウ。

市場調査、マーケティング・リサーチは、聖武天皇のころから重宝《ちょうほう》されている。民間の情報収集機関として、市籍人は租税を免除されて、妓楼の営業を許可されている。

「わしらは、帝のためにいる。藤氏のためじゃない。ただクセってやつが抜けないのさ」と狛。

「それで在五どのに入れ込んでいるってか」

「ありゃ別口だ。ただ楽しいのよ」

何日か後の昼に、ジュッは遊亀楼へ礼にきた。それから月に一度か二度、阿茶のもとに通うようになった。いつも来るのは昼で、長くはいない。

「十文！」と、アチャが値切ってくれた。

「おのれを、切り売りする気かい」と剛。

「どうせ、店が開くまえの、チョンの間の看護代だよう」

「いつから、おれっちが、治療院になった」

「目くじら立てちゃ、男がくさるよ。おやっさん」

「……！」

妓女が相手だから自然と男と女の仲にはなったが、じっさいのところ、ジュツはアチャのもとに、いっときの安眠を求めてやってくる。アチャはジュツを抱いて寝るうちに、子を産んでみたくなった。何度も掻きだしているからムリかもしれないが、こんど孕《はら》んだら、産んでみよう……っか。


ご遺体をおき去りにして、神璽《しんじ》・宝剣《ほうけん》・符節《ふせつ》・鈴印《れいいん》などの神器を押さえたから、道康皇太子の即位はゆるがないが、即位までのあいだは天皇が不在になる。

仁明天皇の、初七日、二七日《ふたなのか》、三七日《さんなのか》は、七か所の寺（紀伊寺、宝皇寺、来定寺、拝志寺、深草寺、真木尾寺、檜尾寺）に、皇嗣系《こうし》の公卿《くぎょう》を勅使として出して供養をたのんだ。左大臣、右大臣、大納言、中納言、参議の太政官たちは、法要どころではない。皇太子が即位するまえに、決めなければならないことがある。

内裏も大内裏も穢《けが》れをきらうから、仁明天皇が崩御された清涼殿を、どうするのか。道康皇太子が即位すると、どうじに発表する皇后と皇太子は、だれにするのか。仁明天皇の四十九日の法要をしなければならないが、どこでするか。

「いままで皇太后《こうたいごう》とお呼びしたのは、皇后に立たれた方だけです」と小野 篁《おののたかむら》がいう。道康が即位したあとの、母の藤原順子の呼び名を決めている。

「幾百年にもおよぶ、長い皇室の歴史のなかには、皇后所生でない帝もいらしたのではないか。帝の母后を皇太后とするのに、なんのさわりがある」と源氏の一郎の源信《まこと》が、怒りの混じった声で反論した。順子に肩入れをしているわけではない。異母弟で左大臣の常《ときわ》が、体調をこわして休みがちなので、源氏の代表としての威厳をしめしたいだけ。

「皇后を名乗られたのは、聖武天皇妃の藤原光明子さまが最初で、百年と少しまえでしたかな」のんびりした口調で、藤原長良《ながら》が言った。

良房の同母の兄だが、仁明天皇の即位後は、ずっと弟に先をこされている。それを気にしている風もない。弟の良房との差は、不動産を比べても、長良は枇杷第という一町の邸をもっているだけだ。

「歴代の皇后と皇太后についての、ご説明を。伴《とも》どの」と良房が指名した。

太政官の会議で、こんな初歩的なことに、説明がいるのがおかしい。常が源氏を代表していたときは、とどこおりなく進んだが、信が発言するようになってからは、よけいな手間がかかる。それを良房は、とめようともしない。伴善男が、疲れたような声をあげた。

「歴代の皇后は、聖武天皇の藤原光明《こうみょう》皇后をはじめとして、光仁天皇の井上皇后。この方は内親王でしたが廃されました。桓武天皇の藤原乙牟漏《おとむろ》皇后。若くして亡くなりました。平城天皇の藤原帯子皇后。皇后位を賜わったときは、すでに故人で、お子もおられません。嵯峨天皇の橘嘉智子皇后。いまの太皇太后さまです。淳和天皇の高志皇后。内親王で、お子も多くありましたが、この方も故人となってからの遺贈です。淳和天皇には、もう一人、橘正子皇后がいらっしゃいます。いまの正子皇太后です。

わが国で、皇后になられた方は七名。その内のお二人は亡くなってからの遺贈で、お一人は廃されました。もうお一人は、皇太子が即位なさるまえに、亡くなられました。

唐律《とうりつ》では、皇后が天皇の母后となられたときに、皇太后にします。

皇后に立ち、天皇の母后となられたのは、光明皇后と嘉智子皇后の、お二方だけです。

皇太后も、光明皇太后をはじめてとします。これまで皇太后と呼ばれた方は、光明皇太后と、嘉智子皇太后と、正子皇太后の、お三方だけになります」

「正子皇太后は、天皇の母后ではないのに、皇太后といっているのだろう」と信が突っ込んだ。

正子が皇太后になったときは、息子の恒貞《つねさだ》親王が皇太子だった。それを廃太子にして、道康親王を皇太子に立てたことまで忘れたかと……うんざりした顔がならんだ。

「皇后ではない天皇の母后は、どうお呼びしましたか？」と良房が、信から話をそらす。

「皇太夫人《こうたふじん》と、お呼びしておりました。ただし後宮で、妃《ひ》、夫人《ふじん》、嬪《ひん》の規約が守られていたころのことです」と小野篁。

「では、皇太夫人とお呼びすることで、よろしいでしょう。まず親王を決めて、皇太子を立てなければなりません。そのまえに女御《にょうご》と更衣《こうい》の規約を、つくっておいた方が良いと思います」と良房が言う。

文章生《もんじょうせい》出身で、大内記《だいないき》や東宮学士《とうぐうがくし》をつとめてきた小野篁、対策試験《たいさくしけん》に及第して、東宮博士をつとめた滋野貞主《しげののさだぬし》、独学だが大内記と弁官をつとめた英才の伴善男たちと、父の嵯峨の帝が参議した源氏とは、能力に大きな開きがあった。


仁明天皇の三七日がすんだ四月十七日に、二十三歳の道康皇太子が大極殿《だいごくでん》で即位した。のちの漢諡号《かんしごう》で、文徳《もんとく》天皇という帝だ。

これまで、藤原不比等の娘を母とする聖武天皇と孝謙天皇（称徳天皇）、藤原式家の娘を母とする平城天皇と嵯峨天皇と淳和天皇が即位しているが、文徳天皇は藤原北家の娘を母とする、はじめての天皇だ。

どれも藤原じゃないかと思うのは他人ごとだからで、良房にすれば、藤原式家は自分から数えると五代も前の、とうぜん会ったこともない、ひいお爺さんの、そのまたお爺さんが、兄弟だったというだけの、よその藤原さんだ。

思えば、よその藤原さんチの娘が産んだ嵯峨の帝を擁立《ようりつ》して、よくぞ、ここまで来たものだ。仁明天皇にいたっては、よその藤原さんの娘の孫でしかない。妹の子の文徳天皇の即位は、良房の大きな節目となった。

ただ、その文徳天皇が、紀氏の娘が産んだ第一皇子を親王にと望んでいるために、やっと天皇の外戚になれた良房とのあいだが、こじれはじめた。

一か月のあいだに、息子の仁明天皇と娘の秀子内親王の二人に先立たれた橘嘉智子太皇太后は、娘の正子皇太后が住む淳和院《じゅんないん》に移っていたが、文徳天皇が即位したあとの五月四日に、六十四歳で亡くなった。

翌日に葬送がおこなわれると聞いて、めずらしく倫子が見送りたいと、守平にワガママを言った。倫子は臨月で、腹が突きでているから、守平は渋った。

「父上はご存じでしたが、わたしは亡くなった淳和太上天皇にも、正子皇太后にも、お目通りをしたことがない。もちろん嘉智子太皇太后は、遠くからも拝謁したことがない。心のなかで、お見送りするだけでよいではないか」

「生涯、わがままを言ってくれと、どなたの口がおっしゃいました?」

体を心配しただけなのに、倫子に睨まれた守平は、しかたなく網代車《あじろぐるま》にのせてソロリソロリと淳和院までやってきた。

牛を引く牛飼い童《わらわ》の犬丸は岡田狛の三男で、童とよぶが大人の男だ。犬丸は、動物と話ができるのではないかと思えるほど、牛や馬や犬や猫や鳥などを手なずける。牛は神経質で扱いづらい動物なので、腕のよい牛飼い童は、どの貴族の邸でも重宝される。ハレの場に、きらびやかな牛車《ぎっしゃ》で乗りつけることのない、守平や業平のところでくすぶらせてもよいのかと、守平は狛に訊ねたことがある。

「いえねえ。守さまには、ぶっちゃけますが、牛飼い童は仲がよくて連《れん》があります。牛飼い連の世話役をするには、守さまがたのように皇孫で、とてもヒマなお邸にまぎれこむのが一番です」

大舎人寮からくる資人《しじん》は、派遣先の邸で見たこと聞いたことを、いちいち寮に報告する。牛飼い童は集まって、主人の話を交換するだろうし……どうなっているのと守平は思ったものだ。

車から降りて見送りたいと倫子が言うので、踏み箱を下りる倫子を守平は慎重に支えた。つづいて車の中から、妙信《みょうしん》が手をだして、

「守平さま」

「なぜ、ついていらしたのです。妙信さま」

「倫子さまが、心配だからと言ったでしょう」

「物見高いだけでしょうに！」

淳和院は、右京四条二坊に四町の広さをもつ邸だ。淳和天皇が若いころに居住していて、譲位後も暮らしていた。いまは正子皇太后と、息子の恒寂入道親王《こうじゃくにゅうどうしんのう》が暮らしている。

「太皇太后の葬列なのに、朝廷から人が来てないね」と守平。

父の阿保親王の葬儀のときは、参議《さんぎ》で右大弁《うだいべん》の和気真綱《わけのまつな》が、仁明天皇の詔《みことのり》を読みあげた。葬儀の監督や警備に官人が派遣されて、ものものしく近衛兵が辻に立った。淳和院のまわりには、官人の姿も近衛兵の姿もない。かわりに大勢の垢《あか》じみた浮浪者が、道端に座っている。

「あの人たちは、なにをしているのだろう」と守平が不思議そうにつぶやいた。

「正子皇太后さまの母上の、葬列を送りにきたのですよ」と倫子。

「どうして」

「皇太后さまの炊きだしで、命をつないでいるからです。温かいものを食べることができれば、三日は命をのばせます。わたしも母も、どんなにお世話になったことか」

「正子皇太后は、炊きだしを行っておられるのか」

「浮浪児や孤児を、お邸に引きとって養ってくださってもいます。嘉智子太皇太后さまは存じませんが、正子さまの母上なら、正子さまのために、お見送りしたいのです」

質素な葬列が門をでた。棺を載せた輿《こし》のあとに、二台の輿がつづく。恒寂入道と正子皇太后のものだろう。

痩せた浮浪者たちが、いっせいに手を合わせて大声で泣きだした。自分たちにできることは、声を上げることだけ。ふだんは腹をすかして声をだす気力もないのだが、体中の力を集めて大声をしぼりだす。その姿がいじらしいと、守平は胸が熱くなった。

「わたしも炊きだしの、お手伝いをさせてもらおうかしらん」と妙信尼。

そのとき、門のまえで葬列を見送っている尼僧の一人に、浮浪者が話しかけた。

「愛玲さま。とうとう尼になられましたのですね」大声で泣いていたので、たががはずれて声が大きい。

「愛玲……?」耳ざとい妙信が反応して、人を分けて動きだす。

「妙信さん!……ったく。はぐれたら、一人で帰ってくださいよ!

倫子。わたしにも、なにかできないだろうか。多少の米や銭なら出せるとおもうが」

「守さま。あなたって善い人だけど、世間知らずのお調子者です。それじゃ、良房さまのなさることと、おなじじゃありませんか。米を配られても、ナベもマキもありません。小銭を与えられたら襲われます。少しの米や銭のかわりに、弱いものは命を落とすことがあります。だから、そのときに食べてしまえる炊きだしが一番なのです。でも炊きだしは、思いつきだけでは長つづきしませんよ。よく、お考えなさい」

守平は、シュンとなった。倫子が、守平の手をとって指をからませる。

「ほら。そんな顔をしないで。たしか代書屋《だいしょや》のホウさんを、ご存じでしたね？」

「うん。紹介されたことはある」

「なにかをしたいと思うのなら、ホウさんに寄付なさい。炊きだしや薬に使ってくれます」

「へえ。代書屋って、そんなにもうかるの」

もう一度、倫子に睨まれた守平に、連れてきた舎人のムカデが声をかける。

「あの、守さま。若い尼さんをつかまえて話し込んでいる、ウチの隣の尼さんが、手をあげて呼んでいるみたいッスよ」

「なんだろう」

「さっき、どなたかが、あの方を愛玲さまと呼んでいましたね。珍しい名ですが、なぜか聞き覚えがあるような気がします」と倫子。

「行ってみよう」と倫子をかばいながら、守平が近づくと、

「阿保親王さまのご子息の、在原守平さまと、ご愛室の伴倫子さまです」と妙信が、二十歳になるかならないかの、顔立ちのはっきりした尼僧に、なれなれしく紹介してくれた。

「玲心《れいしん》と申します。橘《たちばなのはやなり》 逸勢の孫です」

「じゃあ、逸勢さまの護送車のあとを追って歩かれたのは、あなた……」と倫子。

「はい。正子皇太后さまに引きとられまして、このたび得度させていただきました。伴水上さまの、ご息女でいらっしゃるとか。お会いできましたのも、ご縁でございます」と、玲心が倫子の

手をにぎった。

物見高くて、でしゃばりな、隣の尼さんのお蔭だが、これを人と人をつなぐ縁《えにし》というのかなと守平は思う。仁明天皇の病気の恩赦《おんしゃ》と、文徳天皇の即位の恩赦で、「承和《じょうわ》の変」で裁かれた人は、すべて罪を許された。この十日後には、剝奪《はくだつ》された位階《いかい》より一級うえの正五位下が、橘逸勢に追贈《ついぞう》される。

嵯峨の帝と嘉智子皇后の娘として生まれた正子皇太后は、若いころは兄の仁明天皇より目立つ、ハデで気の強い内親王だった。淳和の帝のもとに入内したときは、十五歳。そのとき淳和の帝は四十歳だったから、二十五歳の歳の差があった。正子が入内したときに、すでに亡くなった高志内親王に、皇后位が遺贈《いぞう》されていた。正子の母の嘉智子の要望があり、若い妻を愛おしんでいた淳和の帝は、正子を二人目の皇后として立后する。

淳和の帝と正子皇后は仲がよく、つぎつぎに子供も生まれたのだが、淳和帝が亡くなったあとは、ハデで気が強く頭の良い正子は表に出なくなった。淳和の帝の子が、つづいて夭折《ようせつ》したこともあるだろう。先妻の高志皇后の子や孫の死去のときは、正子は朝廷に訃報《ふほう》を知らせて礼儀をつくさせたが、自分の子の死去のときは、援助をことわり密葬にした。この姿勢は、ずっとかわらない。

息子の恒貞が皇太子を廃されて淳和院にもどされたときは、いっとき母の嘉智子を恨んだようだが、最期は引きとって看《み》とった。信仰心があつい正子は、貧者や弱者を保護することに熱心で、俸禄《ほうろく》（収入）の四割を救済のために使っている。

良房は、仁明天皇が北面した嘉智子を盛大に送りたくなかったし、できることなら無視したかったから、正子が密葬をのぞんだので、これ幸いとお任せにした。

この淳和院のある右京には、良房の弟の良相《よしみ》が住む西三条第も、良相の妻の父である大枝乙枝の邸も、小野篁の邸もある。音人も邸を建設中だ。守平は皇孫だから、いつかは蔭位《おんい》の制で叙位されるだろうし、子が生まれるので右京四条一坊に邸を構えることにした。

左京にある紀氏の隣の邸は、丸ごと業平が使うことになっている。


蒸し暑い夏のあいだも、太政官たちは討論を続けている。

伊勢の斎宮《さいぐう》と、賀茂の斎院《さいいん》になる内親王を決め、その潔斎《けっさい》の日程を決め、使いを伊勢神宮と賀茂神社に出す。光仁天皇からの天皇陵に、文徳天皇の即位の知らせを送る。これは天皇交代のときに、いつもすることだ。

通常でない仕事では、まず女御《にょうご》の規約をつくった。仁明天皇が生前に、皇后について討論させたことがあった。そのときに皇后は、内親王と、藤原氏と、橘氏から選ぶという結論が出ていた。それの内親王のところを皇女とかえて、女御にあてた。この規約以後、女御になるのは、皇女と藤原氏と橘氏だけになった。

即位した文徳天皇の後宮では、東子女王、藤原明子（良房の娘）、藤原古子（良房の妹）、藤原年子、藤原多賀幾子《たかいこ》（良相の娘）、藤原是子が女御になり、そのほかは更衣《こうい》になった。

しかし、親王と内親王の選考がもめている。

藤原氏と源氏の参議は、女御の子を親王と内親王に、更衣の子は臣籍降下させることを求めた。これが通ると思って、良房は、先に女御の規約をきめた。

女御の子は、仁明天皇を御陵《ごりょう》に送った三月二十五日に誕生した、明子の赤ん坊だけだ。女御の子を親王にすると規定すると、この赤ん坊が第一親王になり皇太子に立てやすい。更衣は、紀静子が男子二人。伴江子が男子一人。滋野奥子が明子より早く、正月に男子一人を出産している。

そこに文徳天皇が小野篁を介して、すでに誕生している皇子を親王にしたいと伝えてきた。乳幼児の死亡率が高いから、誕生している皇子を親王にという天皇の意向も無理がない。

苦節数十年。やっと天皇の外戚になった良房は、文徳天皇の要望が不愉快だ。良房の父の邸で生まれ、良房の邸で育ち、良房が奸計《かんけい》を用いて皇太子に立て即位させた天皇が、なぜ、良房のジャマをするのか。

あつまっている太政官は、十四人。

藤原北家からは、右大臣の良房（四十六歳）、その兄の長良（四十八歳）、弟の良相（三十三歳）、叔父の助《たすく》（五十一歳）の四人。

源氏からは、左大臣の常（三十八歳）、信（四十歳）、弘（三十八歳）、定（三十五歳）、明（三十八歳）の五人。彼らは、明子の母の潔姫の異母兄弟になり、とくに信は、生まれたばかりの明子の子への思い入れが深く、良房と足並みをそろえている。

ほかは、安部安仁《あべのやすひと》（五十七歳）、橘 岑継《たちばなのむねつぐ》（三十六歳）、滋野貞主《しげのさだぬし》（六十五歳）、伴善男《とものよしお》（四十歳）、小野 篁《おののたかむら》（四十八歳）の五人。こちらは実力を亡き仁明天皇に認められて、参議になった強者ぞろいだ。すでに誕生している文徳天皇の皇子の母は、この実力派参議の娘が多い。天皇の要望に、かれらは賛同する。太政官の意見を一つにまとめるには、良房も折れざるをえない。

「目立たぬように……」と良房から誘い文がきて、迎えの牛車までよこされたので、伴善男は舎人を二人だけ従えてやってきたが心細い。迎えの車が着いたところは、閑院《かんいん》だ。右大臣になってから良房が居住しているのは、路を挟んで東隣にある東三条第で、閑院は使っていないと聞く。約九千坪はある人気のない広大な邸に、牛車ごと運びこまれたのだから、心細いどころか怖くなった。ここで殺されて埋められても、だれも気がつかない。小柄だから、穴だって小さくてすむし……。

迎えの従者たちに続いて、並べられた燭台《しょくだい》の灯りが映るほど磨きこまれた回廊《かいろう》をすすむ。どうやら、むかし嵯峨の帝が御幸されたとかいう、ハレの場に向かっているようだ。廊の途中で、篝火《かがりび》に照らされた森のような庭の一部と、広い廂《ひさし》をもつ家屋の影が見えた。デカイうえに、生活感がない。

案内された善男は、廂で平伏した。参議として審議に加わっているときは、それが仕事だから意見もいうが、良房は従二位の右大臣で、善男は従四位上の左大弁だから身分がちがう。従二位と従四位上は七段階の差があり、一階級を昇るのに五年から十年かかるから、生きているうちに追いつける可能性もない。

「そこでは話もできません。お進みください」と部屋のなかから、良房が声をかけた。

一人で座っているが、奥に御簾《みす》を下した御座所がある。そこに、かすかな灯りがあって、人の気配を感じた善男は、やっと少し安心した。体をすべらして良房の下手に近寄ると、もう一度、平伏する。

善男が参議になれたのは、仁明天皇と嘉智子太皇太后という後ろ盾があったからで、二人が亡くなってからは不安定な立場にいる。

「そう硬くなられると、さきに一献というわけにもまいりませんな。じつは伴どの。折り入って、お頼みしたいことがあります」と良房が切りだした。

「はい」

「皇太夫人《こうたふじん》のことですが」

良房は、のどかに篝火をながめて言葉を断った。虫が火に飛び込むと、マキがはじけて、ジュッと虫が燃える音がする。

「はい」

難航しているのは、更衣《こうい》所生の皇子を親王とするかどうかで、皇太夫人とは予想外だ。では御簾のなかの気配は、文徳天皇の母の順子なのだろう。良房は良吏《りょうり》でも能吏《のうり》でもないが、政治力は持っている。良吏は、民を豊かにする善政を行える政治家のことで、能吏は、実務能力の高い政治家のこと。良房の政治力は、いかなる手段を使っても自分の派閥を広げて、自分が権力を握る政治力で、ほめられたものではないが力はある。善男に考えるときを与えてから、良房は言葉をつづけた。

「皇太夫人には、頼りとなる方がおりません。皇太夫人の力になってもらえると、ありがたいのですが」

良房は、だれにたいしても偉ぶらない。おっとりしていて、言葉遣いもていねいで、なにより感情的になることがない。そういう意味でも、政治家といえる。

「わたくしでよろしければ、お仕えさせていただきたく存じます」と善男は平伏した。

これで良房は、伴善男を取りこんだ。

奥の御簾が巻き上げられた。善男は御簾の方に向きを変えて平伏した。女性の香のかおりが流れて、順子の女房が盃と酒を運んでくる音がする。校書殿《こうしょでん》から大内記へ、そして蔵人へと、善男は二十年ちかく内裏で仁明天皇の傍に仕えていたから、二十年以上も仁明天皇の後宮にいた順子の姿は目にしている。地味で目立たない女御だった。顔をあげると、その順子が風格のある姿で座っている。

仁明天皇が亡くなられたことを、もう二度と、その声を聞くことも、その姿を見ることもないのを、体中に針が刺さるような寂しさで、善男は実感した。

双岡《ならびおか》にある左大臣の源常《ときわ》の別業《べつぎょう》で、廂に座って柱に背をあずけ、常と弘は二人で酒を酌み交わしている。湿度が高く、月に暈《かさ》がかぶっている。

「……こうして夜を過ごされることはなかった」と常が言った。二人の異母兄になる、亡くなった仁明天皇のことだ。日帰りの御幸だったが、仁明天皇は双岡が気に入って、何度かきている。

「痩せられましたな。左大臣」

「二人だけだ。むかしのように、呼んでもらえないだろうか。弘」

左大臣の常と中納言の弘は同年の異母兄弟で、五歳から十六歳までは兄の信の邸で一緒に寝起きしていた。子供から成人するまでの大切なときを、共有した仲だ。

「どこか悪いのか。常」

「つかれた……。このごろ、なぜか息苦しくて、起きるのが、だるくなった」

「酒を飲んでもよいのか」

「少しぐらいなら……」

二十五歳で大納言に、二十八歳で右大臣に、三十二歳で左大臣になった常は、いつも源氏の兄弟の最高位にいて、異母兄の仁明天皇を支えてきた。仁明天皇の崩御《ほうぎょ》で、燃えつきてしまったように弘には映る。

「……なあ。弘」

「ん……」

「一郎どのと一姫は、とくべつの仲だったのか」一郎は二人の異母兄で大納言の信のこと、一姫は良房の妻で、明子の母の潔姫のことだ。仁明天皇と信と潔姫は、同年の異母兄弟姉妹だった。

「いまさら……。おなじ邸にいて、ほんとうに気がつかなかったのか」

「そういうことに、うとい」

「下世話な言いかたをすると、あの二人はできてたと思うよ。異母兄妹の婚姻が禁止されたのは、そんなに前じゃない、それまでは堂々と、おこなわれていた。思春期の男と女をおなじ邸に住まわせて、恋をするなというほうが野暮《やぼ》だろう」

「じゃあ明子女御は、一郎どののお子だろうか」

「一姫が、良房のもとに移ったあとのことだ。そこまでは知らない」

「どちらにしろ、一郎どのは思い入れが深いだろうな」

「明子女御がもうけられた皇子を、皇太子に擁立《ようりつ》するようにと、言ってきてないのか」

「なにも……」

「参議の定や明や、わたしだけでなく、一郎どのは、ほかの源氏たちにも、明子女御がもうけられた皇子を、皇太子に推すように説いている。なあ、常。いくら、われら源氏の姉妹の孫でも、生まれたばかりの赤子を、皇太子にしてもよいのだろうか」

「外戚になる良房の、独裁政治がはじまるだろう。だから帝は、第一皇子の立坊を望まれている。だが第一皇子は、後ろ盾となる外戚が弱い。源氏が帝のご要望に応えれば、第一皇子の擁立も可能かも知れないが、一郎どのが明子女御につくかぎりムリだ。

わたしが異をとなえれば、源氏の兄弟が二つに割れる」

「……すまない。常。わたしは凡庸《ぼんよう》に生まれて、おまえ一人に苦労をかけた」

「わたしも、そうだ。弘。身の丈に合わない職を与えられて、なにもできなかった……」

弘には、成人を迎える源包という息子がいる。この包の母は阿保《あぼ》親王の娘。つまり在原の兄弟たちの異母姉妹になる。

小屋のなかから話し声が聞こえる。客がいるのだろう。岡田狛《おかだのこま》は、守平と業平を暗いところにおしやって、うしろをむかせた。こんなにゴチャゴチャした人通りの多い左京の市の外町で、とくに業平は顔を見られると騒ぎになる。女装をさせて笠で顔をかくせばよいのだが、上背があるから、それもできない。

「いいかね」と、狛がホウの小屋に声をかけると、「じゃあ」と切りあげて出てきた先客は、ジュッだった。

狛はジュッの顔を知っているが、ジュッは狛の息子の剛《ごう》や栧《えい》は知っていても、会ったときは意識がもうろうとしていたし、それからは表に出ていない狛の顔を知らないはずだ。守平たちのそばを通るときに、ジュッは足を止めて、季節はずれの金木犀《きんもくせい》の香りを、不思議そうな顔をして吸いこんだ。それから足早に遠のくのを待って、狛が守平たちをなかへ入れた。

「あれ。まあ。在四どのと在五どの。それに見たことがある舎人の……」

「サンセイと申します」

「モクミでございます」

「ほう……」

「ムカデです」

「おまえさんは、たしか太秦《うずまさ》のデカボンじゃないか。ますます、大きくなったなあ」

「在原家の事業の、和仁蔵麿《わにのくらまろ》でございます」

「こりゃまた……おそろいで。さあ……まあ、その辺のものをどかして、あがってくだされや。

すまぬが舎人どの。かってに白湯などで、おもてなしをしてくださらんか」

「いや。ゆっくりできない。これから白砥《はくと》と青砥《せいと》のところに行く。在《ざい》さまのお邸で送別会を開くわけにもゆかないから、土産をもって出張だ」

大勢で押しかけたわけを、狛が説明した。白砥と青砥が、大山崎にうつることになった。男山のふもとに、廓《くるわ》だけの町ができる。そこの株主の一人になって、妓女たちに踊りや歌を教える技芸所《ぎげいじょ》をまかされるそうだ。

「ほう。で、わしのところに寄ったのは……」

「在さまがたが、おまえさんの炊きだしに、寄付をしてくださるそうだ」

「こりゃ、ありがたい。ご報謝《ほうしゃ》していただけるのか」

「はい。これから毎月、わたしが届けさせてもらいます」と蔵麿。

「ありがたいことです。よろしく、おねがいします」

このまま引きあげればよかったのだが、すこし引っかかったので、狛は聞いてみた。

「ところでホウさん。さっき出ていった男だが、よく来るのかい？」

「おまえさんのところで倒れてから、わしのことを思いだしたらしい。あいつは、これを、届けてくれる」とホウが荒い麻袋をしめす。

「なんだ」

「仕えている邸の畑で、あいつが育てた野菜だ。あいつが子供のころ、半年ぐらいだったか、治療がてらあずかった。ほんとうの餓鬼《がき》でな。背と腹がくっつくほどに痩せていた。人嫌いで臆病な子だったから、食べ物を与えるときに、安心して食えるように、いちいち、なにによいかを教えたものだ。それを覚えていたのか、畑のすみで青菜などを作っている。じつはな。あいつが、妙なことを……」と、守平たちをチラッと見て、ホウが声をひそめる。

「なにをしゃべっても、だいじょうぶなのかい」

「まずいことには、ならないだろう。見てのとおりだ。あれで皇孫さまだ」

ホウと狛が話しているあいだに、サンセイとモクミと守平が、散らかったホウの小屋をセッセと片付けている。ムカデが井戸から汲んできたらしい水を水ガメに注ぐのを、蔵麿が見張っている。業平は、ものをよけてつくった空間に寝転んでいる。

「なじんでる……」

「だろ」

「ふん。在五さまの和歌を広める手伝いが、楽しいか……。おまえさんの目を信じよう。じつはな、あいつが言うには、おかしな薬草園があるらしい」

「どこに」

「奴が勤めている邸の、西隣の邸だ」

「ああ……」

「あの邸は、ふだんは留守番だけを置いて使っていないらしい。その奥まったところに、高い塀で囲まれた薬草園があるそうだ。奴は二、三度、そこへ使いに出された」

「使いってのは」

「主にいわれて、一度は水薬が入っている、茶色い小瓶を受けとった。粉薬の包みは、二度とりに行ったそうだ」

「薬草園なら主《あるじ》の薬を作るだろう」

「その薬は、主が服用するものではないらしい。それと薬草園の警戒が、ずいぶん厳しいそうだ。薬をとりに行っても、畑が見えない小屋で待たされる。人ってのは、隠されると見たくなるものだろう。奴は天井近くの羽目板に、すきまをみつけて覗いて見たそうだ。一度は春先で、淡い緑色の花が、たくさん咲いていたそうだ。おい。そこの、サンセイどのと、モクミどの。おまえさんたちは、山育ちかい」

「まだ都人に見えませんか」とサンセイ。「すぐに分かるとは、気落ちします」とモクミ。

「見えるさ。どう見ても、しゃれた都人だが、ただ名がな」

「名が、どうかしました?」

「いや、いいや。なんでもない。で、おまえさんたちは、山育ちかい」ホウも、なじんでいるではないか……。

「はい。小椋谷《おぐらだに》におりました」

「草木のことは分かるかい」

「はい」「少々なら」

「では春先に咲く、小さなつりがね型の花で、あわいミドリ色だ。花の内側だけに、赤紫の細かい網目のような模様がある。そんな花を知っているかい」

「ハハかな?」「そうだな。ハハクリでしょう」

「わしも、そう思った。ほかには、思い当たらないよナ」とホウ。

「はい」

「それは薬草か」と、そばにきた守平。

「はい。球根を干して粉にして、咳《せき》止めに使います」とサンセイ。

「多く飲むと、呼吸ができなくなり、けいれんを起こして死にます」とモクミ。

「薬草は、毒にも薬にもなるからな。そのときに河原藤《かわらふじ》の花も見たらしい。これも薬として使うが、使い方を間違うと毒になる」

「はい」とサンセイ。

「奴は口数が少ないが、子供のころから花が好きで、花のことだけは楽しそうに話してくれるのだが……そのとき、下から立ち上がる河原藤と、百本はありそうなシキミの木に、いっせいに咲いた地味な小花が、辺りを黄色に染めて、それは美しかったと話してくれた」

「シキミ。神事に使うシキミか」と業平も加わってきた。

「あんな木を、薬草園に植える邸があるのか。神官の邸かな?」と守平。

「線香をつくる家かもしれません。匂いをつけるために、樹液を使うのでしょう」とモクミ。

「線香づくりが、薬草園をもつ、お邸に住むか？」とサンセイ。

「聞き捨てにならないのは、秋に使いに行って覗いたときに、シキミの実を収穫しているのを見たというのだ。どう思う。サンセイどの。モクミどの」

「……」

「そこは神主の邸でも、線香屋でもない。留守番しか置かず、ふだんは使わない邸だ。その薬草園は塀で囲まれ、使いの者も中を覗くことができないほど警備されている」

「どうした。サンセイ。モクミ」と守平。

「シキミの実は毒物です。薬には使いません」

「どこの邸？」と業平。

「……閑院《かんいん》」とホウ。サンセイとモクミが反応した。

「路《みち》から、イチイの木が何本も見えます」とサンセイ。

「それも毒性があるのかい」と狛がたしかめる。

「はい」

「あいつも、なにか感づいて、それで、わしに話したのだろう」とホウ。

「それ、だいじょうぶですか」とモクミが、ジュッが持ってきた麻袋をさす。

「あいつが持ってくるのは、滋養になるものだ」とホウ。

「ホウの先祖は、救済院《きゅうさいいん》を手伝っておりましてね。資格はないが、腕はたしかな漢方医や介護士を知っています」と狛が説明する。

「救済院って朝廷の？」と業平。

「いやいや。行基《ぎょうき》さまの救済院です」

「は？」

「じゃあ、蔵麿さん。在家に負担になってはいけませんが、ホウさんの炊きだしに、末永いご布施をねがいますよ」と狛。

「やりくりは、まかせなさい」と蔵麿が胸をはる。

「青砥や白砥のとこに、顔をだしてよ。ホウさん」

「難波の雄角さんも来るのかい？」

「忙しいからムリだろう」

「内裏の清涼殿《せいりょうでん》を移築するって、あれ、かい」

「人の手配なら、すぐにできるだろうが、なんでも石灰で固めた壇を斫《はつ》らず、そのまま移す算段《さんだん》に、苦労しているそうだよ」

「新しく建てる清涼殿の、木材や礎石の手配はしたのか」

「いや。それが、どうも変なぐあいで……」

「なにが」

「新築の依頼は受けていないそうだ」

「妙だな。移築のまえに、新材の手配をするものだろうが」

「なにを話している？　清涼殿を移築するって言ったか」と守平が聞いた。

「あれ。知らなかったのですか。帝が亡くなられたから、移築して寺の御堂《おどう》にするってことですよ」

「知らない。だれも知らないだろ。このごろ、わたしは休まずに登庁している。だれも、そんな話をしていないよ」と業平。

「じゃあ、そのうちに発表されますよ」

「どうして知っているの。ねえ。どうして」

「おまえら、何者？」

「マァ、マァ。さあ業《なり》さま。白砥と青砥が待ちかねています。そのお顔を袖でかくして、サッサと参りましょう。守《もり》さまも、いつまで腕を剝きだしにしているのです！」

やはり、狛は楽しかった。


気候不順で大雨ばかり降る。雨水が川のように流れるから、朝廷は、ありがたそうに竜雨と呼んでみたものの、家が流れて餓死者がふえる庶民には、ただの水害。天罰が下ったとしか思えない。

太政官たちの話し合いも、連日のように続いている。

「では、すでに誕生された皇子を親王にと、奏上してよろしいでしょうか」と、小野篁《おののたかむら》が最終確認をとる。

「伴《とも》氏は宿禰《すくね》です。宿禰の子を、わたしは親王と認めません。だいたい宿禰が、朝臣《あそん》と同列に、参議になるのがおかしい」

あきらめの悪い信が、感情的になって、言わないでもよいことを言ってしまった。

昔から、姓《かばね》という称号のようなものがあって、それぞれの出自《しゅつじ》と順位を示す。昔はもっと多かったが、今は、少しの真人《まひと》（臣籍降下した皇嗣に与えられる姓）を残して、臣下最高の姓が朝臣で、数も多い。五位以上の貴族は、ほとんどが朝臣だ。朝臣の下の姓が宿禰で、五位以上の貴族になっているのは、おそらく、伴氏と坂上田村麻呂《さかのうえのたむらまろ》将軍をだした坂上氏だけだろう。その下の、連《むらじ》と忌寸《いみき》と公《きみ》の姓は、五位以下の地下人に多い。土師《はじ》氏や秦《はた》氏が、これになる。

亡き仁明天皇が残した十二人の太政官の中で、宿禰は伴善男だけ。姓《かばね》の使いかたは、伴宿禰《とものすくね》善男《よしお》というように、氏《うじ》と名の真ん中に入れる。

文徳天皇の更衣《こうい》の、伴江子が皇子を産んでいる。その皇子は親王と認めない。ついでに、参議の伴善男も認めたくないと、信は言ったのだ。伴氏の皇子を親王に望むつもりのなかった善男は、冷めた目で源信をながめた。無能なうえに、ヤな奴……！。

十月十六日に、出羽《でわ》（山形県、秋田県）で大地震が起こり、多数の死者がでたと報告があった。

十一月十九日に、右大臣の良房によって、侍従局《じじゅうきょく》で親王に禄《ろく》が与えられた。文徳天皇の親王と認められたのは、更衣の紀静子を母とする第一子の惟喬《これたか》親王（六歳）、おなじく静子を母とする第三子の惟條《これえだ》親王（四歳）、更衣の滋野奥子を母とする第四子の惟彦親王（一歳）、女御《にょうご》の藤原明子を母とする惟仁《これひと》親王（満〇歳）。伴善男の養女として入内した伴江子の産んだ第二皇子は、臣籍降下して源氏となった。名は能有。

十一月二十三日に、文徳天皇が出羽の地震の被害者救援の詔《みことのり》をだす。民莪《みんてき》を問わず……つまり朝廷に恭順している人も、していない人も、すべての被災者を救いだし、国庫を開いて食料を与え、租税を免除するという、とても人間味にあふれ、流れるように美しい文体で書かれた詔だ。おなじ、この日に、文徳天皇は皇太子を発表するとの詔もだす。

詔は、百官を並べて、天皇が自らの思いを口で伝えることも、ごくまれにはあるが、ふつうは、天皇が命じることを内記《ないき》に伝えて作文させ、それを太政官に伝えて署名をもらい、天皇の最終許可を得てから発表する。それをせずに詔をだすと、奈良の帝のように、太政官たちが辞表を上げて政務を滞《とどこお》らせる。

この十一月二十三日に、文徳天皇が発表しようとした皇太子は第一皇子の惟喬親王だったが、藤原氏と源氏が多い太政官が認めるはずがない。詔は発表するという前触れだけで、公示されなかった。

そして十一月二十五日に、右大臣の良房によって勅書《ちょくしょ》が読みあげられる。勅のばあいは、天皇の命を内記が起こすまでは詔とおなじだが、弁官の署名をもらう。

良房が読み上げたのは「親王諸王、諸臣百官人など、公民もよく聞け。惟仁《これひと》親王を皇太子としたから、百官人など仕え奉れ」というもの。

良房の孫になる惟仁皇太子は、三月二十五日に誕生したばかりで、この日から九か月目になり、生後二百二十四日。グレゴリオ暦では、七か月半の赤子だ。文徳天皇は会ったこともない。二日まえに出された地震の被災者救助の詔の文体とまるでちがうし、おなじ天皇が発したものなのに、目線の高さもちがう。

良房と源氏に押し切られた、文徳天皇にとっては不本意な立坊《りつぼう》だった。一方、良房から見れば、第一皇子を立坊しようとした甥は、藤原氏の裏切り者と映った。

赤ん坊の皇太子につく、一番上位の東宮傅《とうぐうふ》には、参議で大納言の源信。この立坊に熱心だったから満足だろう。皇太子の家政機関である春宮坊の一番上の春宮大夫《とうぐうだいぶ》は、参議の藤原良相。良房の同母弟だ。そして皇太子の教師の東宮学士が、大枝音人。こっちは形だけの就任だ。皇太子のことも、東宮とか春宮と書くが、役職名も、まだ統一されていない。

翌八五一年（嘉祥《かしょう》四年）の二月十三日に、大々的な改装をして九年しか経っていない内裏の清涼殿《せいりょうでん》が、嘉祥寺《かしょうじ》（京都市伏見区深草坊町）に移築されて堂となった。清涼殿で仁明天皇が亡くなったからだが、それまで東宮や梨下院を転々としていた文徳天皇は、天皇本来の居住区を失くした。

そのころ巷《ちまた》では、こんな歌が流行っていた。

大枝《おおえ》を超えて　走り超えて　上がり踊り超えて　我や守る田にや　探《さぐ》りあさり食《は》む鷸《しぎ》や　雄々《おお》しい鷸や

（オオエを超えて　走って超えて　上に踊り上がって　我らが守る田を　あさり食うシギは　強いシギだな）

大枝《おおえ》は大兄《おおえ》とおなじ音で、大兄は兄のこと、とくに長子をさす。鷸《しぎ》は田のカエルなどを食う鳥だが、おなじ音で仕儀《しぎ》があり、こっちは、ことの次第や有りようという意味がある。この歌には、第一親王の惟喬親王を超えて、赤子が立坊して、この国をあさり食うとは、なんてザマだ、という意味もある。わらべ歌、戯《ざ》れ歌といって節を付けて唄う歌だが、むかしから、ときどき世情を風刺《ふうし》するような歌が、庶民のあいだに流行る。

子供でも歌えるこの歌を、つくって流行らせる人が、どこかにいた。


惟仁《これひと》皇太子の立坊のあとで、順調に出世しているかにみえた行平が、服喪《ふくも》休暇をとって津の国の蘆屋《あしや》（兵庫県芦屋《あしや》市）にある別業に暮らしているという。瀬戸内海をのぞむ風光明媚《ふうこうめいび》な地だ。

「行こう」と業平と近衛の兵たちが、馬を並べておしかけた。都をはなれるときは許可がいるので、ちゃんと届けも出している。

「兄者。いったい、どなたが亡くなられた？」砂浜に並んで座った業平が聞く。

「母だ」

「いつ？」

「十日まえに、喪の届けを出した」

「おととい、母君の礼子さまと、そっくりの方に、礼子さまが暮らされる深草の庄で、お会いしましたよ。手紙と土産をおあずかりして、さっき渡したでしょう。わたしが会ったのは生霊《いきりょう》ですか。死霊《しりょう》ですか。なぜ、そんなウソを」

「わたしにだって、いやになることはある。あれほど藤氏の台頭を嫌われた先帝を思うと、やりきれない気持ちにもなる」

「それで怠けている」

「難を避けている。降格されるより復職しやすいだろ。おまえは好き勝手に生きていて、いいなあ」

「どこが」

「おまえが作ったろう」

「なにを」

「大枝を超えて　走り超えて……」

「ああ。シギの歌。歌風がちがいます。わたしじゃありませんよ」

「下手は上手に作れないが、上手は下手に作れるだろう。おまえの歌を広げているのと、おなじ宣伝媒体がうごいている」

「狛たちが？」

「帝は惟喬《これたか》親王を皇太子に望まれて、小野篁《おののたかむら》どのに託されていたそうだ。惟喬親王と親しい歌詠みといえば、おまえだろうに」

「有常どのもいます」

「舅《しゅうと》どのを、身代わりにするのか」

「篁どのも……そういえば兄上。篁どのは、ほんとうに、ご病気ですか」

「倒れられたのは立坊の詔が出されたあとだから、お病気だろうと思うが、左大臣の源常さまも体調をこわされたようだ。政《まつりごと》を正しくとれる方が、病まれておられる」

「悪者のほうが、強くて幸運ですねえ。いつか、天罰があたるのでしょうか」

「いや。まあ、半々だろうなあ」

業平が砂をならして、浜に打ちあげられた貝殻で歌を書いた。

抜《ぬ》き乱《みだ》る　人こそあるらし　白玉の　間《ま》なくも散るか　袖《そで》の狭《せば》きに
（だれかが　白玉を繋いでいた糸を　抜いて乱したらしい　間もなく　玉は散ってしまうのか　受けとめるには　わたしの袖は狭すぎるのに）

「玉と玉座《ぎょくざ》をかけたか。散る玉は、第一皇子の惟喬親王か。それとも帝の血筋か。糸を抜いたのは良房か。業。この歌を名入りで流せ」と行平。

「兄者でさえ読みとける歌を、名を入れて広めれば、わたしはどうなります。島流しにされたら、どうしてくれるのです。連座で一緒に来てくれますか」

行平は、手で業平の歌を消すと、

「状況証拠をつくれば、和歌はどうにでも言い逃れができる。わたしや近衛の歌と並べてしまえば、風物を歌っただけだと言える」

行平は立ちあがって砂を払うと、大声で浜に遊ぶ近衛の友を集めた。

「オーイ。みんな。このさきに滝があるから、見に行こうよー」

裏山にあるのは布引《ぬのびき》という滝で、幅十五メートルほど、長さは四十三メートルほど。滝の上のほうに岩が出ていて、そこに当たった水は、大きな滴《しずく》となって落ちてくる。

「座興《ざきょう》に、みなで滝の歌を詠んでみよう。まずは、わたしが一つ」と、滝口まで来ると行平が仕切った。

わが世をば　今日か明日かと　待つかひの　涙の滝と　いづれ高《たか》けむ
（自分が出世する日を　今日か明日かと　待つ甲斐《かい》があるのだろうか　待ちながら流す涙と　この滝に落ちる水と　どちらの水量が多いだろうか）

セッコイ歌！……と業平が眉をひそめる。行平は従五位上の貴族で、業平より一階級上だ。滝より多くの涙を流して出世をねがうほど、最低最悪の身ではない。謙遜《けんそん》という礼儀があって、天皇まで能力がない。美徳もないと謙遜してみせる。謙遜して出世をねがえば、分かりやすい安全分子とみなされる。全国に四百人しかいない貴族が、貧しいの、位が低いの、みじめだの、あばら家に住んでいるのと歌っても、信用してはならない。

つづいて、業平が歌う。

抜《ぬ》き乱《みだ》る　人こそあるらし　白玉の　間《ま》なくも散るか　袖《そで》の狭《せば》きに

行平の思惑が外れて、だれも、あとに続かなかった。登ってくるときは騒がしかった近衛の若者が、シーンとしている。着々と力をたくわえている実力者を非難するような歌に続くほどの、お調子乗りはいない。なにしろ良房は、金も力も運もあるし、暗殺だの疑獄事件だの、黒い噂につつまれたヤバイ男だ。

「帰ろか……」と、しょんぼりした行平。

「業。あの歌の責任は一人でとってくれ。おそらく出世がとまるだけだろう。万が一、おまえが駆除されても、きっと忘れないでいるよ」

「ん？」

「自分だけ逃げる気ですか。それなら頼みがあります。兄上」

「噂では、美しい姉妹を侍《はべ》らせておられるとか。今夜はぜひ、その、お二人に、お目にかかりたい」

「それで、ここまで来たのか。見せただけで、汚れてしまう」

「姉君か妹君か、どちらかが、琴などを、たしなまれますか。せめて琴の音だけでも」

「口にするな。見るな。聞くな。寄るな。触るな。素泊まりだけは、させてやる」

「えっ。めしは？」

兄弟が家路をたどる山道から、木の間ごしに明石海峡が見える。沖合に夕日が沈みはじめ、キラキラ波が光っていた。

九　露とこたへて　消えなましものを

仁明天皇の喪があけた八五一年四月二十八日に、元号は仁寿《にんじゅ》にかわった。

元号が仁寿になったあとで、良房は兄の長良《ながら》の三男で、甥になる基経《もとつね》の加冠《かかん》の儀（成人式）を東宮でおこなった。東宮を御座所としていた文徳天皇が、それに出席した。

これまで昇殿《しょうでん》して、天皇のまえで成人式を上げた唯一の臣下は、藤原式家の緒嗣《おつぐ》だけだ。父の百川《ももかわ》を亡くした緒嗣のために、それを主催したのは、百川の盟友の桓武天皇。基経の成人式は、臣下の良房が主催して、天皇の御座所を使っている。この出過ぎたおこないは、大いにヒンシュクを買ったが、天皇も出席したことだし、面とむかって良房に抗議するものはいない。

良房の兄の長良は、ふつうの貴族の暮らしぶりで、妻と子供たちと一緒に枇杷第《びわだい》という一町の邸に住んでいた。長良の実子の基経も、兄弟と遊んだり喧嘩をしたりして、子供時代を過ごした。兄弟のなかでは頭も良く、十三歳から勧学院《かんがくいん》（藤原氏のための大学別院）で学びもした。別院は私学なので大学ほど厳格ではないが、寄宿制だ。目立つほどの人気者ではなかったが、仲のよい友達もいたし、声をかけてさそい合う仲間もいる、ふつうの藤原氏の少年だった。

叔父の良房の猶子《ゆうし》（養子）になって、東宮で元服してから、基経の境遇は変わった。声をかけてくれる人が多くなり、重んじられるようにもなった。だけど、それまでつるんでいた友までが、距離をとりはじめて、十五歳の基経は、語り合える友達や、一緒に騒げる仲間のいない、孤独な少年になった。

次の年（八五二年・仁寿二年）から、基経は文徳天皇の蔵人《くろうど》となり、十六歳で宮仕えをはじめる。

淳和院《じゅんないん》の正子皇太后《こうたいごう》は、太皇太后《だいこうたいごう》に格上げされて、文徳天皇の母の順子が皇太夫人から皇太后になった。順子は皇后の経験のない、最初の皇太后だ。伴善男《とものよしお》も、皇太后大夫《たいふ》になった。

十一月には、新天皇が即位したときにだけ行われる、大嘗会《だいじょうえ》が催された。大嘗会の叙位で、紀有常《きのありつね》は従五位下になり、貴族の仲間入りをする。守平も正六位下をもらって、官人として登庁しはじめた。

東宮や梨下院を御座所としていた文徳天皇は、冷然院《れいぜんいん》の新成殿《しんせいでん》に移られた。狭くて使いづらいが、東宮などは大内裏の中にある。冷然院は大内裏の外にある。恒貞《つねさだ》皇太子が廃太子にされたときに、仁明天皇が内裏の改装で仮住まいをしたところで、嵯峨の帝が亡くなったあとは嘉智子太皇太后が住んだ後院《ごいん》だ。後院は、引退した天皇、太上天皇のために作られている。

天皇が居住する内裏の清涼殿《せいりょうでん》は、半年もあれば新しく建つはずなのに、再建する様子がない。仁明天皇が崩御された所だから、しばらく土地を鎮めましょうとか、なんとか、理由は、いろいろつけられた。でも良房の狙いは、第一親王を皇太子にしようなどと、良房の意に沿わない詔《みことのり》を発そうとする文徳天皇の切りはなしだ。

諸官庁は大内裏の中にあるから、右大臣の良房が動かしている。隠居所に押し込められた文徳天皇は、大きな儀式があるときは大内裏まで出向くが、毎日、通勤するわけにいかないから、日常の政務を執れなくなった。即位直後から、文徳天皇は事実上の隠棲を強いられた。

文徳天皇は小野篁《おののたかむら》の病を心配して、薬師《くすし》や医師を邸におくったが、この年（八五二年・仁寿二年）に篁は五十歳で亡くなってしまう。空いた参議《さんぎ》の席に、良房は藤原氏宗（五十一歳）を推薦して入れた。

篁のほうは亡くなるまえに、愛弟子の紀夏井《きのなつい》を推薦して、小内記として文徳天皇のそばに仕えさせていた。伴善男や大枝音人《おおえのおとんど》が着任した内記《ないき》は中務省に属し、大内記、中内記、小内記が各二人いる。

はじめて天皇が夏井を謁見《えっけん》したときに、粗末な衣を着ていると、近臣たちは意地悪くしのび笑った。それを「おまえたちの知るところではないが、かれは疲れた駿馬《しゅんめ》だ」と、文徳天皇はたしなめる。父の仁明天皇を、しのばせる言葉だ。

紀夏井は、従四位下で美濃守《みののかみ》の紀善岑の三男だから、岐阜県南部の知事の三男。師の小野篁も六尺二寸の大男だったが、夏井も六尺三寸（百八十二センチ）の大男で、規約で布の幅や長さが決まっているから、ツンツルテンの着物を着ていたかもしれないが、ボロを着ていたわけではない。夏井は篁とおなじで、学識があり知能が高く、そのうえ正しい心をもっていた。

小野篁が亡くなるとすぐに、女御《にょうご》の子を親王《しんのう》と内親王《ないしんのう》にして、更衣《こうい》の子は臣籍降下《しんせきこうか》させると、太政官たちは決定した。すでに一年まえに、女御は皇嗣と藤原氏と橘氏の娘で、そのほかは更衣とすると規定されている。

この二規約で、これからの親王と内親王の母は、皇女か藤原氏か橘氏に限定されることになった。橘氏は、太皇太后と皇太后と右大臣を橘氏が占めていた、仁明天皇の治世下でさえ覇権《はけん》を逃したから、これから力をたくわえて復活するのは、むずかしい。まるで天皇の血を、藤原氏に入れ替えるためにつくられたような、二つの規約だ。この規約には、すでに認められた親王と内親王の、同母の兄弟姉妹は除くという、特例がついていた。

紀静子を母とする、文徳天皇の第一皇子の惟喬《これたか》親王は、豪族系官人の母をもつ、最後の親王たちの一人になった。

八五四年（仁寿四年）六月十三日に、左大臣の源常が四十二歳で亡くなった。

左大臣は、必ず置かなければならない職ではない。良房は、天皇と太政官に働きかけて、左大臣を空席のままにした。

繰り返しになるが、左大臣と右大臣の俸禄《ほうろく》（給与）はおなじで、識封《しきふう》二千戸（この戸数の租税の半分を受けとれる）、識分田《しきぶんでん》（田）三十町、派遣する資人《しじん》（使用人）二百人、そのほか、もろもろ……。右大臣の良房は、増収するわけでもない左大臣になるよりも、一人大臣として権力を行使するほうが、おいしい。国のためにも、大臣は一人のほうが安上がりだ。

だが大納言《だいなごん》の源信は、不満だった。大納言は大臣候補だから、良房が左大臣になれば、順序からも信が右大臣になるはずだ。……もしも、良房が右大臣でいたいのなら、弟の死で空席となったのだから、自分が左大臣になってもよいと、信は考える。封戸《ふこ》だけでも、大納言の職封は八百戸。大臣になれば二・五倍の増収になり、太政官を動かせる身になれる。どうしても、大臣になりたい！

源信は、左右の大臣を置くことを、しつこく要求しはじめる。赤ん坊の皇太子を擁立《ようりつ》するときに手を組んだ、良房と信のあいだにも亀裂《きれつ》が生じた。

八月になって文徳天皇は、良房の娘の明子が産んだ惟仁《これひと》皇太子に初めて会った。三歳になった皇太子は、片言を話す可愛いさかりだが、父の仁明天皇が自分にみせた態度を文徳天皇は思いだしていた。仁明天皇には、皇太子にした甥がいて、鍾愛《しょうあい》した沢子女御が遺《のこ》した親王たちもいた。文徳天皇にも、静子更衣を母とする親王がいる。九歳の惟喬親王とは親しく会っているし、やはり好きで結ばれた静子の子と、良房が後ろにいる明子の子はちがう。幼い皇太子や明子が憎いわけはないが、警戒心を持ってしまう。御簾《みす》があってよかった……と文徳天皇は、つくづく思った。

大枝音人は、同祖で学友の菅原是善《すがわらのこれよし》と共に、次侍従《じじじゅう》になった。侍従は八人、次侍従は百人までと決められている。東宮学士《とうぐうがくし》の音人と、文章博士《もんじょうはかせ》の是善が次侍従になったのは、いつでも天皇がそばによんで意見を聞くためだ。まだ正五位下と位階は低いが、音人は次代の日本を代表する有識者になっていた。

冷然院に押し込められて、政治からはなれている文徳天皇のもとには、紀夏井などの実力と正義感をもつものが集まりはじめていたが、残念なことに位が低い。いくら能力があっても、上位にいる権力者の協力がないと、天皇を本来の座に戻せない。

一人だけ、期待できる人がいた。右大臣の良房の、同母の弟の良相《よしみ》だ。良相は、良房より九歳下で大納言になっている。良相は、民が富む理想の政治を目指す、清く正しい藤原氏だった。

上が泥仕合をしていた仁寿《にんじゅ》のあいだ、庶民は、ほんとうの泥の中にいた。大型台風と大雨がつづいたのだ。土地が高い大内裏でさえ、ぬかるみが多くて歩けないので大事な儀式をやめるほどだから、東西の市のまわりはドロドロ。東より低い都の南西は、道が泥の川になっている。雨がつづけば作物も実らず、備蓄も腐ってしまう。魚や野菜もとどかないので、市も立たない。米の値をはじめ、物価は値上がりする。

国から米が支給されたが、飢えをしのげるほどの量ではない。この災害時に国がしたのは、ひんぱんに神社や御陵《ごりょう》にお参りするだけだから、とうてい援助は当てにできない。

手下の乞食や浮浪者をあつめて、ホウは病人の看護にあたった。ふだんは乞食姿で物乞いをしている手下だが、僧行基《ぎょうき》の弟子の流れをくむ者たちだ。

行基は、いまから百五十年ほどまえに、街頭説法《せっぽう》をおこなった僧だ。街頭で演説して、浮動票を少し集めたのではなくて、熱烈な支持者を獲得したのだから、人を魅了する力があったのだろう。行基が作った、民を救うための布施屋《ふせや》という救済院は九か所、架けた橋は八か所、灌漑《かんがい》のために掘った溜池《ためいけ》は十か所。寺は四十九か所も建てた。行基と庶民出身の弟子たちがこれをなせたのは、専門技術をもつ土木建設者が協力したからで、土師氏や秦氏が関わった。土師氏や秦氏は、六世紀ごろに貢献された渡来系技術集団をまとめている。

行基の弟子たちは乞食姿をしていて、修行が物乞いだ。この乞食行《こつじきぎょう》で、行基とその弟子が全国を行脚《あんぎゃ》して、奈良の東大寺の大仏の建立費をあつめる手伝いをした。ホウの手下の物乞いや屑拾いは、行基の救済院の看護法も伝えている。

岡田狛《おかだのこま》は、市でおさえている食材が腐るので、それを集めて炊きだしをするのに大わらわだ。淳和院の正子太皇太后も、援助してくれた。

山崎の橋も半分崩壊した。都の橋は、どこもかしこも、こわれていて、難波の土師雄角は復興工事に忙しい。ふだんは機織《はたおり》や染色をあつかっている秦氏が、こういうときは、むかし大路を作ったときのインフラ工事の経験を活かして、人手を出してくれる。

それでも水害が起こると、悲惨なことになる。大きい邸から小さい掘立小屋まで、各家には肥溜《こえだ》めがある。穴を掘って側面を石でふさいだもので、板で簡単にフタをしている。いつもならオワイ（汚穢）屋が肥《こえ》を汲みとり、田舎に運んで肥料にするのだが、大雨が降ると雨水が流れこんで、中から肥があふれてくる。きわめて非衛生だ。桓武天皇が長岡京を捨てた原因の一つが、水害のあとで水が引かず、人口が密集していた長岡に疫病が流行ったからだ。

仁寿年間も、大雨や長雨がつづき、疫病が流行った。もともと庶民は、いつも栄養失調だから、病が流行れば亡くなる人が多い。

八五四年（仁寿四年）には疱瘡《ほうそう》が大流行して、多くの子供が……庶民の乳幼児の半数近くが亡くなった。疱瘡が流行っている最中の七月二十三日に、石見国《いわみこく》（島根県西部）から泉が湧きでて、すぐに涸《か》れたと報告があった。ちょっと噴き出ただけだが、それでも「それは、めでたい。天が、今の治世を祝福している」と改元が行われて、仁寿は斉衡《さいこう》にかわる。

大雨がつづいた次の年は、カンカン照りの旱魃《かんばつ》で、雨乞いをしなければならなかったから、どこがめでたいのか、だれにも分からない。このころの政治を動かしていたのは良房だ。


八五六年（斉衡三年）三月。

奈良の東大寺の、東塔のそばに造られた修理東大寺役所《しゅうりとうだいじやくしょ》に、真如《しんにょ》に呼ばれた業平が、サンセイを連れてやってきた。うららかな春だ。野辺には花が咲き、空には小鳥がさえずり、若草山《わかくさやま》は草萌えて、出産期をむかえた鹿が鳴く。平城天皇を祖父にもつ在原家にとって、南都奈良は、ゆかりの土地だ。

平安京では、高床を木で張って、そこに円座をおいて座るが、奈良に都があったころは、生活の中で机や椅子を使っていた。この修理東大寺役所の入り口にある大きな部屋は、現場との出入りの便利さを考えてか、土間に椅子や机をおいている。人に囲まれた叔父の真如を遠くに見つけて、眼が合ったときに業平は軽く頭をさげた。

そばにいる弟子の一圓《いちえん》に、なにか指示して、真如は仕事を続けている。一圓がスタスタと、業平たちのところにやってきた。

「そのへんの椅子に、おかけください。すぐに参られます」

相変わらず真如は、洗いざらしのような粗末な僧服を着ている。おなじように、自分で繕《つくろ》ったらしい、継《つ》ぎのあたった僧衣を着た一圓が、奥に引っ込んで冷たい清水を、サンセイの分まで椀に入れて運んできた。僧形《そうぎょう》だから年齢が分かりづらいが、弟子といっても出家した時期が遅いだけで、たしか一圓は、真如より三歳下なだけだ。

「一圓どの」

「はい」一圓が、キラキラした目を向けた。

「なぜ、よりによって、叔父上の弟子なのですか」

「さあ……」

「ほかに立派な御坊《ごぼう》が、いくらでも、おいでてでしょうに」

「馬が合うので、ございましょうね」

一圓の俗姓は、大中臣氏《おおなかとみ》。曾祖父が右大臣になった大中臣清麿《きよまろ》だから、りっぱな家に生まれている。もともとは神祇官《じんぎかん》をつとめる家系で、神さまから仏さまに鞍替えして出家した。真如は僧侶だが、四品親王という位階があるから、朝廷から俸禄《ほうろく》が入るが寺はない。真如自身が、修行僧の気軽な身を好んでいるから、真如の弟子になっても、僧侶の世界で出世する見込みがない。一圓も船に寝たり、野に暮らしたりしていたから、たしかに馬が合うのだろうが……。

しばらくすると、真如がやってきた。

「伊都《いっ》どのと、シャチどのは、お変わりないか」

「はい。元気です」

「長岡は、にぎやかです。モクミの子を、二人も育てて頂いております」と、立ったままのサンセイが答える。

「そりゃ、よかった。サンセイ。わたしが落ちつかないから、椅子に座ってくつろげ。ところで、業平。地下《じげ》に落とされた気分は、どうだ?」

今年の正月の評定で、業平は従五位下の散位から、正六位上の散位になった。一階級の降格だが貴族と地下のちがいがあり、この一階級降格は、とても大きい。それまで邸にきていた資人も来なくなった。来なくてセイセイするから、これは良いが、殿上にあがれなくなり俸禄も減った。出世欲がないし困窮《こんきゅう》もしないから、これも、まあ、良しとしよう。ただ登庁するときに、紋を織り込んだ布を使えないのは残念だ。五位以上の人と出会うと、頭をさげて路を譲らなければならないのも、ヤな感じ。

でも降格されてから、自分が打たれ強いことに、業平は気がついた。十代から色好みの評判が立ち、つねに好奇の目に晒《さら》されてきただけのことはあった。

「とりたてて、どうってことはありませんが、分からないのは、どうして降格されるような評定が、でたのでしょうかねえ」

「なにが、ねえだ。おまえの失点ぐらい、いくらでも数えられるぞ。夜遊びがすぎるから、遅れてやってきては居眠りをしている。音人も行平も、考えるだけで愉快だったろうよ」

「え?」

「あれ? 音人が帝に、おまえの降格を願いでたことを、聞いていなかったのか」

「えーッ!」打たれ強いと思っていたが、ドスンと腹を殴られたように、息が吸えなくなった。兄たちが、帝に直訴《じきそ》した! なぜ……。どうして……。行平は、ともかく、音人までも。五位から六位への降格を耐えていた、業平の心が折れた。

「業平。おい。業平……サンセイ。体を温めてやれ。一圓。たのんだよ」真如の声が薄れていく。寒い……とっても寒い。


「気がついたか」

小さな庵《いおり》に寝かされていた。一枚蔀《しとみ》が上げられて、影のような山の上に十五夜のおぼろ月が出ている。小山と見えるのは御陵《ごりょう》で、木々の香りが濃密だ。

「わたしの庵だ」と真如がいう。サンセイが、そっと出て行った。

「すまなかった。知っていると思っていたから、不用意な口をきいた。六位に降ろされたことで、気張っていただろうにな」一圓とサンセイが、土鍋や器を運んでくる。

「食べながら、ゆっくり聞いてくれ」業平が起きるのをサンセイが助けて、肩に衣包を掛ける。一圓が給仕をする。

「おまえの降格は、次侍従《じじじゅう》をしている音人が帝に奏上して、帝が決められた」すでに聞いているから衝撃はない。

「惟喬《これたか》親王と、静子更衣《こうい》と、おまえを守るためだ」

「……？」

「惟喬親王は十二歳。すぐに成人される。良房を快く思わないものが、惟喬親王の成人をしおに、幼い惟仁《これひと》皇太子を降ろすかもしれない。そのような企《たくら》みが、あるかないかは分からないが、悪巧《わるだく》みばかりしてきた良房なら、そう勘《かん》ぐるだろう。帝がご鍾愛《しょうあい》される惟喬親王は、良房にとっては目障りな存在だ。惟喬親王を始末するには、静子更衣とおまえの恋の噂を流すだけですむ」

「はあーッ！」こんどの衝撃で、業平は覚醒《かくせい》した。

「静子更衣は、六番目のお子をもうけられて、もうすぐ宿下がりをなさる。更衣の里は、おまえの邸の隣で、主の有常《ありつね》は、おまえの舅だ。日ごろ親しく行き来しているから、そのような噂を流されたらたまらないと、音人や行平は考えた」

「静子さまが戻ってこられるときは、帝のお子を懐妊されておられます。そのような方と、いくらなんでも、このわたしが」

「その、おまえだからこそ、世間は納得する。静子更衣は、帝の寵妃だ。その方の相手は、おまえのほかに誰がいる。女好きで、色男で、皇孫だ。これほどの適材はない」

「わたしは、どなたの思い人も、とったりしません！　そのような美意識を、持ち合わせておりません。それで降格ですか？」

「音人や行平は、おまえを良房に利用されたくなかった。貴族ではなく地下の官人にして、たぶん病欠の届けを出すはずだ。おまえの身柄は、わたしがあずかる。そう申し合わせた」

「勝手なことを、しないでください！」

「なあ、業平。奈良と長岡に住んで、都には近づくな。惟喬親王と静子さまのために、恋もせず、歌も詠まずに、おとなしく世間から消えてくれ」

「……ずっと？」兄たちに嫌われたのではないと分かると、気分がスーッとして腹の虫がグーッとなった。一圓が粥《かゆ》をいれた椀を、渡してくれる。

「帝は二十九歳で、赤子の皇太子が成人するまでには、十二、三年はかかる。良房は五十二歳のはずだ。……ん。うまい」真如が、若菜を刻み込んだ粥をすする。

「良房も、自分の歳を気にしているはずだ。そのうち、なにか画策するだろう。さきが見えるまでは、静かにしていろ。ところで業平。いくつになった？」

「フー。フー……三十一歳」米と豆と若菜に塩を少しいれて煮込んだ粥は、甘くてやさしい味がする。

「夜目遠目なら二十歳に見える。ますます怪しくなってきた」

「ほめてます？」

「じつはな。萱《かや》の御所《ごしょ》のあとに建てる寺のことだが。その本尊を、おまえに任せてみようかと思っている」

「むりでしょう。素人にできませんよ」

「仏師も、宮大工も、鋳造師《ちゅうぞうし》も、絵師も、漆師も、いまは国中の仏づくりの技人《てひと》が、ここに集まっている。おまえは構想をねって指示するだけでよい」

「でも……おかわり！」「おかわり！」と真如と業平が、椀を一圓に突きだした。


去年、八五五年（斉衡《さいこう》二年）の五月の末に、東大寺の大仏の首が、地震でも大風でもないのに落ちた。斉衡二年といっても、改元されたのが前年の年末なので、元号が変わってから、半年も経っていない。ちょっと泉がでて涸れたのを、めでたいと元号を変えても、良いことは起こらずに悪いことは起こった。馬寮《めりょう》の馬が、ほとんど死んでしまったし、とどめのように大仏の首が落ちた。

落ちた大仏の首は、新しく鋳造することになった。建立のときに、行基とその弟子が乞食行脚をして寄付をあつめたので、それにならって、今回も庶民の寄付をあつめて修理をする。その大仏修理のための大仏司《だいぶつのつかさ》、つまり総責任者が、正式には検校《けんぎょう》伝燈《でんとう》修業《しゅうぎょう》賢大《けんだい》法師《ほっし》という肩書をもつ真如だ。朝廷で補佐するのは、大納言で右近衛大将の藤原良相《よしみ》。

いい香りのする艶《つや》っぽい甥と、小さな庵で粥をすする真如のもとには、たしかに日本中の技者《わざもの》があつまっている。

「そういうの、公私混同では？」

「技人たちが望み、こちらが工賃をだせば、文句なかろう」

「仏師もいるのですか」

「新しい盧舎那仏《るしゃなぶつ》の御尊顔の下地を作るために、仏師たちもあつめた。どうだ。やってみないか。父上（平城天皇）も兄上（阿保親王）も、よろこばれるだろうよ」

やりたくなった。とても魅力的な誘いだ。業平は、建築や衣装や工芸などの芸術全般に興味がある。

「その寺の名だが、不退寺《ふたいじ》というのは、どうだろう？」

「不退寺？」

「父上は退位されていない。嵯峨の帝に譲位されたわけではない」

「……ロコツすぎません？」

「なあに、仏教用語だ」

五十七歳の真如が、カラカラと笑う。日に焼けて、笑うと目元にシワができるが、雰囲気は歳をとらないな……と、業平は叔父の顔をつくづく見入った。

この年に、藤原長良が亡くなったので、良房に残った同母の兄弟は、妹の順子皇太后と、弟の良相《よしみ》（四十三歳）だけになった。亡くなった長良の三男で、良房の猶子《ゆうし》になった基経《もとつね》と、良相の嫡男の常行《つねゆき》は、勧学院《かんがくいん》で机を並べた同年の二十歳。

源常が亡くなって二年が経つが、左大臣は置いていない。大臣候補となる大納言には、信と、良房の弟の良相がなっている。

冷然院《れいぜんいん》に追われても、文徳天皇は、だいじな恒例の儀式のときには大内裏まで出かけて出席していたが、今年の十一月十六日の新嘗祭《にいなめさい》を欠席した。

新嘗祭を欠席して、文徳天皇は冷然院の庭で北面して天をあおぎ、自分の名を板札に書いた。それを藤原良相などにもたせて河内《かわち》の交野《かたの》に行かせ、十一月二十五日に郊天祭祀《こうてんさいし》を行わせた。良房や源信の知らないことだ。

中国の礼書に載っている郊天祭祀を行ったのは、これまで桓武《かんむ》天皇、ただ一人だ。

桓武天皇は光仁《こうにん》天皇の第一皇子だが、皇后所生の他戸《おさべ》皇子が、さきに皇太子になっていた。

それを冤罪《えんざい》で廃して皇太子になり、天皇になった。文徳天皇の即位の事情と、おなじだ。ただ、桓武天皇のばあいは、もっと込み入っている。桓武天皇の父の光仁天皇が即位できたのは、それまでの天武《てんむ》天皇系の血を引く妻の井上《いかみ》皇后と、息子の他戸皇子がいたからだった。井上皇后の子でない桓武天皇が即位したのでは、天皇家の血筋が、天武系から天智系に変わってしまう。この井上皇后が、若いころの岡田狛が、帯刀舎人《たちはきのとねり》としてつかえた酒人内親王の母だ。

郊天祭祀を行ったときに、すでに桓武天皇は即位をしていたが、まだ反対勢力を抑えきれていなかった。長岡京に移っていた桓武天皇は、父の光仁天皇の名を板に書き、河内の交野で郊天祭祀をすることで、新政権誕生を世に示した。

桓武天皇が行ったとおなじように、自分の名を板に書いて、河内の交野で郊天祭祀をしたのだから、文徳天皇は天皇は自分だと、右大臣の良房に真っ向から立ち向かった。

それから二か月後、八五七年（斉衡四年）一月二十一日に、文徳天皇が内宴を楽しまれていると、すべての職を引退したいと良房が届けてきた。良房の辞表は受けとらなかったが、それでも、くりかえして辞表が提出される。

「とても疲れたから、辞職したい。そうなると源信が大臣になるが、心もとないので、弟の良相《よしみ》も大臣に立てたい。わたしは名誉職として留まるだけにしたい」と良房が言っていると、母の順子皇太后からも聞いた。良房が退き、良相が大臣になるのは、正しい政治を望む者にとってはよい話だ。

二月十九日に、天皇が詔《みことのり》して最高人事を決めた。

太政大臣《だじょうだいじん》に藤原良房。左大臣に源信。右大臣に藤原良相。いままで右大臣が一人しかいなかったのに、いきなり三人に増えた。

良房が就任した太政大臣という職に、またまた大きな動揺が起こった。なかでも、念願の左大臣になった信は、状況がのみこめなかった。

太政大臣は、故人の功労をたたえて、追贈するときに使っている。存命中に太政大臣になった人は、これまでに四人しかいない。そのうちの二人は二百年もまえで、皇太子時代の大友皇子と高市皇子《たけちのみこ》。後の二人は百年まえで、独身女帝の寵臣《ちょうしん》だった藤原仲麻呂《なかまろ》と僧道鏡《どうきょう》。

二百年まえは、天智天皇の皇太子だった大友皇子は、太政大臣として政治の補佐をするが、「壬申《じんしん》の乱」で天武天皇に敗北して自害している。高市皇子は天武天皇の長子で、「壬申の乱」で天武側として活躍し、太政大臣として草壁皇子の補佐をして四十二歳で亡くなっている。そのあと藤原四兄弟によって冤罪を着せられ、女性や幼い皇子まで縊死《いし》（首吊り）させられた長屋王《ながやおう》家は高市皇子の子だ。このときに長屋王の弟の鈴鹿王と、長屋王に嫁いでいた藤原不比等の娘と、その子だけが生き残った。

百年まえに、太政大臣になった藤原南家の仲麻呂は、反逆者として琵琶湖で殺害され、道鏡は、女帝の死後に栃木県に赴任して生涯を終えている。生存中に太政大臣になった人や家族には、ろくなことが起こっていない。

日本人は他国の人に比べて、おなじ東洋人と比べても、恐怖心を強く感じる国民性をもっている。怖がりだから、こうすれば良いことがあるというより、こうしないと悪いことが起こると威すほうが、従順にしたがう。そんな日本人のなかで、内麻呂、冬嗣、良房とつづく藤原北家は恐怖心が薄いらしく、良房は左大臣の上の太政大臣におさまってしまった。

太政大臣の良房と、左大臣の源信と、右大臣の良相の封戸だけを示す。良房は三千戸。千戸を返納して二千戸にするが、二千戸は生涯、受け取っている。源信は二千戸。これも亡くなるまで受け取った。良相は就任したときに千戸を返納して、残りの千戸をもらった。

これで、国庫に貯えを残せるゆとりは無くなった。

二月二十一日に、年号が天安《てんあん》とかわった。

良房が太政大臣になったあとで、百年も空席だった太政大臣の職権《しょっけん》についての審議《しんぎ》がされた。まさしく泥縄、泥棒をつかまえてから、縄を綯《よ》るようなことをする。

あつまったのは、藤原氏から、太政大臣の藤原良房（五十三歳）、右大臣の藤原良相（四十四歳）、藤原氏宗（四十八歳）、藤原貞守（六十歳）。

源氏からは、左大臣の源信（四十七歳）、源弘（四十四歳）、源定（四十二歳）、源多（三十八歳）、源融（三十六歳）。

ほかに、伴善男（四十七歳）、平高棟（四十八歳）。

おなじ源氏でも、多は仁明天皇の子。藤原氏と源氏のほかの伴善男は、藤原順子に仕える皇太后大夫で、平高棟は、桓武天皇の第八皇子の葛原親王の子。妻は良房の猶子になった基経の姉で、亡き長良の娘だ。ずーっと先のことだが、高棟の弟の高見王《たかみおう》の曾孫《ひまご》が、平将門《たいらのまさかど》と呼ばれる関東の風雲児になる。

この太政官の職権を決める審議で「太政大臣は名誉職で、未成年の天皇の補佐をするが、それ以外のときは政治に関わらない」という結論が出た。

良房は、ただの飾りもの。政治に関わらないというところだけを重くみて、数の多い源氏が、これを通してしまった。良房にとって、源氏ほど扱いやすい氏族はいない。

しかし、決定を聞かされるだけの貴族と、地下官人は、この太政大臣の職権に首をひねる。左大臣でさえ置かないときがあるから、名誉職と断っている太政大臣は、良房のためだけに用意した席だろう。それに未成年の天皇の補佐云々をつけるのは、なぜだろう？

文徳天皇は三十歳。良房は五十三歳。病弱でもない文徳天皇は、あと二十年は息災だろう。未成年の天皇が即位する可能性は少なく、良房が未成年の天皇の補佐をする可能性は、もっと少ない。ただし書きなど必要ないだろうに……。

そのなかの一握りの人たちは、良房が未成年の天皇の補佐を行えるのは、惟仁《これひと》皇太子が成人するまでの十年以内に、それも良房の年齢を考えると早い時期に、文徳天皇が譲位するか亡くなって、幼い皇太子が即位するしかないと計算して、ゾーッとした。

未成年の皇太子に譲位する気のない文徳天皇は、だれよりも敏感に自分が嵌《は》められたことを悟った。

四月十九日に、太政大臣の良房に従一位、右大臣の良相に従二位が授けられた。

そして、おなじこの日に、文徳天皇は、第一皇子の惟喬《これたか》親王に帯剣《たいけん》を許す詔をだす。惟喬親王は十三歳。元服まえの親王に帯剣を許すのは、第一皇子を特別に思っているという表明だ。良房が政治に関わることのできない今、文徳天皇は第一皇子の惟喬親王の成人をまって、幼い皇太子に代えようとしていた。

ここからは大騒ぎになった。太政大臣の良房も、左大臣の源信も、右大臣の藤原良相も、許されないことが分かっていて辞表を提出したり、俸禄を返上したいと奏上する。平城天皇を追い詰めるために、良房の祖父の内麻呂が使ったやりかたとおなじだ。

文徳天皇の方は、すでに怪しげなこと（もののけや祟り）が起こっているからと、東寺の大僧正真済《しんぜい》を呼び、五十人、六十人、百人の僧に、大極殿《だいごくでん》や冷然院で経をあげさせて講話をさせる。

こちらは僧侶を盾にして、こもってしまった。

この年の新嘗祭《にいなめさい》にも、催事場《さいじじょう》の大内裏の神嘉殿《しんかでん》に文徳天皇は出座しなかった。新嘗祭は十一月の下卯か中卯の日に行うので、この年は二十二日が乙卯の日。天皇欠席のままで、神官たちが催事を行った。翌、二十三日には、いつもの催事場の豊楽院《ぶらくいん》ではなく、御座所としている冷然院に人をあつめて宴と叙位をした。二十五日に文徳天皇は、もう一度、五節の舞いを冷然院に呼んでいる。

そして、十二月一日。十三歳の惟喬親王の元服を、文徳天皇は自らの手で行って、四品を贈った。その席に、太政大臣の良房と、左大臣の源信を立ち合わせた。


翌、八五八年（天安二年）。

四品惟喬親王は、大宰帥《だざいのそち》になった。無位のままでいた紀静子は従五位下に、静子の後見人で兄の従五位上の紀有常《ありつね》は備後権守《びんごのごんのかみ》になる。従四位下の在原行平《ありわらのゆきひら》は中務大輔《なかつかさのたいふ》になり、大枝音人は、すでに左小弁になっている。

五月の末に、またも大雨がつづいて水害がでた。それからも雨がやまず、水害の救助や支援に追われて、やっと落ちついたのが八月。

八月十九日に、文徳天皇は、右大臣の良相を冷然院に招き、御簾《みす》の中に入れて長時間にわたって話をした。そして身につけたことのある着物を贈った。成人した天皇の在位中は政務に関われない良房は、太政官会議に出られない。良相が太政官をまとめてくれれば、惟喬親王を皇太子に代える詔も出せる。惟喬親王は成人しているから、詔が出されると良房の出番は無くなる。

良相と会った四日後の、八月二十三日の夕方に、文徳天皇が倒れた。


異変が起こったと聞いて、藤原基経《もとつね》も九条の自邸から駆けつけた。二十二歳と若いから、馬を飛ばしてきたので早くついたほうだった。冷然院のなかは人が右往左往して騒然としている。

「なにがあったのです」と女房をつかまえては聞くのだが、うろたえていて訳が分からない。基経は十六歳から、蔵人として文徳天皇に仕えた。そのあと少納言で侍従になったから、冷然院のなかをよく知っているが、天皇の御座には勝手に近づけない。やっと文徳天皇が食後に倒れられたと聞きだした基経は、内膳司《ないぜんし》のあるほうへむかった。

そのとき、内善司のほうから顔を伏せてきた女房とすれ違った。後ろからは、基経を追い越して、右中弁の紀夏井《きのなつい》がやってきて、先に膳所に入った。

「帝のご膳は」と、夏井が問いかけている。

「もう洗ってかたづけました。ああ……。ご薬湯を入れたお椀が足りませんでしたが、たった今、取りにきた女房さまが戻しに来られて、まだ、そこに」

「どういう薬湯です」

「桂皮《けいひ》（シナモン）です」

滑りこむように椀のそばに坐ると、夏井は指を入れて椀の内側をこすって舐《な》めた。

「洗ってある」

「そんなはずは、ございません。返されたばかりです」

「お膳を出したのは」

「一刻ほどまえです。騒いでおりますが、なにか、ございましたか」

大きな体を丸めた夏井が、首を振った。気づかれていないようなので、そっと基経は内膳司をでた。さっき、すれちがった女房は、文徳天皇の女房ではなく、良房の妹の古子女御《こしにょうご》に仕える女房だった。返した椀が洗われていたということは……古子を使っての……基経は、その先の思考を飲みこんだ。

順子が五条第から駆けつけたときには、文徳天皇は冷然院の新成殿《しんせいでん》で、御簾《みす》のなかに寝かされていた。

「帝……帝……起きて……道康《みちやす》……しっかりするのです。道康！」

わずかに体温はあるが、人事不省。呼びかけにも反応しない。

「大夫《たいふ》！」順子は、皇太后《こうたいごう》大夫の伴善男を呼びよせた。

「一人ですごせるように、とりはからってください」

文徳天皇のようすをみた善男が、「受けたまわりました」と退席して、御簾のそとで待機している太政大臣の良房、左大臣の信、右大臣の良相、および公卿たちを説得して東の釣殿《つりどの》に移し、女御たちは東の一殿にあつめた。御簾のなかには、順子と僧と薬師だけが残った。

「どうしたのです。帝は、どうされたのです。なにが起こったのです」問いかけているが、順子には現実感がない。病んでもいなかったのに、どうして、いきなり……。

「冷然院の侍医から知らせをうけて、わたしが最初にまいりましたが、そのときから、ご容体は変わっておりません」と内薬正《ないやくのかみ》の大神虎主《おおかみのとらぬし》が答える。

「なんとかしてください。手立ては！」

「皇太后さま。心を鎮《しず》めておききください」と静かに真済《しんぜい》が言う。弘法大師・空海の直弟子で、医薬にも通じている。

「夕餉《ゆうげ》のあとで、薬湯を召されたそうです。すぐに苦しまれて、意識を失われたときききます。侍医が呼ばれたときは、お脈がとれませんでした。即効性の異物でしょう」

「なにを言っているのか、分かりません。どういうことです。異物とは何です」

「毒を召されました。解毒するにも、すでに嚥下《えんげ》なさる力がございません」と真済。

声は聞こえるし、言っていることも分かるが、順子には理解できない。座っている床がやわらかくなって、沈んでいくようだ。

「なにも、できないのですか」自分の声が、他人の声のように、外から聞こえる。思っているより、子供っぽい声だ……。手のほどこしようがない。道康が死ぬ？　衝撃が強すぎて、順子は感情も感覚もにぶくなった。

二十四日になって、太政官が新成殿に入り、夜に文徳天皇の学士だった文章博士の菅原是善《これよし》が呼ばれて遺言を作成した。


太政官と入れかわって、順子は御簾の外にでた。文徳天皇は、無呼吸で脈がない。ふつうにいうなら、倒れたときに亡くなっていた。順子は体がむくんだようで、足がうまく運べない。耳の奥が痛い。皇太后大夫の伴善男が、すばやく追ってきた。

「どちらへまいられます。女御《にょうご》さまがたのところでしょうか」

答えようとしたが、頭も口も動かない。善男がまえに出て、順子についている女房《にょうぼう》たちに「わたしの肩を……」と言っているのが聞こえる。女房のだれかが、順子の手を善男の肩においた。小柄なので杖の代わりにはちょうどよく、順子は善男の肩につかまって、女御たちが集まっている部屋へゆき、六人の女御をながめた。

「三条町《さんじょうのまち》（紀静子）」自分でも思いがけない、甲高い声がでた。

「こちらです」と善男がうながす。

冷然院は、後宮も内裏のように大きくない。それでも女御は独立した棟を、更衣はおなじ棟を分けて使っている。ただ静子は更衣だが、去年から惟喬《これたか》親王が紀氏の邸から移って来ていて、親王に賜るはずの邸が決まるまで、一緒に一棟を使っている。順子の女房がさきに知らせたので、静子と惟喬親王が手をついて出迎えていた。

善男を杖にして歩く廊下も長かった。重い雲の上を歩いているような妙な感覚だ。それに色がない。すべてが灰色に見えて、まわりが暗い。心因性の色覚異常《しきかくいじょう》と、視野狭窄《しやきょうさく》が起こっている。その眼で順子は、のぞき穴から見るように静子をとらえた。必要がなかったから、順子は静子にも、その子らにも会ったことがない。それでも、すぐに静子が分かった。ドタッと横に腰を落とすと、順子は手をついている静子の肩をつかんで揺さぶった。なにがしたいのか、自分でも分からない。善男が動く気配がして、どうじに惟喬親王が、順子と静子のあいだに割って入った。

「皇太后さま。お鎮まり下さい」と善男の声が聞こえる。順子は、狭くなった視野で、目のまえの惟喬をモノトーンで見ていた。

「道康……」

頭の回転が速い伴善男は、順子の言葉を理解した。善男も、はじめて惟喬親王に会うが、仕草や表情が皇太子のころの文徳天皇にそっくりだ。

「道康……」あごを突きだし、背中を丸めて、順子がつぶやく。

「……」静子が顔をあげて問いかけた。昨夜から女房たちが大騒ぎをしている。蔵人や宿直の侍従が、あちらこちらに知らせに向かった。今日は大内裏と冷然院のあいだを、ひっきりなしに使者が行き交っている。噂が乱れ飛んだが、ほんとうのことは、誰も知らされていない。

「……いかがでございますか」静子の声が、途中からはっきり聞き取れた。道康のことを聞いている。道康は、脈もなく、呼吸も止まっていた。道康は亡くなった。……この女さえいなければ……この母子さえいなければ。思いがけずに一粒の涙が、順子の頬をつたった。すると色がもどって、視野が広くなった。頭も動きだした。

この子と、この女さえいなければ、道康が亡くなることはなかった。だが、この子と、この女だけは、道康を害することがない。

「帝は、予期せぬことで崩御《ほうぎょ》されました」静子の顔から血の気が引く。惟喬の目が、次第に充血してくる。

順子は、この場に関係のないことを思いだした。去年の新嘗祭《にいなめさい》が終わってから、道康は惟喬のために、五節の舞いを冷然院で行わせた。皇太子は御簾ごしに帝と謁見しただけなのにと、兄の良房が怒っていた。八歳になったばかりの皇太子は、道康の顔も声も知らないだろうが、この少年は道康を知っている。道康の声も、温もりも、考えも知っている。良かった……道康は愛するものと、楽しいときを過ごしていた。愛する子の記憶に残った。

「ここから去りなさい。はやく、去りなさい」

惟喬親王と静子の顔が、こわばる。伴善男が、順子の顔をじっと見て聞いた。

「紀夏井《きのなつい》をよびましょうか」

「……真済《しんぜい》を」

夏井とおなじく、真済も紀氏の出身。混乱しながらも順子は、静子と惟喬を守ろうとしていると、善男は判断した。

「皇太后さまは、お二方の身を案じられています。真済どのとご一緒に、分からぬように冷然院を離れて身をお隠しください。わたくしが手配いたします」

血塗られた家系を立て直そうと生きてきた、英才の胸に灯がともった。天皇家のために闘いつづけた武人の血が、帝の不審死で騒ぎだした。


八月二十七日に、三十一歳の文徳天皇の崩御《ほうぎょ》が発表された。

文徳天皇には六人の女御がいたが、子のある女御は、惟仁皇太子と儀子内親王の母の藤原明子だけで、更衣は十三人いて二十五人の子がある。更衣の子で親王と内親王の宣下《せんげ》を受けたのは十三人で、その内の六人が紀静子の子だ。

文徳天皇がせがまれるので、屏風に描かれた滝の絵を見て、静子が詠んだ歌がある。

想ひせく 心のうちの 滝《たき》なれや おつとは見れど 音の聞こえぬ

（物思いが多い 心のなかの 滝なのでしょう 落ちると見えますが 音は聞こえません）

文徳天皇が命をかけて愛した更衣の、表にだせない涙が、体内をつたわって腹の底にしみいるような歌だ。

十四年まえに皇太子の交代があり、八年まえには在位中の仁明天皇が亡くなったから、なれている良房は手まわしよく動いた。

すぐに神璽《しんじ》・宝剣《ほうけん》・符節《ふせつ》・鈴印《れいいん》など、天皇の印となるものを、皇太子の直曹《じきそう》にはこんで警備し、八月二十九日には、祖母の順子とおなじ輿《こし》に乗った皇太子が東院に入った。

文徳天皇を山陵に送ったのは、九月六日。そのあとで太政大臣の良房によって、叙位や任官が立て続けにおこなわれた。文徳天皇が信頼した紀夏井は、讃岐《さぬきの》（香川県）守《かみ》として四国に飛ばされた。

十一月七日に、大内裏の大極殿で惟仁《これひと》皇太子が即位した。のちの諡号《しごう》で清和《せいわ》天皇という、満八歳の史上初の幼帝だ。幼帝の即位で、正式に太政大臣が政務を執ることになった。良房は、天皇に代わった。

十二月八日に、年の終わりを告げる幣《へい》をささげる十陵四墓《じゅうりょうよんぼ》が、八歳の天皇の詔《みことのり》としてだされた。十陵のほうは、天皇か、皇后か、天皇の母后の御陵で、そのときどきで多少の変化はあるが、ことあるごとに幣を奉って大切にしてきたものだ。なじみのない四墓は、藤原鎌足、藤原冬嗣、藤原美都子、源潔姫の墓。良房の始祖と両親と妻の墓で、これが御陵とおなじ扱いをうけることになった。

官僚としての良房は、嵯峨天皇、淳和天皇、仁明天皇、文徳天皇と四代につかえた経験があるだけ、したたかな力がある。エサで釣る、ばら撒き作戦に卓越しているが、国のためや国民のためには、なにもしていない。

四墓を天皇陵とおなじ扱いにした八歳の天皇の詔には、良房の弟の良相《よしみ》や、猶子《ゆうし》の基経《もとつね》でさえ反感をもった。それに鎌足は死ぬまで中臣《なかとみ》で、藤原を名乗ったのは鎌足の子と称して登場した不比等からだ。不比等は天武系の天皇に仕え、鎌足は天智系の天皇に仕えたから、いまの天智系の天皇家に迎合して鎌足を持ちだしたところまで、気持ちが悪いと基経は思った。

文徳天皇が崩御されても、業平は「奈良から動くな！」と真如にとめられた。真如は、真済と兄弟弟子だから、静子や惟喬親王の身の安全は聞いている。

大仏の頭は新造するはずで、真如は鋳型《いがた》を造るときの参考にと各寺の仏師も集めていたが、鋳造できる技術者がいなかった。そこで京に住む斎部文山《いんべのふみやま》を呼んで、落ちた頭部をつり上げて接着することになった。

このころの奈良の仏師は各寺に所属していて、新しい仏像を造る機会にめぐまれない。お寺には、すでに御本尊が奉られているからだ。集めてみたが必要のなかった仏師が、不退寺《ふたいじ》の聖観音像の制作を手伝ってくれている。だから業平も熱をあげていて、真如にとめられなくても奈良を離れる気はなかった。天皇の交代で官人たちは多忙だったが、正六位上で散位の地下《じげ》官人のことなど、どこでなにをしていようが、だれも思いださない。


清和天皇の即位から一週間後の十一月十四日に、文徳天皇の女御で、右大臣の良相の娘の藤原多賀幾子《たかいこ》が亡くなった。多賀幾子の母は大枝氏で、音人の一族になる。清和天皇が即位しているので惟喬親王の身辺はしずかになり、多賀幾子の葬儀のために、久しぶりに業平は京に戻った。

良相の邸は西三条第《にしさんじょうだい》。一町の広さだ。従二位の位階をもつから、りっぱな四脚門《しきゃくもん》が朱雀大《すざくおお》路《じ》に面して構えられている。父の良相は忙しく、喪主は息子の常行だった。現役の右大臣の娘の葬儀なので、ここぞとばかりに参列者が多い。業平は地下官人だから、目立たないように末の方にひかえていたが、それでも視線が集中する。もはや中年の三十三歳。華やいでいた美貌の青年貴族は、存在感のある麗人《れいじん》になっていた。恋もせず歌も詠まずに、二年余りも奈良に引っこんでいたから、人の視線が心地よい。

左小弁《さしょうべん》になった大枝音人は、少しだけ顔をだして業平を見つけると、連れと一緒に寄ってきた。

「在五《ざいご》どの。お久しぶりでございます」大枝音人が阿保親王の第一子なのは、世間承知のことだが、人まえでは他人行儀《たにんぎょうぎ》な態度をとる。

「大枝さま。このたびは、ご愁傷さまなことでございます」

「ご紹介しましょう。こちらは、在原業平どの。こちらは大蔵大輔《おおくらのたいふ》で左中弁《さちゅうべん》の、高階岑緒《たかしなのみねお》さまでございます」音人は四十七歳。高階岑緒は、それより少し年上にみえる。

「あの有名な、在五どのでございますか。ご病気で、ご療養中《りょうようちゅう》とききましたが、お加減はいかがでございますか」高階岑緒が、業平には心地よい好奇心を顔に浮かべた。

「ようやく、戻りつつあります。よろしく、お見知りおきください」

「こちらも、よろしくおねがいします。お歌を楽しみにしておりますよ」

音人が親しくしている友人は、学者が多く年齢も高い。知識人は自信があるうえに、好奇心が強いから、感性の業平を温かく受けいれてくれる。

音人の上司である高階真人《まひと》岑緒は、むかし太政大臣になった高市皇子《たけちのみこ》の子で、藤原四兄弟に冤罪をきせられて幼児まで縊死《いし》させられた長屋王《ながやおう》の四世孫。正五位下で、酸いも甘いも心得た天武天皇系の能吏だ。

娘の多賀幾子を亡くしてから、良相は藤原氏のくらしに困っている子女たちのための、救済と援助に私財を使いはじめる。


翌八五九年（天安三年＝貞観《じょうがん》元年）。諒闇《りょうあん》中なので正月の行事はなかったが、叙位と任官は行われて、行平は従四位下の左馬頭《さまのかみ》。守平は従五位下で宮内省に属して食事を担当する大膳大夫《だいぜんのたいふ》。大枝音人は正五位下で右中弁《うちゅうべん》になった。四月十五日、年号は貞観と改号された。

喪も明けた八月に、畿内と畿外の諸国司《しょこくのつかさ》が、鷹やはしたか（小形の鷹）を飼うことを禁止する令がでる。これを提議して決議に導いたのは、右大臣の良相《よしみ》だった。

もともと良相は、速く高く飛べない小鳥を馬に乗って追いかけて、疲れたころに鷹を放って襲わせる鷹狩《たかがり》が好きではない。しかも鷹狩のときに、小鳥を追って田畑に馬で入り、百姓が丹精込《たんせいこ》めて作っている作物を踏み荒らしてしまう。いくら注意をしても、そういう不逞《ふてい》の輩《やから》が絶えなかった。鷹狩をするのは貴族と一部の富裕層に限られているから、注意してもダメならと、鷹とハシタカの飼育を禁止してしまった。良房は、このような小さな政治には無関心で任せている。だが、これが発端になって、左大臣の源信と、右大臣の藤原良相のあいだには、しこりができる。源信の趣味が鷹狩だった。

十月一日に、静子の娘の恬子《やすこ》内親王が、伊勢神宮の新しい斎宮《さいぐう》に卜定《ぼくじょう》された。まだ幼い十一歳の恬子は、すぐに母や家族とはなされて潔斎に入った。

十一月十六日から、新天皇が即位された年だけ行われる大嘗会《だいじょうえ》が催された。官人にとっては記念すべきもので、それを企画したり準備したり参加することで、気分を一新して今上天皇を盛りあげようというもの。お祭り騒ぎは、人心を一つにまとめやすい。例年の新嘗祭《にいなめさい》と手順はおなじだが、幼帝の即位で、不安だらけの今回の大嘗会は派手だ。神事や叙位が終わった十九日に、打ちあげの大宴会が用意されている。この日に、一番人気の歌舞音曲が行われる。アルコールつきの、野外コンサートのようなものだ。

朝堂院の西にある豊楽院《ぶらくいん》の広廂《ひろびさし》に清和天皇が出座《しゅつざ》され、庭に五位以上の殿上人がすわり、食事と酒がだされる。演台では多治《たじ》氏の田舞い。伴氏と佐伯氏の久米舞《くめま》いが続く。琴を弾くのは伴氏、刀を持って踊るのは佐伯氏。歌うのは大歌所の職員。久米舞いは、勇猛果敢《ゆうもうかかん》な武人の舞いだ。参議で正三位、皇太后宮大夫《こうたいごうぐうのたいふ》の伴善男《とものよしお》の腹に、その歌がひびきわたる。阿部氏の吉志《きし》舞い、美しい内舎人《うちとねり》の若者が踊る倭舞《やまとまい》がおわり、夜になって篝火《かがりび》が灯されたころに、大嘗会の最後を飾る五節《ごせち》の舞姫が登場した。

五節の舞姫は、通常の新嘗祭のときは四人、大嘗会のときは五人、貴族の娘たちが舞姫をつとめる。貴族の娘は人前に顔をだすことがないので、百官が期待して心待ちにしている出しものだ。

舞姫は子《ね》の日に内裏に入るから、すでに十三日から常寧殿《じょうねいでん》につくられた五節所という場所でくらしている。それだけで、空気に色香が混ざったかのように、若い貴族はワクワクする。五節の舞姫は、一人で十人前後の女房と童女二人を従えている。ほかに髪上げ（ヘアースタイリスト）、下仕え、樋洗《ひすまし》（トイレ係）の童女がついてくる。童女と女房たちは、そろいの衣装を着るし、下仕えなども衣装を新調するから、舞姫をだす家は金がかかる。舞姫の女房が、どんな衣装をそろえてくるのか、男だけでなく女も見たくてたまらない。かれらが使う道は筵囲《むしろかこ》いがしてあり、舞姫が移動するときは、まわりを四人の男子が几帳《きちょう》を巡らせてかくすから、見たい覗きたい心理が、いやでもかきたてられる。

のちに大嘗会や新嘗祭の五節の舞いがはじまるまえに、若い貴族が乱痴気騒《らんちきさわ》ぎを起こす下地ができていた。文徳天皇が亡くなって一年半。その亡くなり方への不審《ふしん》は、五節の舞いがはじまるころには、まぎれつつあった。

今回の舞姫のなかで、人々の関心を一番に集めているのは、十七歳になる藤原高子《たかいこ》。太政《だじょう》大臣《だいじん》良房の亡兄の長良の娘で、良房が猶子《ゆうし》にした基経の妹になる。

「おい。守。藤氏の姫はどれだ」と立ち見をしている人垣から声を掛けられて、席に戻ろうとしていた守平は、びっくりした。

「業。いつ都に戻ってきた？」

「藤氏の娘を教えろ」

「真ん中の娘だ」

「化粧がこくて、素顔が分からないな。動きはぎこちなくて、舞いは下手だ」

仲平は病で休職中だが、行平と守平と音人は五位以上の貴族だから、豊楽院に席を与えられている。正六位上の業平は地下人で席がない。

「太政大臣は、あの姫を入内させるつもりだときいた。相手は、まだ子供だぞ。年ごろの娘が、気の毒だと思わないか」と業平。

「なにを考えている？」

「わたしの好みではないが……まあ、しかたがない」

「おい。業！」

業平は、目元で笑って闇にまぎれた。

「五条第《ごじょうだい》に？」と業平。業平の邸のなかで、大叔母で藤原高子の乳母の睦子《むつこ》と話している。

「ええ。宮中にあがってからの行儀見習いだそうですが、五条第の主の順子さまは、帝につきそって東宮に移られて、お留守です。この春には戻られるはずでしたが、内裏から五条第に移られるのは方位が悪いとかで、良相さまの西二条第《にしにじょうだい》に方違《かたたがえ》されて帰っておられません」と睦子。

「ずっとですか」

「はい。戻られるようすがありません。良相さまと、お話が合うのでしょう」

「じゃあ、いまの五条第には……」

「西の棟に、高子さまだけが住まわれています。なぜ、そのようなことを聞かれます？」

「いや。なに……」と業平が、鼻の横を人差し指でこすった。

「そのくせ。ちっとも、お変わりになりませんね」クスクス笑いながら睦子は「もしかして、高子さまの元に忍ばれるつもりでは……あっ。図星ですね。なにを求められて、わたしを呼ばれました。恋の達人に手引きが必要ですか」

「……ん」

「高子さまは、わたしが手塩《てしお》にかけて、お育てした姫です。幼くても帝ですから、入内されるのは光栄なことだと思っております。

でも、今回のことで、いろいろと考えました。順子さまは、仁明天皇に入内されて第一皇子をもうけられ、ずっと藤氏のために尽くしてこられました。その挙句に、大切な一人息子を亡きものにされた。あまりの仕打ちでしょう。

どんなに高貴な生まれでも、母にとって子は子。かえがたい宝です。子を失くす悲しみに変わりはございません。我が子の命にくらべれは、皇位など、どうでもよいことです。

順子さまが、西二条第から戻ってこられないのは、おなじように多賀幾子さまを亡くされたばかりの良相さまと、ご一緒におられると、心がやすまるからでしょう。

業平さま。わたしは高子さまには、ご自分で選ばれた道を、我がままに、実り豊かに、生き抜いて欲しいとねがっています」

「と、いうことは、睦子どの」と業平。

「話はしましょう。業平さま。高子さまは、自分で考えて、自分で判断ができる、頭の良い方です。ご自分で決められるでしょう。すべては高子さまの、お考え次第です。

さてっと……本日はお暇をいただいてまいりましたので、こちらに泊めていただきましょうか」

「エ……えーッ！　ただいま、お送りさせます。すぐに支度をさせますから……」

「どうぞ、お気づかいなく」

「いえ。いえ。気を遣わせてください」

「では、お言葉に甘えて……夕餉《ゆうげ》のお支度は、まだでしょうか？　冷えてまいりました。さきにオササ（酒）でも頂きましょうか。あら。なにを渋っておられます。寝込みをおそいはしませんから、ご安心なさいな」

三十半ばを過ぎた未亡人の睦子。ますます、ドンとしてデンとしている。


八六〇年（貞観二年）の二月二十五日に、僧の真済が亡くなった。

そして、桜の花が散るころから、「鬼一口《おにひとくち》」という話が巷《ちまた》に広がった。


……昔々、あるところに、いやしい身分の男がいて、帝の元に入内するはずの大臣の姫に恋をした。添《そ》い遂《と》げられない身分違いの恋なので、どこか遠くで一緒に暮らしたいと、男は姫を背《せ》負《お》って駆け落ちする。

逃げる途中の山道で、草についた夜露が月の光にきらめくのを「あれは、なあに？」と背負った姫が聞いたのに、追手を恐れた男は、さきを急いで返事をしなかった。やっと山のなかに、一軒の粗末な小屋を見つけた男は、大切な姫をなかに入れて休ませて、自分は外で見張りをした。

つぎの朝、追手が来ないことを確かめた男が、小屋のなかに入ってみると、衣だけを残して姫の姿は消えている。その小屋は鬼の住処《すみか》で、男が外で寝ずの番をしているあいだに、姫は鬼に食べられてしまった……。

哀しみにくれて、男が詠んだ歌、

白玉《しらたま》か　何ぞと人の　問《と》ひし時　露《つゆ》とこたへて　消《き》えなましものを

（あれは白玉か　なにかとあなたが　聞いたときに　あれは草に付いた露ですと答えて　露のように消えてしまえば良かった……）

なんとなく恐ろしくて哀しく、月光に照らされて山を逃げる男と、背負われた姫という絵になる話なので、アッというまに「鬼一口」は庶民に広まった。しばらくして、男は在五《ざいご》、姫は藤氏の娘だという噂が伝わった。

まれな美貌と歌の才で、若いころに一世を風靡《ふうび》した庶民のアイドル在五が、四年ぶりに戻ってきた。それも良房が、幼帝のもとに入内させようとしている娘との、人目を忍ぶ危険な恋をともなって。苦しい日々をおくる庶民のウサを、おとぎ話で楽しませてくれた。

喝采《かっさい》したのは、庶民だけではない。良房に反感をもつ官人も溜飲《りゅういん》を下げた。歌だけなら、入内を予定している娘に、あれは玉かときかれて、あんなものは、ただの露だろうと言い、消えればよかった……。玉を玉座と解釈すれば、意味は大きくちがってくる。

この話のモデルの実年齢は、帝の清和《せいわ》天皇は十歳。姫の高子は十八歳。恋する男の業平は三十五歳。かなり歳の差のある三角関係だ。さらに身分違いの恋というが、在五は正六位上で貴族ではなく地下人。大嘗会に五節を舞った高子は、従五位下をもらって一階級上位にいる。しかし高子の父の長良は、権中納言がさいごの官職だ。在五は、平城《へいぜい》天皇の第一皇子の一品阿保親王の子。母は桓武天皇の娘の伊都内親王。藤氏が謀略をおこなわずに、すみやかに嫡子《ちゃくし》相伝《そうでん》がなされたら、もっとも皇位に近い血を持っている。

人々が「鬼一口」に夢中になっていた夏のはじめに、業平は奈良にいた。

不退寺の聖観音像ができあがった。流れるような曲線を描き、蓮の花を手にして腰をひねった観音さまは、幅の広い紅色のリボンを頭に巻いている。

「美しいな」と真如。

「開眼《かいげん》が終わったら、わたしは都に引きあげます」

「業平。おまえは、どうせ正六位上の散位だ。ヒマだろ。もう少し、いないか」

「叔父上。清和天皇が即位されましたから、惟喬《これたか》親王は、太政大臣にとって脅威ではなくなったはずです。それに、二条三坊に邸を構えられて、静子さまも移られましたから、うちの隣の紀氏の邸には、舅《しゅうと》の有常どのと、うるさい尼さんと、尼さんの娘の真子さましかおりません。ねえ。叔父上。惟喬親王のお邸は、父上の邸跡だと知ってます？　なつかしいでしょう」

「あのな。ちょっと、手伝ってもらいたい」

「なにを」

「大仏会《だいぶつえ》だ」

東大寺の大仏の修理が終わった。それを祝う大仏会の総責任者になった真如は、あれこれ企画したのだが、思うようにいかなかったらしい。

「いいか。業平。錦《にしき》も彩《あや》も制限なしの使い放題、なんでも使える。貴賤《きせん》の別なく、みんなが楽しめる、大きな催しにしたいのだ。わたしの最後の仕事だ。手伝え」

「そのようなことを、わたしは命じられておりません」

「おまえ……なあ。ずっとまえに、チョコッと仁明天皇の蔵人をしただけで、その歳になるまで、なにかの職についたことがあるか。ずっと散位だろ。朝廷は、おまえを必要としていない。おまえに、なにかを命じたりしない」

「本人のまえで、よく言えますね」

「本当のことだろ。それにくらべて民は、おまえを必要としている。どこがよいのか、おまえの歌を愛してくれている。ありがたいことだ。

この大盧舎那仏《だいるしゃなぶつ》は、朝廷のものではない。帝のものでも、まして太政大臣良房のものでもない。民のものだ。この国に生きている、すべての命のためにある。大仏会の手伝いを命じられるのは、朝廷ではなく生けるすべての人々だ。命を与えられた鳥や獣や草や木や、すべての生きものたちだ。

仏の国では、みなが等しい。みなの勧進《かんじん》によって造られた盧舎那仏の再興の祝いだぞ。うーんと派手なやつを考えろ。ちゃんと病欠の届けは出してやる」

「病欠って！　評価もなしの、ただ働きですか」

「ときどき登庁できるように、胃弱にしておく」

「叔父上！」

「功徳だと思え、業平。人は一時《ひととき》でもよいから、現《うつつ》を忘れる夢を見たいのだ」

できあがった不退寺を維持するために、上毛野内親王、叡努内親王、石上内親王たち、つまり奈良の帝の娘や孫娘たちが、水田を布施してくれた。


「竹ヒゴで形を作って、薄布を張ると？」と、真如。

「ええ。作りものの花で堂内を飾ります。柱には錦の布を巻き、床も布を敷きつめます。床は紫か赤。どっちかな……。ここには張り出しの舞台をこしらえて、庶民にも見えるように歌舞音曲《かぶおんぎょく》を催します。舞台のまわりも、作りものを飾りましょう。仏師や宮大工にできるかどうか……。東塔と西塔のまえの広場にも、小舞台をつくって催しものをしたいな。歌や踊りや琵琶や笛などができる人が、そんなにいるかなあ」

自分で作った絵図面を見ながら、業平は夢中になっている。

「奈良の帝の縁《えにし》だろうな」

「なにが？」

「作り物の技人《てひと》は、わたしが呼んでおく。それから、ずっと昔に萱《かや》の御所で、おまえも会ったことがあるはずだが、行教《ぎょうきょう》という僧が男山に八幡宮をつくっている。おまえの舅の有常が、よく知っているはずだ。そのふもとの山崎に色町があるそうだ」

「はい。はい」たしか青砥と白砥が、移ったはずの色町だ。

「八幡信仰を広げるために、おもしろいことを企んでいる。歩き巫女だ。歌や踊りを教えて、札をもたせて諸国を巡らせる。春もひさぐのだろうが女一人では危ないから、秦や土師が関わるらしい。遊女を集めるわけにはゆかないが、巫女なら、どうだ？」

「あん？」

「そちらは、わたしが手配します」

「有常どのに、たのみます」

「おや……あの娘は？」と真如が、遠くでサンセイと話している娘に目をやった。

「仏師の慶行《けいぎょう》の娘で、たしか……桔梗《ききょう》とか」

「身ごもっているように見えるぞ」

「種馬のように、わたしを見ないでください。サンセイの子ですよ」

「それは、めでたい！」

数日後に、八人ほどの異風の集団が、不退寺にやってきた。無冠で藍染《あいぞ》めの身軽な衣装をまとって、腕と脛《すね》には、長い藍の細布を巻きしめている。

「おお！」とサンセイが驚きの声をあげた。

「知り合いか？」と業平。

「小野の山人です」

小野山は都の東北にある。サンセイは小椋谷《おぐらだに》の出身だから、もとは小野山人。都からは東北の鬼門になるが、山を東に降りれば、琵琶湖の西南になる場所だ。

「立派な寺になったな。なにか用か？　業平」と男の一人が近寄ってきた。

「兄上？……え……仲兄？　邸をたずねても、いつも留守だと追い払われました。文《ふみ》にも返事がない。いったい、ぜんたい……あのう……どうしたのです。その格好は」

「悪かったな。そろそろ死亡届を出そうと思っている」

「はァッ！」

「先の帝が崩御されたころに、わたしは病で死に損なった。生かされた命だが、なんだか、つくづく宮仕えがイヤになった。わたしには、このほうが生きやすい。業平。叔父上から、おまえが、わたしを必要としていると連絡をもらった」

「わたしをさけて、叔父上とは連絡していたのですか？」

「ロクロの扱いを教わるために、今回の修理で活躍した、斎部《いんべ》文山を紹介してもらったのだ。子供みたいに、すねるなよ。弟の役に立つなら、できることは、なんでもすると約束しただろう。なんの用だ」

「業さま。小野山人はヒゴ細工が得意です。篝火《かがりび》や炭つくりも、かなうものがおりません」とサンセイが説明した。


「わしの弟子にならないか？」

東大寺の仏師の慶行《けいぎょう》の家。工房をもつ田舎屋だ。眼のまえには、稲穂《いなほ》が実った水田が広がって、イナゴが飛んでいる。桔梗が、茹でた菱《ひし》の実をザルにいれて運んできた。慶行の妻の奈津が、亀の肉をもりあげた湯気の立つ皿をもってくる。

「弟子にするには歳をとりすぎているが、それだけ手先が器用なら鍛えがいもある」

サンセイが、こまったような顔をする。

不退寺の観音像を作っているあいだに、サンセイは桔梗と出会った。幾度か会ううちに、互いにひかれあった。南都に住む仏師の一人娘は、都の女たちとちがって素直でのびやかだ。サンセイは三十半ばをすぎたのに、きまった妻がいない。はじめての恋。はじめての妻。まだ十七歳の桔梗が、愛しくてたまらない。

慶行の弟子になって、桔梗と一緒に水田をながめて暮らしたい。生まれてくる子と桔梗の両親とで、木の香りを嗅ぎながら、おだやかに暮らしたい。

そう思えば思うほど、切なくなってサンセイはうつむいた。涙がポタリと床におちた。

「……だめか」と慶行。桔梗の父だが、四十歳になったばかりで、サンセイと歳がちがわない。

「そうしたい。そうしたいが……」と、サンセイが声をつまらせる。

「在家から許しがでないか」

「許しはでる」

「……では、なぜ」

「うまくいえないが、在五《ざいご》さまを捨てられない」

「業平さまから、離れがたいのか」

「業さまなら離れられるが、在五さまは、さいごまで見届けたい。

どう話せばよいか分からない。業さまは、若いころから仕えた主だ。望まれて仏師になるといえば、喜んで祝ってくれるはずだ。在五さまは、わたしも手を貸して、一緒につくった都一番の、いや。この国一の雅男《みやびお》だ」日が暮れはじめて、田の虫が鳴きはじめた。

「……分かるような気がする」しばらくして慶行。サンセイが目をあげる。

「仏師も、彫った仏とは離れがたい。まして生きている人をつくったのなら、さいごまで手を貸したいだろう。サンセイ。生まれてくる子を、わしの弟子にくれないか」

「女かもしれない」

「女も男も、これから増えるのだろう?」

「……」

「都へ行っても、せっせと通ってこい。わしの跡継《あとつ》ぎをつくってくれ。在五さまを見届けたら、かならず、ここへ帰ってこいよ」

虫の声がうるさくなった。


秋のひととき。業平が都の邸に戻ってくつろいでいると、「よっこいしょ」と和仁蔵麿《わにのくらまろ》が座った。蔵麿と叫古居《さけびのふるい》は、守平と業平の邸を適当に交代してみている。二人とも事業だ。

「かわりはなかったか。爺」

「いっとき下火になったのに、また賑わってまいりましたな」

「なにが」

「在五さまの邸を、見物にくる人です。見料でも取って、なかも見せましょうか。あ……そうそう。睦子どのから使いがありまして、帰ってこられたら知らせて欲しいとおっしゃられています。ぜひとも、お目にかかりたいそうですが、どうします」

「どう思う？」

「なにか、あったのでしょうな」

二日後の宵の口に、睦子は息子の邦雄と下働きの娘をつれて現れた。部屋にあがるなり、「ああ痛い！　もうダメ」と下働きの娘が、足を投げだして、ひっくり返った。声を聴いた業平が、飛び上がる。

「高子《たかいこ》さま……ええっ！」

「こんなに歩いたのは、生まれてはじめて。足の裏が、すごく痛い。ふくらはぎも腿も、背中までイタイ！」

「やはり、高子さまですね。睦子どの。これは、どうしたことです」

「さきに申しあげたはずです。わたしは高子さまを、我がままに育てました」

「人に見られたらどうします。お邸のかたは、ご存じなのですか？」

「鬼一口」が話題になって、高子は実家の枇杷第《びわだい》につれもどされた。父の邸だったが、いまは長兄の国経《くにつね》が、母の乙春《おとはる》とくらしている。五条第よりも目が届くし、まわりには藤原北家の邸が多くて、いかに業平でも通えない。

「蔵麿どのから知らせをいただいて、この二日、病気のふりをして臥《ふ》せっておられましたから、お邸の方は寝込んでいると思われるでしょう」と睦子。

「なぜ、危ないことをなさいます。途中でなにかあったら、どうするつもりだったのです」と業平。

「在五さまに、どうしても言いたいことがあります。あの話を、わたくしは好みません！」と高子。

「はい？」

「鬼に食べられる話！」

「どこが、お気に召さない？」

「あれでは、二人は小屋の内と外。結ばれるまえに、わたくしは鬼に食べられてしまいます」

「入内《じゅだい》されるのでしょう。高子さまには、この先があります。姫を慕って連れだした男とは、清いままで引きさかれてしまう。あなたを思いやってのことではないですか」

「そうやって恩きせがましく、わたくしのせいにするところが、いやらしい。あなたって、卑《ひ》怯《きょう》で姑息《こそく》で、最低の男です！」

「ん！」

「わたくしが帝より八歳も歳上なのは、だれでも知っています。帝も好まれないでしょうが、わたくしも好んで入内するわけではありませんから、在五さま。自分の言い訳に、わたくしを使わないくださいい」

「言い訳ですか……」

「十八にもなって、月光に輝く露も知らないほど、愚かな娘ですか。わたくしは」

「深窓《しんそう》に、お育ちになりましたから」

「深窓といわれる場所がある邸は、庭も広くて草も虫も露も多いことぐらい、ご存じでしょう！」

「それは、あなたの高貴さを印象づけるためで……」

「好き合った二人なら、山の中で小屋を見つければ、まず抱き合うでしょうに」

「だから、あなたの純潔を……」

「お黙りください！　在五さま。あの話は、だれにあてて作られました。だれに向けて、あの歌を詠まれました。わたくしを利用して、広く世に広めようと、自分の評判のためだけに、詠まれたのではないでしょうか。根性、くさってませんか。

　利用するだけならともかく、恩をきせるような言い訳までされたのでは、腹がたって腹がたって……恨みます。呪います。祟りますよ！　きれいな別れができないのなら、このまま、ずーっと別れません」

「はあ？」

「たとえ一時《いっとき》の恋でも、相手だけをみて、その人のためだけに、身も心も削ってみたらどうです。一心に思われて、はじめて恋は美しく浄化されて思い出になります。人の評価など、どうでもいいでしょう。あなたの心を切り取って、わたくしにください」

「こういう、お顔でしたか。いつもは暗いし、白塗りをされているから分かりませんでした」

「話を、そらさないで。あなたが夢中になるほど、わたくしは美しくありません。入内するかもしれない藤氏の娘という、利用価値しかありません！」

「これはまた、けちくさいことを口にされる。自分を美しくないと卑下《ひげ》するなど、卑怯で姑息じゃありませんか。まあ並みの、お顔立ちです。とくに醜く生まれついたわけではありません。高子さま。美しさは、鍛練《たんれん》して作りあげるものです。分かりますか。その意思があり、努力を重ねれば、表情一つ、仕草一つで、だれよりも優雅に、だれよりも艶《あで》やかになることができます。努力もせずに自分を卑下するとは、なんとゴウマンな」

「どうすればいいの」

「まず鏡で、ご自分をたしかめなさい。人の動きや仕草を、まねしてみるのも、ためになります。顔の表情や体の動きをまねることは、そういう動きをするときの人の心も感じます。美しさとは、つくるもの。己《おのれ》を知って人を知ることです。

高子さま。相手を思い、その人のために身を削《けず》る。はかなく消えても燃えあがる情愛とは、そういうものでした。あなたは、わたしの目を覚ましてくださった。わたしの歌を、待っていてください。そして、あなたは、だれよりも輝く女性になる努力をしてください」

暗いうちに帰ったのに、つぎの日の朝に、睦子が一人でやってきた。

「どうなさいました」と業平。

「こんどは、お暇を出されてしまいました」と睦子。

「昨夜のことで？」

「昨夜のことは、高子さまの物思いがつのって、フラフラと、さまよわれたことになっております。ただわたしは信用がありませんから、いつまでも高子さまが物思いにふけられるのは、わたしがいるせいだと追っ払われてしまいました」

「これから、どうなさるおつもりですか。よかったら、母と一緒に暮らされませんか」

「いえ。右大臣の藤原良相さまが、六条に藤氏の子女の救済所をつくって、雑仕女《ぞうしめ》を募《つの》っておられますから、そこで働きます。藤氏にかかわっていれば、いつか高子さまの噂が、とどくかも知れません」

「邦雄どのは？」

「あの子は童舎人として登庁して、成人したいまは舎人寮に属しています」

「睦子どの……。五条第が、どうなっているか、ご存じですか？」

「順子さまが帰っておられます。業平さま。なにか企むつもりでしたら、わたしも加えてくださいな」

「つぎの桜が咲くころまでに、少し軽くなってくださるのなら」

「はい？」

「馬がめげます。睦子どの」

「兄さん。おまえも変わった人だねえ」と岡田剛。客足がとだえた遊亀楼《ゆうきろう》の、晩秋を迎えた昼下がりだ。

「アチャは、もう妓女じゃない。うちの下働きだ。下働きに揚げ代を払って、いつまで会いにくるつもりかい」

良房の側番舎人のジュツが、月に一度か二度、会いに来ていたアチャは、年季《ねんき》が明けて遊亀楼の下働きになった。琵琶が上手いので、ときどき客のまえで披露はするが、客と床を共にすることはない。それでもジュツは、十文払って会いにくる。ジュツがアチャの手から桶をとりあげて、雑巾を絞りはじめた。何回も流産したが、いまも、アチャは身ごもっている。

「揚げ代を払って、掃除を手伝う気か。どうだい。いっそのこと一緒になっちまえば」

ジュツは黙って床をふいているが、どっこいしょと座ったアチャが、剛にまくしたてる。

「剛のおやっさん。冗談いっちゃいけないよ。どこのだれがテテ親か、あたいにだって分からないが、この人の子じゃないことは確かだよ」

「えらい剣幕だ」

「あたいだけが、分かっているってやつだ。この人に余計な押しつけをするんじゃないよ」

「ふうん。揚げ代を払って、妓女に会いに来てただけって、ことかい」

「いつもじゃないけどさ。この子のテテではない」

「こんどは、ちゃんと生まれて育つといいな。アチャ。いつごろだい」と剛。

「つぎの夏ごろだ」

「だけどな。腹が出てきたら、ここにゃ置けない。下女が腹ボテだと、客が引いちまうだろうよ」

「追いだす気かい。こっちは、行く当てがないんだよ。この鬼畜生！」

「おれのおやじの、足腰が立たねえ。そっちの世話をしてくれ。なあ。兄さん。もしもアチャの子が無事に生まれたら、名をつけてくれねえか」

ジュツが、不思議そうな顔をした。

「なにもアチャやガキを、おまえさんに押しつけようってんじゃない。テテがだれか分からないのは、生まれてくる子のせいじゃない。せめて、おめえのテテがつけた名だと、言ってやりてえと思ってよ。兄さんが、どこのだれかは知らないが、妓女の顔を見にくるだけで、下女に揚げ代を払って掃除を手伝おうって変人なら、打ってつけじゃねえか」

ジュツが、照れくさそうにうつむいた。剛は、ジュツの素性も、家原芳明という名も知っている。良房が、身寄りのない孤児を童雑色《わらわぞうしき》にして、その中から側番舎人というものを選んでいるのもしらべている。孤児を雇うのは美談のようだが、おなじことでも淳和院の正子太皇太后は、孤児が成人すると届けでて、戸籍と家を作って独立させている。それとは、ちょっとちがうようで、良房の側番舎人は、良房のそばに仕えて急死するか、いなくなる。何か裏がありそうだが、この男は、いい奴だ。

「兄さん。あとで、おやじの家に行く道を教えるから、次からアチャに会いたくなったら、おやじのとこへ行ってくれ。ここへは来るなよ。商いのジャマだ」つっけんどんに、強面《こわもて》で剛は言った。

この冬に、そんなに鷹狩《たかがり》がしたいのなら、迷惑をかけないようにと、左大臣の源信のために宇治《うじ》に鷹狩用の土地を二十五町も国が下賜した。つづいて弟の源融《とおる》のために、鷹狩用地として宇多野《うたの》の土地をあたえた。

幼帝の清和天皇を補佐するのは太政大臣の良房だが、左大臣は臣下の筆頭にいる。その左大臣の信が、太政官会議で一年以上も、自分の趣味のために、鷹を飼うことを禁止した条例に文句をいっていた。右大臣の良相はうんざりし、参議の伴善男は、仁明天皇を苦しめた嵯峨の帝の姿を、信の上に重ねた。

十

月やあらぬ　春やむかしの　春ならぬ

八六一年（貞観《じょうがん》三年）三月十四日。

奈良の都は、にぎわっている。都が京に移ってから、はじめての盛況だ。この日に、東大寺の大仏会《だいぶつえ》が開かれた。朝廷は監修《かんしゅう》のために役人をだした。

遣わされたのは、二品治部卿《じぶきょう》の賀陽《かや》親王。桓武天皇の第八皇子で、皇族の長老株。業平の母の伊都《いつ》内親王とは、異母兄妹になる。つきあいはなかったのだが落雷さわぎの日に、近くにあった賀陽親王の邸にも雷が落ちた。それから互いに相手を認識して、季節のあいさつぐらいは届ける。ほかには、三品中務卿《なかつかさきょう》の時康《ときやす》親王。四品弾正尹《だんじょういん》の元康《もとやす》親王。この二人は、輿の中で急死した沢子女御が遺《のこ》した仁明天皇の皇子で、基経や高子の母方の従兄になる。

「みごとでございます。叔父上」と行平は、となりの椅子の真如にささやいた。大仏殿の柱は錦の布でおおわれ、床には朱紫《しゅし》のジュウタンが敷きつめられている。大盧舎那仏《だいるしゃなぶつ》のまえに並べられた貴賓席に、賀陽親王らは腰をかけている。従四位下で左京大夫《さきょうのかみ》の行平も、貴賓席にすわる朝廷が派遣した役人の一人だ。東大寺伝燈大法師《とうだいじでんとうだいほっし》の安圓《あんえん》を中心にして、百人をこえる僧が経を唱えるなかで、カゴに入った仏師が滑車で吊り上げられた。開眼式《かいげん》がはじまった。

めずらしく、きらびやかな袈裟《けさ》をまとった総責任者の真如が、「行平」とささやいて天井を目でしめした。その先を追った行平は、東の梁《はり》の上で仏師の乗るカゴを吊りあげる縄を、しっかり握ったサンセイを認めた。反対側の梁で、縄を握る男たちの先頭はモクミ。大仏の後ろの梁の上では、仲平によく似た木挽《こび》きのような男が、東西南北の綱取りを指揮している。

開眼式がすむと、大極殿のまえの庭につられた舞台で舞楽《ぶがく》がはじまる。庭には七色の宝石を実に見立てた二対の作り物の木が、東西におかれている。鮮やかな舞台の天蓋《てんがい》にも、みごとな造花が飾られている。

新嘗祭《にいなめさい》のときとおなじように、久米舞《くめま》いや倭舞《やまとま》いが、雅楽寮《ががくりょう》の踊り子や楽師や、宮中に仕える内舎人などによって演じられた。それらが終わったあとで小休止があり、朝廷からの貴賓は控室にひっこみ、無事に大仏会が終わるまで待つ。貴賓席が除かれて、かわりに庶民が、どっと大仏殿の前庭に入ってきた。

しばらくすると異国の音楽が奏《かな》でられて、衣装もめずらしい舞姫たちが舞台に登場した。それが、次々に繰りだされる。残って立ち見していた行平は「あれ？」と眉をよせた。楽人の出入りを差配している水干姿の男が、業平に似ている？　梁の上にいた男は、仲平によく似た木挽きがいるものだなあ……と思ったが、業平に似た男がいるわけがない。業平は色白で、なよやかで艶《つや》っぽい特殊な容貌をしている。ということは……水干姿の男は業平で、木挽きのような男も仲平。人波を制御する東大寺の舎人たちのなかに、真如の子の安貞《やすさだ》が見える。気分が悪くなった人を収容する、救護所のなかには善淵《よしふち》がいる……朝廷は休みではないのに、ここで、なにを?

「行平どの!」肩がふれあうほどの人波から、声がかかった。見ると守平が、伊都とシャチ、妻の倫子と子供たちと姑の元子、モクミの妻の小夜と子供たちを連れて、こちらへ向かってくる。

なぜだか行平は嬉しくなって、子供のように両手を振って、歯が見えるほどの笑顔でジャンプした。

やはり朝遣使《ちょうけんし》として来ている正三位の中納言で、民部卿《みんぶきょう》(税務・財政局)と皇太后大夫《こうたいごうのかみ》を兼ねている伴善男《とものよしお》も、居残って行平の近くにいた。伴氏にとっても、奈良の都は因縁が深い土地で、なんとなく避けている。

むかし奈良に都があったときに、伴氏は大伴氏と名乗って天皇に仕えていた。大内裏の正門になる大伴門を造り、西に並ぶもう一つの正門の佐伯門《さえきもん》を造る佐伯氏と共に、両門を守る武人だった。大伴氏と佐伯氏が、大伴門と佐伯門に大盾《おおたて》を立てて、はじめて、そこが宮城となった。

善男は、参議で正三位の中納言。貴族の中でも公卿《くぎょう》とよばれる高い身分になった。最初に名を売ったのが、上司を告訴した「法隆寺明宝論争」なので敬遠されることはあるが、善男はだれにも冤罪《えんざい》をきせていない。あの論争も不正を糺《ただ》しただけだから、その知性と知識と気力に、信頼を寄せてくれる人たちも大勢いる。このごろの善男は、伴氏と佐伯氏の縁者を、都に移り住まわせている。散り散りになった一族に、官人登用の機会を与えたいのだ。大伴氏が、一族としてまとまっていた奈良の都。善男は甘酢っぱい思いを噛みしめていた。


祭りのあとの虚脱感と、興奮の余韻が残っている。

「それにしても、ずいぶん集めたな」

東塔と西塔のまえに舞台をつくることはできなかったが、参道のそとに大道芸人と出店がでた。踊り子を集めて、異国の音楽や踊りを指導してくれたのは、大山崎に住む白砥《はくと》と青砥《せいと》。大道芸人は土師雄角《はじのおつの》と、舎人をやめて太秦に戻ったムカデこと秦能活《はたのよしかつ》が集めてくれた。出店は、岡田狛の息子の剛《ごう》と栧《えい》が手配してくれた。

「なあ。ナーさま。ものは相談だが、ナーさまの歌を、巫女たちに教えてもよいだろうか」と青砥が、業平に酒を注ぐ。

「わたしの歌を」

「ああ。小野さまからは、歌を使ってもよいと、お許しをもらったんだよ」

「小野さまって、もしかしたら、小野小町さまのこと？」

「そうだよ。小町さまの恋歌を、巫女たちが歌って、国中に広めるのさ」

「わたしの歌なら、使ってもよいよ」

「焼けましたよー」とサンセイとモクミが、丸々太ったキジの丸焼きをもってきた。キジは味がよいので、勝手に射て食べてはいけないことになっている。鮎《あゆ》も美味しいから、庶民は食べてはいけない。子供が飢え死にしそうでも、鴨川でピチピチはねる鮎を捕って食ってはいけない。

「キジを、何羽か焼く〜ぅ！」と、場所は慶行たち奈良の仏師が、歌垣山《うたがきやま》のうえに用意してくれた。このあたりは平城京をつくるときに瓦工房があったので、瓦を焼くために木を伐《き》って、いまだに木の生えない坊主の土地がある。

「小夜の幸せそうな顔が見れて、うれしかったよう。モクミどの」と白砥。

「モーさまの、ご家族も見れたの」と青砥。

「守平さまは、すっかり良いテテに、なんなすった」と雄角。

「守は、さっさと帰ったからな」と業平。

「歌や踊りを巫女や妓女に、しっかり教えて広めるよ」と白砥。

「いつか妓女の踊りや歌を、帝がご所望される日がくるかもしれないね」と青砥。

「天地がひっくりかえっても、そりゃないさ」雄角の言葉に、みんなが笑う。

「みな、今夜は、うちの寺に泊まればよい」

「いいよ。わしらは、どこでも休めるさ」

「つぎは、いつ会えるかな。おばさんたち。体を大切にして長生きしてよね」

「やさしいねえ。ナーさま。わしらのことなど、気にするな」

「わしらは、帝が御居なさる囲いの内を守るため、不浄を外に追い出して、内と外の境をさすらう風の民でやすよ。いつかは人じゃあ、無くなっちまうかも知れやせん。でも業さま。風のとおりがよいところなら、どこにでも、わしらの心は漂っておりやす」と雄角。跡継ぎだとつれてきた小鷹《こたか》が、飲みすぎの雄角の手から杯を取りあげた。

満月に近い春の月が、中天に輝いている。


大仏会が終わった三月の末。桜の花も盛りをすぎて、散りはじめたころの夜。業平の邸の庭で、両袖をピンと引っぱって、睦子が守平に聞いた。

「シャチさま、みたいでしょう?」

「なんと、いうか……」と守平は言葉につまる。小袖をなかに入れて小袴をつけた、小柄でずんぐりした睦子の姿は珍妙、ヘンだ。

「守平さま。それじゃ盗賊ですよ。どこで暗色の表袴《おもてばかま》などを、あつらえたのです」と上下共に黒っぽい褐衣《かちえ》姿の守平をながめて、睦子のほうも首を傾《かし》げている。

「あれ。守も来てくれたの」邸から出てきた業平は、薄い桜色の直衣《のうし》に冠を着けて、夜目にも鮮やかに華やいで見える。足元だけは革の長靴をはいているのは、逃げるときの用心だろう。

「鳴りものが、いるだろう」と守平は、ふところから笛をのぞかせた。

「オッ。じゃあ、舞えるかな」と業平が喜ぶ。

「皇太后は、おられるのだな」

「昼に、たしかめた」

サンセイとモクミが、守平と業平に馬の手綱を渡す。それから睦子を馬の背に乗せるのに一苦労したが、結局、一人ではムリだろうと、サンセイが睦子を抱えて二人乗りをして、二つの袋を乗せた馬をモクミが引いて外に出た。

「なんだ。その荷物は」と守平が聞くと「花びらと灯明《とうみょう》ですよ」とモクミが答える。小道具まで用意したのか。

「睦子さま。蔀戸《しとみど》の上げ下ろしを、手早く教えてください」「分かっていますよ」サンセイと睦子が、馬のうえで打ち合わせている。

「よい夜だなあ」細い下弦の月を仰いで、守平は言った。

「守さま。衛士《えじ》にみとがめられないように、静かにしてください」とモクミ。

「だいじょうぶだ。人が見たら、百鬼夜行《ひゃっきやこう》と思うだろうさ」と守平は返す。

守平は三十八歳、業平は三十六歳、サンセイとモクミと睦子は、四十に近いだろう。富裕層の死亡年齢が五十代の始めから中頃。人生を四季にみたてて、青春、朱夏、白秋、玄（黒）冬に分けると、節度をもち、世の模範となるべき白秋期の人々が、そろって、ほんとうに……。

「よい夜だ！」と守平は、もう一度、大きく声にだした。


その夜、伴善男は五条第にいた。兼任している民部卿《みんぶきょう》の仕事が忙しく、順子皇太后とゆっくり会っていなかったから、ご機嫌うかがいにきて長居をしてしまった。桜のころは雨が多い。今夜のように、さわやかな夜は珍しいから、蔀《しとみ》を上げて酒を酌《く》んでいる。論陣を張れば向かうところ敵なしで、問われれば即答できる豊富な知識はあるが、このようなときの善男は口数が少ない。尼僧になった順子も黙っている。黙って細い月をみている。

「西の棟から物音がします」と、五条第を警備する帯刀舎人《たちはきとねり》が庭に控えた。どうじに笛の音が、西の棟から聞こえてきた。染殿ほどではないが、五条第にも桜は咲いている。月と桜と笛の音。皇太后の順子は五十四歳、息子をうばわれたいまは、怖いものなど、なにもない。

「さわがないように。わたくしのまわりを固めて、そのまま静かに控えなさい」と舎人に命じた。順子のところから西の棟がよく見える。

西の棟の蔀《しとみ》が、パタン、パタンとすばやく上がる。部屋のなかには、すでに、たくさんの灯りが並べてある。白っぽい直衣姿の男が、襟に桜の一枝をさして、笛の音に合わせて舞いだした。どこから飛んできたのか、風もないのに花弁が舞う。

「……在五さま?」と順子の女房がつぶやいた。

「あれが、在五どのですか」と順子。

「お顔は存じませんが、在五さまではないでしょうか。高子さまが暮らされていた、西の棟です」

舞い終えた男は、襟にさした桜の小枝を手にもって、真っ直ぐのばすと歌いあげた。

月やあらぬ　春やむかしの　春ならぬ　わが身ひとつは　もとの身にして
（月も違う　春も去年の　春ではない　私だけが一人　変わらない思いを抱く身でいるというのに）

桜吹雪が一斉に舞い、素早く蔀がとじられる。「……在五さま」「在五さま!」と、西の棟に駆けだしそうな女房たち。

「まちがいないでしょう。わざわざ危険をおかして恋歌を詠《よ》みにくる男が、何人もいるとは思えません。なかなかの余興です」と順子。

「怒らないのですか。こんどこそ、高子さまの入内《じゅだい》が、むずかしくなります」と善男。

「ここに高子はおりませんし、思いを断てない男を払えと、兄に頼まれておりません。高子の入内がどうなろうと、知ったことではありません。大夫こそ、怒りもせずに見入っていらした」

「わたしにも歌人の血が、わずかながら流れております」善男は傍系だが、大伴氏《おおとも》には、大伴家持《やかもち》や大伴旅人《たびと》の大歌人がいた。

「あらぬ、ならぬ、とくりかえして、さいごに、ひっくり返す。在五さまは、腕をあげられましたな。それにしても、わたしのように不細工な小男が歌ったら、気もち悪い。別れたあとまで、未練がましいと、石でも投げられそうな歌ですな」

「ホホホ。でも、みごとに……心をつかみますねえ」

文徳天皇を亡くしてから、はじめて順子がほほ笑んだ。月日はうつり変わるが、わが身一人は元のままに、順子は息子を偲《しの》んで自分を責めつづけている。その順子に、善男はやさしい目をむけた。五十歳になった善男も、仁明天皇を忘れずに慕い続けている。

歌を流すときには、会っていたころの気持ちも、業平はつけ足した。

人知れぬ　わが通《かよ》ひ路の　関守《せきもり》は　宵々《よいよい》ごとに　うちも寝《ね》ななむ

（人に隠れて　私が通う道の　見張りは　夜になるたびに　眠っていればよいのに）

去年の「鬼一口」とちがって、つややかな大人の情愛の歌。いく夜もの逢瀬《おうせ》をかさねた男女の歌だ。

このころから業平の歌は、わきあがる感情を表出しはじめる。特定の女人にむけて心をさらけだした、この歌は、かえって大衆に支持されて口から口へと伝えられた。

高子がいる枇杷第《びわだい》には、兄の基経《もとつね》が怒りに顔をそめてとんできた。

「高子の耳には、絶対入れるな!」さっそく箝口令《かんこうれい》がしかれる。

すでに高子は、童《わらべ》にたくして届けられた睦子の文で業平の歌を諳《そら》んじていて、自分の鏡を、きれいに磨きあげていた。


大仏会が終わって、一か月も経たない四月のはじめ。真如の息子の善淵《よしふち》の邸に、在原氏の男たちが呼び集められた。

「叔父上。おつかれさまでした」と行平。

「いやいや。仲平。業平。みんな、ご苦労だった」と真如はごきげんだ。真如だけは精進の別膳だが、善淵がふんぱつして、魚や肉を並べてくれている。

「なにも手伝わなかったわたしが、来てもよかったのかな」と遠慮なしに、自分で酒をそそぎながら守平が聞いた。

「大仏会の慰労会《いろうかい》ではないぞ。わたしの送別会だ」と真如。

「送別会?」

「大仏会が、わたしの最後の仕事だと言ったはずだ」

「それは、まあ。聞きましたが……」竹串に刺した焼き魚をかじりながら、もぐもぐと業平が答える。

「大枝《おおえ》さまがみえました」と真如の、もう一人の息子の安貞《やすさだ》が案内してくる。

大枝音人は、行平とおなじ従四位下だが役職がちがう。音人は式部少輔《しきぶのしょうふ》（文官の人事を決める役所）で、権左中弁。そのうえ貞観格式《じょうがんきゃくしき》の編纂者。貞観は年号。格式は、実行したときに不備な法律を訂正し、改めて作る法律のことだ。どれも実力者がする仕事で、それだけに忙しく、在家の内輪の集まりに顔をみせることは、ほとんどなくなった。

「……こちらへ」と安貞が上座にうながすが、音人は、はしに陣どって頭を下げた。

「真如さま。ごぶさたしております」音人は五十歳。すでに人の上に立つものの風格がにじみでている。

「このたびは、南海道《なんかいどう》（四国）へ行かれると奏上《そうじょう》されて、許可が下りたそうですな。空海さまの、ご足跡をたどられますのか」と音人。

「そのつもりだ」

「それだけのことで、別れの宴をされるような、真如さまではないはずです」と音人。

「大枝さま」と善淵が改まって座りなおした。

「南海道をまわったあとで、父は唐（中国）に渡ると決めております。渡唐の許可をねがいでるのは、いかがなものかと止めておりますが。それで時期をみて、わたしと安貞に、南海道で不明になったと奏上してくれといいます」

音人が怖い顔をして、庭をにらんだ。闇が降りた庭に、若芽時の匂いがたまっている。

「安貞どの。酒を……」つがれた酒を一気に飲みほして、

「お一人で渡海されるつもりですか。叔父上」と音人。

「そのつもりだ」

「言葉も分からず、食も異なり、習慣もちがう。知る人もいない国へ、なぜ行かれます」

「仏の道を究めたいからというのが、たてまえだ。じつはな。唐の国のことは、師から聞かされて、ずっと、あこがれていた。橘《たちばなのはやなり》逸勢どのからも、いろいろ聞かせてもらった。それに、ほれ。守平の母上のシャチどのは、唐だけではなく天竺《てんじく》（インド）や羅越《らえつ》（シンガポール付近）もご存じだ。

聞けば聞くほど、この目で見たくなった。この国のほかに多くの国があり、多くの民が暮らしている。行ってみたいのだ」

「お幾つになられました」

「六十二歳だ。今やらねば、悔いをのこして死ぬことになる」

「空海さまが入定《にゅうじょう》されたお歳に、なられたからですか。一圓《いちえん》どのも連れずに行かれますのか」

「わたしの勝手で、引きまわすことはできない」

音人は、手酌で立てつづけに酒を飲んでから、盃をおく。

「わたしは大枝に生まれて、大枝に育ち、大枝を名乗っております。まったく、あなたがた、在《ざい》家《け》の方は……」と右の拳で床をドン。「どなたも、こなたも……」と、肩を動かして息をついだ。芽生えのときの、モゾモゾ動きたくような香りが体の奥に広がる。音人は、その香りを味わった。

「善淵どのと安貞どのは、了解されたのですか」

「父の、たっての望みです。反対したところで、あきらめる人ではありません。ほうっておいたら、勝手にいなくなりますから」

「ただ歳が歳ですから、心配です」と口々に二人が言う。

「新羅《しらぎ》の情勢が、おだやかではありません」と音人。

新羅は半島の国だが、ずっと政情が安定していない。唐に行くには半島に上陸して陸路を通るほうがよいのだが、日本は新羅に関わらない姿勢をとっているので、国交が断絶している。

「唐の商船ならだいじょうぶでしょう。乗船する船は決まっていますか。叔父上」と守平。

「いや。まだだ」

「伊勢氏のほうに頼まれますか。それとも母に、さがさせましょうか」

「守平。叔父上を、そそのかすな」と音人。

「シャチどのは、まだ船党とつながりがあるのか」真如のほうは、守平ににじりよる。

「母の兄たち。つまり、わたしの母方の伯父たちは陸に上がったようですが、わたしの従兄たちは、海に生きていますし……」

「し……なんだ？」と聞く業平を無視して、

「南海道から帰られたら、連絡して下さい。船便をさがしておきます」

「出航の日が決まったら、善淵どのと安貞どのから、仏教修行のために渡海すると、朝廷に奏上して下さい。そのほうが、あとの面倒がありません。わたしが、どうにかしましょう。ところで、仲平！」と音人は、はじめて目にする仲平の山人姿に向き合った。

「は……」

赤飯を口に入れたところで、仲平が頬をふくらませた顔をあげる。

「なぜ、冠や束帯《そくたい》を……衣冠《いかん》を身につけていない！」

「あ……」と飯を嚙みながら、仲平は首を傾げて、ちょっと考えた。

「兄上。わたしは病死したことにならないだろうか」

音人は拳をにぎりしめたが床はたたかず、太いため息をついて手を開いた。

「死んで、おまえは、どこに行くつもりだ。唐か。それとも天竺か」

「小野の木挽《こび》きになる」

「それは、また、ずいぶんと近い……ん？　木挽きーィ！」

「足を引っぱりあう宮仕えには向いていない。自然のなかで木を伐り、細工物を作ってくらしたい」

「身分を捨てるつもりか。妻子は、どうする。おまえの持っている田や邸は？　まったく……在家は……仲平！　死亡届を出してしまうと、復元はむりだ。よく考えてのことなのか」

「何年も考えた。家族とも話し合った。考え抜いたすえに決めた」

「……おまえが、どうしてもと言うのなら……保証人を立てて新籍をつくれ。仲平。小野山は京か近江か、どっちだ」と音人。

「山は、またがっている」と仲平。

「氏と戸籍を申請するまえに、知らせてくれ。その地の守《かみ》に声をかけておく」

「大変だな。音人も」と真如が同情する。

「言える立場ですか。父上。唐へ行ったと奏上する、息子の身にもなってください」と善淵《よしふち》。

「帰ってこられるかどうかも、分からないのですよ」と安貞《やすさだ》。

「別れたときが最期だと思ってくれ。いつも、そのつもりで生きろ。わたしは、わたしの好きなことをする。心配せずに喜んでくれ」と真如。

「守平！」と音人。

「はい？」

「休んでばかりいると、職籍を失うぞ」

「子供が小さいから、しばらく育児のために休暇を……」

「そんな理由が通ると思うか」

「まあ……音兄。あまり熱くならないでくださいい。ゆっくりしましょうよ。この一瞬も命のときです」と守平が坊主のようなことを言って、真如と顔を合わせた。

久しぶりに酔ったらしい。音人は頭を振りながら、胸のあたりに手を当てた。それを見た業平が、首から下げた自分の小袋のさきを、チョイと出して微笑んだ。

「いちばんの困りものが、業平だ！」と音人の矛先《ほこさき》が変わる。

「ん？」

「人知れぬ　我が通い路、だと。みなが知っているぞ。なにをどうすれば、藤家の姫との密会の歌を、都中の老若男女が大っぴらに口にして、おまえの通い路とやらを見物にいくのだ。わたしが、そそのかしたように言われてメイワクだ」

「太政大臣には、長良どのが遺《のこ》したあの姫しか入内させる娘がいない。右大臣の良相《よしみ》どのには、もっと若い実の娘がおられる。母方は大枝氏だ。おまえ、すべてを計算して、あの娘《こ》にケチをつけただろう」と行平が、顔の片側だけで器用に笑ってみせた。

「わたしの切ない恋心が、ケチですか」と業平。

守平が、部屋のすみにおいてある琵琶をとって、ベロン、ベロンとつまびく。

「業平……わたしを訪ねるときは、表からではなく、やはり裏からしのんでこい……」と柱に寄りかかった音人は、つぶやきながら半ば夢のなか。大枝氏の長者の音人が、酔いつぶれることができるのも、この血族と一緒のときだけだった。

九月一日。

二年まえに斎宮《さいぐう》に決まって野宮で潔斎《けっさい》をしていた、恬子《やすこ》内親王が伊勢にむかった。恬子内親王は、文徳天皇と紀静子更衣の娘だ。

ふつう天皇一代につき、一人の内親王が占定《ぼくじょう》（亀の甲羅を使った占い）で斎宮に決められる。その多くは幼い。斎宮は、伊勢神宮に奉る天照大御神《あまてらすおおみかみ》の、祭祀《さいし》を行う役目がある。もともと内親王には婚姻の規制があって、斎宮にならなくても独身のままで生涯をすごすことが多いのだが、とくに斎宮は、決まったときから家族とはなれ、身を清めて神につかえ、任が解けたあとも静かに独居する人が多い。

幼い内親王が群行《ぐんこう》して伊勢にむかうのだから、都の人たちは切なく厳かな気持ちで、見送るためにあつまった。千人に近い行列をひきいるのは、新しく伊勢権守《いせのごんのかみ》に任命されて、伊勢に赴任する高階岑緒《たかしなのみねお》。元の左中弁で音人の上司。右大臣の良相の娘の多賀幾子女御の葬儀のときに、業平も紹介されている。祓い清められた朱雀大路に、静々と斎宮の行列が姿をあらわした。

十三歳の恬子内親王は、輿《こし》のなかで固く両手を組みあわせていた。十一歳の清和天皇が「都に戻られませんように」と言って挿《さ》した、別れの櫛が頭に飾られている。小さな窓に下げられた、御簾《みす》を通して都の辻が見える。二条の角に来たときに、恬子は立てられた二台の車を認め

て、御簾にしがみついた。見覚えのある網代車《あじろぐるま》のそばには、伯父の紀有常《きのありつね》が正装して立ってい
る。車のなかには、母の静子と妹たちがいるのだろう。再び会えるか分からない母が、そこにい
る。ならんだ新しい唐庇車《からびさしぐるま》のかたわらに、正装した業平が立っているから、車のなかには兄の
惟喬《これたか》親王と惟條《これえだ》親王がいるのだろう。
斎宮の輿に同乗していた尚侍《しょうじ》の源全姫《みなもとのまたひめ》が、「ゆっくり」と外に声をかけて御簾をもちあげ
た。この人は良房の妻の源潔姫の同母妹で、若いころから宮中に勤めている職業婦人だ。
十三歳の少女は、涙をあふれさせて見逃さないように、腹に力を入れて目を開いた。姿は見
えないが、すぐそこに、母や兄がいる……二条の角はどんどん遠ざかり、やがて死角になってし
まった。赤いトンボが一羽、静子の車のほうから飛んできて、斎宮の輿の御簾にとまった。

「……あぶない……転びますよ……」伊都《いっ》が、うわごとを言う。

「業平……ナリ……ヒ……」

「母上！」

業平が幼かったころの、夢をみているのだろう。業平は声をあげて泣いた。延々と泣いた。

九月十九日。住み暮らした長岡の別業で、業平の母の伊都内親王が五十六歳で亡くなった。

桓武天皇の皇女だから、政務は三日間休みとなった。葬儀も埋葬もおわってから、有名人ではじ

めての四国巡礼の旅をおえて、南海道から帰ってきた真如が長岡をたずねてきた。伊都の仏前で経を唱え終えた真如に、ゆで栗を盛った皿をすすめながら、シャチが伝える。

「難波の港に、唐の商船が入っています」

「乗れるのでしょうか」

「はい。水も食べ物も変わります。ほんとうに、お一人で、だいじょうぶですか」

「はい」

「内陸はわかりませんが、港には知るものもいます。いつでも頼ってください」

横で業平が、ヨヨヨと泣き崩れて鼻をすすった。

「業平。そう、いつまでも落ちこむな。伊都さまは、じゅうぶんに生きられた。命のあるものは滅びる。かならず別れのときがくる。おまえにも、滅びのときは訪れる。木の葉が枯れて落ちるように、それを自然のことと受けとめよう。な」と真如。

「ここにも、在五さまを慕《した》う方々が、よく見物にこられました。伊都さまは、それを楽しまれておりました。良い息子をもった、良い人生です。ご遺髪《いはつ》を阿保さまのお墓に埋めにゆくと、約束なさいましたね。さ。シャキッと、しっかりなさい！　業平さま」とシャチ。

「兄上の墓。いや考えていなかったが、兄上のほんとうの墓は、どこにあります」

「上総《かずさ》（千葉県）にあります。伊都さまは、阿保さまのご遺髪をご自分のお墓に、伊都さまのご遺髪を阿保さまのお墓に、埋めることを望まれました。わたしも剃髪《ていはつ》したいのですが、真如さま。おねがいできますか」

「シャチどのも、髪を兄上の墓に埋めるのですか?」

「いいえ。真如さま。船から海に流してください。海で死ぬつもりでしたが、どうも守平のそばで、旅立つことになりそうです」

「そういうことでしたら、はい。ついでに尼僧になる許しも、とっておきましょう」

「格好だけじゃ、ダメですか」

「まあ……その気になったらで、手筈だけはしておきます」

「それから、もし羅越《らえつ》(シンガポール付近)にいらっしゃることがありましたら、ここを、たずねてください」とシャチが板の書付を押しやる。

「これは守ですか?」

「はい。羅越で読み書きができる人に見せれば分かります。わたしの息子のところに、案内してくれるでしょう」

「ん!」「へ!」と真如と業平。

「息子って、シャチどの。守のほかに、息子がおられたのですか?」

伊都が亡くなってから、後追《あとお》いしかねないほど落ち込んでいた業平の意識がかわった。

「はい」

「守の兄君ですか、弟君ですか?」

「兄です」

「……ってことは、わたしの異母兄の、異父兄？」

「日本の人ですか」と真如。

「羅越の人とのあいだに生まれた息子で、ずっとまえに、守平も会ったことがあります。大家族の一人として育てられて、いまでは自分が大家族の長《おさ》になり、何人もの子供がいます。つまり、わたしの孫ですすねえ……」ショックを癒すには、別のショックを与えるのが一番とばかり、涼しい眼差しでシャチは夕暮れの茜空《あかねぞら》をあおいだ。


煙か霞《かすみ》になって、さまよいたいと願った奈良の帝の皇子で、高岳《たかおか》親王こと真如は、唐の商船で海を渡った。外洋にでてから、シャチの髪は一部を残して海に流した。むかしから、あこがれていた兄の妻だ。少しぐらい、もらってもよいだろう。業平のように、秘めごとを、おおやけにするのも恋……密かに一人で、あこがれつづけるのも、恋。

奈良の帝の孫の業平は、おなじころに喪中休暇をとった友達とつれだって、東下《あずまくだ》りという関東旅行にでかける。そのときに隅田川《すみだがわ》の渡し（東京都台東区業平、あるいは言問橋《こととい》付近）で船を待つあいだに、小さいカモメのような都鳥《みやこどり》を見て、業平が詠んだといわれる歌。

名にし負《お》はば　いざこと問《と》はむ　都鳥《みやこどり》　わが思ふ人は　ありやなしやと

（その名前を持つなら　さあ聞いてみよう　都鳥よ　私の思う人は　都で生きているのか　もういないのか）

つぎの年（八六二年・貞観四年）の三月の除目《じもく》で、業平は従五位上に復帰した。散位なので週に三、四日ほど登庁して、あちこちに顔をだしていればよい。

大宰帥《だざいのそち》の四品惟喬《これたか》親王は十九歳。大宰府には権帥《ごんのそち》を派遣して、清和天皇の即位後にもらった左京二条三坊十六町の邸を改装中だ。

「お兄さま。少しお休みください。白湯をおもちしました」

その惟喬親王の邸で、涼子《りょうこ》が庭にむかって声を張りあげた。ふりむいた仲平が、両手を股でふきながらやってくる。

「まるで山で生まれて育ったようです」と業平。

「わたしは、なにもできない。木地目《きじめ》も読めなければ、鉋《かんな》を平らに挽《ひ》くこともできない」

鉋は箱型ではなく、ヤリの穂先が曲がったようなものなので、平らに引くのがむずかしい。

「みかけだけは、立派な木挽《こび》きです」

仲平は、もとから建っている古い邸にあがらず、庭に座って仲間を呼んだ。

「業。おまえの引いた図面だが、どうも、おぼえがある」と仲平。

「気がつきましたか」

「やはり、内裏をまねたのか」

「一町に収まる形にしますが、もっと、まとまった良いものができるはずです。いままでのように、独立した棟がある邸とは、ちがうものになるでしょう。ハレの場の西と東に、対になる棟を建てる。ケの場はハレの場のうしろにおき、廂と渡り廊ですべてをつなぐ。屋根は檜皮葺《ひわだぶ》きにして、大きさと反りぐあいの違うものを、何層にも重ねたい」と業平が身振りをつけて説明する。

「古邸に使われていた木材は、できるだけ使う。おまえや、行平や、守平や、わたしのために、父上が初冠《ういこうぶり》を行ってくださった邸だからな」

左京二条三坊十六町は、交換して官地となっていた阿保親王の邸で、惟喬《これたか》親王は四品親王で大宰帥。このつぎの年に弾正尹《だんじょういん》になって、阿保親王とおなじ軌跡を歩む。

「仲平どの。いまの暮らしは楽しいですか」と惟喬。

「性にあっているのでしょう。ほんの少しでも技が上れば、それだけで達成感があります」

「達成感ですか」

「子供のころは、昨日できなかったことが今日はできたという、喜びがありましたでしょう。あれとおなじものです。技人は自分に向き合ってはげむだけで、濁りが腹にたまりません」

「濁りがたまらないのは、人柄ってやつで。わしらも人の技を、妬《ねた》んだり恨《うら》やんだりしておりやす」と木工の一人。

「うちの棟梁《とうりょう》は、人をまとめるのが、うめえ」と、もう一人。

「棟梁とよんでいるのですか」と業平。

「へ」「日置《ひおき》の棟梁です」

「棟梁ねえ。涼子どの。棟梁と書いてムネヤナと読むのはどうだろう」いつまでも生活臭を感じさせない業平も、もうすぐ息子が元服する。

「もしかして、阿子の名ですか?」と静子。

「そうらしいですね。静子お姉さま。うちの歌よみは、切ない恋心は言葉になるらしいのですが、息子の名も捻りだせない甲斐性《かいしょう》なしです」と元祖「山の神」の涼子が、意地の悪い表情をつくって、業平をにらみつけた。瘦せて寂しげだが、屈託《くったく》なく静子が笑った。

一方、真如の息子の善淵は、庵のあとに真如が建てた寺を直したいと、許可をとって改装中だ。寺は超昇寺《ちょうしょうじ》という。不退超昇。煙か霞か……退《しりぞ》かず超《こ》えて昇《のぼ》る。息子や孫息子が造り、娘や孫娘が維持費にと田を寄付した不退寺と超昇寺にはさまれて、奈良の帝とよばれた平城《へいぜい》天皇の山桃陵《やまももりょう》がある。


八六三年(貞観五年)。

清和《せいわ》天皇は十三歳。成人がせまってきた。
去年の暮れから、咳逆病《がいぎゃく》（インフルエンザ）が流行り、正月早々に、源定と源弘が亡くなった。

寒気がするので自邸にいる左大臣の源信は、夢中になって馬の絵を描いている。好みは鷹狩と武芸だが、絵は馬の絵がうまい。のんびり歩く馬、走る馬、よく知っているから、見ないでも筋肉のうごきが描ける。

源氏の六郎の定は、百済王慶命《くだらのこにきしきょうみょう》の子で嵯峨院で育ったが、十八歳で参議《さんぎ》になってからは、信と行動を共にしていた。源氏の二郎の弘は、それこそ幼いころから、おなじ邸で育った弟だ。つづけて二人を亡くした信は、五十三歳。清和天皇が元服すれば良房が引退し、やっと左大臣が最高位になると思っていたのに、弘と定という両翼を亡くした。二人は弟であり、左大臣の信を助ける大切な大納言だった。

このままでは、病にしろ暗殺にしろ、つぎに命を失うのは自分だろう……。眼を血走らせて、信は馬を描きつづける。

太政大臣という特別職を除くと、閣僚の一番上は左大臣。つぎが右大臣。その下に大納言が二人。その下に中納言が三人いる。大臣は大納言から、大納言は中納言から選ぶ。中納言の下に三人の少納言がいるが、これは若く侍従《じじゅう》もかねていて、八省の上官になることが多い。この序列による階級とはべつに参議がいる。大納言と中納言も参議をかねるが、各省の長や弁官も参議に加わる。

大納言の弘と定の死で、源氏の次期大臣候補がいなくなった。いまの中納言は、平高棟、藤原氏宗、伴善男。この三人の中から大納言が選ばれるはずだが、これが、なかなか決まらない。

インフルエンザで亡くなったのは弘や定だけではなく、栄養が悪く抵抗力のない庶民が、おおぜい亡くなった。官僚も何人か亡くなったので、二月の除目《じもく》は異動が目立った。

大枝音人は右大弁になり、業平は左兵衛権佐《さひょうえのごんのすけ》になった。若いころに仁明天皇の蔵人になってから、ずっと散位だった業平は、三十八歳ではじめて職務についた。

桜も散った四月のはじめ、細い月をながめながら、在原業平と在原善淵《よしふち》と紀有常《きのありつね》は、侍従所で世間話をしている。三人そろって、次侍従になったからだ。業平と有常は、清和天皇の対抗馬とみられていた惟喬《これたか》親王の親族で、惟喬親王と親しい。善淵は、業平の従弟。有常は五十歳、善淵は四十一歳、業平は三十八歳。いわくつきの中高年を次侍従にするのは、太政大臣の良房が、惟喬の取り巻きに不穏分子《ふおんぶんし》はいないと判断しているからだ。

「お召しだと伺ったのですが、ご下問もないので、そろそろ引きあげてもよろしいでしょうかね」と善淵。

「せっかくの春ですから、ちょっと飲みたいですねえ」と業平。

「ここでは、いけませんでしょう」と有常。

「ほんとうに、あったのですか？」

「なにが」

「鬼の足跡ですよ」

「はい。はい。見てはいませんが、人の三倍はある大きさだったそうです」と善淵。

「足跡だけなら、つくれましょうに」と業平。

正月に、鬼の足跡が侍従所の庭に残されていたそうだ。ただいま宮中では、祟りと、もののけが活性化している。

「見たかったですねえ」

「ええ。見たかったです」

「ここに、朝までいなければいけないのでしょうか。忘れられたのでは……」

「もうすこし待ってみましょう。業平どの。女房の町などを、さまよわないでくださいよ」

「叔父上から、便りはないのですか」

「唐を出て天竺《てんじく》（インド）にむかう途中で、羅越《らえつ》（シンガポール付近）に寄ったようです。そこまでは便りがありました」

「羅越ねえ」

「帰ってくる気はないようです」

「真如さまは、六十四歳になられますね。いまごろ南の国で、夜空を見ておられるのでしょうか」

「先日、父に田を賜りました。まだ禄《ろく》（給料）もいただいていますが、返上したほうがよいのでしょうか」

「いけません」

「いただけるものは、おとなしく、いただきましょう」

「叔父上がいらした、大仏会《だいぶつえ》のころが、なつかしいですね」

「庶民も参加できる祭りが、また、あればよいのですがねえ」

有常は、たくさんいる妹や娘や姪を、うまく藤原氏とむすびつけて、我が行く道は歌の道ときめている。善淵は「五十歳になったら出家しますから、それまでは官吏として働かせていただきます」と、はじめて位階をもらったときに奏上している。恋の歌詠みとして有名すぎる業平は、それが出世のじゃまになる。

する気、やる気のない三人のおじさんを、宿直《とのい》の若い侍従や次侍従が、遠くからながめている。きれいな絵が描かれた檜扇《ひおうぎ》をパラリと開いて、業平がしなやかに身をひねって声をかけた。

「ねーえ。そこのお若いかた。帝がお休みになられましたら退散しますので、知らせてくださいませーぇ」

庶民も加われる大きな催しがあればと、だれもが思っていたようで、五月十日に、天皇の花見や宴に使っていた左京三条一坊にある神泉苑《しんせんえん》という八町の広さの庭園で、大々的な御霊会《ごりょうえ》が行われた。祟り神と恐れられる人々の、魂をしずめる催しもので、祟り神は非業《ひごう》の最期をとげた貴人たちだ。おめでたさや楽しさには欠けるが、ふだんは覗くこともできない神泉苑のなかに、庶民を入れるという。

清和天皇が御出し、花や果物で飾られた六つの霊座《りょうざ》のまえで僧侶が経を唱える。そのあとで、子供の舞いや歌が演じられた。天皇と太政大臣と左右大臣と大納言や中納言などの公卿《くぎょう》が引きあげたあとで、神泉苑の各門が開かれて、下級官僚や庶民が入ってきた。

「大枝さま。どうして、この六霊が奉《まつ》られたのか、ご存じですか」と真剣な眼をした青年がきいている。

「道真《みちざね》。音人どのはお忙しい」と菅原是善《これよし》が息子をたしなめた。

従四位下で文章博士《もんじょうはかせ》と弾正大輔《だんじょうだいほ》をかねる菅原是善は、いまや国で有数な学者だ。五十二歳になった大枝音人は、従四位下で式部少輔《しきぶのしょうふ》と右大弁《うだいべん》をかねている。政治の核をまとめている実力者だから、だれかれとなく引きとめられて、まだ残っていた。

「今回は、藤原基経《もとつね》さまと、藤原常行《つねゆき》さまが実行委員長ですから、わたしは、くわしいことを知りません」と音人。基経は長良の三男で、太政大臣の良房の猶子《ゆうし》。高子の実兄になる。常行は右大臣の良相の嫡男。同じ二十七歳だ。

道真が知りたがるように、このたび奉られた六霊に、いつもとちがう霊が入っている。崇道《すどう》天皇（早良《さわら》親王）は常連で、謀反《むほん》の罪をきせられて投獄され、断食して餓死した。崇道天皇を死においやった被疑者は桓武天皇だが、ほかの五霊は目新しい。

平城天皇の即位のすぐ後に、謀反の罪で投獄されて、水と食を与えられずに餓死した伊予《いよ》親王と母の吉子の霊も奉られている。この母子に罪をきせて死なせた被疑者は、良房の祖父の内麻呂と父の冬嗣《ふゆつぐ》だ。

近い霊では、流刑地に送られる途中で衰弱死した、橘　逸勢《たちばなのはやなり》も奉られている。恒貞皇太子の呪詛を仁明天皇に誣告して、逸勢に行動を起こさせたのは良房だ。

従者に訴えられた、文屋宮田麻呂《ふんやのみやたまろ》も奉られた。この御霊会から三か月後に、官に没収されていた宮田麻呂の財産は、なぜか藤原氏の菩提寺の貞観寺のものとされる。

もう一霊。古いがはじめて奉られた霊がある。奈良の帝をかばって投獄されて射殺された藤原薬子の兄の仲成《なかなり》で、被疑者は良房の父の冬嗣。

罪もないのに殺された、これらの霊が恨んでいるのは良房の直系で、良房の孫の清和天皇に災いがおこらないようにと天皇の成人のまえの厄払いに、この御霊会がひらかれた。

藤原仲成の霊基に目をやった音人は、そこに左兵衛《さひょうえ》の業平を見つけた。左兵衛は天皇の警備をして内裏にもどったが、神泉苑を閉めるときのために一部は残ったのだろう。背中に二十本の矢をさした胡簶《やなぐい》を背負い、太刀をつけて弓を持った武官の正装で、女たちがまわりを囲んでいる。

「おや。在五どのだ。おいくつになられました。かわらず妖しく美しい」と菅原是善。

目線を感じたのか、業平がゆっくり体をしならせて、音人のほうに向きをかえた。遠いので聞こえないが、業平が動くと、まわりの女の一人、二人が、ヘナッとしゃがむ。

あのバカがと眉をしかめるところだが、音人は目のまえの青年と業平を、ついつい、くらべてしまった。去年、文章生試《もんじょうせいし》を及第した、是善の三男の菅原道真《すがわらのみちざね》は十八歳。ゆるぎのない、まっすぐな眼をして音人を見ている。十八歳のころの業平は……急に音人は、ストンと腑に落ちた。

神泉苑は、萌える若葉にいろどられている。枝は天にむかって広がり、いまは夏の香りを放って生き生きしているが、いずれ冬枯れると、広がりすぎた枝は折れるだろうし、木も倒れるかもしれない。大池にしみこみ流れでる曲水は、やがて江にたどりつき、大海の一滴になる。道真は木で、業平は水。道真は直線で、業平は曲線……。

「でも、この六霊をえらぶ基準はあったのでしょう」と、まだ道真が聞いてくる。この子は遊びがなくて、融通がきかない。右大臣の良相にも、そういうところがある。

チラッと音人に目礼をして、守平がそよ風のように横ぎって、橘逸勢の霊基に近づいた。そこに一人の尼僧と、守平の妻の倫子がいる。倫子は紹介してもらっている。もしかすると連れの尼は、守平がいっていた正子太皇太后につかえる玲心。逸勢の孫娘ではないだろうか。

ここに奉られている祟り神には、まだ身近な親族が生きている。業平など、奈良の帝をかばった仲成だけでなく、伊予親王は、伊都の父方の異母兄で、母方の従弟。吉子は、伊都の母の姉妹。

そんな入り組んだ人間関係のなかで、ほとんどの祟り神を生みだした北家の血をつぐ、幼帝が成人する。

神経質に理屈をならべる道真がうるさくなって「お話は、いずれ、ゆっくりと」と、音人は場所をかえた。この学生が何十年かのちに、日本最大級の祟り神となり、やがて学問の神の「天神さま」として奉られていくことなど、知るよしもなかった。

「業平」と従四位下で大蔵大輔《おおくらのたいふ》（大蔵省次官）の行平が、左兵衛に顔をみせた。

「なんでしょう。兄上」

「右獄《うごく》で騒ぎがあったと聞いたが、どうなっている?」と行平。残暑がきびしい。

獄は刑務所で、左右検非違使庁《さうけびいしちょう》が治める左右の獄が、大内裏の外の二条にある。ここに兵衛が二人ずつ応援に入っている。七月二十六日。右獄に配置された右兵衛の兵が、囚人に傷つけられた。武官出身の行平は、ようすが気になったのだろう。

「これから六衛府《ろくえふ》が、内裏を固めます」

「どうも治安が悪すぎる。あの御霊会が、かえっていやな記憶をよみがえらせたのかもしれない」

警護していたにもかかわらず、七月二十九日に、三十人の囚人が集団脱獄をした。すぐに兵をだして追ったが、一人もつかまえられない。


十月末になって、清和天皇が太政大臣良房の六十歳（満五十九歳）を祝う宴をひらいた。数々の祝いの品が、天皇から良房に与えられる。清和天皇の贈り物は、六十にちなんだ六品そろえ。衣装も天皇が召されたものが六品。貴人が贈る祝いの品は、新品よりも身につけられていたものや、使われていた中古品のほうが、ずっと価値がある。

良房の私用人も贈位された。この宴には、良相の次女の多美子《たみこ》も出ていて、従四位下をもらった。入内させるつもりだった基経の妹の高子は、もともと年上すぎたし、業平との噂が知れ渡っている。高子も多美子も、良房にとってはおなじ姪で、弟の良相でも、甥で猶子の基経でも、どちらが藤原氏をついでもいいような気に良房はなっている。ただ不安といえば、あまりにも良相が、清く正しく、まじめにすぎるところだ。

十一月の新嘗祭のあとで、明子が父の六十歳の祝いのために、染殿で三日にわたる斎会《さいえ》（僧を集めて無病息災を祈る催し）をおこなった。主殿寮《しゅでんりょう》に狐の死骸があったので、この年の新嘗祭は地味だったが、明子の斎会には親王や五位以上の官人が参列して、引き出物をもらった。

十二月に中務省《なかつかさしょう》から出火した。火は広がらずにすんだが、帝がくらす東宮に近い。

十二月も末に、明子は良房の六十を祝う盛大な宴を、染殿でもよおした。親王や公卿や主だった高官が祝いに訪れる。酒肴が出て、音曲がかなでられる。今回も絹や衾《ふすま》（夜具）などの、豪華な祝い返しが用意されていた。自家の祝いごとに集まった貴族に、豪華な大盤振舞をするのが良房流で、貧者に炊きだしをするよりも、ずっと実利的だ。

夜もふけて、人気がなくなった染殿に良房はのこっていた。都の冬は底冷えがする。

「お疲れになりましたか。横になられたらいかがです」と明子。

「いや。戻らねばなりません」

「ご無理を、なさらないでください。いつまでも、ご息災であられますように」

「ありがとう。また参ります。なにも思い悩まれませんように、安心してゆっくり、おやすみください」

さりげなく良房は、明子の襟足《えりあし》に眼をやった。白い肌に、赤いみみずのような、ひっかき傷がふくらんでいる。

「お父さまも……」

片頭痛《へんずつう》をこらえて、明子は微笑もうとした。

この二か月、明子は清和天皇の母后としての務めをはたした。こんなに長く緊張を維持したのは、はじめてだ。ホッとしたとたんに、壊《こわ》れてゆくにちがいない。スーッと壊れるのなら楽なのに……壊れてしまえば鈍くなる。ダンゴムシのように丸くなって、転がっていればいい。でも壊れるまえに、火がついたように気が高ぶったり、ドスンと落ちて死にたくなったりする。その揺れが怖い。いつから、こうなったのだろう……。母に似てきたのだろうか。

いつだったか……。

「良房さまは、お子をつくれない」と女房たちが話しているのを耳にした。「明子さまは、どなたのお子でしょう」

……なによ。それ。どこかに、ほんとうの父がいるとでもいうの。じゃあ、その人は、だれ。良房でないなら、わたくしの父親は、だれなのよ。とても気になるのに、確かめたいのに、だれにも聞けない。

いつも、いつも……したいことも、したくないことも、ガマンしているのに。言われたことだけを、しているのに。女房たちに、無理を言ったらどうなるだろう。でも考えるだけで、なにもしない。なにもできない。ただガマンする。帝の皇子を産まなければならないから、そのために生まれてきたのだから。

でも文徳天皇は好きだった。小さいころから、わたくしとおなじように、自分を抑えてきた方だから、帝だけは、わたくしの気持ちを分かってくださった。帝は、たった一人の仲間だった。

あの女……父の妹だという古子。もし良房が父でないなら、関係のない女。一人で話して、明子の気持ちまで、見当違いに答えてしまう女。おもしろくもないのに笑う女。思いだすと、かゆくなる。体中がかゆい。皮膚のしたを、千も万も何万もの蟻がはっているように、気持ちがわるい。もう、あの女は、いないわよね。……ほんとうに、この邸にはいないのよね。……もうすぐ壊れる。壊れてゆく。そのまえに……。

どうして、わたくしと一緒に出家して、わたくしの邸に住むのよ。お子もない女御のあなたが、帝が亡くなったあとで、どうして正一位をいただいたの。なぜ。なにをした、ご褒美なの。あなたが帝を殺したの。お父さまに言われて帝を殺したの！　出ていって。染殿から出ていって。でないと、あなたなんか壊してやる。ぶっ壊してやる！　お父さま。お父さまも！

「皇太后さま。ゆっくり休まれませ。どなたにも、あなたの、じゃまはさせません。ご安心なさい。さあ、皇太后さまをお連れして、いつものように休ませてください」

良房が明子の女房に指示した。

十一　夢うつつとは　世人《よひと》定めよ

八六四年（貞観《じょうがん》六年）正月。

十四歳の清和天皇が、大雪の元旦に元服した。

生後九か月で皇太子になり、八歳で即位した清和天皇には、模範《もはん》となる天皇がいなかった。皇太子は天皇のそばについて、天皇となるための知識を得る。平城天皇も、皇太子になったのは十一歳だが、即位したのは三十二歳。父の桓武天皇の執政を、十分に知ることができた。淳和天皇は十四年も、兄の嵯峨天皇のそばについていた。仁明天皇は叔父の淳和天皇から学び、強い影響をうけた。良房の邸で育った文徳天皇は、すこし出遅れたが、それでも皇太子になってからの八年は、仁明天皇の執政を知る時間があった。

八歳で即位した清和天皇は、ほかの天皇が執務するのを見たことがない。父の文徳天皇とは、御簾ごしに二度謁見しただけだから、顔も声もおぼえていない。八歳から十四歳までは、すでに即位していたが、すべてを太政大臣の良房に任せて、事後報告をうけていた。その内容も、わからない。除目《じもく》などで、ズラズラ並べられる人の名が覚えられるわけがなく、なぜ選ばれたのかも理解できない。八歳から十四歳までの子供なら、それが、あたりまえだ。清和天皇が好きなのは、童相撲と競走馬を見ること。童舞いを見るのも楽しみにしている。これもまた、子供なら当然のことだ。

この正月の叙位で、一年も空席になっていた大納言《だいなごん》が発表された。大納言は、平高棟《たいらのたかむね》と伴善男《とものよしお》、権大納言が藤原氏宗《ふじわらのうじむね》。三人の中納言のなかの二人が大納言、一人が権大納言になることで収まった。空席となった中納言には、まず源融《とおる》がなった。

もと大伴氏の伴氏から大納言がでるのは、大伴旅人《たびと》いらい百四十年ぶりだった。やっと善男は、祖父の継人《つぎひと》が起こした藤原種継射殺事件で、解体されて縮小した伴氏を、もとの地位へ戻すことができた。

もう一度、善男の家系を示すと、大伴氏は、藤原氏が出現するまえは、帝の伴人《ともびと》として栄えた大豪族だった。少しずつ勢力を削がれていったが、善男の曾祖父、ひいおじいさんの古麻呂が、仁明天皇の母の嘉智子《かちこ》の祖父の橘奈良麻呂《ならまろ》と一緒に謀反で捕えられて、拷問死した。この古麻呂は、大納言の大伴旅人の子の家持《やかもち》の従弟になる。善男の祖父の継人は、藤原種継《ふじわらのたねつぐ》を射殺して、佐渡に流刑にされて獄中で斬り殺された。父の国道《くにみち》は、継人に連座して佐渡に流されていたが、赦免《しゃめん》になって都に帰り、四十を過ぎてから官吏となって、参議《さんぎ》で右大弁《うだいべん》にまで出世するが、陸奥の按察使《あぜち》に任じられて、着任してすぐに急死。まあ不審死とみてよい。

スゴイ！。波瀾万丈《はらんばんじょう》がスゴイのではなく、伴大納言《ばんだいなごん》に昇りつめた善男も、父の国道も、マイナスからスタートして、弁官を務めて参議になったのがスゴイ。実力者しか歩めないコースをたどっているから、知能、知識、精神力、ともに抜きん出た血統だ。

中納言は、二百戸の職封《しきふう》と三十人の資人《しじん》。大納言は、職分田《しきぶでん》二十町、職封八百戸、資人百人があたえられる。大納言になれば、百人を超える使用人が働ける邸を構えなくてはならない。私費で雇う従者も、増やす必要がある。太皇太后大夫と、民部卿《みんぶのきょう》と、参議を兼任している伴善男は多忙で、大納言としての体裁をととのえるのは、息子や家人にまかせた。使用人の数が多いから、すべての使用人の性癖や交友関係まで調べて、邸に雇った訳ではない。

仁明天皇が亡くなったあと、後ろ盾がなくなった善男は、氏族を思って良房に抗わなかった。長いものに巻かれたのだ。だが文徳天皇の不審死は、善男に強い衝撃を与えた。

背が低くても、眼がくぼんでいても、弁論に長けていても、伴善男は忠実な大王の大伴人。帝のために闘って、命をなげだす武人の、直情的で激しい気性も受けついでいる。

仁明天皇の深草御陵《ふかくさごりょう》のそばにある自分の別業を、善男は報恩寺《ほうおんじ》という名の寺に変えた。もろ、捻《ひね》りのない名だ。成人した清和天皇のもとで、善男は仁明天皇が目指した民のための政治を、大納言として補佐するつもりだった。

正月末に、藤原常行《つねゆき》（右大臣良相の嫡男）と藤原基経《もとつね》（太政大臣良房の猶子）と大枝音人が参議に加えられた。音人も実力者コースを、しっかり歩んでいる。そして良相の娘の多美子《たみこ》が、十四歳の清和天皇に入内して女御となった。

多美子は十七歳で、従四位下をもらっている。基経の妹の高子は、五節《ごせち》の舞姫をしたときに従五位下をもらったが、もう二十二歳になるのに入内を見合わせている。

天皇が成人したので、良房は政治に関われなくなった。つぎの皇太子も、藤氏の娘の子を立てたい良房には、多美子も、高子もおなじだが、基経には妹と従妹。ぜんぜんちがう。ここで良房に死なれたら、右大臣で五十一歳の良相が、氏長者となるだろう。清和天皇には、まだ皇子も皇女も誕生していないのだけが救いだが……良相の長子の常行に比べると、どんどん不利になってゆく。そんなことを考えていたので、「くそっ！」と基経は、左近衛府《さこのえふ》のまえで小石をけった。

小石はコチンと壁にあたって、ちょうど左近衛府から出てきた業平の足もとに転がった。

「あれっ？」という顔で、基経のほうを見た業平。いくどか公の儀式で顔を合わせているが、親しく言葉をかわしたことはない。

「これは、藤中将《とうのちゅうじょう》さま」と業平が寄ってきた。遠目でも色白で女性的な面立ちと見ていたが、近くで見てもきれいだ。たしか十一歳年長のはずだから、三十九歳。くやしいが、歳より、ずっと若く見える。

「このたび、権少将《ごんのしょうしょう》になりました、在原業平でございます。よろしくおねがいします」

基経は左近衛中将だが、就任したばかりの参議に慣れようと太政官に出仕して、近衛府に顔を出していなかった。そのあいだに、どうして、そうなったのか、業平が左近衛府に配属されて直属の部下になってしまった。どうせなら、常行が中将をしている、右近衛府に配属したらどうなのだ！

「これは、在五さまですか。藤原基経でございます」腹の虫を押さえて、基経もあいさつをした。業平は体がふれそうなほど近くまで来ると、建物の影の長さを測ってから、腕に袖をクルッとからめて額のうえにかざして、空を見あげた。良い香りがする。

「ほら。もうすぐ陽が中天になりますよ。藤中将さま。そろそろ退庁の銅鑼《どら》が鳴ると……あっ。鳴りました！」それから「フワワー」と大きなあくびを一つ。

「夜に、とりこみごとがありまして、少しも眠っておりませんので、わたしは、これで退庁させていただきます。きょうも何ごともなくすごせて、よろしゅうございました」と、にっこり笑って行ってしまった。

基経は、十六歳から宮仕えをしている。宮中には四十人余りの親王がいる。前代の天皇の直系の王や女王は、桓武天皇の孫の平高棟からは臣籍降下して平氏になりはじめたが、それでも王とよばれる皇族が、四、五百人はのこっている。源氏も、嵯峨天皇、仁明天皇、文徳天皇の皇子が名乗って数がふえた。少数だが、在原氏も皇孫だ。これらの貴種のほとんどが、藤原氏より位が低いが、藤氏はていねいな態度をくずさない。それを政治家の心得としている。

でも業平は、妹に手をだした男だ。そのスキャンダルで、妹の入内が遅れている。馬寮《めりょう》のムチを持ってきて、尻を叩いてやりたい。とりこみごとがあって眠れなかっただと……基経は額にしわをよせて、業平の後ろ姿を睨みつけ、自分が人の目を集めているのに気がついた。左近衛府は陽明門《ようめいもん》の両脇にあるので、人の通りが多い。通りすがりの人々が立ち止まって、おもしろそうに基経を見ている。基経が荒々しく近衛府にむかうと、「プッ！」と吹きだす音がした。

良房の猶子《ゆうし》となって登庁してからずっと、基経は犯罪者を見るような、恐怖を抑えた凍《こお》る視線を肌身に感じてきた。ちがう視線を感じたのは、はじめてだった。これ……イヤじゃない。

五月五日の端午《たんご》の節会《せちえ》は、兵士の競技会のようなもので、左右近衛《このえ》、左右兵衛《ひょうえ》、左右衛門《えもん》の六衛府《ろくえふ》に、各四百人ずつ配置された二千四百人の兵士が、左右にわかれて技を競う。少年天皇が望まれたので、今年は五日と六日の二日にわたって、例年より盛大におこなわれた。

武徳殿《ぶとくでん》の御簾のなかに天皇が御座し、親王や公卿はその周りに居並んで見物する。御前の広場のまわりは、人垣ができている。五日は六衛府の競い馬や、馬弓が競われた。左近衛は東に、右近衛は西に陣をとる。武官の正装をした左近衛中将《さこのえのちゅうじょう》の基経と、右近衛《うこのえの》中将の常行《つねゆき》が目立つ。そこへ競技に出場する近衛兵が登場した。左近衛の選手を先導しているのは、馬に乗った権少将の業平だ。

「だれが在権少将《ざいごんのしょうしょう》に、選手の先導をたのんだのです?」と基経は、となりの源舒《のぶ》に聞いた。中将は三人ほどいて、舒も左近衛の中将だ。

「右近衛の先導も少将です。左近衛の少将のなかでは、在五どのより馬の扱いに優れる方はおりませんよ」と舒が、すまして答える。

業平に気がついた観客が、いっせいに、どよめきはじめた。この男のまわりには、かずかずの恋と、恋の名歌がまとわりついている。それに人は憧れて好いている。自分に注がれるのは、とくに良房と一緒にいるときに感じるのは恐怖の目線なのに、業平に注がれるのは、やわらかな桃色の恋風視線だ。

「藤中将《とうのちゅうじょう》さま」

太政官を出たところで、やってきた業平に、基経は声をかけられた。

「たいへんなことに、なりました」うれい顔の業平が、親しげに寄ってくる。

「はい?」

「浅間の噴火です」

端午《たんご》の節会《せちえ》から二十日後の五月二十五日に、駿河《するが》の国から富士山の噴火が報告された。すでに十日以上も噴火は続いて、溶岩が二十キロ先まで流れているらしい。

「それが?」

「被害の状況を、ご存じですか」

「そういえば……」と、基経は思いだした。別れた高子を想う業平の歌が流行ったころに、この男は東下りをしていたはずだ。

「在権少将《ざいごんのしょうしょう》は、浅間の大山(富士山)を、ご存じでしたね」

「はい。都の山とは、高さや大きさがちがいます。まわりに暮らす人々のことが、気がかりでなりません。藤中将さま。なるべく早く、ご救助やご支援をしてください」どうやら本気で言っているらしい。

「どなたか、お知り合いでも?」

「はい。ふたたび会えない縁《えにし》でも、わが身に起こったように辛いのです」

「それは……」女性ですか、と基経は聞けなかったが、業平のほうが言った。

「旅枕を交わした、愛しき方々です。どうぞ、救ってやってくださいませ」オイ……複数かい!

「そのう……在五さまは、そのように別れた方々のことを、いつも気になさっておられるのですか」

業平が、ツッと基経の右側に左肩をよせた。女性にかぎっての経験知だが、相手の右側から自分の左の顔を見せた方が、早く慣《な》れあえると業平は心得ている。

「わたしに大切なことを教えてくださった、あの方のことは片ときも忘れておりません。あの方のためになら、なんでもいたしましょう」とささやくと、スッと身を引いて、業平は軽く頭を下げる。

「では、藤中将さま」

「どちらへ」

「浅間の噴火の被害者の救援を、陳情《ちんじょう》にまいったのです」

太政官には、右大臣の良相や、参議の伴善男や南淵年名《みなぶちのとしな》や大枝音人たちの、真面目な実力者が残って、まだ富士山噴火の被害をしらべている。なるほど……と業平を見送ったあとで、また も基経は、まわりから好奇の視線を浴びせられているのに気がついて、ニヤリとしてみせた。

「あの方」とは、高子のことだろう。分かりたくないが、あの男が女に騒がれるのが分かる気がする。高子など、子供をだますように、あっけなく取りこめただろう。だけど世間知らずで、色気にとぼしく、気の強い妹が、あの男に教えるような大切なことなど、あったのだろうか。

どっちみち八月に、良相の娘の多美子が従三位下をもらい、平棟子が入内した。高子の入内など、とても考えられない。

富士山の噴火で、火山灰の微粒子がまき散らされた。関東では昼でも太陽が、ぼんやりと霞む日がつづく。日照がさえぎられるうえに雨も降らず、関東地方は作物が実らなくなった。十月のはじめに、こんどは九州の阿蘇山《あそさん》が、土石流を噴出した。日本列島を異常気象がおそいはじめる。

そして、ふたたび咳逆病《がいぎゃく》（インフルエンザ）が流行った。天皇が成人してから、東三条第に戻っていた良房も病にたおれた。良房は満六十一歳。この病気は、若くて健康な人の命も、うばってしまう。老齢の良房がたおれたという知らせに、政界は動きはじめた。

おなじ頃、左大臣の源信が、参議《さんぎ》の源融《とおる》や、右衛門督《うえもんのかみ》の源勤《つとむ》などの弟と謀《はか》って、反逆を企てているという一通の書が送られてきた。犯罪を摘発する告訴は、告訴人の身元がはっきり分からなくてはならない。告訴とともに、告訴人の身柄も拘束される。内容が嘘の可能性があり、その場合は罪になるからだ。この書は匿名だった。取りあげる必要のないものだが、伴大納言《ばんだいなごん》は見過ごすことができなかった。

左大臣の信のために、朝廷がだしている資人《しじん》は二百人。信の邸は、朝廷の帯刀舎人によって、じゅうぶんな警備がされている。だが信が、左馬寮《さめりょう》の小属や、左衛門府生《さえもんふしょう》で武者として有名な男たちを、勝手に自分の邸に住まわせて従者のように使っているのは有名だ。匿名でも、このような書が送られるのは、生活に問題があるからではないかと、善男は食いさがった。自分より上位のものに嚙みつく、善男らしいやりかただ。

病身の仁明天皇を苦しめたのは、父の嵯峨の帝の押しつけだった。宴会が好きで、三日とあげずに朝までの宴をしていた嵯峨の帝は、宴の席で親王と源氏を同等にならばせた。公式な儀式でも、親王と源氏をならばせることを、仁明天皇に望みもした。

このあつかいは、臣籍降下した嵯峨源氏を増長させた。親王とおなじようにあつかわれ、いきなり参議になった源氏の一郎の信や、仁明天皇の猶子《ゆうし》になった八郎の融《とおる》は、とくに勘違いがひどい。嵯峨源氏のなかにも、「早く出家して、おだやかに過ごしたいね」と言い合っている人もいたのだが、信や融は「おれを誰だと思っている」意識が強かった。

「仁明天皇への報恩命！」となった伴大納言には、放っておけない思い上がりだ。そのうえ信は、左大臣の自覚がない。いまだに自由に鷹狩《たかがり》がしたいと、個人的な要求を太政官の会議に出してくるから、業務がはかどらない。

源氏も臣下になったのなら、天皇をうやまい、五位か六位から仕事をおぼえ、実力のあるものが昇位すればよいと善男は思う。嵯峨源氏より今生天皇にちかい、仁明天皇の源多や、文徳天皇の源能有は……この人の母は伴氏だ……正五位下の侍従から仕事をはじめている。

告発書の内容を問題にするのではなく、左大臣の暮らしぶりを指摘した善男の言い分に、ほかの参議も同意した。源信が許可なく邸において、私用に使っていた武芸で有名な官人たちは、地方に赴任させられた。

信には、心外なことだ。名のある武人は、競技会の優勝者が多い。それを身近に置くのはステータス・シンボルで、そんな些細《ささい》なことを問題にされては、たまらない……。

少年時代の信は「頭が良くて、音楽や絵の才能もある子だね」と、父の嵯峨の帝に琴や笛を教えてもらったことがある。これは家族のなかの評価で、世間が認めたわけではない。家族のなかでも、実際には弟の常《ときわ》に超されている。

信は、笑顔で迎えてくれるところに登場するのは好きだが、そうでないところはさける。一人で上役に嚙みつく善男とは、正反対の性格だった。このあと信は邸にこもって、酒と宴でうさを晴らすことが多くなった。

亡き仁明天皇が力をいれたのは、民を飢えから救うことだった。そのために、自分の食や衣服や、いろいろの諸費用を半減して、諸臣が見習わざるをえないような行動をとった。天皇や高級官僚のための莫大な経費を半減すれば、てっとりばやく国費が節約できる。環境につよい蕎麦《そば》や麦をそだてることを奨励したのも、凶作に備えて飢えから庶民を救おうとしたからだ。自分で環境に強い植物をえらび、育てるようにと詔をだした天皇はめずらしい。

仁明天皇は、民政に心を向けていた。善男は、その仁明天皇の志をつぎたい。右大臣の良相も、おなじように民政を考えていた。だが、清涼殿の移築や新築。邸にこもっている太政大臣と左大臣にかかる経費。米や金を蓄えるゆとりがない。信と善男の対立は、年を超えて春になっても収束しなかった。

おなじ頃、真如に置いてゆかれた僧の一圓《いちえん》は、インフルエンザで寝込んだ太政大臣の良房に呼ばれて、東三条第の邸で寝ずの祈禱と看護をしていた。祈禱僧の一圓は、病で苦しむ老人を放っておけなかった。

八六五年（貞観七年）の三月の異動で、業平は右馬頭《うまのかみ》となった。

右馬寮《うめりょう》の一番上になったので昇格したようにみえるが、この日に、元右馬頭は左馬頭《さまのかみ》へ、元左馬頭は、業平の代わりに左近衛権少将になったから、ただの人事異動だ。

馬寮は馬を飼育して調教するところで、左右の馬寮に官人は各六、七人しかいない。ほかは調教師や飼育師たちがいて、こちらは各六十人近くいる。かれらは専門職の品部《しなべ》で、生涯を馬と共に過ごして異動がない。

馬頭《うまのかみ》の仕事は、牧から献上されてくる馬をしらべ、馬の状態や飼い葉の消費量や、調教する馬《うま》飼部《かいべ》たちの勤務状況を記すことで、それは下官の助《すけ》や允《じょう》がしてくれる。太政官の直轄寮《ちょっかつりょう》なので、正月の青馬《あおうま》の節会や、賀茂の祭り、端午の節会でつかう馬も用意する。馬寮には御牧《みまき》（皇室の牧場）から、よりすぐった名馬があつめられている。馬好きの業平には、うれしいつとめだ。今は散位《さんい》でぶらぶらしている守平は、よく訪ねてくる。頭《かみ》は、報告を受けて、書類に署名するだけでよいのだが、業平は守平やサンセイやモクミをつれて、調教場にも出かける。書類を見るより、そっちにいることが多い。

左右馬寮は大内裏の西にあるので、東にある近衛府や太政官とは職場がはなれた。そのかわり、弾正台《だんじょうだい》には近くなった。二十一歳になった惟喬《これたか》親王は弾正尹《だんじょういん》として、ここに登庁している。ときには兄の守平と一緒に、業平は弾正台にも顔をみせる。

富士山の地震も、阿蘇山の活動もつづいている。畿内も気候が不順になって、四月になっても霜が降りるほど寒い日がある。畿内に実害が及ぶようになって、はじめて朝廷は神社や御陵に災害から国を守ってもらうように、使いを送りはじめた。

十五歳になった清和天皇が、それまで居住していた東宮から、内裏に移ることが決まった。清涼殿が新築されて、十五年ぶりに天皇が内裏に住まわれる。そのまえに少年天皇は、七月七日に行われる相撲の節会を、例年よりも大がかりにすることを望んだ。

六月二十六日に相撲の司《つかさ》が決まり、そのあとで場所をかえて打ち合わせを行った。

左の相撲の司は、嵯峨源氏で中納言の源融《とおる》。参議の春澄善縄。参議で左衛門督《さえもんのかみ》の仁明天皇の子の源多。参議で左大弁の南淵年名《みなぶちのとしな》。参議で左近衛中将の藤原基経。左兵衛督《さひょうえのかみ》の在原行平。左中弁の藤原家宗《いえむね》。左近衛少将の源舒《のぶ》。兵部少輔《ひょうぶしょうふ》の源直。左馬頭《さまのかみ》の藤原秀道。左衛門権佐《さえもんのごんのすけ》の紀春枝。左兵衛権佐《さひょうえのごんのすけ》の藤原直方。

右の司は、参議で嵯峨源氏の源生《いく》。参議で右衛門督《うえもんのかみ》の藤原良縄《よしただ》。参議で右大弁の大江音人。参議で右近衛中将の藤原常行。右兵衛督の源勤《つとむ》。同じく右近衛中将の源興《おこる》。右近衛少将の藤原有貞。右衛門権佐《うえもんのごんのすけ》の藤原広基。右中弁の多治比貞岑《たじひのさだみね》。右兵衛佐の源至《いたる》。主計頭の有宗益門。右馬頭の在原業平。

源氏が八名、藤原氏が八名、その他が八名の二十四人だ。打ち合わせが終わると、まだ左大臣の信が火中の人なので、源氏たちは早々に引きあげた。源氏は天皇の子たちだが、新しい氏族だから団体行動をとる。藤原氏は互いをよく知っていて、ほかの氏族に対しては団結するが、同族間で権威競いをくり返すほどに自立している。常行を先に行かせて、基経は最後まで残っていた。ほかにいたのが、大枝音人と、在原行平と、在原業平。

「おかげんは、いかがですか」と音人が、業平のそばに寄って聞いている。

「ここにきて、長年のお疲れがでたのでしょう。臥せっておられる日が多くなりました」と業平が答えている。だれのことかと、帰り支度をしながら、基経は聞き耳を立てた。

「心労の多い方でしたから」これは、行平の声だ。

「お見舞いに、あがってもよいのでしょうか」と音人がたずねた。

「よろこばれます。兄上」と業平。

兄上……。そうだ。ここに残っている三人は兄弟だったと、あらためて基経は気がついた。大枝音人が阿保親王の子だということは、なかば公認されている。三人は、どことなく似ているし、仲が良さそうな雰囲気がする。大枝音人は藤原良相の姻戚で、基経にとっては競争相手の常行側の人だと思っていたが、業平を通せば、基経の妹の元彼の兄になる。ちょっとばかりヘンな縁だが、まったくの無縁ではない。

「どなたか、お悪いのですか」思いきって基経は聞いてみた。

「惟喬《これたか》親王の母君が、このごろ、めっきり弱られましてね」と気軽に業平が応じてくれた。惟喬親王の母といえば、文徳天皇の寵妃の紀静子更衣のことだなと、基経は頭をめぐらせる。

「三条の方が」

「はい」

「それは、ご心配なことです。どうぞ、おだいじに。では、お先に失礼します」

歳が近い業平でも、十一歳上の四十歳。世代が違うおじさんたちに会釈をして、基経は部屋をあとにした。

基経の実父の長良は故人だ。実の兄が二人いるが、覇気と頼りがいはイマイチの感じで、基経は息子のない良房の猶子《ゆうし》になったが、今回は持ち直したものの、いつポックリ逝ってもおかしくない。二十九歳の基経が頼れるのは、実姉の夫で大納言の 平 高棟《たいらのたかむね》と、母方の従弟になる仁明天皇の皇子の時康《ときやす》親王と元康《もとやす》親王だけになる。かれらは血統はよいが皇嗣系なので、派閥を持たない。常行は、父の良相が右大臣で五十二歳。妹の多美子が、清和天皇の女御になっている。

大枝音人と仲が良いのなら、在原氏とは親しくしても、いいかもしれない。

妹の高子と業平の恋は、ただの噂なら七十五日が何回もすぎたから、とっくに忘れられてよいはずなのに、いまだに歌が残っている。自分の娘が、この歌で手習いをしているのを知って、基経は仰天したばかりだ。歌が良すぎる。名歌だ。歌とともに高子の名も残ってしまう。適齢期は十五歳ごろなのに、入内をのばした高子は二十三歳になってしまった。こうなったら噂が静まるのを待つのではなく、堂々と入内させたら、どうだろう。注目を集めることは、まちがいない……。

七月二十一日と二十三日に行われた相撲の節会のあとで、天皇が内裏に移るために、方違《かたたがえ》や大祓《おおはらえ》などの行事がはじまった。

九月五日。大枝音人は大勢の供をつれて西寺に向かった。残念ながら、昨冬いらい寝込んでいた良房の病気が治った。看護僧として献身的に世話をした一圓を、権僧正《ごんのそうじょう》にすると勅がでて、音人が勅使《ちょくし》となったのだ。生涯、修行僧を名乗った真如の弟子だったので、このとき一圓は、西寺においてもらっていた。

「身にあまります」音人が読みあげた勅を聞くと、平蜘蛛のように這いつくばっていた一圓が、さらに体を床にこすりつけた。特別な賞与や昇級をしたときに、まず断るのが礼にかなっている。一圓は、這いつくばったままで言葉をつづける。

「わたしは修行中の身で、知識も乏しく、なんの力もありません。どうぞ、わたしを南都に帰してください。なにとぞ、薬師寺の修行僧にもどしてください」

「一圓どの。顔をあげられませ」

「勅使さま。おねがいします。修行僧にもどしてください。権僧正はつとまりません。どうぞ、お許しくださいませ」

「一圓どの。顔をあげてください。声がこもって聞きとれません」

恐る恐る、一圓が顔をあげた。これでは裁きの座に引きだされた罪人ではないか。礼儀としての辞去ではなく、本気で断っているらしい。

「勅使さま。わたしは、まだ学ばねばならないことがいろいろございます。おねがいします。わたしを、もとの身に、おもどしくださいませ」

「勅は、お伝えしました。お役目は終えましたが、帝のご厚情のありがたさに、権僧正は動揺されているように見受けます。しばらく、わたしに、ときをいただきたい」

音人は、仰々しく連れてきた供人を下がらせることにした。副使の良岑経世《よしみねのつねよ》が心得て、西寺の僧や供人をつれて去った。

大枝音人は五十四歳。堂々とした貫録をつけて、阿保親王に似てきた。

「一圓どの。帝の勅です。ご辞退の奏上《そうじょう》をなさるのでしたら、書をしたためてお出しください」

「書にすれば、よろしいのですね」

「はい。ただ今回は、太政大臣《だじょうだいじん》さまの御病気を治した一圓どのの功を評しての表彰です。辞退の書を奏上されても、お許しにならないでしょう」

「それは、こまります。ほんとうに、こまります。勅使さま」

「大枝で結構です」音人の母は中臣氏。一圓は大中臣氏の出身だから同祖で、大中臣氏のほうが上になる。

「一圓どの。なにがお望みですか?」

「いままで通り、薬師寺で修行をさせていただきたいと存じます」

「帝の勅で権僧正になられたあなたを、薬師寺は、もてあますでしょうよ」

一圓が、シュンとなった。

「都にいて政治に巻きこまれるのが、おいやなのでしょう。超昇寺《ちょうしょうじ》の座主《ざす》になられては、いかがでしょう。超昇寺の座主なら、薬師寺も対応がしやすいし、近いから通うこともできますよ」

一圓は、子供のような眼で音人を見あげた。

一か月半後の十月十六日に、一圓は真如と一緒にくらした草庵のあとに建てられた、超昇寺の座主となった。いくども書面で願いでたが、権僧正の辞退は許されなかったが、貴族ではなく貧しいものを祈禱《きとう》や薬で看護しつづけた。一圓、一演とも書く。

命の恩人である一圓の存在は、良房と在家や音人のつながりを、ますます良好にした。清和天皇の対立候補として、すぐに名があがる惟喬《これたか》親王と、惟喬親王に密着している色好みの業平と、豪族系の紀有常。良相の姻戚になる大枝音人を、良房は危険分子としていない。じゃま者を枯らす、除草剤のような良房に、そう思われるのは、いいことだ……。

右馬頭の業平が、「狩りの使い」として伊勢に向かったのは、一圓が権僧正となったすぐ後の、秋も深くなった九月の末だった。「狩りの使い」は、中央政府から送られる地方行政の視察団で、ゆく先々の地方官から、ご接待をうければよい。

伊勢への使いなので、伊勢の斎宮の恬子《やすこ》内親王に、母の紀静子や、兄の惟喬親王や、成人して四品になり邸をかまえた次兄の惟條《これえだ》親王や、賀茂の斎院からもどった述子内親王、その妹の揚子内親王、珍子内親王の兄弟姉妹から、山ほどの手紙や、おみやげを預かったのはいうまでもない。

朝廷からの正使は、駅路《えきろ》にある駅舎《えきしや》を利用する。大路に造られた官人のための宿泊施設で、駅馬《えきば》を飼っていて乗り代えることもできる。業平は右馬寮から、馬と人をつれてきた。私舎人として、サンセイとモクミもつれた。馬医は二人しかいないから都に残して、若い見習いをつれた。官費を使っての豪勢な接待旅行など、めったにないチャンスだから、身近な人を便乗させて秋の駅路をのんびりと行き、三日目の朝のうちに祓《はら》い川を渡って伊勢の斎宮にたどりついた。

住むところと、そこに住む人に、おなじ言葉をつかうので、伊勢の斎宮は恬子内親王のことであり、斎宮が住むところでもあるから分かりづらいが、業平たちが着いたのは住むところのほう。これは伊勢大神宮から十五キロメートルほど離れた、多気《たき》というところにある。東西二キロ、南北七百メートル。邸ではなく小都だ。仕える役人も四百人。役人には、役人に仕える従者や雑色がいるので、人口はもっと多い。

出迎えた伊勢権守の藤原宜《よろし》に案内されて、御簾《みす》のなかの恬子斎宮にあいさつをし、家族からあずかってきた品を献上《けんじょう》する。地方の長官は守《かみ》というが、たいていは都に住む貴族が任命されている。地方に移り住んで、実際の行政をとるのは権守《ごんのかみ》が多い。恬子斎宮が伊勢に向かったときは、高階岑緒《たかしなのみねお》が伊勢権守として付いていったが、四年近く斎宮に仕えて、ほんの数か月まえに藤原宜と交代していた。宜は、ひょうひょうと器用に世渡りができる廷臣らしく、練れた人柄だった。五位ぐらいの貴族のなかには……守平もそうだが……家族を守って、つつがなく世を過ごすことを願うものも、たくさんいる。

「あすは、歓迎の宴がもうけられますので、ごゆっくり、お休みください」と業平が通された部屋は、恬子斎宮の住む内殿《ないでん》の近くの、中殿に用意されていた。

「なんとも、静かですな」とモクミ。

「朧月《おぼろづき》ですか」と十三夜を見あげてサンセイ。

「このごろは、月も陽も、ぼやけてばかりじゃないか」

「春も夏も秋も、空にかすみがかかって、すっきり晴れませんな」

「たしか静子さまと引きはなされて、潔斎《けっさい》に入られたときに、斎宮さまは十一歳でございましたね。それから十三歳で、こちらにこられて、さぞ心細い寂しい思いをなさったでしょうね」とサンセイ。

「おまえの娘は、いくつになった?」と業平。

「上は四歳、下は二歳になりました。ジジイの慶行《けいぎょう》や、母の桔梗《ききょう》にまといついています」

「慶行は、跡つぎが欲しかったのだろう?」

「孫娘が生まれたら、もう夢中で可愛がっていますよ」

「うちのガキを、四歳と二歳の娘の婿にもらって、奈良の仏師の技を伝えると言いだしました」

と、モクミ。

モクミは小夜とのあいだに、二人の男子がいる。上は十六歳で、下は十三歳、長岡の邸で生まれて育った。二人とも奈良の慶行の元で、仏師の修業をしている。

「ほう。そりゃいい」

「まあ娘たちが育って、嫌わなければの話ですが」とサンセイ。

「息子たちが、嫌われるはずがない」とモクミ。

「シッ！」とサンセイ。

気配を感じたモクミも身構えた。かすかな足音が近づいてくる。業平も加わって、そっと外をのぞいた三人は、アゼンとした。

内殿から中殿への渡殿を静かに渡ってきたのは、灯りを持った二人の童女に先導された恬子《やすこ》斎宮だった。御簾ごしに拝謁《はいえつ》したときには、よく見えなかったが、朧月に照らされた姿は、母の静子の若い日に生き写しだ。眼を合わせた三人は、即座に動きだした。

恬子斎宮が部屋のまえに立ったときには、業平は下座で平伏していて、まわりに几帳《きちょう》がめぐらされていた。金木犀《きんもくせい》やクチナシなどを乾かしてつくる、サンセイとモクミ特製の匂い袋が、いくつも隠されたので花の香りがする。

恬子斎宮がフラッとゆれた。業平が進みでて、その体を支えて中に入れ、上座に座らせて寄りそった。

「……おぼえています。この香りを、おぼえています。昼に、お会いしたときにも、この香りが、なつかしくて切なくて、いきなり胸が苦しくなりました。兄上が馬のジイと呼んで親しんでいらした、あの業平さまですね」

「はい。あなたさまが、お小さいころに、お抱きしてあやしたことが、いくどかございます」

「このたびの狩りの使いは、とくに親しい大切な方だからと、母の手紙に書いてありました。ただ、業平さま。母の手跡《しゅせき》が乱れております」

「……」

「母の身に、なにか変わりがありましたのでしょうか」

「……」

「いつも母は、自分のことは心配しないように、つつがなく健やかに暮らしているからと書いてまいります。でも、あの文字の乱れは、心配しないようにと言われても、むりです。なにかございましたか。教えてください」

その場だけのなぐさめを、業平は口にできなかった。

「斎宮さま。静子さまは不快がつづいて、臥せっておられます」

恬子内親王の顔が白くなり、体が震えている。業平は、こわれそうに細い体を、そっと抱いた。

「病んでいらっしゃるのですか。お悪いのでしょうか」

「できるかぎりのことは、いたします」

「……とても、お悪いのですね……わたくしは帝から都に帰り賜《たま》うなと別れの櫛《くし》をいただきました。母に会うことができません。話をかわすこともできません。もう一度だけでよいから、母の顔が見たい。母の声を聞きたい……もう一度だけ、母の手に触りたい。その手で、髪をなでてもらいたい」

「わたしが、恬子さまの思いを、お伝えします。わたしが、そばについておりましょう。恬子さま……」

チラッと業平は頭のすみで、ここでは仏教に関する言葉を口にするのは、禁止されているはずだと思った。でも、知っちゃいない。まだ十五歳の清和天皇が退位する日まで、都に戻れないだろう恬子斎宮は、いつか家族の訃報を一人で聞き、一人で受けとめなければならないだろう。少しでも、そのときの慰めになりたかった。

「もしも……哀しいことが伝えられましても、静子さまは、先の帝のもとに参られたとお思いください」

「父上のもとへ」

「帝が浄土《じょうど》で待っておられます。帝は、命をかけて、心から静子さまを愛されました。愛してくださる方がいて、愛せるあなたや惟喬親王がいらっしゃる静子さまは幸せです。恬子さま。哀しいことですが、人の世には必ず別れがございます。別れの哀しみが大きいほど、送る方も送られる方も、幸せな方々なのです」

「この香りは、母や兄や叔父を思いださせます。叔父の邸で暮らしたときの、母の笑顔を思いだします。あたたかくて、なつかしくて、切なくて……とても、哀しい」

嗚咽《おえつ》をもらす恬子を、愛しそうに業平が抱きしめた。業平が恬子斎宮の出立を見送ってから、四年が過ぎている。業平は四十歳。恬子は十七歳になっていた。

影のように控えていた、サンセイとモクミが動きはじめる。黒子《くろこ》のようにサンセイが、業平のそばに燭台《しょくだい》をおく。音もたてずに蔀戸《しとみど》が閉められる。恬子が伴ってきた童女二人は、離れたところに移して寝かせる。そのあとで広廂《ひろびさし》にならんで座って、サンセイとモクミは寝ずの番をはじめた。

「いかに在五さまとはいえ、人に知れたら大ごとだな」

「……ここには、神さまがおられるだろう」

「そうだ。神さまが見ておられる」

「どうなっても、神さまの、思し召しだろうに」

「そうだな。なあ。モクミ。神さまは、われらには気前がよかったなあ」

「ああ。サンセイ。良い仕事と、良い主と、良い家族と、そして良い友を、あたえてくだされた」

「なんと恵まれたことだ。ありがたい」「われらは果報ものだなあ」「神さまが、罰を与えられるなら、それでいいじゃないか……」「そうだな……」

ミミズクの声が落ちてきた。

十一月四日に、清和天皇が内裏に入られた。仁明天皇の崩御から、十五年。やっと内裏に、成人した天皇が戻った。十一月十四日から行われた新嘗祭は、いつもより盛んだった。右馬頭の業平も、右近衛や右衛門や右兵衛と共に、仁明天皇に物を奉《たてまつ》り、楽を奏《そう》した。

この年も、何度か台風が上陸したうえに寒冷だった。凶作で、武蔵国《むさしのくに》（東京都と埼玉県。神奈川県の東部）は年貢を免除された。関東だけでなく稲穂の実りは、どこも悪かった。

八六六年（貞観八年）。

一月二十三日。正月の行事や叙位が終わって、一段落したあとで、とんでもない詔《みことのり》が発令される。

「物や酒をねだる者がいるから、十人以上の集会は届け出て、許可をとること。病で必要なときと、神にささげるとき以外の、飲酒を禁止すること」

無許可の集合禁止令と、禁酒令だ。ふつうに集まり、ふつうに酒を飲んでいたのに、いきなり禁止令がでて、違反者は罪に問われることになった。

しかも凶作のために、都の米の値段が急騰《きゅうとう》した。それまで一升《しょう》が二十六文《もん》だった白米が四十文に、十八文だった黒米が三十文になった。地方の百姓の若者を徴集して衛門府《えもんふ》に配属し、朝廷の門を見張らせる衛士《えじ》という職の日給が二十文だ。人は米だけで暮らしているわけではないから、まず貧民が飢えはじめた。

陰陽寮《おんみょうりょう》は、まえから半島で新羅《しらぎ》が戦火を起こしているから、外敵が攻めてくるだろうと発表する。甲占は油で細工をしていないかぎり、偶然を判読するが、占いの多くは太陽と月と肉眼で見える土星までの惑星の配置を基にする。陰陽寮は熒惑《けいこく》（火星）の配置を問題にしている。熒惑のマイナー・アスペクトには、戦乱のほかに火による災いという意味があるが、なぜか陰陽寮は外敵だけを強調した。

「攻めてくるそうだ」と守平。東の市の外町にある狛の息子の栧《えい》の店で、禁酒令下なのに昼間から飲んでいる。

「はあ。新羅《しらぎ》が」と狛。

「ない。ない。ない」と守平がつれてきた男が、手をふる。

「どうしてだ」と狛。

「海を、なめんなよう。馬や兵器や食料や水を、どうやって運ぶ。補充はどうする。それに、どれだけの船団がいる。えっ。グスン。それによう、たとえば新羅が、この国をのっとったとしよう。貢物は船で本国に運ぶのかい。グスン。割りが合わねえ。島国が半島や大陸に攻め入ることがあっても、反対はねえや。新羅の正規軍は来ねえよ。来るのは戦乱を逃れた避難民や、どさくさにまぎれて強盗を働こうって奴だ」

「サメ。飲みすぎだ。酒の臭いをさせて出歩くと、しょっぴかれるぞ」

「なんなら、ずっと、あずかりましょうか。守さま」と狛。

「いや。ちょっと船頭とやりあって、逃げて来ただけだ。こいつは陸では生きられない。頃合いをみて、船頭にワビを入れさせる。それまで、せいぜい、こき使ってやってくれ」

「おやっさん」と狛の息子の栧《えい》が呼んだ。

「なんだ」

「アチャの、ところへ」栧のうしろにいるジュッをチラッと見て、狛が頷いた。

アチャは、無事に男の子を産んで、もう五歳になる。生まれてすぐに麻疹《はしか》にかかって視力を失ったが、それでも命は助かった。はしかは死亡率の高い病だから、子供の生命力が強かったか、乳児の免疫力が残っていたか。ジュッが、眼は見えなくても声は聞こえるだろうと、蟬丸と名をつけた。

相変わらず月に二度ほど、栧の店の裏をぬけて、ジュッは狛の下女をしているアチャに会いに来る。たまにしか来ないし、ほとんど話もせずに一刻（約二時間）ほどを、アチャを手伝ったり、蟬丸をあやして過ごすだけだが、いつのまにか蟬丸が「父ちゃん」と呼びはじめた。ジュッは照れたが、いやがらなかった。

狛は、長男の剛に市籍人の株をゆずった。老いて股関節が痛み歩行が困難になっているが、守平や業平が外町に来るようなことがあると、剛か槐におぶさって、どこへでも出てくる。

惟喬《これたか》親王の邸では、「……起こして」と静子が惟喬親王をまねいた。惟喬が静子を抱えおこす。惟條親王、述子内親王、揚子内親王、珍子内親王の静子の子らと、静子の姉の妙信と、姪の涼子が周りを囲んでいる。

「顔を……見せてください……みなの……お兄さまは……」

「お父さま」と、涼子が声をあげる。

「ここに」と、有常が答えた。

「在五さまは……」

「あなた！」

「ここにおります」と有常のよこで、業平はポロポロと涙をこぼして泣いている。

「仲平さまは……」

「日置《ひおき》の棟梁《とうりょう》は、庭にひかえております」と涼子。

邸が建ったあとも、仲平は惟喬親王を心配して、木挽きを連れてやってくる。そして闇夜に木を切る音や、叩く音を響かせたから、惟喬親王の邸は、うす気味悪いと評判がたって、不穏なものがよりつかない。

「ありがとう……帝がみえられ……」
梅の香りがする庭で、日置の棟梁の仲平が、月光をうけて板を叩きだした。トン・トン・トン。惟喬親王の腕に抱かれた静子の目が、少し開いて動かなくなった。
文徳天皇が愛した紀静子は、三十九年の人生を終えた。惟喬親王は、二十二歳になっていた。

静子が亡くなったあとに、業平の歌が市井《しせい》に流れた。詞書《ことばがき》のない相聞歌《そうもんか》だ。

君やこし　我やゆきけむ　思ほえず　夢かうつつか　寝てか覚めてか　よみ人しらず
（あなたがいらしたのか　私が行ったのか　思い出せなくて　夢を見ていたのか本当だったのか　寝ていたのか起きていたのかさえ……分かりません）

かきくらす　心の闇《やみ》に　まどひにき　夢うつつとは　世人《よひと》定めよ　在原業平
（乱された　心の闇に迷ったのです　夢か本当かは　世の人が決めればよい）

我が子や親が、飢えて死にそうな人々の耳には届かないだろうが、飢えずにあすを迎えられそうな人々のあいだには、一夜の性の情熱を、たからかに歌いあげたこの恋歌は、赤い焔《ほむら》のように燃え走った。

有常の邸で、行平が詰め寄っている。

「なにも、ご存じない？」と行平。

「存じません！」と有常。

「ほんとうに？」

「ほんとうです！」

「相聞歌にみせていますが、どちらも業平の歌でしょう」と行平。

「夢かうつつか 寝てか覚めてか、と反意語を並べて繰りかえすのは、業平さま独特の手法ですから、まちがいなく二歌ともに、業平さまが詠まれたのでしょう」

「なんのために、わざわざ相聞歌にして、世に流したと思いますか」

「はて……会う手立てのない、どなたかにむけて歌われた。どなたかに届けと、相聞の形で、呼びかけられた……」

「……でしょうね。で、だれに……なぜ、いま？」行平は、溜め息をついて肩を落とした。有常も、静子が亡くなったときの、業平のなげきぶりを思いだして、おなじように溜め息をついて肩を落とした。

右京三条三坊四町の邸では、大枝音人《おおえのおとんど》も、行平たちとおなじ結論に達していた。この歌は、どちらも業平の作で、歌を届ける手立てのない相手にむけて呼びかけた。静子が亡くなったからなのか……。いったい、だれに……。

三月に閏月《うるうづき》があった。月の満ち欠けで月を決める陰暦《いんれき》なので、ひと月は二十九日か三十日。ときどき閏月を入れて修正しないと、季節がずれてしまう。歳星《さいせい》（木星）の周期（グレゴリオ暦の一年）が、この修正に不可欠なのは分かっていて、歳星は秩序を戻す星として崇められている。この年は、三月と閏三月と、三月が二度も繰りかえされた。

三月二十三日に、清和天皇は、右京にある右大臣の良相の邸に御幸して、花見をして文人の詩を楽しんだ。もちろん事前に許可をとって、アルコールなしの宴会だ。

そして閏三月一日に、こんどは左京にある太政大臣の良房の染殿《そめどの》に御幸して、花見をして、池の魚や田植えを見た。染殿のほうには、昨年もおなじように花見に訪れている。

田植えを披露して、一粒の米を作るために農民がどれほどの労力を使っているのかを、少年天皇に分かってもらおうと企画したのは、左京大夫の紀今守《きのいまもり》。それまでに赴任《ふにん》した地方の民に慕われて、右大臣の良相が良吏《りょうり》と評した男だ。文徳天皇の寵臣で、四国の讃岐守《さぬきのかみ》（香川県知事）として左遷された紀夏井《きのなつい》も、民に慕われて留任を求められるほどの良吏で、いまは肥後守《ひごのかみ》（熊本県知事）として赴任したばかりだ。民政を心がける力量のある中級官吏を、紀氏は抱えている。
染殿の花見でも、良房は五万文の銭と、二千五百包の飯を貧民にくばった。
関東はいうまでもなく、都の人も凶作で苦しんでいるのに、貴族たちは右大臣の西二条第の桜の宴と、太政大臣の染殿での桜の宴を楽しんだ。

桜の花が咲くころ、業平は惟喬《これたか》親王の供をして、水無瀬《みなせ》の離宮に出かけることが多かった。水無瀬の離宮は、仁明天皇が気に入って訪れたところで、父を敬った文徳天皇にも思い入れの深い場所だ。大山崎の泊《とまり》の対岸にあるこの離宮も、桜の花がうつくしい。

染殿の花見で、良房が娘の明子に送った歌がある。

としふれば　よはひはおいぬ　しかはあれど　はなをしみれば　ものおもひもなし　良房
（年をとれば　年齢も老います　でも花のような　あなたをみたら　思い悩むこともありません）

静子が亡くなったあとで、水無瀬の離宮で惟喬親王と桜花を見て、業平が詠んだ歌もある。

散ればこそ　いとど桜は　めでたけれ　うき世になにか　久《ひさ》しかるべき　　業平
（すぐに散るからこそ　さくらはうつくしい　この世に何か　永久のものがあるでしょうか）

おなじころに、おなじ桜を歌ったというだけの、贈答歌でもない二つの歌を、貴族たちは並べて楽しんだ。底意地が悪い。五・七・五・七・七と言葉を連ねれば、だれにでも和歌はつくれるが、言魂《ことだま》を吹き込めるのは、ごく稀少《きしょう》な人だけ。そういうことさえ理解できない人が、自分も和歌をつくって披露したりする。この二つの歌を並べて、腹の中であざけるのは、さぞや楽しかっただろう。

染殿の花見から九日後の、閏三月十日の丑《うし》の刻《こく》（午前一時から三時ごろ）に、大内裏の朝堂院《ちょうどういん》の正門になる、応天門《おうてんもん》が炎上した。

十二　花こそ散《ち》らめ　根《ね》さへ枯《か》れめや

応天門は、大内裏の朝堂院《ちょうどういん》の正門。

大内裏は周りに溝が掘られて、四メートルほどの高さの土塀で囲まれている。この外壁には、東西にのびる北壁と南壁に各三門、南北にのびる東壁と西壁に各四門、計十四の門があって衛士《えじ》が守っている。南壁の真ん中にあるのが朱雀門《すざくもん》で、朱雀門を入ると正面に朝堂院がある。

朝堂院は、むかしは政治の中心だったが、いまは儀式に使われている。ここも塀で囲まれて、北側に天皇の高御座《たかみくら》をおく大極殿《だいごくでん》がある。大極殿の南は、東と西の端に四棟ずつの建物が建つ。これが八省といわれて、狭義の朝堂とよばれるところ。中央は朝廷という、なにもない広場だ。大きな儀式があるときは、大極殿に天皇が御座して、朝廷に百官が居並ぶ。その南は朝集院《ちょうしゅういん》と呼び、朝廷に入るまえに、官人が身づくろいや時間待ちをする場所にあてられている。

朝堂院には、朝集院に入るために南壁に三門があるだけで、東西の壁には大きな門がない。その三門の中央が応天門で、東に長楽門《ちょうらくもん》、西に永嘉門《えいかもん》がある。中央の応天門は、外壁にある朱雀門と対面している。

このごろは来日していないが、外国から国賓が訪れたときは、道幅約七十メートルの朱雀大路を通り、朱雀門を抜けて大内裏に入る。なかも、おなじように幅七十メートル以上、長さ約二百メートルほどの広場があり、正面に朝堂の三門が見える。中央の応天門を抜けて朝集院を通り、朝廷に入ると、北側に大極殿がそびえている。

つまり応天門は、都の東西の中心線上にあり、国力を誇示するための大切な門だ。門といっても、幅約三十二メートル、奥行約十六メートルの、瓦葺《かわら》きの二階建て。左右に棲鳳《せいほう》と翔鸞《しょうらん》とよぶ二階建ての楼《ろう》をそなえる大きな建造物だ。

去年と今年は正月の朝賀《ちょうが》がなく、東大寺の僧が最勝王経《さいしょうおうきょう》を大極殿で講じただけだから、清和天皇が元服した一昨年の雪の正月の朝賀いらい、朝堂も応天門も正式には使われていない。日常の清掃が行き届いているとはいえず、十数年まえになるが、男女いずれかさえ判別できない白骨死体があるのを、修理に入った技人がみつけている。さらに東西の真ん中に建っているから、左右の衛門府が一緒に警備しているせいで、責任も曖昧になっている。

官庁が閉まった夜の大内裏が、完全に閉じられているかというと、そうでもない。朱雀門をはじめ、大内裏の門を守る衛士は、日給が二十文しかでないので、少し握らせれば通してくれる。門が閉じられてから、大内裏に入りたい人は結構いて、庶民も外の畑から家に帰るときに、大内裏をぐるっと回るより近道だから、通り抜けに使っていた。ただし人気《ひとけ》が無いので、とても恐いらしい。

それでも、桜が散りはじめる季節の深夜、応天門のそばには火の気はない。空気は乾燥していたが、応天門だけでなく東西に造られた二つの楼まで、きれいに燃えてしまったのだから、通りすがりの人が捨てた松明が火元の失火とは考えられない。炎上直後から、左大臣の源信の家人が放火したという噂が広がった。

応天門炎上のつぎの日に、「伴大納言《ばんだいなごん》さま」と呼びとめられて善男は立ち止まった。大枝音人《おおえのおとんど》と菅原是善《すがわらのこれよし》が寄ってくる。貞観格式《じょうがんきゃくしき》（法律）選定委員会の仲間で、日本で最高の知識人たちだ。

「くれぐれも、慎重に行動なさってください」と是善。

「さきに手をあげるものは、急所をさらすことになります。大納言さまの能力は、この国に必要です。ご自分を大切にしてくださいませ」と音人。

まえにも、おなじようなことを、誰かにいわれたような気がする。

「左大臣さまの家人が放火したというのは、ただの噂です。庶民はいまの政《まつりごと》に不満をもっていますから、色々なことを言うでしょう」

「それだけならよいのですが、この噂は、仕組まれたものかも知れません。ご用心ください」善男は眼を細めて、うなずいた。それは、あるかも……。

源信の手のものが放火したという噂は、たしかに都合がよすぎる。正月に出された不許可の集合禁止令と禁酒令は、太政大臣の良房からの苦情がもとで、清和天皇が発令したものだ。これで源信を追いつめられるとみて、善男は反対しなかった。

正月の叙位で、紀氏や伴氏は地方へ赴任することが多い。あちらこちらで送別会を開くが、集合禁止令のほうは事前に許可さえとれば問題はない。禁酒令は、特例が病気のときと、神にささげるときになっていて、そのほかは認められない。

左大臣の源信は、十代から父の嵯峨の帝の宴にでて、五十六歳になる今日まで酒を飲みつづけている。四十年も酒びたりの男に、禁酒ができるとは思えない。飲酒を告発できれば、病気の治療だと辞表をだすだろう。大臣の辞表は受けとらないが、病気で辞表を出したら、政治に口を挟むことができなくなる。厄介払いができる……その程度に考えていた。

まさか応天門が燃えるとは、思ってもいなかった。伴氏にとって、応天門は思い入れのある門だ。奈良の都では、朝廷の南門は、大伴門と佐伯門と呼ばれていた。伴氏と佐伯氏は、門氏族といい、門を建てる費用も彼らが負担した。桓武天皇が造った平安京では、門氏族を使わなかったが、応天門がある朝廷の南は大伴門があったところだ。だから善男は、応天門の炎上は自分に対する嫌がらせだと思い、源信の家人が放火したという噂も納得した。でも源氏が放火したのなら、そんな噂を流すわけがない。これほど源氏放火の噂が高いということは、操作しているものが……背中がゾクリとする。

こちらは、惟喬《これたか》親王の邸。

「放火と認めるなと、言われましたのか」と惟喬親王が聞きかえす。

「はい」いちど自邸にかえって、夜半になってから訪ねてきた右馬頭《うまのかみ》の業平が答える。

「放火でなければ、失火ですか。応天門のまわりに、火の気はありません。それに下層階は、土塀と太い柱と厚い扉と石畳でできています。どういう失火で、近くにある兵部省《ひょうぶしょう》と弾正台《だんじょうだい》の宿直が、煙の臭いに気がついたときに、すでに火の手が下層階と上層階の全面と、東西の楼にまで回るのでしょう」

「じゃあ、失火も認めなければよいでしょう」

「は……」

「親王。政治の世界で生き抜くこつは、問題をさけて静かにしていることです」と業平。

「弾正台《だんじょうだい》が、放火も失火も認めずにすみますか」

惟喬親王は弾正尹《だんじょういん》。応天門炎上の原因を調べなければならない。

「えーっと、どなたでしたっけ。新しい弾正台の大弼《だいひつ》は?」と業平が、手にした扇の先を有常にむける。大弼は弾正台の次官で、これまでは惟喬の父の文徳天皇の学士だった菅原是善がつとめていたが、正月の人事異動で変わったばかりだ。

「藤原冬緒どのです」と業平と連れだって来ている、刑部権大輔《ぎょうぶごんのたいふ》の紀有常。

「どのような方ですか」

「廷臣の心得ぐらいは、お持ちでしょうな」

「それじゃ、すべてを大弼にお任せなさい。ほかに何人か人のいるところで、わたしは若く、なにごとも不慣れですので、お任せしますと言うことです。弾正台の報告は、藤原なにがしどのが、上手にまとめられましょう。親王は、なにも分からずに、丸ごとお任せの立場にいましょう」

「冬緒どのも、明言は避けられましょうな。放火と決めたところで、火をつけている人を見とがめて、捕えたわけではございませんから」

「わたしは、口だしするなというのですね」と惟喬。

「はい。黙っておいでなさい。とても、きな臭いでしょう」と業平。

「燃えてしまいましたからねえ」と有常。

「こういうときは、目立ってはなりません。すべてが過ぎるまで、私情を捨てて、ひたすら無責任に人任せになさるべきです」と業平。

「それが政《まつりごと》に携わるものの心得なら、わたしは帝でなくてよかったと思ってしまいます」と惟喬。

「そうです。幸いなことに、親王は帝ではありません」と業平。

「父の帝のお気持ちを考えますと、なんとふがいない子だと、この身が情けなくなります。父の帝が、さぞ嘆かれておられるでしょう」

「帝でなく、ただの父親であられたら、子の幸せだけを願われたでしょうよ。嘆かれるどころか、喜ばれます」と業平。

「どうして、そんなことが言えるのです」

「正しく生きることは立派です。そのためには、まず生きていなければなりません。いまの政治に不満を抱くものに担ぎ上げられて、政争にまきこまれても、正しいことはできませんよ」と有常。

「そんなつもりはありませんが、馬《ま》のジイや紀《き》のジイは、卑怯者の勧めをしている気がするけど……」と惟喬。

「身近にいる人の幸せを願えば、大きなことをしなくても、みんなの幸せに繋がるはずです」と業平。

「生きて、自分の手の届く範囲で、正しいと思うことをなされればよいのです」

「職務がありますので、わたしたちは伺えないことがあるかもしれませんが、故人となりました兄の仲平が、木挽きを連れて、お邸に詰めてくれるそうです」

　惟喬親王の顔が明るくなった。業平と有常にとって、惟喬親王は出世のための道具ではなく、生まれたときから愛しみ、成長を見守ってきた大切な若者だった。

善男は私情にとらわれて、判断力が鈍っていた。二年ごしになる左大臣の源信との確執。信の手のものが放火したと、日に日に大きく広がる噂。応天門の再建には、莫大な費用が掛かるという見通し。明日の米にも困る庶民のために、備蓄米をためられない。仁明天皇が心がけていた、民への思いが実らないことへの怒り。

感情的になる要素は、まだある。伴大納言《ばんだいなごん》は五十五歳。大きなことができる年齢としては、最後のほうだった。しかも、このときの近衛府《このえふ》は、民政を重んじて善男と志を一つにしている右大臣の藤原良相《よしみ》が左近衛大将で、右近衛大将の藤原氏宗は病気で欠勤していた。つまり兵隊を手中にしていた。

そして、この時点で、だれもが見逃したことがある。太政大臣《だじょうだいじん》は未成年の天皇の補佐をするが、天皇が成人すれば政治に関わることができない名誉職だ。だから善男の頭にも、良房の存在は浮かばなかった。

放火犯もつかまえられず、目撃者もいなかったが、左大臣の源信が応天門に放火したという噂が高いので、伴大納言は事情を聴くべきだと主張した。ずっと信は登庁していないから、太政官の最高位は右大臣の藤原良相。

左右近衛に緊急命令が下ったのは、応天門が燃えて三日後の閏《うるう》三月十四日だった。近衛兵は、左大臣の源信の邸をとり囲んだ。左近衛大将《さこのえのたいしょう》の藤原良相のところに、左近衛中将で中納言の藤原基経《もとつね》がやって来たのは、そのときだ。

「右大臣さま。このたびの出動を、太政大臣さまは、ご存じでしょうか」

「太政大臣は、政務にかかわる方でありませんので、報告の必要はありません」と良相の嫡男の、常行が身を乗りだす。

「しかし現職の左大臣さまへの嫌疑という重大事です」

「登庁をうながしても、書面を送っても、左大臣さまからは応答がありません。これほど放火の噂が高くなりましては、このままにしておくと世情が不安になります」と常行。

「わたしが太政大臣さまに、お知らせしますまで、どうぞ源信さまへの執行を、お待ちいただきたい」と基経もゆずらない。

左大臣の邸を右大臣が囲んで、連行して事情徴収しようという大事だが、これまで良房は良相に政務を一任して口を出さなかったから、良相は「分かった」と了承した。

東一条第で、基経の報告をきいた良房は、家令を呼んだ。

「参内《さんだい》する。女子の唐衣を着て、女輿《おんなこし》で出かける。当座の暮らしにいるものを揃えて、従者に持たせるように」

「は」と家令がさがる。

「ジュツ」

几帳《きちょう》の影から、ジュツが、気配もさせずに出てきた。

基経は、長良の息子だから中納言になれたのではない。叔父の良房の猶子《ゆうし》だから、中納言まで出世できた。でも良房と共に暮らしていない。九条にある自分の邸に住んでいる。だから良房の私用人は表立つ者しか分からないが、側番舎人という静かな男たちがいるのは知っている。かれらは干支《えと》の名で呼ばれているが、ときどき顔ぶれが変わる。口元に傷があるジュツ（戌）という男は古株の方だ。

「ジュツ」

もう一度名をよんで、なぜか良房は、基経のほうを向いて言った。

「屋根を修理させた者どもを、閑院《かんいん》の小屋の一つに寝泊まりさせている。いいか。その者たちの仕事は終わった。例のものを与えるようにと、シに伝えてくれ」

ジュツの体に緊張が走るのを、基経は目にした。その基経をながめて、まるで基経に話すように、良房が続ける。

「分かっているな。ジュツ。薬草園でつくっている、茶色の小壺に入っている例の水薬を、修理のものたちに、そっと与えるようにと、シに伝えてほしい」

舎人たちに衣をもたせた家令がきて、良房の冠を外して唐衣を頭から着せかけた。良房は、醜悪な女装になった。

「基経」

「はい」

「参ろう」


良房が、女装して内裏にむかったのは、違法だからだ。法令によって、太政大臣は成人した天皇の政治に口出しができない。いまの太政大臣は飾り物で、右大臣が左大臣の邸を取りかこんでいる緊急時に、参内する理由がない。

女輿で内裏に入った良房は、清涼殿《せいりょうでん》で清和天皇に会った。

「急を要することですので、おうかがいしたく参内いたしました。帝。帝が左大臣を捕縛するように、命じられましたのか」

「捕縛ではない。応天門の炎上のことで、左大臣に色々の噂がある。それについて訊ねたいことがあるが、左大臣は参内もせず、質疑書にも応答していない。参内をうながすために、迎えにゆくと報告をうけている」

「どのように、答えられました」

「そうかと、答えた」

清和天皇は二年まえまで、この外祖父の良房に政務をまかせていた。ずっと良房や太政官たちのいうとおりにしてきたから、おなじことをしただけだ。

「左大臣の邸をとり囲むと、聞いておられますか」

「……」

「近衛を動員することを、了承されましたか」

「細かいことは忘れた」

「近衛兵を使って、左大臣の邸を囲むと、聞いておられないということですか」

広廂《ひろびさし》に坐った基経からは、清和天皇の顔は見えない。きっと不快な表情を浮かべているだろう。十六歳は語彙《ごい》が少なく抗弁もうまくないが、大人より的確に物事を見抜く目があるはずだ。良房のように言葉尻をとらえて、ゆったりと、たたみかけるやりかたは、おもしろくないだろう。清和天皇は答えない。太政大臣は、政治に関与しないはずとも、参内しない左大臣の態度は、おかしいとも言わなかった。

「帝。左大臣の邸を近衛の兵で包囲すると、はっきり説明されて了解されましたか」と良房が、おなじことを質《ただ》した。良相が、かってに兵を動かしたという答えをえるまでは、おなじ質問を繰りかえすつもりだろう。

基経は、応天門が燃えた翌朝に、良房に東三条第に呼ばれた。

「源信が放火したと噂を流せ。それに伴善男が食いついて良相が動いたら、豪族系の官人を除き、源氏を抑えられる」

そうじゃないだろう。右大臣が左大臣を追いつめれば、少年天皇の手に余る事態になる。それを、きっかけに、自分が政界に返り咲くつもりだろう……と思ったが、基経は、これに乗った。なぜなら、良相を抜いて、自分が良房の後継者になれるチャンスだからだ。

それから先は、基経も加わって、左大臣の源信の放火説を広めた。的を射た噂だったから、あっというまに広がって、応天門の放火犯は左大臣の源信だと、だれもがささやきはじめた。伴善男が噂にこだわって、信に事情を確かめようと言いだした。右大臣の良相は、善男の告発を受けた。近衛が信の邸をとり囲むのを見てから、内裏に近い東一条第に移っていた良房に、基経は知らせた。

ただ、それまでは、応天門の炎上は、ほんとうに源氏の仕業だろうと基経も思っていた。だが、違う。さっきの側番舎人との茶番劇は、なんだ。屋根にのぼるものは身が軽い。応天門の放火を指示したのは、良房ではないか。薬草園でつくっている「例のもの」とは、実行犯を始末するための毒だろう……。

それよりも、犯罪にかかわっていることを分からせるために、わざわざ基経のまえで舎人に命じたのではないか。自己主張をしない、責任感の強い善人なら、それで共犯者という罪悪感の檻《おり》に自分を閉じ込めてしまう。自分の手も汚れているからと、良房の言いなりになって……なって、やるもんか！

基経は、権勢欲《けんせいよく》や自己顕示欲《じこけんじよく》が強い。正義感の強い善人ではないから、良房に操られるのも、陥《おとしい》れられるのも、ごめんだ。

良房は狂っている。文徳天皇の崩御のまえから、その狂いかたが薄汚れてきた。インフルエンザにかかったときは弱気をみせたが、高齢で病から回復したので、天命は我にありと、さらに壊れた。いまは、もう一度、自分が天皇に代わるつもりしかないだろう。だから、考え方の違う右大臣の良相が、じゃまになった。どうする気だろう……。

「近衛を動員することを、お聞きになっていないのですね」

部屋のなかでは、良房がおなじことを繰りかえしている。

「……朕《ちん》は知らぬ」疲れた清和天皇の声がきこえた。

基経は、右大臣の良相のもとに走って、天皇の詔として、左大臣の邸をとり囲む近衛兵の撤退を要求した。

良房が出かけてから、ジュツは東三条第に帰った。慌ただしく良房が東一条第に移ったときに、シは三条第に残されている。

「どうした」とシが聞く。

側番舎人になったあと、長いあいだ一緒に働いてきた先輩だ。二人とも口数が少ないので、あまり話をすることもなかったが、夜ごと息をひそめて良房のそばにいる。相手の体の筋肉が動いても感じられる近さだったから、黙っていても、いつの間にか互いの考えまで汲み取れるようになっている。シはジュツを気遣って、いつも見守ってくれていた。

「なにか、頼まれたか」

「……伝えろと」

「わたしに、なにを」

「閑院にいる……」

「ん」

「屋根の修理をした者たちに……」

「どうした。ジュツ」

ジュツが震えている。

「例のものを、そっと与えようと……」

「……」

「茶色の小壺に入ったもの……あれは、なにでしょうか」

「知らない。何度か薬草園に取りにいったことはあるが、主さまに渡しただけだから」

「わたしも、取りに行きました。そのあとで帝が……先の帝が、お倒れになりました」

「わたしたちは、何も知らない。言われたことを、しているだけだ。ジュッ。なにも考えるな。忘れろ」と、シは立ち上がって、自分の行李《こうり》から銭を貯めた袋を取り出した。

「シ？」

「できるなら、畿外へ逃げてくれ。わたしのことは、気にするなよ。忘れろ」

どこか安らいだ目をして、ジュッの肩を少し握ると、シは小屋から銭袋を抱えて出て行った。


つぎの朝、東三条第の裏の畑で草むしりをしていたジュッのところに、麻井という舎人がやってきた。

「家原《いえはら》どの。驚かれますな」邸の中で使われているジュッの名は、家原芳明《よしあき》という。

「刈田満好《かりたのみつよし》どのは、ずっと、あなたと一緒に、お側番をしておられましたな」

刈田満好は、邸内で使われているシの名だ。麻井は、ふつうの舎人として、東三条第に長く勤めている。シやジュッとちがって、親も親戚も妻も子もいる。

「昨夜、刈田どのが、亡くなりました」

「……」

「屋根の補修工事のための職人が、閑院に寝泊まりしていたそうです。刈田どのは、かれらを労うために、雑炊《ぞうすい》を用意された。おそらく、まちがって、毒のある青物でも混じっていたのでしょうな。食当たりです。まじめな方でしたので残念です」

ジュツは、足もとに目をやった。

「刈田どのは身寄りのない方で、妻帯もなさいませんでした。お邸で従者の忌《いみ》ごとはできませんが、子供のころから勤めておられましたから、今夜、清水坂にある小堂で、わたしたちが簡単に見送ろうと思います。いらしてください」

「あの、亡くなったのは……」

「刈田どのだけです。職人たちは、刈田どのが苦しまれていると告げにきたあと、怖くなったのか逃げたそうですよ。臨時雇いだそうですから、しかたがないですが」

足もとに蟻が行列している。体よりも大きな白いものを背負った蟻が、よろけながら歩いていく。職人たちに自分の貯えを与えて、逃がしたのはシだ……。ジュツは、蟻の行列を、いつまでも眺めていた。

放火犯の噂が高い左大臣の源信と、近衛兵をつれて源信の邸を包囲した右大臣の藤原良相のもとへ、天皇の勅使《ちょくし》がたてられた。双方の言い分を聞き、双方の納得のいくように処理するためだ。清和天皇の名をかりて良房によって選ばれた勅使は、参議で右大弁の大枝音人と、左中弁の藤原家宗らだった。

季節は、一月二月三月が春。四月五月六月が夏。七月八月九月が秋。十月十一月十二月が冬と呼ばれる。ついでに時間は、干支の名で十二に分けられている。一区切りを一刻という。一刻は、だいたい二時間だが、日の出と日の入りを基準にして分けるので、季節によって少しちがう。

いまは、夏の盛りの五月の末。応天門が炎上して、二か月半がたっている。

右京八条四坊の一角は、市《いち》の外町とおなじように、一町を三十二戸に分けた下級官人用の共同住居地だ。一戸は東西十丈（約三十メートル）、南北五丈（約十五メートル）の細長い敷地で、約百三十六坪（約四百五十平方メートル）の広さがあるから、居住用の掘立小屋だけではなく畑が耕されて、鶏小屋や道具小屋などもある。

外壁がまわる一町の内の三十二戸は、垣根などで区切っているだけで、小屋はうすい板張りなので、くらしのようすが隣近所につつぬけだ。その一戸に京職《きょうしき》の役人がやって来たので、年寄りや女子供が、遠巻きにあつまって見物している。

「ですから、見学だけさせてください」と役人に、たのみ込んでいる男がいる。着ているもので六位あたりの、三十歳ぐらいの男だ。ここに住む人は、七位や八位の下級官人で、勤務状態がよく能力を認められても、正六位上が出世の限界で五位以上にはなれない。役人に交渉している男は、六位を最初の位として、五位以上の貴族になる人らしい。おなじ六位でも、そこをスタートにする人と、ゴールにする人では見かけも違う。スタートとする人は、まず歳が若く、着物の布が上質で新しいし、面立ちも整っていて、おっとりした物腰をしている。

「部外者は、立ち入り禁止です」

「あの友人に、世の中を案内しています。おねがいします」

「数男《かずお》さま。ご友人は、それほど若くもみえませんが、いまさら世の中を案内しなければならない方なのですか」

「いいえ。言葉をまちがえました。都を案内しています」

「都を案内するなら、市にでも、お連れになったらどうですか。あれ、あれ。あんなところに座りこんで、念仏を唱えようとしています。数男さま。ご友人を早く外に連れだしてください。うーんと離れて見ているだけ。いいですね」

京職の役人は、きげんが悪い。応天門が焼けてから忙しくて、ろくに休みをもらっていない。そんなところに、備中《びっちゅう》（広島県）の権史生《ごんのししょう》（副書記）の大宅鷹取《おおやけのたかとり》が、娘が殺されたと訴えてきた。

「ジャマにならないように、向こうにいてください」

役人にしかられた数男は、経を唱えはじめた登《のぼる》の手を引っぱって、見物人があつまっているところに退いた。

「数男どの。殺されたのは、まだ若い娘さんだというではありませんか」と登がいう。

「ええ。たしか十四歳とか」と数男。

「気の毒に。ご遺体は、まだあるのでしょうか。せめて経だけでも唱えさせていただきたいと、もう一度、たのんでもらえませんか」と登。この男も三十前後で、鼻筋の通った生まれの良さそうな顔立ちをしている。

「いいから、なにもしないで、大人しくここにいてください。父が京職にいるだけで、わたしが勤めているわけではありませんから、これ以上は無理です。ムリ！　分かりますか」

「はじめから、遺体はありませんよ」と、そばで見物していた色の黒い中年の女が教えてくれた。

「遺体がない？」

「ええ。鷹取さんは、娘を殺されたと騒いでいますが、なぜ、いまになって騒ぐのか、わたしには分かりません。おもとちゃんの姿は、しばらく見ていませんからねえ」

「亡くなったのは、おもとちゃんという娘さんですか」

「あの鷹取の娘にしておくのが可哀そうなぐらい、大人しい娘でしたがね。しばらく見かけていませんなあ。てっきり、売られたのかと思っていましたがね」と歳をとった男が、話に加わった。

「娘を売るって、自分の娘を売るのですか」と登。

「鷹取は、たちのよくない男でしてね。親も娘も売りかねないような奴ですから」

「ほら。おもとちゃんは、二町先の町内の生江恒山《いくえのつねやま》の息子の……えーっと、よっちゃんといったっけか、あの子と仲がよかったろう。それを鷹取が嫌って、よっちゃんを袋叩きにしたことが、あっただろう」

「あった。あった。あの子は善信って名だが、片足が折れて、いまでも引きずっているよ。十五や、そこいらの子供を、大人が寄ってたかって殴らなくともいいものを……なあ」血色のよくない中年男の野次馬も加わった。体をこわして散位寮に臨時の仕事を探しに行けず、家にいるのだろう。

「おもとちゃんを見なくなったのも、あのころだねえ」と中年の女。

「それって、いつのことです」と登が聞く。

「ンーっと、鷹取のところに、あの日下部《くさかべ》という男が住みはじめたころですかな」と老人。

「こんどは、日下部ですか。それ、だれです」

「そう、そう。鷹取のような奴のところに間借りをして、けっこう仲よくやっているから、ふしぎに思ったのを覚えていますよ」と顔色の悪い男。

「だからですね。それはだれで、いつのことです」と登。

「なにが」

「いいですか。たった今、大宅鷹取さんが、娘のおもとちゃんが殺されたと訴えて、京職の役人が来ています。分かりますね。でも、みなさんがおっしゃっているのは、こうです。

二町先の生江恒山さんの息子のよっちゃんと、おもとちゃんは仲が良かった。幼なじみでしょうか。それとも、初恋でしょうか。それが気に入らない鷹取さんが、よっちゃんを、おそって怪我をさせた。そのころから、おもとちゃんの姿は見かけていない。鷹取さんの家には、間借り人が住みはじめた。そうですね。まちがいないですね。いいですか。じゃあ、これは、いつのことですか。みんな、おなじころに起こったのですか」と登。

「そういえば、そうだ。みなおなじころ、応天門の火事のすぐあとで起こった。日下部が住みこんだのが、いっとう先で、それから生江恒山の息子がおそわれた。そうか。もしかしたら、恒山の息子をおそうのに、日下部が手をかしたかもしれませんねえ」

「応天門の火事の直後というと、もう二か月以上も、まえのことですよね。みなさんは、おもとちゃんの姿を、そのころから見かけていないのですね」と登。

「ああ。見てないよ」「こんな所でしょう。おなじ町内にくらしていれば、姿ぐらいは目につきますよ」「顔を合わせれば、挨拶ぐらいはしますからね」

「大宅鷹取さんは、備中の権史生《ごんのししょう》だとおっしゃいましたね。生江恒山さんは、なにをしている人ですか」

「伴大納言さまの、ご子息の従者をしていなさる」

「それじゃ、息子さんがおそわれて怪我をしたときに、届けをだしていますよね」

「いや。いや。えーっと、日下部が……たしか、あの男は、太政大臣さまの奉公人とかで、それも太政大臣さまに直接仕えているとホラを吹くもので……。でも、もし、それが本当なら面倒だからと、泣き寝入りしたとか。えー。ところで、見かけない顔だが、あなたは、どちらさまで」

「わたしは……」と名乗ろうとした登を引っ込めて、数男が答えた。

「京職の紀今守《きのいまもり》の息子で、紀数男と申します。この人は、遠い、トオーイ縁戚で、都のことを知りませんので、案内しているところでして……。どうも、おじゃまいたしましたッ！」


「でね」と登。

六月に入ったばかりの昼下がり。登は、業平の邸の廂でくつろいでいる。暑いから、業平は直衣《のうし》の片袖を脱いでいて、その姿が色っぽい。

「息子を襲われた生江恒山と、娘を殺されたという大宅鷹取は、いがみ合っていたらしいのです。鷹取は、恒山が娘を殺したといっているのですが、遺体がないので京職は取りあげないのですって」

「そうですか」と業平。

「よけいなことに、首を突っこむのじゃありませんよ。あっちこっち嗅ぎまわると、ろくなことになりません。わたしは、それで、しくじりました」と妙信尼。

「後宮から下げられたのは、そういうわけですか」と業平。

訪ねてきた登をつれて、妙信も業平の邸で、ヒマつぶしをしている。登の父は、仁明天皇。母は更衣の三国の町。つまり妙信尼の息子だ。

最初の名は、常康《つねやす》親王という。母の過失で宮中を出されて、紫野にあった邸を雲林寺という寺にして出家して深寂《しんじゃく》と名乗った。そのあと還俗《げんぞく》してしまったが、それを知った仁明天皇の皇子の、時康《ときやす》親王、元康《もとやす》親王、源多、源冷、源光らの異母兄弟が「どうぞ官吏にしてほしい」と奏上して、貞という新姓と正六位上の位階をもらった。

「でも、母上」

「登さん。あなたは貞朝臣登《さだのあそんのぼる》という官吏なのです。よけいなことに首をつっこまないで、まじめに勤めてくださいい」と妙信。

「ン……」

「登さま。たとえ会うことができなくても、遠くから見守るだけでも、ほどほどの暮らしで、つつがなく健康に日々を楽しく過ごしてくれることだけを、親は子に願っています。妙信さんを心配させてはいけませんよ」

「あら、在五さま。いつになく父性的ですね。なにか、ございましたの？」と妙信。

「いいえ。ちょっと、疲れが……」

「馬寮《めりょう》が忙しかったのは、近衛が出動したときだけでしょう。今年は端午《たんご》の祭りも取り止めですし……」

「いいなあ。馬ですか。わたしは、お坊さんしてましたから、騎乗できません」と登。

「よければ、うちの舎人と馬で練習なさったら？」

「いまからでも、おねがいできます？」

「サンセイ。頼む」と業平が声をかける。

「登さま。こちらに、おいでください」とサンセイが招く。

「あの子。やってゆけましょうか。今は、なんでも物珍しくて張り切っていますが、厭世的《えんせいてき》なところもありましてね。仁明天皇の蔵人頭をなさっていた良岑宗貞《よしみねのむねさだ》さま、僧となられた遍照《へんじょう》さんが、気にかけてくださっているのですが……」と登を目で追って、妙信が溜息をついた。

「妙信さん。だいじょうぶだと思いましょうよ。子を信じることと、子のために祈ることしか、親にはできません」と業平が言う。


応天門の炎上のあとで、左大臣の源信と、信の邸を取りかこんだ右大臣の藤原良相の双方を、上手く収めたのは大枝音人だった。清和天皇に報告するために、音人が内裏の清涼殿の広廂にひかえたのは、四月になってからだ。邸の門を閉じた源信が、自分の家人や馬を差しだしたり、それは受け取れないと、信のもとに戻したりしていたので、時がかかった。

御簾《みす》ごしに、清和天皇の影が見える。

「左大臣さま、右大臣さまともに、ご納得あらせられました」

「わかった」

御簾のなかから、香の香りがただよってくる。それぞれ好みの香りを混ぜて、特別な香りをつくり、着る物に焚《た》きこむ。体温や体臭によっても匂いは変わるから、一人一人が特別な香りをもっていて、それだけで相手を判別できる。音人は、若い清和天皇とはちがう香りを聞き分けた。老いを隠す、濃厚で高価な香りだ。太政大臣が、清涼殿のなかにいる。応天門の炎上事件は終わったのではなく、まさに渦中なのだと音人は察した。

五月六月と、各地から飢饉の報がよせられて、都の餓死者もふえたから、音人は忙しかった。六月になって、ようやく応天門再建のために、木材を発注した。

高階岑緒《たかしなのみねお》から「久しくお目にかかっておりませんが、たまには、お顔をみせてください」と手紙をもらったのは、六月の末だった。

高階岑緒は、音人が左小弁だったころの左中弁。直接の上司だった。文徳天皇と静子更衣のあいだに生まれた恬子《やすこ》内親王が、伊勢斎宮《いせさいぐう》として都を出立したときに、伊勢権守《いせごんのかみ》として一緒に伊勢に赴任して、一年ばかりまえに職務を終えて都にもどっている。

音人が多忙なのは承知しているだろうし、それを斟酌《しんしゃく》せずに誘いをかけるような人柄ではない。暇はなかったが、少し気になることがあったので、音人は岑緒の誘いに応じた。

気になることというのは、病が流行っているから、伊勢斎宮が六月の祭りを欠席するという報告を、五月に弁官局が受けとっていたからだ。伊勢に病が流行っているとの知らせがないのに、一か月もまえに、大事な催事《さいじ》への欠席を願うのは奇妙だ。長いあいだ伊勢権守だった岑緒なら、なにか知っているかもしれない。


「ご無沙汰しております」元の上司だが、いまの音人は参議で右大弁。岑緒の位階を超えている。

「お忙しいでしょう」

「なにかと」

「わざわざ、お招きしても、酒もだせません。てまどってはなりませんので、用件だけをお伝えします」

「ありがとうございます」

「わたしに、孫ができました」

「はい」

「息子、茂範《しげのり》の子といたします」

「?」……といたしますとは、どういう意味だ?

「多くの気を受けた、元気な男子です。あとのことは、すべて当家にお任せください。いっさい、お関わりになりませんよう」

孫が生まれた。息子の子とする。当家に任せろ。いっさい関わるな……。弁官だった岑緒が、言葉遣いを間違えるはずがない。多くの気を受けた……。多くの気があつまるという多気は、伊勢斎宮のある場所だ。伊勢斎宮は別名、多気(竹)の宮と呼ぶ。その斎宮は、五月に六月の祭事に欠席する届けを出している。動揺したことのない音人が、片手をついた。まさか……? 産み月なら一月前に分かる。関わるなと断るなら、音人に関係のある子。

業平が伊勢に行ったときから数えると、六月は出産のときになる。あの歌が流れたのは、妊娠が分かったころだ。

「岑緒さま。気つけ薬をいただきたい!」

「わたしも気つけ薬を、ご相伴《しょうばん》しましょう。命の誕生を寿《ことほ》いでやってください」人払いをしていた岑緒が、手元の鈴を鳴らした。

「人は、想定外のことは、ふれずにすまそうとします。しかし、良くできていますな。夢かうつつか 寝てか覚めてか。あのことばが、この世のことか、あの世のことか、わけもさだかではない方向に人の心を導いて、何もなかったと、のちの世に伝えてゆくでしょう」

このとき生まれた子は高階師尚《もろひさ》といい、のちに高階家を継いでゆく。高階師尚の子孫は、一条天皇の治世に関白道隆との間に伊周と定子を産んだ貴子。後白河法皇の世で、「建久の変」をあやつった丹後の局。足利尊氏のときの高師直《こうのもろなお》など、多彩な人材を歴史のなかに生みだした。


東の市の外町にある狛の小屋の中で、狛の息子の剛がジュツに質した。

「これは、おまえさんの全財産じゃないのかい。病気ともみえないが、どうして、これを、いまのいま、アチャに渡す必要があるのだい。なにか、あったか」

「……」

「多少のことなら、手をかせる。話しちゃくれないかい」と狛。

ジュツが、アチャのもとに銭袋を運んできた。律令が施行されてから、国は銭を使うことを奨励してきた。良房は、使用人にたいして銭払いはよかった。雑色のころはタダ働きだったが、側番として身近に仕えるようになってからは、ジュツも銭をもらっている。アチャに会いに来るとき以外に、使うこともなかったから、銭の真ん中の穴に、よった麻紐を通した銭差しが、かなり貯まっている。

「アチャと蟬丸は、山崎の遊廓のなかにある双砥《そうと》妓芸所に移そうと、話し合っていたところだ」

と剛。ジュツが、不安そうな目をする。

「もう亡くなってしまったが、わしの古馴染みの婆さんたちが、妓女に音曲を教えていた場所だ。アチャも若い妓《こ》にならら、琵琶を教えられるだろう。蟬丸のためにも、それがよかろうと思ってな。おまえさんも一緒に行ったらどうだい。仕事はみつけてやれる」と狛。

「一緒に行こうよ。父ちゃん」と蟬丸が言った。ジュツの顔がゆるむ。

「すまない。父ちゃんは、ご用があるからな。いつか蟬になって、おまえに会いにいくよ。父ちゃん、来たぞ、とおまえに聞こえるように、うるさく鳴くからな。毎年、毎年、会いにいく。約束だよ。蟬丸」

「おまえさん？　どうしたんだい」とアチャ。

ジュツは、アチャと蟬丸を交互に見て立ちあがると、深々と頭を下げて狛の小屋を出た。来るときに担いできた麻袋が重かったので、帰り道は足が軽い。置いてきたのは銭ではなく、家原芳明でも、ジュツでもない、名の分からない本当の自分だった。

銭を使うことは奨励されたが、新銭がでると旧銭の価値が下がるような不安定なもので、このあと銭経済は廃《すた》れていく。

八月まで日照りがつづいたから、米の生育を心配して、朝廷は雨乞いを熱心にやった。応天門は焼失したが、五か月もまえのことなので、ふつうの日常がもどっている。

ところが八月三日。備中《びっちゅう》（岡山県西部）権史生《ごんのししょう》の大宅鷹取《おおやけのたかとり》が、伴大納言と、その息子で右衛門佐《うえもんのすけ》の伴中庸《とものなかつね》が、応天門に放火したと告訴してきた。どうじに鷹取は、娘が伴中庸の従者の、生江恒山《いくえのつねやま》に殺されたと訴えた。伴家の従者の殺人罪と、伴大納言親子の放火罪の二重の告訴だ。鷹取は大初位下。最下位だが官人なので、正式に告訴してくれれば取りあげない訳にはいかない。まず告訴人として、鷹取を左検非違使《さけびいし》の獄に捕えた。告訴人は囚われるきまりで、それだけの覚悟と結果への自信がないと、告訴はしない。

放火事件は、八月七日から勘解由使《かげゆし》局で、参議で勘解由使局長官の南淵魚名《みなぶちのうおな》と、参議で右衛門督《うえもんのかみ》の藤原良縄《よしただ》によって、伴大納言への事情聴衆がはじめられた。勘解由というのは、国司が異動するときに、前任者から後任者にする申し送りを監察するところだが、長官の南淵魚名が左大弁をかねていた。大事件のばあいや、被疑者が高官のときは、弁官局で左大弁と右大弁が事情聴衆をするのがふつうだが、右大弁の大枝音人が外されて、最初から右衛門督の藤原良縄が加わった。

放火事件と殺人事件は別件で、殺人事件についての取調べは、このときはしていない。後になれば、伴大納言の取調べに、藤原良縄が任じられたことのつじつまは合うのだが、このときは本人でさえ、なぜ加わるのかが分からなかった。藤原良縄は藤原氏だが、文徳天皇の忠臣で母が紀氏だ。

伴善男は、告訴人の大宅鷹取が備中権史生だと知って、さきに源勤が備中守《びっちゅうのかみ》をしていたから、これは源氏が仕組んだ意趣返しだと思った。源氏ならば、見え透いた謀略《ぼうりゃく》だろう。まず伴家と関わりのない大宅鷹取が、どうして善男が放火したと立証できるのか。ほんとうに放火はしていないし、もしも、そんな大罪を犯したのなら、会ったことのない大初位下の微官《びかん》に、犯罪をもらすはずがない。

善男の言い分は事実だったので、筋が通っていて説得力があり、伴大納言は放火に関与していないと、南淵魚名らが結論を出そうとしたのが、八月の半ばだった。善男と主義や政治理念を共有する右大臣の良相をはじめ、太政官たちも善男の無罪を認めていた。

ところが八月十九日になって、「天下の政《まつりごと》は、太政大臣が執《と》る」と、十六歳の清和天皇が詔を発令してしまう。これで引退したはずの太政大臣の良房が、政治の全権を握って返り咲いた。

そのあと八月末になってから、殺人事件で左衛門府《さえもんふ》に監禁されたまま放置されていた、生江《いくえの》恒山《つねやま》への拷問がはじまった。生江恒山は、伴大納言の息子の伴中庸の従者なので、このときに中庸も左衛門府に拘禁《こうきん》された。さらに生江恒山の友人で、伴家に従者として仕えている伴清綱をとらえて拷問する。

取り調べ官の藤原良縄から事情を聴いた善男は、冤罪を仕組んだのが良房だと知ると、いっさいの抗弁をやめて口をつぐんでしまった。

生江恒山は位階をもたない低い身分で、殺人で告訴されている。自供を得るための拷問は、容疑者が死んでもいいから過酷をきわめる。容疑を認めれば、死刑の判決でも、罪一等を減じられて遠流《おんる》の刑ですむ。つまり、なんでもかんでも「はい。そうです。やりました」と認めれば、地方で生きていられるが、認めなかったら寄ってたかって杖で殴り殺される。殺されても庇《かば》いたい人がいるか、強い信念がないかぎり自供したほうが楽だから、生江恒山と伴清綱は、伴善男の息子の伴中庸が放火を命じたと自供してしまう。

別件の殺人罪で捕えられた伴家の従者が放火を認めて、主人に命じられたと自供したから、これは証拠となる。かれらは中庸の従者だから、伴善男は息子の放火教唆《きょうさ》の責任を取らされることになった。すべて冤罪だ。

九月二十二日に、応天門の放火事件の判決を、良房が下した。

伴善男、伴中庸、紀豊城、伴秋實、伴清綱を、応天門放火の罪で流刑にする。連座の刑で、紀夏井、伴河男、伴夏影、伴冬満、伴春道、伴高吉、紀武城、伴春範を、おなじく流刑にする。これで豪族系官僚の有力者、伴氏と紀氏が粛清《しゅくせい》された。

この事件で、良房の弟で右大臣の良相の心は完全に折れた。連座の罪で裁かれた紀夏井は、良相が良吏として国の宝と認めた人だ。夏井の連座の理由は、会ってもいない異母弟の紀豊城が、伴中庸と親しかったためという言いがかりだ。伴善男は、民政を考える頭の良い能吏だった。良吏、能吏をそろえて、庶民を飢えや病気から救いたい、国を豊かにしたいと思う良相の理想を、兄の良房がつぶした。

事件は、仕掛けられた方には複雑に見えるが、仕掛ける方は簡単な仕組みだ。善男と息子の中庸の邸に勤めるものは、資人を加えれば三百人に近い。そのなかで、悪巧《わるだく》みに乗りそうな性悪な男とトラブルを抱えている、気の弱そうな適材を選ぶだけでよい。それが生江恒山だった。あとは大宅鷹取に指示を与えて、殺人と放火を告訴させ、尋問という暴力に頼っただけだ。人の心を持たず、人を物のように配置できれば、単純な構造だ。

基経は、全身にウジがたかってくるような不快感に耐《た》えた。ここで良房に加担した自分を責めたところで、疲弊《ひへい》するだけだ。いまは良房のことではなく、自分のことだけを考えよう……。基経のまわりには、へつらい人のほかは、だれも寄りつかなくなった。

流刑地に罪人を送る車は、窓がない箱で換気がされない。罪人は木箱のなかに閉じこめられて、体をぶつけながら揺さぶりつづけられる。生きていようが、途中で死のうが、体を流刑地まで運べばよいのだから、あつかいはひどい。

伴善男は五十五歳になる。冠も束帯もはがされて、柿渋色の囚人服を着せられている。箱がうしろに傾斜して揺れが激しかったから、逢坂山《おうさかやま》を登ってきたのだろう。糞尿の壺も箱の中におかれているから、悪臭と残暑の熱気がこもっている。車が止まって、しばらくして前の板が外された。光がまぶしく、そとの空気が気持ちよい。光に目がなれたときに、善男は知らない尼僧が竹筒を差しだしているのを見た。冷えた水だ。飢えたように飲んでから、善男は尼僧に顔をむけた。

「淳和院につかえます、橘 逸勢《たちばなのはやなり》の孫の玲心《れいしん》でございます」橘逸勢は、この逢坂山越えで衰弱死した。玲心は葉に包んだ、やわらかい餅を差しだす。

「道中に、少しずつ含んでください」

衣冠束帯をつけた男と上臈《じょうろう》と、従者の姿をした男たちが見えた。善男の眼のさきを振り返って玲心が言う。

「在原守平さまと、室の倫子さまです。倫子さまの父君は、伴水上さまです。守平さまの横に控えられますのは、日置仲平《ひおきのなかひら》さま。もとの名は在原仲平さまです。倫子さまの横に控えておられるのは、土師小鷹《はじのこたか》どの、仲平さまの横は、秦 能活《はたのよしかつ》どの。これからの道中、山道はとくに厳しいとぞんじます。坂者《さかもの》が流刑使《るけいし》を饗応《きょうおう》するようにしてございます」

坂者は、坂に生息するもの。奈良の都の奈良坂と、京の都の清水坂に住んでいる。

坂者ができるより、ずっとまえに、唐の国から大王に、先進技術の指導者が献上された。特殊な技術は力の象徴になるから、献上された技術者たちは庶民と交わることを禁じられて、技術を外に漏《も》らさないように隠された。部民とよぶ者たちだ。物部氏、蘇我氏と権力者が、彼ら渡来系の技人を束ねて大王と結びつけていたが、両者が滅んだあとは、坂上氏や東漢《やまとのあや》氏や大伴氏と、束ねるものが、はっきりしなくなった。

だが駅路《えきろ》をつくる大インフラ工事が行われたときに、この技能者たちの力が必要になった。駅路という道は、山があっても湿地があっても、ひたすら真っすぐ通っている。湿地を埋め、山を切り崩す技術が必要だった。そのころから部民は、秦氏と土師氏が束ねるようになったが、かれらは物部氏や蘇我氏のように天皇の近臣ではない。それでも長岡京遷都や、平安京遷都は、建築技術をもつ部民がいなくては出来なかった。ふだん渡来系技術者集団の部民は、集落の外に住んで庶民と接触しない。地域の境界は坂の上だ。

一方、奈良坂と清水坂の坂者は、埋葬地《まいそうち》のそばなので死者の埋葬を手伝った。土師氏の仕事と重なるので、つながりができる。さらに朝廷はハンセン病の患者も、坂に住まわせた。まだ規約ができていないから義務ではないが、ハンセン病の患者は、白い布で頭部を隠すことが求められた。やがて柿渋色の囚人服を着るようにと指示される。

それから、あっというまに各地の駅路の坂の上に、坂者が現れて汚れを祓《はら》い、清めを行うようになった。坂者は白い布で頭部を覆《おお》っているので、だれが入っているのか分からない。病の人かもしれないし、盗賊かも知れない。ともかく一般庶民は、祓い清めてもらって、さっさとすり抜けたほうがよい人たちだ。

逢坂山には関所があり、白い布を被った坂者が、いつも清掃をしている。

善男は、萎烏帽子に白い水干と袴の、ふつうの舎人姿をした老人が、流刑史たちに酒樽や紙包を渡しているのを見た。

「中庸《なかつね》さまのお子らは、助けようとされている方々がおられます。流刑先の伊豆まで、お心を強くお持ちください」と玲心が言う。

身の汚れを善男に恥じさせないように、わざと離れて佇んでいた守平たちが、労うように頭をさげた。

伴大納言こと伴善男の私財は、官に没収されて、長く都の橋の営繕《えいぜん》のために使われた。

紀夏井《きのなつい》の乗せられた流刑の車は百姓に守られた。赴任《ふにん》して間もない肥後《ひご》（熊本県）から呼び戻された夏井は、都で裁かれて土佐に流された。

夏井が長く国司《こくし》をつとめた四国の讃岐《さぬき》（香川県）に入ってから、流刑車が行く南海道の両脇は百姓で埋められた。自らのことを考えず、百姓のために貯蔵米の蔵を四十も造った夏井は、任期が過ぎても国人たちが延期を申しでるほどに親しまれている。沿道には泣き叫ぶ人々や、拝む人々が、国境まで絶えなかった。夏井は流刑先の土佐で山野に入り、自ら薬草を摘んで薬をつくり、村人たちを助けて、その生涯を終える。

紀夏井を重んじた文徳天皇や、夏井を評価した藤原良相や伴善男が目指したのは、民のための政治だった。それを阻止《そし》した良房は、藤原氏による摂関《せっかん》政治の基礎をつくりあげた。

天皇が、「太政大臣の良房に政を執らせる」という詔を出したあとで、良房は東一条第に戻ってきた。家令がジュツの寝泊まりする小屋に、一人の少年をつれて来た。

「ここで、子供のころから童舎人をしていた蚊屋史生《かやのふみお》だ。お主さまのお情けで、成人して名をもらい、側番舎人になった。今夜、いっしょにお目通りさせてほしい」

ジュツはうなずいた。少年は、まだ、十五、六歳だろう。

「身寄りがない子でな。孤児だ。口数は少ないが、まじめな子で、口答えをしたことがない。任された仕事も手を抜かずにやる。そこを、お主さまが認められたのだろう」

その夜、蚊屋史生は、良房からビ（未）という呼び名をもらった。ビを見ていると、ジュツはシの気持ちが分かるような気がする。シは、ジュツが可愛かったのにちがいない。なんとなく少しだけ、ジュツはホッとした。

良房は、内裏の中に、直盧《じきろ》（自分の部屋）を与えられることになっている。東三条第からも荷物を取り寄せて、良房は直盧に持っていく物を選んでいる。舎人たちは荷造りにはげみ、邸のなかは慌ただしい。

内裏に移る日が迫ってきた夜に、「ジュッ。ビ」と良房が呼んだ。二人が几帳から出て控える。

「ジュッ。例のものを、薬草園から取ってきてほしい。ビも連れてゆけ。そのうち、ビは内裏で使おうとおもう。そのように心がけさせてほしい」

ジュッは、いつものように、黙って頭を下げた。

舎人や書史たちが、部屋のなかで荷物を分けている。家令もいる。

「ジュッ、ビ」昼なので、部屋の隅にヒッソリと座っていたジュッが、まえに出た。良房が、不審そうに周りを見まわす。

「ビは」

「咳をしております」とジュッが答えた。

二十年ちかくも側に仕えたジュッの声を、はじめて良房は耳にした。……咳には懲りている。ビに見せて覚悟を決めさせるのは、またにしよう。

「ジュッ。こんなものが出てきた。いつ、だれに、もらったのか忘れてしまった。試飲してほしい」

前の日にジュツが薬草園から持ってきた、茶色の小壺を良房は置いた。ジュツは黙って小壺をとると、階を下りて庭にでた。良房には、一度も目を向けなかった。

盛りをすぎた鉢植えの菊が残っている。そのまえに礼儀正しく座ったジュツは、小壺の封をはがして、いつも持っている土器《かわらけ》に液体を満たした。菊の香りがする。空が青い。ジュツは、土《かわ》器《らけ》を天にかざして、ゆうゆうと飲みほした。

植ゑし植ゑば　秋なきときや　咲かざらむ　花こそ散らめ　根さへ枯れめや
（植えておけば　秋がこないと　枯れたように見えますが　根さえ枯れなければ　秋ごとに花が咲いて花弁を散らすことでしょう）

菊によせて、業平が詠んだ歌だ。根がしっかり張っていれば、多少の霜にも、日照りにもたえて、季節を迎えれば花を咲かせる、菊は強く美しい花だ。

十月十五日に、大枝音人《おおえのおとんど》は奏上を許可されて、姓を大江と変えた。枝ではなく、水の集まる江にしたのだ。急ぎすぎると、正しいものが折れてゆく。焦らずに、すきまに流れこんでも、手のとどく範囲で出来ることをしようと決めた。

十二月になって、基経が従三位の中納言になった。おなじ日から、右大臣の良相《よしみ》が辞職願いを奏上しはじめた。

伴大納言が流されたあとの十一月十八日に、清和天皇の勅で、左大臣の源信に鷹とハシタカが贈られた。一連の事件は、良相が田畑を踏み荒らすからと、鷹狩を禁じたことから始まった。勅に名を借りた良房のいやがらせに、善政を夢みた良相の心は完全に壊れて、出家をねがうようになっていた。

八六六年（貞観八年）は、大江音人にとっても、重く苦しく長かった。よく知っている能吏や良吏が消えてゆき、支柱となるはずの良相も傷ついて倒れた。

それにくらべれば、業平がしでかしたことは、いっそ小気味よく爽快《そうかい》ではないか。業平は人を愛して、人を生みだしただけなのだから。

歳の瀬の十二月二十七日に、もう一度、音人は、業平を意識することになる。基経の妹の藤原高子が、清和天皇のもとに入内してきたのだ。

十三　唐紅《からくれない》に水くくるとは

八六七年（貞観《じょうがん》九年）の元日。

清和《せいわ》天皇は、即位してから、朝堂院《ちょうどういん》で朝賀《ちょうが》の儀式をしたことがない。元日に雨が降ったり、前日の天気が悪くて、朝廷が湿っていたりしたからだ。この日の天気は悪くなかったが、応天門がないから、やはり朝堂院は使えなかった。だから、そばに仕える侍臣をあつめて、紫宸殿《ししんでん》で宴をした。朝堂院は公的な儀式の場、紫宸殿は天皇の居住する内裏の中にある、内輪の儀式の場だ。

七日には、紫宸殿で青馬《あおうま》の節会《せちえ》が行われた。青馬とは白馬のことで、正月に白い馬をみると縁起が良いと信じられている。左右の馬寮《めりょう》から、飾り立てた白馬と馬飼部が出てきた。庭に立った右馬頭《うまのかみ》の在原業平の艶姿も、例年のことながら正月らしい華やかさをそえる。しかも、今年は、暮れに入内した高子女御《たかいこのにょうご》がいる。

最初に清和天皇の女御となった良相の娘の多美子が、今年で十九歳。十七歳の天皇の後宮には、業平と高子が恋人だった七年まえには、まだ十歳ぐらいだった十代の女御や更衣がいる。そんな若い妃や、その妃に仕える女房たちも、あの恋歌は知っている。

人知れぬ　我が通ひ路の　関守《せきもり》は　宵々《よいよい》ごとに　うちも寝ななむ

月やあらぬ　春やむかしの　春ならぬ　わが身ひとつは　もとの身にして

深窓に育ち、十四、五歳で帝のもとに入内する女御は、こんな恋歌をもらうチャンスがない。夜ごと身をかくして訪ねてくれる男がいて、会えなくなっても春の月をながめながら、むかしを偲んでくれるのは、想像するだけでドキドキする世界だ。

この歌を詠んだ業平は、青馬の節会で姿をみせている。四十二歳のお祖父さんに近いオジサンにしては、色が白くて容姿や仕草が美しく、恋物語の当人として若い娘にも許容可能な人だ。相手の高子は、二十五歳。伝説だと思っていたその人が、入内してきた。

基経は、女御や更衣や、その女房たちが、高ぶっているのを感じている。ちょうど五節の舞姫を見るときのような興奮が伝わってくる。基経にも娘がいるが、まだ入内できる歳に育っていない。笑いものになるかもしれない高子の入内に、踏み切ったのはカケだった。入内を暮れの最後にしたのも、日をおかずに高子と業平がそろう、この節会があるからだ。

庭の業平が動いて、体が高子の方にむいた。高子と顔が合った業平は、ごく自然に眼だけで挨拶をした。高子も、自然に目元で挨拶をかえした。ホーッと、空気がゆれている。入内は、成功かもしれない。高子は、品があって艶やかな女になったと、基経も思う。昔から強気な妹だから、いやらしくない大人の女の色香がある。

都では餓死者がでて、強盗が横行している。九州では、大分の火山と阿蘇山が噴火した。応天門が焼けるまえと、なに一つ変わっていない。変わったのは、飢える庶民を助けようと、熱心に考えたり動いたりする官僚がいなくなって、天皇の住まう内裏に、良房が住み着いていることだけだ。


在原家の事業の蔵麿は、目がまわって吐き気がした。立っていられない。

代書屋のホウは、代替わりした。名はおなじだが、ずっと若いホウが、耳に筆を挟んで店にいる。その若いホウのもとへ、いつものように炊き出しの足しになる寄付を届けた帰りだった。虫干《むしぼ》しをしているので、守平の邸も業平の邸も忙しくて、だれもつれていない。蔵麿は路ばたに、しゃがみこんだ。右京五条三坊あたりで、人通りはあるけれども、気づいて立ち止まる人はいない。小路には、息が絶えた人や、絶えそうな人が転がっていることが、めずらしくない。餓死者があふれている都では、老人がしゃがんでいても、構ってくれる人はいない。「グエーッ」と嘔吐《えず》したが、酸っぱい胃液がでただけだった。汗が噴きでているらしく、膝にポタポタ落ちてくる。もう、いい歳なので、お迎えがきたのだろうと、蔵麿は観念した。

帯をつかまれたので顔を向けたら、目つきの悪い若い男たちがいた。死者の身ぐるみを剝いで、売り払ってしまう奴らだ。人さらい、火つけ、強盗も、やっているかもしれない。懐に入れていた銭をとられ、帯を抜かれ、萎烏帽子を外された。手慣れているらしく、暴力を振るわれなかったから、蔵麿は大人しくしていた。自分のものでも腹の足しになるのなら、まあ……いいっか。

「おまえ……クラジイと……かってか？」

一人が腕をかきながら、蔵麿の顔をのぞきこむ。すごく若い。十五、六歳だろう。ぜんぜん覚えがない。蔵麿は在原家の邸の中で働いて、一生を過ごしてきたから、知り合いも少ない。知らないうちに恨みを買っているかもしれないが、こんな若い男は知らない。

「ちっこい目……ホウの……さっき……で……」

「……に教え…ぞ……」

耳が痛くて気分が悪くて、どうでも、よくなった。

ガタガタ揺れるので、フッと意識がもどったときには、荷車で運ばれていた。

「蔵麿さんよ。いま守平さまのお邸に届けやすから、しっかりなせえ」土師小鷹《はじのこたか》の声だ。

「業平さまも、向かっておられる」

「眼を開いてください。眠っちゃだめですよ」岡田剛《ごう》と栧《えい》の兄弟もいるらしい。

体も口も動かなかったが、蔵麿は小さな目から涙を流した。もうすぐ死ぬのに、わたしなんぞのことを、こんな、わたしを、悼んでくれる人がいる……ありがとう……ありがとう。

「蔵麿さま。蔵麿さまーァ」遠くから、叫古居《さけびのふるい》の泣き声が近づいてくる。


七月十二日。

大山崎の廓町《くるわまち》にある妓芸所に、「よく熟れてるよ。お師匠さん」と、若い妓《こ》がザルで冷やした瓜《うり》をもってきた。

「まったく、朝から暑いったら、ありゃしない」と、首にはさんだサラシで顔を拭く。

「ありがと」とアチャは、さっそく瓜を切りわけて、木皿に盛った。

「こっちへおいで。蝉丸。姐《ねえ》ちゃんだよ。聞こえるかい。母ちゃんが、瓜を切ってくれたよう」

アチャは蝉丸と山崎に移って、若い妓に琵琶《びわ》を教えている。琵琶の巧みというほどの腕ではないが、教えるのが性に合っていて、音色を聴きわける耳を持っていたから、よい師匠だ。

去年の秋に、ジュツが亡くなったのは知っている。山崎に移るというのに、顔を見せなくなったジュツが気になって、アチャが剛と栧の兄弟に言いつのったのだ。

「十五、六年になるかい。月に一度か二度だけど、ずっと、あたいのことを気にかけて、通ってくれた男など、あの人しか、いないんだ。あの人は、あたいの大切な家族だ。ね。そうだろ。だから、ほんとうのところを、探って教えとくれ」

「おれたちだって、ずっと、おめえの」

「そうじゃない！」

「なにかい。おれたちゃ、おめえを食いものにした鬼か」

「そうじゃないってば！　あの人には、あたいと蟬丸しか、気にかける人がいなかったんだよう……そこのところ……分かるかい？　分かってやってくれるかい」

それで剛と槐が、おおかたの事情を教えてくれた。

それまでアチャは、ジュツの名さえ知らなかった。聞いたことはあるが渋るので、おまえさんとか、父ちゃんと呼んでいたからだ。剛と槐の兄弟は、太政大臣家に仕える家原芳明《いえはらのよしあき》という従者だった。側に仕えて毒見をする役目で、ご主人の身代わりになって亡くなった。きれいな死に顔だったそうだ。まっとう過ぎたから、ずるく立ちまわって生きることができなかった、と語ってくれた。細かいことまでは知らなくても、あの人らしいとアチャは思う。

ここでのアチャは、東の市で妓女をやっていて、馴染の芳明に身請《みう》けされて、蟬丸が生まれたと言っている。なんども話したら、それが本当のような気がしてきた。蟬丸には、おまえの父ちゃんは、えらい方のお邸に勤めていた家原芳明という舎人で、やさしい男だったと聞かせている。

油蟬が、一斉に鳴きだした。

「父ちゃんが来た」と、六歳になる蟬丸。

「まったく、おまえの父ちゃんは心配性だねえ。こんなに、うるさくしなくても、いつだって、そばにいてくれるのが、分かっているのにさあ」

蟬丸が、琵琶を手にして奏ではじめた。蟬の声がスーッと引く。妓芸所のそばを掃いていた若者が、箒を止めて耳をかたむけた。ジュツから教えられていた剛と槐を頼って、良房の邸を逃げたビだ。

「子供なのに、ホント、上手いねえ。ソートっていう大師匠たちが、だれでも琴や和琴や琵琶や笛を習えるようにと、こんなに集めてくれたんだからさあ。妓女だって芸ができりゃ、こっちから男を選べるよって言ったんだろう。ねえ。お師匠さん。あたいにも、みっちり稽古をつけておくれよ」と若い妓女が、口元についた瓜の汁を、指先でぬぐってなめた。

青砥と白砥が知ったら魂《たま》げるだろうが、これから、しばらく時が経ってから、芸の巧みな妓女たちは、宮中に呼ばれるようになる。五節の舞姫も、妓女たちを女房にしたてて参内《さんだい》した。

おなじ七月十二日。

アチャが住む廓町のそばの山崎の船泊りに、善淵《よしぶち》と守平と一緒に、業平は来ていた。超昇寺《ちょうしょうじ》や相慶寺《そうけいじ》の寺僧たちも、大和から来たらしい百姓の姿もある。

今年の七月七日の、奈良の帝の命日にも、一圓《いちえん》は不退寺までこられなかった。見舞いに行ったら、「そろそろ死にそうだから、海に行きたい」と言う。一圓は祈禱僧《きとうそう》で、薬事にもくわしい。本人が死にそうだと言うのなら、きっと、そうだろうと、善淵が少し大きめの舟を仕立てて、願いをかなえることにした。骨と皮しかないような姿になった一圓は、目を輝かせている。舟に乗れるのが、うれしくてたまらないらしく、両脇を超昇寺の僧に支えられて、船床の茣蓙《ござ》の上にチョンと置かれた。

見送りの百姓たちが、念仏を唱えだした。一圓が、そろそろと手をあげて振った。どこかに遊びに行く幼子のようだと、業平はおもわず手を振って叫ぶ。

「いってらっしゃぁーい！」

「父上に会ったら、よろしくーゥ！」と、いまは神祇伯《じんぎはく》（神儀を行う局の長官）の善淵も手を振る。

「一圓さん。お元気でぇー！」と、右兵衛権佐《うひょうえのごんのすけ》の守平も伸びあがって叫び、となりの百姓に聞かれた。

「彼岸《ひがん》に参られるのに、お元気でと言っても、よいのでしょうか？」

「ん……細かいことにこだわると、体に悪いと一圓さんに叱られるよ」

「そうですか。じゃあ、お元気でー」

「ありがとう。一圓さーん」

「いってらっしゃい」

「そのうち、おらも行くからよーゥ」

一圓は、淀川を下って、難波の海に夕日が沈むころに、六十四年の人生を終えた。

この年の十月十日には、「応天門の変」のあと休職して、辞職をねがっていた右大臣の藤原良相も、五十四歳で亡くなった。


つぎの八六八年（貞観十年）の二月十八日に、文徳天皇の御陵が、野火によって焼けた。そして、おなじ日に、右衛門督《うえもんのかみ》だった藤原良縄《よしただ》が亡くなった。勘解由《かげゆ》局で行われた伴善男の放火に関する尋問と、左衛門府で行われた生江恒山《いくえのつねやま》の殺人に関する尋問の、両方に立ちあわされた人だ。

良縄は良房の従弟で、藤原氏にちがいないが、母は紀入居《いりい》の娘。文徳天皇に仕えて、亡くなったあとも忠誠心を持ちつづけた、実直で心のやさしい男だ。その良縄に、良房は、おなじ文徳天皇の忠臣だった紀夏井らを、冤罪《えんざい》で裁かせた。そのあとで伴大納言の後釜の、順子皇太后の大夫にした。強欲で、人を羨《うらや》んでばかりいる人なら喜ぶところだが、真面目でやさしい良縄には耐えがたいあつかいだ。人柄が良いからこそ、生きるのが辛くなる。

文徳天皇の御陵が燃えて、良縄が亡くなったあとで、清和天皇が病で倒れられたことが伝わった。

これぞ祟《たた》りだ。だれのって……崩御に不審のある、文徳天皇の祟りしかないだろ。だが、唯一無二の存在である現役の天皇が、祟るような亡くなり方をするはずがないから、文徳天皇を祟り神として奉ることはできない。


応天門の変で、伴氏と紀氏の二大豪族が粛清《しゅくせい》されてから、一年半が経っている。

現在の太政官は、右大臣の良相が亡くなって、残る左大臣の源信は邸に閉じこもって登庁していない。大納言の伴善男は流刑にされて、もう一人の大納言の平高棟も亡くなった。権大納言だった藤原氏宗が大納言になり、基経と常行が中納言になっているが、ほかに人がいない歯抜け状態だ。良相という藤原氏の良心が消えてしまって、良房にたいする怨嗟《えんさ》が、泥のなかから上がる泡のように、ブクブクと吹き出ている。

五月五日の端午《たんご》の節会も中止になり、かわりに六十人の僧が、紫宸殿《ししんでん》で天皇の病気快癒《かいゆ》のために大般若経《だいはんにゃきょう》を唱えた。

内裏も、妙なことになっている。大内裏の中にある内裏は天皇の居住空間で、天皇の後宮の女御《にょうご》や更衣《こうい》と、天皇に仕える者しか住めない。天皇の子でさえ母方の里で育つし、太政天皇《だじょうてんのう》や皇太后《こうたいごう》は、ほかの場所に居住する。

その内裏に、天皇の母方のおじいさんの良房が住みこみ、母の明子までが暮らしている。母の嘉智子太皇太后に北面して座った仁明《にんみょう》天皇も、内裏で同居はしなかった。内裏に住むことのなかった文徳天皇は、父の仁明天皇が内裏の紫宸殿で催した宴に招かれたときに、コーフンしすぎて梅の枝を折って叱られた。それほど内裏は特別な場所なのに、良房の血族が住み着いている。

青葉が目に鮮やかな初夏がきた。まだ暑くもなく、吹きぬける風が心地よい。中納言の藤原基経《もとつね》は、内裏のなかを麗景殿《れいけいでん》に向かっている。池の傍に花菖蒲《はなしょうぶ》が咲いている。良房や明子が内裏に住む現状を、まずいと思っているから、呼ばれないかぎり基経は内裏に参内しない。めずらしく今日は、妹の高子から呼びだしがかかった。

「お呼びでございますか」

「……」

呼びつけておきながら、六歳下の同母妹は、不機嫌そうな顔を基経に向けた。

基経には明子という姉がいたが、平高棟の室となり、応天門が焼けた年に亡くなった。その一年後の昨年には、高棟もあとを追うように逝《い》ってしまった。

基経の姉妹は、亡姉の明子と妹の高子だけで、あとは兄弟しかいない。高子とは、父の邸だった枇杷第《びわだい》で一緒に育ったが、手を焼いた。いや、手を噛まれた。基経の手の甲には、幼い高子がつけた、白くて小さな二本の線が残っている。

「二人にして。だれも来ないように、しっかり見張っておいで。女童は庭で遊んでいなさい。だれかが来たら、すぐに知らせるのよ」

高子が人払いをした。これまでにないことだから、二人きりになると基経は声をひそめて聞いた。

「なにか、ございましたか?」

「できました」

「なにが」

「お子に決まっているでしょうに」

「……たしか帝は、臥せっておられますが……」

もう四か月ちかく、清和天皇は公式の場に出ていない。病が公表されてからも、二か月が経つ。だから基経は、重病だとばかり思っていた。

「なにを疑っているのです。中納言。帝が病んでおられるのは、体ではなく心。その分あっちは、お元気です」

「ほんとうですか。心を病むとは、どういうわけで」

「田邑《たむら》の帝（文徳天皇）のことを、いろいろ知っておられます」

「……どこまで」

「崩御《ほうぎょ》に不審があったことも、ご存じです。それなら、あとは推量できるでしょう。父の帝を不審死させた母方の祖父が、ここに、いすわって政を執っているのですよ。ふつう、神経がおかしくなりませんか」

「高子……さま」

「わたくしが十八歳で、帝のお立場でしたら、狂ってしまいますよ」

「まさか……あなたが」

「少しは、わたくしを信用なさったらどうです。中納言どの。どうせ、いつかは、すべてを知られるでしょうが、話されたのは、あちらの方です」と高子は、西のほうにアゴをしゃくってみせた。いつのまにか妹は、こういう動きが、さまになる女になっている。

高子は女御だから、麗景殿《れいけいでん》という内裏の東側の一屋を使っている。西隣は常寧殿《じょうねいでん》で、そこには清和天皇の母の明子が住んでいる。

「たまに妙な音や声が聞こえます。あちらの方は、人の気持ちを察して、人の都合に合わせる方です。なにも断れずに、人の言いなりになってしまう方。逆らうよりも、従うほうが楽なのでしょう。でも我慢ばかりしていたら、心が軋《きし》むでしょうね。ときどき自分を喪失されて、いろいろと叫ばれるようです」

「まあ、ムリもないと」

明子の情緒が不安定なのは、基経も知っている。こういう状態を、生霊《いきりょう》や死霊《しりょう》がついたとか、のちには狐ツキとかと表現する。だから祈禱《きとう》は、精神的な病には効力がある。

「田邑の帝の御陵が燃えたあとは、ひどく動揺されました。そんなときに、帝が行き合われたのでしょう」

「どうして太政大臣が、止めなかったのです」

「そこまで気配りをする気力が、もう、ないようです。

それで、わたくしは出産のために、枇杷第《びわだい》に戻ればよいのですか。それとも、お兄さまのところでしょうか」

清和天皇には子が無いから、高子の子が皇子なら第一親王になる。まず皇位継承者になることは、まちがいない。基経は太政大臣の猶子《ゆうし》だが、高子は長良の娘として、長兄の国経がついだ枇杷第から入内した。出産のために戻るのは枇杷第だが、父の長良が権中納言で亡くなり、国経も五位と出世が遅い。基経の邸に引き取っても良いのだが……しばらく、基経は考えた。

「明子さまに、ご相談して、染殿《そめどの》をお願いしてみましょう。イヤとおっしゃらないでしょう」

「え……まあ、そうだけど……まったく、悪知恵の働く嫌なやつ！」

「高子女御。あなたこそ、少しは、わたしを信じたらどうです。わたしは、強欲で権勢欲の強い、自己本位で嫌な男ですが、それ以上ではありません！」

そして、やっと、基経は笑みを浮かべた。

清和天皇より八歳上で、稀代《きだい》の色好みの業平を恋人にもっていた高子は、すべてを活かしてくれた。清和天皇が大人になるには、高子のように意志をもった、年上の女が必要だったのかもしれない。


九月十四日に、紀静子を母とする惟條《これえだ》親王が二十二歳で亡くなった。

夏に雨が多かったからか、惟喬《これたか》親王の邸は、黄や赤の紅葉が色鮮やかだ。どこかに金木犀《きんもくせい》があるのだろう。香りがする。

「さびしいな」と二十四歳になった惟喬親王がつぶやいた。

「はい」髪に白髪が目立つようになった、五十三歳の紀有常が痩せた肩を落として答える。業平は広廂に座って庭を見ている。

生まれたときから知っている若い人に先立たれるのが、辛い年代になってきた。庭を掃く箒の音が聞こえて、百舌鳥《もず》の鳴き声がする。染み入るような寂しさが漂っている。そこに無粋な唸《うな》りが混じった。ときどき唸って、途絶える。

「なんの音です」と有常が聞いた。

「仲平どのです」と惟喬。

「兄上が、来ているのですか」と業平。

「ロクロを備えに来られた」

「ロクロ？」

「あの土器を回したり、鋼を削ったりするロクロですか」

「仲平どのは、斎部文山《いんべのふみやま》にロクロの使い方を伝授されて、それを、木を削れるように工夫されたのです」

「斎部文山。ああ……大仏の首をつないだ名工ですか。そういえば、そんなことを、ずっと昔に、聞いたような」と業平。

「そのロクロを、なぜ仲平どのは、お邸に備えていらっしゃるのです」と有常。

「わたしに教えてくださるそうです」

「親王がロクロをまわされると……」と業平が、膝を滑らして惟喬のそばに寄る。

「この美しい手が、兄上のようになってもよいのですか。あんな、ごつごつした節だらけの指になってもよいのですか。爪だって、兄上のはヘラのようだし……」

「馬《ま》のジイは、仲平どのが木を削られたときにも、そんなに心配されましたか」

「いいえ。兄は、もともと兄ですから、なぜ兄の手の心配を、弟のわたしがするのです」

「仲平どのが、おっしゃいました。人は、ものを造り生みだすことができる。ものを壊したり、失くしたりしていては、心が満たされない」

「それは、そうでしょうが……」

「馬のジイと紀のジイには、歌を生みだす才があります。わたしは仲平どのに習って、木を削ってみたいのです。わたしも、ものを生みだしてみたいのです」

「……あんな音を立てれば、ますますお邸に、奇怪なものが住みついていると噂されますよ」

「ここと、むかし橘逸勢どのが住んでいらした空屋敷の稲荷は、変なことが起こる二大名所ですからね」

雁がカギの形に並んで、空を渡って行く。


十二月十六日の深夜。二十六歳の高子は、染殿《そめどの》で貞明《さだあき》親王を出産した。清和天皇の第一皇子だ。

そして同月二十八日に、左大臣の源信の家から、訃報が届けられた。

応天門の放火を命じたとして、息子の伴中庸が裁かれて、連座の罪で父親の伴大納言が流刑にされたあとに、源信は左大臣の職を辞めると奏上したが許可されなかった。それからは、公の席に顔をださなかったが、鬱々《うつうつ》とした気持ちを晴らそうと、摂津《せっつ》（兵庫県。西に六甲山、北に丹波山がある場所）にある別業に行った。

十二月二十五日の寒い日に、信は小鳥を追って馬で山を駆けていたという。そして落馬して沼に落ちた。供の者が沼から助けだしたが、すでに呼吸がなかった。一度は心肺が蘇生《そせい》したが、意識は戻らないままに、馬を愛し鷹狩《たかがり》を好んだ源信は、五十八歳で亡くなった。

源信は、はじめて源氏を名乗った嵯峨源氏の一郎だった。信の死から三百三十一年後に、はじめて武士による鎌倉幕府を開いた源頼朝が、落馬によって亡くなっている。人の笑いや涙を乗せて時は流れるが、眼にみえぬ糸が、ひっそりと繋がっているようだ。

翌八六九年（貞観十一年）二月一日に、生後一か月半の貞明親王が皇太子に立坊された。赤子が皇太子になるのは二度目で、政を執っているのが太政大臣の良房だから、清和天皇のときほどの騒ぎはなかった。藤原高子は、春宮（皇太子）の母となった。

相変わらずの気候不順で、国庫に貯えはない。旱魃《かんばつ》や長雨で不作になれば、すぐに民が飢死する状況がつづいている。六月には陸奥国《むつのくに》（東北）で、大きな地震と津波が起こった。兵乱が続く新羅《しらぎ》から逃亡して来た難民は、賊徒《ぞくと》となって日本海沿岸の九州や山陰の島をおそった。

そんななかで、十九歳になった清和天皇が詔《みことのり》をだす。

「百姓は国の宝、気候不順で農民は望みを失った。すべては、治世の悪さが責任だ。これから、朕《ちん》の衣食に使う国費を減じようと思う」

飢える庶民のために、仁明天皇が行った官費の節約に通じる詔だ。仁明《にんみょう》、文徳《もんとく》、清和《せいわ》と続く、藤原良房の傀儡《かいらい》といわれる若き天皇たちは、それぞれの個性によってやり方はちがうが、庶民のためになる政《まつりごと》を行おうとしていた。国の赤字を補填《ほてん》するには、官の出費を制限するのが早い。それを天皇が述べたことで、目標を失いかけていた節度ある官人たちはホッとした。

それからの三年半で、多くの人が逝《い》ってしまった。

りっぱな跡継ぎを育ててから、岡田狛と土師雄角は亡くなった。孫と遊び暮らしていた、守平の母のシャチもいない。隣の妙信尼も、亡くなってしまった。去年の冬のはじめには、日置仲平も、近江の家で息を引き取った。若い人では、妙信尼の娘の真子内親王も亡くなった。

高位の人も去っていった。一人息子の文徳天皇を失ったあと、弔《とむら》いと信仰と慈善に後半生を捧げていた、順子太皇太后も去った。順子が亡くなった次の年の、八七二年（貞観十四年）に、渤海国《ぼっかいこく》（ロシア沿岸。中・北朝鮮北部）から使いがきた。この国は交易のために来日するが、渤海使が来たころから、ふたたび咳逆病《がいぎゃく》（インフルエンザ）が大流行する。

内裏に住んでいた太政大臣の良房が、高熱をだして咳をしたので、いそいで輿《こし》に乗せて内裏に近い東一条第に運んだ。死亡率の高いこの病が、空気感染することは分かっていたから、基経は見舞いにも行かなかった。娘の明子皇太后も、内裏から染殿には行くが、途中にある東一条第に寄りもしない。半年の闘病《とうびょう》のすえに、九月に良房は六十八歳で去った。そのころには応天門も再建されていた。

二十三歳になる清和天皇の太政官は、左大臣に源融《とおる》。右大臣に藤原基経《もとつね》。大納言の源多と藤原常行。中納言の南淵年名と藤原良世。参議に、大江音人、源勤、在原行平、菅原是善、藤原仲統、藤原家宗、源能有が並んでいる。

去るものがいれば、生まれてくるものもいる。高子が入内してから、清和天皇は子に恵まれるようになった。春宮の女御の高子も、貞明皇太子のほかに、貞保親王と敦子内親王をもうけている。

行平の娘も入内して、包子内親王をもうけた。藤原良房の死後に、禁酒令と無届けの集合禁止令は、なし崩しに消えてしまったから、行平は孫娘が内親王と認められた祝いの宴をもうけた。親王や内親王となるのは、藤原氏と橘氏と内親王を母とするという規約があるから、臣籍降下した在原氏から内親王が出るのはうれしいだろう。

守平は正五位上になった。変わらないのは業平で、いまも正五位下の右馬頭だ。

八七三年（貞観十五年）の正月。

夜明けまで雨が降ったので、朝賀の儀はなかった。

業平は、サンセイとモクミをつれて、左に高野川が流れる山道を、馬をひいて登っている。上のほうは雪だったのだろう。登るにつれて狭い道が白くなってきた。業平は四十七歳。サンセイとモクミは、五十歳ぐらい。すでに三人とも、老境に入っている。時が移ろっていく。やがて自分も、時の轍《わだち》の外に追いやられるだろう。おなじ時代を生きた人が、欠けてゆくときに感じる寂しさを、それぞれが抱えている。

ぬかるんだ雪道を、業平たちは登ってゆく。行くさきは小野郷（左京区大原上野町）という、三千院の少し手前にある山里だ。去年の七月十一日に、惟喬親王が出家して、この小野郷に移り住んでしまった。三千院に入ったわけではないから、出家して移るにしても、ここには、ほかに寺もない。傾斜を開墾した狭い田畑と、木挽《こび》き小屋しかない場所だ。

「親王がご出家されて二か月ほどで、太政大臣が亡くなったのですから、還俗《げんぞく》なさったらどうです」木挽き小屋に着くなり、業平が文句を言う。

「太政大臣のために、出家したわけではありませんから。どうです。田舎ですが、空気がおいしいでしょう」と惟喬親王。

「田舎というのは、鄙《ひな》びて趣《おもむき》のある別業があるところのことです。ここには、木しかありません。これは田舎ではなく、深山幽谷《しんざんゆうこく》といいます。ねえ。もっと近場の寺に入られたらどうですか。それが嫌なら、ご自分の寺をつくりましょうよ」

「馬のジイ。泥だらけです。どうして馬に乗らなかったのです」

「馬がめげました。こんなところに、住まないでもらえませんか」

「ともかく、風呂に入ってきたら、どうでしょう」

「今日は、入浴する日でしたか」

「深山幽谷におりますから、暦はありませんが、今日は正月。元日なのは確かでしょう」

風呂はカマで湯をわかし、湯気をながしこむ蒸気風呂で、この集落は炭だけは、たっぷりとある。少し崖下になるが、西に高野川が流れているから、水も豊富だ。

「体を、お拭きします」とサンセイとモクミが入ってきた。

「どうして裸だ」

「日帰りのつもりで、着替えを持っておりませんから、ぬれてしまいます」とモクミ。

「業さま。親王さまは、明るくなられましたね」とサンセイ。

「顔色も良くなられました。生きがいを見つけられたように窺えます」

「おまえたち……。わたしの体は、いつ拭いてくれる」

「もう、しばらく待ってください。ああ、いい気持ちだ」

「もしかしたら、親王さまは、ご出家ではなく、仲平さまの跡をついで、山人になられるつもりではありませんか。ここには経本も仏壇も見当たりません」

「やりたいことがあるのなら、この暮らしも悪くありませんよ」

「おまえたちも、山に帰りたいか」

「いいえ。わたしたちは、在五さまを見届けます」

「おい。先に、わたしを逝かせるつもりか」

「まあ、気にせずに。あれ。業さま。尻の肉が落ちてきましたね。少し鍛えましょう」

「さあ。業さま。お体を拭きましょうか」

風呂から上がったら、惟喬親王が図面を広げていた。

「なんです」

「ロクロの設計図です。仲平どのが残されたのに、手を加えて改良しようと思っています。これを使えば、皿や椀などをつくるのが楽になります」と二十九歳の惟喬親王が、目を輝かせた。

小野郷に惟喬親王を訪ねて、業平が詠んだ歌。

忘れては　夢かとぞ思う　思いきや　雪踏みわけて　君を見むとは
（現実を忘れて　いまでも夢ではないかと思います　思いがけずに　深い雪を踏みしめて　あなたの姿を見なければならないとは）

つぎの年の九月二十一日に、「朕《ちん》が庶兄の惟喬親王は、先帝が鍾愛《しょうあい》なされた方だから」と清和天皇は、惟喬親王に百戸を与える。四品親王の封禄は出家しても給付されるので、特別手当だ。惟喬親王は返上したが、この兄弟のやりとりが、業平には痛ましかった。庶兄（血筋の劣った兄）と呼び、先帝が、とても愛された皇子だからと封戸を与えようとした清和天皇は、文徳天皇崩御の事情を、すべて知ってしまったのだろう。文徳天皇が、皇位を渡そうとしてなせなかった惟喬親王と、外祖父に擁立されて、なにも知らずに父を追いやった清和天皇と、どちらも辛いだろう。

業平と紀有常は、生涯をかけて惟喬親王を愛《いと》おしんだ。惟喬親王は五十五歳まで生きて、のちに木地師《きじし》（木細工をつくる人）の始祖《しそ》として、山に暮らす人たちに崇《あが》められ続ける。

八七四年（貞観十六年）。

二月の中旬。梅が良い香りを放って、ほころびかけたころに、行平が自邸で送別会を催した。参議従三位左衛門督《さんぎじゅさんみさえもんのかみ》の行平が、大宰権帥《だざいのごんのそち》となって九州に行くことになった。行平は交際が広いので、源氏や藤原氏も多く集まった。接待側にまわって奮闘《ふんとう》した守平と業平は、夜も更けた宴のあとで、ハレの場で行平とゆっくり向き合った。北側の衣桁《いこう》には、衣が掛けてある。大宰府に行くにあたって、清和天皇が自分の着ていた衣服を、行平に与えたものだ。貴人の使った衣をもらうことは名誉なことで、まして天皇のものだから家宝になる。

「ずいぶん、はりきってますね」と守平。従四位下で信濃守《しなののかみ》になっている。

「大宰府に帰るのは、四十何年ぶりだろう。五十年近くなるな」

行平は帰ると言った。大宰府は、仲平と行平と守平が生まれたところだ。

「覚えているか」

「いいえ。わたしは幼かったので、覚えていません」と守平。

「わたしは父君の笑顔や、海などを覚えている。子供のことだから、話の脈絡《みゃくらく》はないが、ところどころだけを色鮮やかに思いだせる。いつも父上が、遊んでくださったような気がする。よく海のそばの家に、連れていってもらった。貝を拾ったり、魚を釣ったり、泳いだりした。仲兄は海人の子と混じり、海人の子のようだった……」行平は、遠くを見る目をした。

「きっと仲兄には、わたしより鮮明に、あのころの記憶が残っていたのだろう。だから廷臣に嫌気がさして、自由な空気を吸いたくなったのだろうな」

「うらやましいですね。行兄も、仲兄も、守兄も。父上は、お忙しかったし、住む棟もちがったから、わたしは遊んでもらった記憶が残っていません」と業平。

「おまえだって、父上を馬にして乗っていたぞ」と守平。

「ほんと？」

「疲れて帰っていらしても、馬だ、肩車だ、高い高いだと、すぐせがんだ」

「都に帰ってからは、住むところがちがって、めったに父上と会えなくなった。わたしも寂しかったが、仲兄も寂しかっただろう。そばで暮らしている守と業が、うらやましかった……」と行平。

「わたしは、業みたいに、甘えませんでした」と守平。

「わたしは、守がいたから、父上が留守でも少しも寂しくなかった」と業平。

「大宰府にいたころの父上は、左遷だった。海人よりは、はるかに豊かに暮らしていたが、都から遠ざけられて、帰るあてのない流人のようなものだった。そんな暮らしのなかで、子と遊んで笑っておられた父上は偉かったと、つくづく思うようになった」

「へこたれるような人なら、わたしたちは存在していません。とくに、わたしは、ここにいませんよ」と守平。

「子供で状況が分からなかったから、あのまま大宰府で、ずっと暮らしていたいと思った。顔を合わせて、みなで暮らせたのが楽しかった」と行平。

「ずっと大宰府におられたら、わたしが生まれませんよ」と業平。

「偶然のように、いまのわれらがいるのだな」と守平。

「一人一人が、つながっているのでしょうねえ」と業平。

「大宰府に帰ったら、海のそばに借りていた、あの家に行く。そこで、みなを思いだす。仲兄の母君も、わたしの母も若かった。シャチどのは……輝いていた」そして行平は、右の眉を上げた。

「業。おまえのことも、ここにはいないが、こんな子がやって来るよと思いだすことにする」

「頼みますよ。行兄。体に気をつけて、かならず元気に戻ってきてください。待っていますから」

参議で左衛門督の行平を、天皇の勅命で権帥《ごんのそち》として派遣しなければならないほど、大宰府は荒れていた。新羅《しらぎ》の海賊船がたびたび周辺を襲うから、軍備のための兵を派遣している。田畑の測量も長い間やっておらず、納税の基準も不明になっている。

五十六歳になった行平は、その地に喜んで出発した。そして精力的に活動して、壱岐島《いきのしま》まで渡って実情を調べて測量し、納付の割振りへの問題点と解決策を奏上する。

地方へ赴任するのは権守《ごんのかみ》で、守《かみ》は都に留まる。守平は皇嗣《こうし》系の守なので、信濃に行く必要がないのだが、気候が良いうちに現地を見たいと、ふらりと出かけてしまった。

四月十九日の丑《うし》の刻《こく》（午前一時から三時ごろ）に、淳和院《じゅんないん》から火がでた。

熟睡していた大江音人《おおえのおとんど》は、「淳和院が燃えている！」という声を聞いて飛び起きた。すぐに身支度をしながら、自分の邸のものを集める。

「炎から身を守るには、水にしめらす布が必要。できるかぎりの布と、怪我人を運ぶ手押し車と、太皇太后《だいこうたいごう》さまをお移しする、担ぎやすい軽い輿を用意して、向かえるものは、すべて淳和院に馳せ参じろ！　まず人を一人残さず、お助けしろ」

音人の邸から淳和院までは、約一キロ余り。日常の移動の基本は歩くことだから、音人も座りっぱなしで暮らしてきたわけではない。だが音人は、日本を代表する頭脳。体より頭を使って生きてきたから、勢い込んで走りだしたら、タタラを踏みそうになった。

「走れるものは、先に行け！」

淳和院は四町（約六万平方メートル、一万八千坪余り）の大きさがある。夜中なので気づくのが遅く、火は天を焦がしている。熱風が渦を巻き、火のついた戸板が空に飛ぶ。三十メートルも近づくと、肌が焼けるように痛いし着ている衣服や髪が燃える。

「太皇太后さま。太皇太后さま」

音人たちは、避難した淳和院の人のなかに、正子を見つけた。

「太皇太后さま。風は南西から吹いております。風上にお移りください」

「まず、みなの安全を」と正子。

「太皇太后さまの無事を確かめなければ、人が避難しません。お移りになったところに、みなさまを誘導します」

正子太皇太后は、音人が用意した軽くて動きやすい粗末な輿に乗って、淳和院の南西の松林のなかの院に避難した。輿からでた正子は、乱れたようすもなく、燃える淳和院を見る。正子のまえに、音人が片膝を立ててひざまずく。六十四歳の正子は、母の橘嘉智子《たちばなのかちこ》にそっくりになった。まえにひざまずく六十三歳の音人は、実父の阿保親王によく似ている。

焔が二人の半身を、ゆらゆらと照らした。

淳和院火事の報を聞いて、右大臣の基経は内裏に駆けつけて六衛府《ろくえふ》を集めた。まず天皇を警護しなければならないから、こちらも迅速に動いている。それから淳和院に衛府の兵をだしたが、すでに火の手は止められなかった。基経の手順はまちがっていないが、太皇太后と淳和院の人々を、無傷で救出したのは大江音人と、その眷属《けんぞく》だった。

翌二十日に暴雨が降って、火事は鎮火《ちんか》した。すぐに正子は、失火を深くわびる書を奏上《そうじょう》した。四月の丑《うし》の刻に、失火はない。警備がゆるい淳和院は、放火しやすい場所だ。いち早く正子は、放火犯を出さないための対策をした。

嵯峨《さが》天皇を父に、橘嘉智子皇后を母に、仁明《にんみょう》天皇を兄に持った、淳和《じゅんな》天皇の皇后の正子は、藤原氏の血がうすい天皇の血統を受けつぐ女性だ。自分の扶持《ふち》を貧民の救済と孤児の養育につかった正子は、公《おおやけ》の場にもでず、政《まつりごと》に口もださなかった。ただ朝廷からの援助を断るときの奏上文《そうじょうぶん》は、礼をつくして理を説くみごとなもので、官僚らをうならせた。

淳和院が焼けたあとで、左大臣以下、参議以上の公卿《くぎょう》たちは、それぞれが誘い合って、正子の避難している松林院《しょうりんいん》を慰問《いもん》する。政治に影響力のない人だが、その人柄は慕われていた。

このあと正子は、父の嵯峨の帝がくらした嵯峨院を寺にする。その真言宗大覚寺《だいかくじ》（右京嵯峨大沢町）の開山は、恒寂入道親王《こうじゃくにゅうどうしんのう》。阿保親王が嘉智子皇太后に渡した親書で廃太子となって、文徳天皇に皇位を譲った正子の息子の恒貞《つねさだ》親王だ。さらに正子は自己負担で、大覚寺のそばに僧尼の治療のために斎治院《さいじいん》を建て、淳和院を道場に再建して、六十九歳で亡くなる。

良房による謀略の時代の渦中を生きた正子は、そばにいる人の都合で人生を左右されずに、弱い者のために自分の生命を使い切った。むかし、亡くなった高志内親王に皇后位を遺贈していた淳和天皇が、臨月の幼な妻だった正子を二人目の皇后に立てたときに、眉をひそめた人は多い。だが皇后位を持っていたからこそ、正子は太皇太后として俸禄《ほうろく》を与えられた。そして、それは、多くの貧しい人々や、信仰の場所に還元された。ついでながら正子太皇太后の封戸《ふこ》は千戸。良房と源信が生涯受け取りつづけた封戸の半分だ。

この年の八月二十四日に、台風がきて、四十あまりの家が流されて溺死者が多くでた。続いて、九月七日にも、台風と豪雨で、三千百余棟の家屋が破損し、数千人が水に流された。

溺死者の遺骸《いがい》を並べ切るには、鳥辺山《とりべやま》は狭い。五条の河原にも、すきまなく遺体が並べられている。担がれたり筵《むしろ》で運ばれたりして、まだ遺体が増えている。その間を、ボロのようになった着物を着て、家族を探す人たちが、さまよっている。

「オーイ。お役人さま。家族の方々から、不明者の名と、年恰好ぐらいは聞きとって、控えてくれねえかーい！」と、たまりかねた犬丸が大声をあげた。犬丸が連れてきた、春丸だの、寅丸だのの牛飼い童たちが、口々に不平の声を上げはじめる。

「ムダだ」と土師小鷹《はじのこたか》。

「役人は、上からの命令がなきゃ動かねえ」

「それでも人かい！　心がねえのかい！」と犬丸が、京職の役人にむかって叫ぶ。

「あてに、しねえこっちゃ。やつらだって、上に添わなきゃ、仕事がねえ。心ぐらい持ってらァ」と小鷹。

「おっ立ってるだけの奴を、食わせるために租税払ってんかよう！」と犬丸。

「おい。犬。おまえ払ってるんか」と次兄の岡田栧《えい》。

「ああ。兄貴たちゃ払ってねえのか」

「市籍人は免除だ」

「土師の。おめえは」

「わしらは、大王に献上された部民の束ねだからよ。租税にゃ、とんと縁がねえし、これっから先も、一切かかわりたくねえ。おい。嬢ちゃん。おめえさん。親は、どこでぃ」と泣きじゃくりながら遺骸を確かめている五歳ぐらいの女の子に、土師小鷹が声をかけた。

「見つからねえのか」

「……」

「家もねえのか」

「……」

「このままじゃ、おめえも死んじまうぞ。わしんとこ、来ねえか」と小鷹。

「おめえんとこは、むさい男ばかりじゃないか。わしのとこへ来い」と岡田剛《ごう》。

両肩に遺体を担いで運んできた秦能活《はたのよしかつ》が、それを横たえながら口をはさむ。

「嬢ちゃん。そいつのとこへ行くと、女郎にされちまうぞ。おめえ、孤児かい」

「親が出てくりゃ、いいがよ。見つからねえらしい」

「もしも、家族が見つからねえようだったら、わしのとこに来な。お蚕《かいこ》を飼ったり、糸をつむいだりできるさ」と能活。昔のムカデだ。

「おい。盗人。被害者の衣を、剝ぐんじゃねえぞ！」と岡田栧《えい》がどなる。

「剝いでんじゃねえや。まだ息してやがるから、傷口に薬、ぬってんだよ」いつか蔵麿の身ぐるみを剝ごうとした、若者がどなり返す。

「いまのところは、信用してやってくだせえ」と若いホウが、浮浪者をつれて現れた。

「こんなときに悪さをしでかしたら、人非人にゃしちゃおけねえ。蹴とばして良民に戻しやすよ。部民の、おやっさんたち。どっかに、命あるものを収容する、仮小屋を建てておくんなさい」

つぎの八七五年（貞観十七年）。

自然災害が、次々に起こる。不作がつづいて、米の値も上がったままだが、国庫が空っぽだから対処ができない。庶民の不満は火を呼んだ。

一月二十八日に、こんどは冷然院《れいぜんいん》が炎上した。冷然院も淳和院とおなじに四町の広さがある。文徳天皇の御座所《ござしょ》だったが、清和天皇は内裏に御座しているので、常住している人が少ないから、これも警備が手薄な政府の建物だ。冷然院の火は二日間も燃えさかり、五十四棟を焼失した。

二月二日に、真如《しんにょ》の息子の在原善淵《ありわらのよしぶち》が亡くなった。五十歳になったら出家するといって初登庁したのだが、五十を過ぎても出家せずに、最期は従四位上の大和守で五十九歳だった。善淵と安貞の兄弟は、一年とちょっとまえに父の真如の俸禄を「たぶん、もう生きていないと思います」と、ことわる奏上をした。生きていれば真如は八十に近い。その奏上は、すぐに認められなかったので、善淵が亡くなったときも、四品高岳親王、真如の俸禄は払われつづけていた。在原氏は、チャッカリしている。

善淵のすぐあとで、さきの右大臣の良相の嫡子の常行が、三十九歳で逝《い》った。基経とおなじ歳だ。常行の葬儀のときには、従二位を追贈する勅使《ちょくし》として業平が行った。

「さびしくなりました」盃をかたむけながら、紀有常が言う。

七月八日の夜のことで、庭先に蛍が飛んでいる。有常は、業平の邸の廂で飲んでいる。昨日は二人して、奈良の不退寺《ふたいじ》へ出かけて、奈良の帝の法要をしてきた。

「つぎは、わたしが逝く番でしょう」

「気の弱いことを」

この正月の叙位で、従四位下右近衛中将《うこのえのちゅうじょう》に昇進した業平がなぐさめる。

「むかしのことを考えますと、すっかり弱ってしまいました」

業平も、むかしのことを思い出している。むかしも奈良の帝の命日には不退寺に行った。その帰りに、山崎のそばにある水無瀬《みなせ》の離宮で、惟喬《これたか》親王と落ち合った。好い酒を持ち、狩と称して馬に揺られ、心地よい場所を見つけると、その場で酒を酌《く》みかわして歌を詠んだ。

いつかなど、道に迷って「ここは、どこでしょう」と聞いたら「天の川だ」と教えられて、びっくりした。水無瀬の離宮から、それほど遠くない南東に、天の川という場所があったのだ。

そのとき、業平が詠んだ歌。

狩り暮らし たなばたつめに 宿借《やどか》らむ 天の川原《かわら》に 我《われ》は来にけり

（狩りをして　いつの間にか　天の川に来てしまった　今宵の宿は　七夕姫にお借りしましょうよ）

あの頃でさえ、業平は馬《ま》のジイ、有常は紀《き》のジイと言われていた。若くはなかったはずなのに、そのとき見たもの、そのとき居た人、そのとき感じたことを、これが最後だとは思っていなかった。また、おなじことが出来ると思うことで、人は安心するのかもしれない。

不退寺に行っただけで、業平も有常も今日は昼まで寝ていたから、とてもじゃないが、これから惟喬親王に会いに小野郷に登る体力はない。

「あのときは、あとで三日も寝ましたよ」と有常。

「どのとき？」

「ほら。雨乞いをしたでしょう」

去年は水害で二千人以上が亡くなったのに、今年は雨が降らずに、神泉苑《しんせんえん》の池に船を浮かべて、その上で鐘を鳴らして舞いを踊った。池に竜が住んでいて、音曲を捧げれば雨を降らしてくれると、陰陽寮《おんみょうりょう》が言ったからだ。

「雅楽頭《うたのかみ》は、きれいな舞姫にかこまれて、役得だと思っていましたが、三昼夜も寝ないで歌え舞えじゃ……ねえ。わたしは六十歳ですよ」

「雨、降りませんね」

「降りません！　歌舞音曲は、一日だけで切りあげるのがよいのです。昼夜なく三日も、うるさかったので、竜神さまも気を悪くなさっているでしょう。降るなら集中豪雨ですよ。ところで、お願いがあるのですが、邸を、たたもうと思います」

「それは、また、どうしてです」

「大きな邸は負担ですから、手ごろなところに移って、身辺を片付けようと思い立ちました。ついては、少し預かっていただけませんか」

「はい。それは、よろしいですが、なにを」

「親戚の娘たちです」

「……わたしに？」

「はい。あなたは紀氏の娘がお好みですし、恋は伊勢のほうで終わりになさったから、安心できます」

「なんのことだか」

「伊勢におられるあの方に……わたしは会えるでしょうか」

「……きっと、会えますよ」

　そのあと雨が降った。集中豪雨ではなかったが、なかなか止まず、木が倒れて家が壊れる被害がでた。

夏の終わりに、業平のところに、春宮《とうぐう》の女御の高子から呼びだしがきた。いま高子は貞明《さだあき》皇太子と一緒に、東宮にいるという。

東宮は、惟喬親王の両親の、文徳天皇と紀静子が若いころに暮らしたところだ。二人が甘美で切ない恋の錦《にしき》を織ったところだと、外装を見ただけでジーンときていた業平だが、なかに入ったら、そんな思いはブッ飛んだ。ニワトリが駆けずっている。仔犬が吠えて走っている。なぜか仔馬まで、きれいに刈り込まれた庭木を食《は》んでいる。ほのかで儚《はかな》くて、やるせない情感など皆無。どこにもナイ。

案内されたのは皇太子の御座所らしく、御簾《みす》も降ろさずに高子が、女房にかこまれて座っていた。女房たちが興奮しているようだから、業平と高子。恋歌で有名な二人に似合う舞台を、つくる工夫ができなかったのかと、平伏しながら業平はガックリした。

「おひさしぶりです。在五さま」と高子。二人の間を取りつくろう気もないらしい。

「ご無沙汰いたしております」

でも高子は、カラッとして頭の切れが良さそうな、魅力的な女になった。

「歌を詠んでいただきたくて、お呼びしました」

よけいな会話も、はぶくつもりらしい。そういえば、若いころから、くだくだしいことを嫌って、必要なことしか言わなかった。そこに魅かれたのだった……っけか、な?

「女御さまに、お仕えいたします、寂林《じゃくりん》と申します」

高子のそばにいた尼が挨拶をする。業平は一瞬だけ、目をつむった。しばらく会っていないが、声も姿も睦子にちがいない。

「右近衛中将《うこのえのちゅうじょう》、在原朝臣業平《ありわらのあそんなりひら》と申します」

「みなさんで、屏風を運んできてくださいませ」と尼が女房たちに言った。

そこに男の子が駆け込んできた。七歳と聞くが歳より大柄にみえる貞明皇太子だろう。中央の御座に座ったので、業平は少し下がって平伏した。

「なにしている」子供にしても、甲高い声だ。

「歌を頼みました」高子の声がする。

「歌」

「皇太子さま。すこしは落ち着きなさい」

ドンドンと音がするので、業平は顔をあげてみた。皇太子が御座のうえで、飛び跳ねている。

これは、そうとうに……ヘンだ。

「お座りください。皇太子さま」寂林と名乗った尼が、怖い声をだした。

皇太子の目が鋭くなって、プイと部屋から出て行く。皇太子についてきた近習《きんじゅう》が三人、皇太子の跡を追う。それで高子と寂林と業平だけが残った。

「あのう……睦子どの……ですよね」

「そう、わたしです。わたし」と寂林。

「在五さま。どう思われます。皇太子さまは、あれで頭は良いのです。でもカンが強くて、人の言うことを聞きません。それで、わたくしが、こちらに住むことにして、寂林も呼びました」と高子。

「わたしに聞くまでもなく、お分かりでしょうに」

「ええ。最も、帝に不向きな、ご性格です」

「女御さま。なにごとにも執着なさいませんように。上手に捨てて、皇太子さまと共に、生きのびる工夫をなさいませ。そして与えられた命を活かされませ」

女房たちが運んできたのは、紅葉を浮かべて流れる川の絵が描かれた屏風《びょうぶ》だった。

「ここに置いておくと、いつ破られるかと心配で、しまっております」と寂林。

「竜田川を描いた、みごとな作品です。これに歌をつけて下さい。帝に献上いたします」と高子。

「あのぅ……わたしが詠んでも、よろしいのでしょうか」

「遍照《へんじょう》さんにも頼みましたら、素性《そせい》さんを、よこして下さるそうです。お二人の歌をつけます」

「なるほど……」

谷川を流れる紅葉の屏風をみて、業平が詠んだ歌。

ちはやぶる　神代《かみよ》も聞かず　竜田川《たつたがわ》　唐紅《からくれない》に　水くくるとは

（神さまの時代でも　聞いたことがないでしょう　竜田川の水が　真っ赤な括《くく》り染めを　みごとに染め上げるとは）

括《くく》り染めは、糸をくくって染める「しぼり」のことで、竜田川が赤いしぼりの布のようだという意味だろう。

遍照は、仁明天皇の蔵人頭だった良岑宗貞《よしみねのむねさだ》、素性はその息子で歌人として活躍している。

十四　大原《おおはら》や　小塩《おしお》の山も　今日こそは

八七六年（貞観《じょうがん》十八年）四月十日の子《ね》の刻（午後十一時から午前一時ごろ）に、今度は大極殿《だいごくでん》が燃えた。火は数日、燃えつづけた。

応天門《おうてんもん》を再建したのに、応天門の先にドンと建っている、天皇が御座する大極殿が灰になった。冷然院《れいぜんいん》が燃えて、淳和院《じゅんないん》が燃えたが、これは大内裏の外にあった。大極殿は大内裏の内にある。応天門の炎上ぐらいで騒いだのが嘘のように、もっと大規模な放火がつづいている。民家を焼く小規模な放火も、ひんぱんに起こる。都は焼け跡と、水害による崩壊家屋《ほうかいかおく》だらけで、戦禍《せんか》にみまわれたような惨状《さんじょう》だ。大極殿が燃えてから、やっと近衛《このえ》や兵衛《ひょうえ》の夜間巡回がはじまった。

中将の業平は巡回をしなくてよいから、やれやれ助かったと思っていたら、晩秋になって、「大原野神社《おおはらのじんじゃ》にお参りするから供をするように」と、春宮の女御《にょうご》の高子から、お召しがかかった。高子の近習《きんじゅう》の寂林《じゃくりん》からも、顔を見せてほしいと手紙がきたので、業平は会いにでかけた。皇太子が成人まえだから後宮がなく、母の高子と、その側近が東宮を使っていて、寂林も部屋を与えられている。業平は五十一歳。睦子の寂林は、少し歳上で五十三、四歳のはず。

「女御さまは、大原野神社へのお参りを、とても楽しみにしておいでです。これからは、外出も難しくなられるでしょうから」

「どうしてでしょう」

「帝が譲位《じょうい》を、決められたごようすです」

「皇太子さまが、即位されますか」

「そうなりますでしょう。高子さまが、どちらに住まわれるのか分かりませんが、動けるうちは、わたしは高子さまについて行きます。大原野へ参る日は、おおぜいの人が加わるはずですから、親しくお話をする機会もないでしょう。業平さま。あなたの晴れ姿を、わたしは誉《ほま》れに思いながら拝見しています。今日は、こうして、ゆっくりとお顔を拝見できて、ようございました。次は、いつお会いできるのやら……」

「寂林さま。いろいろありましたねえ」

「はい。はい。楽しかったですね。もう一度、生まれ変われるとしても、わたしは、おなじ方々と、お会いしたいですよ」

「わたしもです」

「かならず、また、お会いしましょうね」
「はい。現世か、来世で……きっと、また」

このところ、右大臣の基経《もとつね》は、左大臣の源融《みなもとのとおる》に隠れて、内裏の清涼殿《せいりょうでん》で清和《せいわ》天皇と密談をつづけていた。皇太子が自分が即位した八歳になってから、清和天皇は強く譲位をのぞむようになった。もう少しと引き留めているが、即位の事情を知ってしまえば、やめたくなるのも無理はないと、基経も思う。

そのうえ、天候の不順。作物の不作。どんどん広がる放火。大極殿の再建には着手したが、先行きの見通しは暗い。二千人余りもの死者をだした水害の被災者と、水害で壊れた三千軒以上の家屋の再建に、支援金をだす余裕もない。壊れたのは民家だけでなく、一町ごとを囲んで、都の景観を保っている築地塀《ついじべい》も崩れが目立つ。これも国には修復するゆとりがなく、住人が勝手に直してくれるのを待つしかない。

国庫に金がないのは、嵯峨の帝から続いた良房の時代に貯蓄をおこたったからで、節約を進めている清和天皇のせいではない。やめたくもなるだろう。

だが、清和天皇が譲位したら、即位する幼帝に代わって政務を執る人が必要になる。参議になっている源氏は、すでに嵯峨源氏だけではなく、仁明天皇の皇子の源多や、文徳天皇の皇子の源能有がいて、まとまりが悪い。それでも、どうすれば、左大臣の源融を差しおいて、右大臣の基経が、幼帝の代わりに政を執ることができるだろうか。そして、どうすれば、良房の猶子《ゆうし》が、幼帝の執政になることで起こる嫌悪や恐れや混乱を、最小限に食い止められるだろうか。基経が清和天皇と話し合っているのは、このことだ。

大原野《おおはらの》には、奈良の春日神宮に奉《まつ》られる、藤原氏の氏神を奉った大原野神社（京都市西京区大原野）がある。この地に神社を建立したのが、桓武天皇の皇后の藤原乙牟漏《おとむろ》だから、大原野神社には藤原氏の女性で、皇后《こうごう》や皇太后《こうたいごう》や天皇の母后になる女人が詣《もう》でることが多い。高子が業平を護衛につけて、大原野に行きたいと言ってきたときに、基経は「これだ！」と膝を打った。

業平と親しく話すようになったのは、左近衛中将《さこのえのちゅうじょう》をしていた二十八歳のころで、その前から高子と業平の恋は世間を騒がせていた。もう基経は四十歳になるから、業平と高子の恋は、すでに十何年もまえのことになったが、いまだに、あの歌は歌いつがれている。

去年、四十歳（満三十九歳）の祝いの宴《うたげ》をしたときに、九条の邸に業平も来てくれた。大勢の客のなかに混じると、五十をすぎた業平が、いまだに目立つ。色が白くて動きが優美なので、際立《きわだ》って見える。人々が業平をみる目も、優れて美しいものを称賛《しょうさん》するような……そう。業平は、業平という芸術作品なのだ。

都は飢えと水害と放火で、ボロボロになっている。庶民は不満を煮えたぎらせて、すさみきっている。そのなかで藤原氏の血が濃い幼帝を即位させ、基経が執政すれば、不満は拡大する。

でも幼帝の母后の高子には、有名すぎる元彼がいる。その業平は、文徳天皇が愛した惟喬《これたか》親王の生涯変わらぬ庇護者だ。高子と業平。人々が好んで口にする恋歌の二人に、庶民の気をそらす大祓《おおはらえ》をしてもらおう。むかし業平は、自分のことを大幣《おおぬさ》と歌ったことがあるから、大祓には、もってこいだろう。

ただ、基経がのり気になって清和天皇に話していることは、高子にも悟られないようにしよう。四十歳の祝いのときも、「おめでとうございます」と言いながら、業平は、こんな歌を詠んだ。

桜花　散りかひくもれ　老いらくの　来《こ》むといふなる　道まがふがに

（桜の花よ　曇ってみえるほどたくさん散って　老いが来る道を　分からなくしてくださいよ）

藤原氏は、芸術的な感性は高くないが、これって、どう読み解いても、「一時的に華やぐ桜でかくせても、老いへの道は消えません。へーえ。もう四十ですか。かならず人は老いてゆきますよ」という比喩ではないか。

美しく雅《みやび》やかだが、業平には核《かく》となる信念がある。表立って藤原氏のお先棒《さきぼう》は、かつがないだろう。業平なら基経のねらいも見破るだろうが、基経さえ隠れていれば、庶民の楽しみと、縁のある高子のために、その辺はふところに収めて、うまくやってくれる。

高子は皇太子の母で従三位をもらったが、肩書は清和天皇の女御。三后とよばれる皇后、皇《こう》太后《たいごう》、太皇太后《だいこうたいごう》の、どれでもない。大原野へも女御の格で私的に行くから、おおげさなことは控えなければならない。高子自身は公衆に姿をみせないから、代わりになる車を、基経は、いろいろ考えてつくらせた。車の工夫を考えているあいだ、とても楽しかった基経は、時康親王《ときやすしんのう》を邸に招いたときに酒の肴《さかな》に話してみた。

時康親王は、仁明天皇の皇子で四十六歳。仁明天皇と愛妃沢子女御のあいだには、宗康《むねやす》、時康、人康《さねやす》の三人の皇子がいた。沢子女御は、基経や高子の母の乙春の姉妹で、基経は人康親王の娘を妻にしている。この三人の親王とは母方の従弟で、妻の父とその兄弟という二重の縁でむすばれている。宗康親王も人康親王も故人となってしまったが、残った時康親王は温厚な人柄をしたわれて、皇族の重鎮《じゅうちん》となっていた。

「わたくしも、ご一緒にまいりましょう」と時康親王が言った。

「わたくしも、母は藤原氏。一度は大原野神社に、詣《もう》でてみたかったのです」

二品民部卿《にほんみんぶきょう》の時康親王の参加で、藤原氏に縁のある親王や貴族たちも加わった。公式行事ではなく、女御の私的な参詣に自主参加するのだから、左大臣の源融以下の源氏からも苦情が出せない。お参りといっても、野宴《やえん》をもうけて飲み食いをして、歌を詠んで遊ぶ。貴族たちのピクニックで、高子女御の大原野参りは、参加者がふえて大規模なものになった。

基経は渋い顔を作りながら、ほんとうは浮き浮きして、野宴の設営や、食べ物の配送の準備をした。公式行事ではないが、町中を練り歩くのだから、御霊会《ごりょうえ》より、ずっと派手だ。あとは……そう。乗り物がフンをするので、行列が通ったあとは、掃除に従者をだそう……。

私的な春宮の女御の氏神《うじがみ》詣でだから、京職《きょうしき》も通過のときに牛馬を放逐《ほうちく》しないようにと通達するぐらいの、軽い対応しかしなかった。

ところが当日は、日の出のころから、人々が朱雀大路に詰めかけた。行列に加わる近衛兵《このえへい》の恋人や家族たち、供をする舎人たちの家族や知り合い。そして数日まえから、数々の恋と恋歌で有名な在五中将《ざいごちゅうじょう》が供をするということが広まって、生《なま》在五を一目見ようというファンや野次馬が、どっと集まってきた。

最初に巻纓《けんえい》（冠の先の飾りを巻きこんだもの）の冠に、緌《おいかけ》（耳当て）をつけた、正装の近衛兵が通った。いばっていないときの近衛兵は人気者だ。そのあとで牛車《ぎっしゃ》が引きだされてくる。

一番手の、控えめな茶色の濃淡の檜皮《ひわだ》を、細かく升目《ますめ》模様に張った網代車《あじろぐるま》が、チラリと見えた。網代車というのは、四位、五位の貴族が利用するが、ときには、それ以上の位階をもつ貴族が、装いをこらして使うこともある。

「どなたの、お車でしょう」と、見物人がヒソヒソと話す。たいがいは、なぜか事情通がいて鼻高々に説明するのに、見当のつく人がいないようだ。だが、その牛車が、両脇を舎人にはさまれて大路に乗り出してきたときに、見物人はどよめいた。見たこともない大きな黒牛が車を引いている。きれいにそろった太い二本の角が重々しげに天をつき、動くたびに黒光りする筋肉が盛りあがる。牛は臆病《おくびょう》なので、暴走したり、立ち止まったり、路をそれることもある。見物人は子供の手をつないだり、抱き上げたり。

牛車の先頭を行く大黒牛は、牛飼い童の「チェ・チェ・ホレ・ホレ」と、たくみにあやす声にしたがって、落ちついた足運びで止まらずに歩いて行く。

そのあとに、半蔀車《はんじとみくるま》や網代車がつづいた。なかほどで、立派な屋根を乗せた、豪華な唐庇車《からびさしぐるま》が通った。

「親王さまだ」と、だれかがささやく。車は身分によってちがうから、この車の主は、太上天皇か、三后か、皇太子か、身分の高い親王だ。

そのあとに糸毛車《いとげぐるま》が来たので、見物人のどよめきは最高潮に達した。糸毛車は、車の側面を、より糸で覆《おお》ったもので、青色は皇后や皇太后や皇太子が、紫色は女御や更衣が使う。基経が考えて用意したのは、青紫の糸毛車の右側面のうえに、薄青色の月をあしらった車で、反対の面は月の光を受けた薄《すすき》。前面に下している簾《れん》と、下に長く垂らす二枚の下簾は、季節の紅葉を思わせる赤から黄色への濃淡だった。その糸毛車のすぐ後ろ横を、灰色まだらの胸の厚い馬にまたがった、近衛の中将がつき従っている。

五十一歳になったが、だれに訊《たず》ねなくても一目で分かる、艶《あで》やかな美しさを見せつけて、在五中将が通ってゆく。

月やあらぬ　春やむかしの　春ならぬ　わが身ひとつは　もとの身にして

春の月の夜に恋した人が乗る、秋の月を思わせる糸毛車につき添って、在五さまが行く。業平の乗る馬は、右馬頭《うまのかみ》をしていたときに、東北の御牧《みまき》（官の牧場）から送られた馬のなかで、特に優れた二十頭を清和天皇がみて、その中から好きな馬を選んでよいと、帝から賜わった名馬だ。

四条辺りでは、奈良から来て業平の邸のサンセイたちの棟を宿にしている、仏師の慶行《けいぎょう》が家族を並べていた。慶行の娘の桔梗。桔梗とサンセイのあいだに生まれたウハギ。ウハギの肩を抱いているのは運行と名乗りを許された、モクミと小夜のあいだに生まれた二十五歳の若い仏師だ。小夜もいる。まだ名乗りを許されていないモクミの下の息子の杉丸が、サンセイの下の娘のナツメとつないだ手を上げて「とうさん！」と声をかけた。

業平の横を歩くサンセイとモクミが、笑顔で答える。業平も首をまわして、微笑みかけた。このころから、どよめきは歓声にかわった。

七条では、岡田剛《おかだのごう》と栧《えい》の兄弟が、新しい水干を着て待っていた。横には土師小鷹《はじのこたか》がいる。若いホウも手下たちもいる。その姿を遠目でとらえて、先頭を行く大きな黒牛が引く網代車が簾を巻きあげた。信濃からもどってきた信濃守の守平が、倫子《りんこ》と子たちに野宴を見せてやりたくて、大原野詣《おおはらのもう》でに参加したのだ。

守平はヒョイと顔をだして、剛や栧や小鷹やホウに手をふった。黒牛を、みごとに引いて、しばらく都で話題になった犬丸も、兄たちに笑顔をみせる。大原野には、太秦《うずまさ》の眷属《けんぞく》を引きつれて、もとのムカデこと秦能活《はたのよしかつ》が、酒を献上するために来ていた。

参詣のあとの野宴で、参加者は歌を詠んだ。そのとき業平が詠んだ歌。

大原《おおはら》や　小塩《おしお》の山も　今日こそは　神代《かみよ》のことも　思ひ出《い》づらめ
（大原の神々も　今日だけは　むかしのことを　思いだしているでしょう）

言葉の流れが心地よく、厳《おごそ》かな言葉を使っているが、大原の西方にある小塩の山は、業平が元服したときに淳和の帝の遺骨を散骨したところで、いわば淳和天皇陵。「神代のこと」は「むかしはね」というときにも使うから、高子と業平の恋のことか、過ぎた時代のさまざまな出来事か、ほんとうに神さまの世のことか、あいまいで分からないところが業平らしい。しかも、過去のことをすべて、神代のことと祀り上げてしまう鎮静《ちんせい》効果もある。

歌を詠んだ人たちに、高子は用意してきた褒美の品を与えた。業平の歌はおもしろがって、糸毛車に招きよせて、特別に自分の着ていた衣を与えた。

漢詩が尊ばれるようになってから、貴人が和歌に特別な恩賞を与えるのは、はじめてで、業平も、歌で褒美を貰うのは、はじめてだった。

そのすぐあとの十一月十八日と十九日に行われた新嘗祭《にいなめさい》を最後に、清和天皇は染殿に神璽《しんじ》や宝剣《ほうけん》をもって移り、譲位の意志を発表する。そして十一月二十九日には、貞明《さだあき》皇太子が東宮をでて牛車で染殿に向かい、譲位が行われた。

このとき大極殿は焼失していて、冷然院《れいぜんいん》も焼け跡。内裏の紫宸殿《ししんでん》で譲位をすることはできたが、清和天皇は自分が生まれた藤原氏の私邸を使った。譲位のあとで、太上天皇となる清和天皇が住む後院もなかったのだ。自費で修行道場を建設中だった正子太皇太后が、淳和院をと申しでるほどのありさまだった。

「ずっと体調が悪く、政務につくことが耐えがたかった。しかし災害が続き、天下は安らかではない。そのことを考えると、ますます体が弱っていく。朕も幼いときに即位して、助けるものがあって政が執れた。皇太子は幼いが、補佐するものがいれば、政を行えるだろう。左大臣の源融《みなもとのとおる》は、かねてから病により職務が負担だと奏上《そうじょう》している。右大臣の藤原基経は政務に熱心で、夜昼となく働いていて、譲位する貞明皇太子の外叔父になる。上に立つものが多いときは、下が苦しいという。だから太政大臣という職を止めて、それに付属する諸経費をはぶき、基経を摂行《せっこう》とする」

藤原基経は四十歳で右大臣のまま、幼帝に代わって政務をみる立場に立った。そして清和太上天皇は、そのまま染殿を御座所とした。

国に大きな変わりがあると、報告を欠かさない天皇家の陵がある。報告するのは十陵と決めていて、血統が代わった光仁天皇からの陵に参詣している。藤原順子が亡くなったときに、良房が、それまで入っていた高野新笠《たかののにいがさ》を省いて順子を十陵に加えた。高野新笠は桓武天皇の母だから、これからも子孫が続いてゆくが、新笠の大枝陵を守る大枝氏は、音人に説かれて大人しく従った。そのほかに良房は藤原四墓を選んで、十陵とおなじ扱いにした。良房が亡くなったときに基経は良房の墓を加えて五墓として、そのあと五墓のほうは、うっちゃっている。

良房は、火事を起こすまでは、文徳天皇の田邑陵《たむらりょう》を後回しにしたり忘れたりと、報告や奉納を滞《とどこお》らせる扱いをしていた。桓武天皇の乙牟漏皇后の御陵や、光仁天皇の御陵は古い先祖（光仁天皇は七代前、乙牟漏皇后は六代前）だから忘れることもあるだろう。だが文徳天皇は清和天皇の父だ。ふつう親の墓を、忘れるだろうか？

文徳天皇の田邑陵を、きれいにして奉っていたのが、御陵が燃えた日に亡くなった藤原良縄と、その母だった。

基経は良房の黒い記憶を消したいから、譲位がきまると、まず文徳天皇の田邑陵だけに天皇の交代の報告の勅使《ちょくし》をむかわせた。勅使に選んだのは大江音人と、文徳天皇がこよなく愛した惟喬《これたか》親王を、ずっと支えつづけた在原業平だった。

十二月二十九日。明日は来年という歳の瀬に、大江音人は業平と二人で、唐庇車《からびさしぐるま》で揺られている。

「広い！」と業平が、はしゃいでいる。

「はじめてか」

「常行どのの葬儀のときの遺贈の通達と、鴻臚館《こうろかん》に渤海使《ぼっかいし》を訪ねたときに唐庇車に乗りましたが、もっと小ぶりでした」

勅使は天皇の名代だから、唐庇車を使って供も多い。長く弁官をつとめた音人は、数えきれないほど勅使も務めた。武官で位階の低い業平は、勅使の経験が少ないから、車のなかの広さと装飾に興奮している。

「これだけ広いと、六人は乗れますね。歌合《うたあわせ》もできます」

「この車を使われる方は、そんなに詰め込まれるのを好まれない」

「轍《わだち》の音がうるさいし揺れるから、忍び会いにも使えます。少々、声をあげても揺すっても分かりません」

「業平。いくつになった」

「想像しただけです」

「まったく在家は好奇心がつよい。業平。わたしは在家の血を受けて、本主の父に育てられて良かったと、つくづく思っている。父の本主は、わたしの好奇心を知識の世界へと導いてくださった」

「本主先生も、わたしを導くことには失敗されましたが」

「おなじことをしても、受け皿が違えば色も変わる」

「そうですねえ。おなじように愛しても、それを大切に思ってくださる方と、足りない部分だけを並べたてる方がいますからね。ああいうのは、皿の代わりに笊《ざる》を持っているのでしょうね。心が笊では、人に愛されたという温かみを貯めようもなく、愛されたことへの満足もなく、笊だけにヌルヌル苔が生えてしまって、水はけも悪くなる。すると、新しく入ってくる愛も腐ります。

生きているだけで、多くの人が愛を与えてくれるのに、それが分からないとは、なんとも寂しいですね」

「どういう講釈《こうしゃく》だ。ところで業平。惟喬《これたか》親王のご様子はどうだ」

「皇位に立つ機会を失くされて、失意のままに山里に隠れられたと言われていますけど、わたしには、ロクロを回しに小野へ行ったり、都に帰ってきたりして、すごく楽しそうに見えます。仕えるものは人の数にも入らない賤民《せんみん》ですが、そういう人たちで、気力や胆力がそなわり、知恵があって愛情深い人を、わたしは山ほど知っています」

「業平。親王のことは、心のなかでご報告して、口にしたり、ご寮のまえで歌を詠もうなどという気を、起こさないでくれよ」

「これだけ広いと、横になれるかな。ちょっと、失礼」

「在五中将。今日は勅使だから、頼むから大人しく座っていろ。お座り！　ナリヒラ！」


八七七年（元慶《がんぎょう》元年）。


一月三日に、貞明皇太子が豊楽殿《ほうらくでん》で即位した。

豊楽殿は、朝堂院の西隣にある宴会用の施設で、即位した天皇は九歳。のちに漢諡号《かんしごう》で陽成《ようぜい》天皇という幼帝だ。高子は皇太夫人になった。左大臣は源融《とおる》。人事は変わらずに、右大臣の基経が、幼帝の代わりに摂行することになった。このとき二品時康親王は、民部卿《みんぶのきょう》から式部卿《しきぶのきょう》にうつり、守平は従四位上に位階を進める。

一月二十三日に、業平の盟友で、歌の仲間で、舅《しゅうと》の、従四位下で雅楽頭《うたのかみ》と周防権守の紀有常《きのありつね》が、六十二歳で亡くなった。前年の十一月二十九日に、伊勢斎宮の恬子《やすこ》内親王が、天皇の譲位に伴って退職していた。もうすぐ会えるという、思いを残しての死去となった。

紀有常は、政府の中核から追われた紀氏へ、和歌への道を示した。有常が亡くなったときに、まだ五、六歳になったばかりの、親戚の子が二人いた。有常の従兄の孫になる子で、紀貫之《きのつらゆき》と紀《きの》友則《とものり》だ。この二人も従弟同士で、のちに、日本ではじめての勅撰和歌集《ちょくせんわかしゅう》（天皇の命で作った歌集）である古今和歌集《こきんわかしゅう》を、他二名とともに編纂《へんさん》する。その仮名序《かなじょ》（仮名文字で書かれた序文）で、紀貫之が「六歌仙《ろっかせん》」を選んでいる。六人の和歌の仙人だ。

六人のなかでも有名なのが、小野小町、出家して遍照《へんじょう》と名乗った仁明天皇の蔵人頭の良岑《よしみねの》宗貞《むねさだ》。業平が大幣《おおぬさ》ぶりを発揮して、後宮の女房たちを追いかけていた蔵人のころの上司だ。そして、在原業平。

貫之は、業平の歌を「その心余りて言葉たらず、しぼめる花の色なくて、匂ひ残れるがごとし」と批評する。菊の花などは、盛りがすぎて色の変わった花を、もっとも美しいと愛でて香りを楽しむから、仙人と認めたうえでの、この評が、酷評かどうかは「世人定めよ」だろう。古今和歌集のなかでも、業平の歌は詞書《ことばがき》がついているので知られている。この歌集ができるのは、有常の死から三十年もあとのことだが、有常の遺伝子は、業平から離れることはなかった。

弘道王と藤原保康が、恬子内親王を迎えに伊勢に立ったのが、三月一日。卜定《ぼくじょう》が下りてから十九年、家族と離されていた恬子は、そのあいだに母と次兄と叔父を亡くし、帰京してすぐに妹の珍子内親王も亡くすことになる。

でも、見守りたい人がいる恬子内親王は、六十五歳まで強く静かに生きていく。

三月八日。皇太夫人の高子は、染殿に暮らしている清和太上天皇をたずねた。染殿は一部を改良して、太上天皇の後院の清和院になった。このとき、太上天皇は二十七歳。高子は三十五歳。重荷をおろした太上天皇は、高子を歓迎した。清和院には、明子皇太后も暮らしている。桜は膨らみはじめたばかりだけれど、気候はうららかな春。この日の宴は、夜中まで盛りあがり、高子は夜半に内裏に戻ることになる。酔って夜中に内裏に帰還した皇太夫人は、この人しかいない。

藤原高子は、女性の四季を自分のために使い切った。青春のころは、稀代《きだい》の色好みの業平との恋に燃え、成熟した朱夏《しゅか》は、八歳年下の青年天皇を支えて三人の子をもうけ、落ちついた白秋には、すでに清和太上天皇が出家していたので、東光寺《とうこうじ》の僧の善祐《ぜんゆう》との熾火《おきび》のような恋に燃えた。

自分の人生を、自分のために活かすのが難しかったときに、藤原北家の娘という枠の中に生まれた高子は、傷つくことを恐れなかった。善祐との恋のときは、たまたま皇太后《こうたいごう》だったので、あとで宇多《うだ》天皇に「けしからん！」と称号を取り上げられて、恋人の善祐を伊豆に流されてしまう。ただし俸禄《ほうろく》は、そのままだったから、住むところや暮らしには困らない。取り上げられた皇太后という称号に、どれほどの価値を高子はおいていたのだろうか。

高子のもうけた陽成天皇が、即位してから七年後の、八八三年（元慶《がんぎょう》七年）十一月十日。散位従五位下の源陰《かげ》の息子の益《すすむ》が、殿上で撲殺された。益は陽成天皇の近習で、事件が起こったのは殿上。殴ったのは十五歳の天皇だから、そっと事件は処理された。それから二か月半後の、八八四年二月一日に、陽成天皇は病のためという理由で、十六歳で譲位した。

次の天皇は、仁明天皇の皇子の時康《ときやす》親王で、即位して光孝《こうこう》天皇となる。

高子と善祐の恋を裁いたのは、光孝天皇の子の宇多天皇。高子は長寿で、玄冬の季節は、動物園のようになった息子の陽成太上天皇が暮らす二条院で歌合《うたあわせ》をしたり、善祐との思い出が深い東光寺に住んだりして、六十八歳で亡くなった。東光寺は、高子が建立した寺だ。

陽成天皇が即位した年（八七七年・元慶《がんぎょう》元年）も、やはり日照りがつづいて雨が降らなかった。四月に、大極殿を建て直すことが決まった。新しい天皇を迎えての、大嘗祭《だいじょうさい》の準備もはじまった。参議《さんぎ》従三位《じゅさんみ》左衛門督《さえもんのかみ》の大江音人も、大嘗会の検校《けんぎょう》になって忙しい日を送っていた。いよいよ大嘗祭が近くなった九月二十六日には、御前《おまえの》次第司《しだいし》長官《ちょうかん》になった。大嘗祭の前半をとりおこなう総責任者だ。音人の次官には、学識派として頭角を現してきた菅原道真《すがわらのみちざね》がついた。だが音人は、大嘗会の十五日まえの十一月三日に、六十六歳で亡くなってしまう。

「めずらしく、疲れたと言っていたようです」と玉淵。

「働きすぎでした」と千里。音人の息子たちだ。

枕元におかれた愛用の品のなかから、業平は使い古した小袋をとりあげた。

「いつも、肌身につけておりました。なにを入れているのか、聞いても教えてくれませんでした。業平さまは、ご存じですか」

糸の解《ほぐ》れた青竜《せいりゅう》の刺繍《ししゅう》を、そっと指先で業平はなぜる。

「いいえ。存じません。秘しておられたのなら、このまま、ご一緒に送ってさしあげましょう」

「はい。まじめで偉すぎる父でした。でも、もしかしたら父にも、若いころに秘めた恋の一つも、あったかもしれませんね」

「そうかもしれません」

「それを大切にしていたのなら、親しみが増します」

音人の葬儀には、公卿《くぎょう》たちも集まったが、若い学生が多く参列した。ギリギリまで現役で活躍した大江音人は、江相公《ごうしょうこう》ともいわれ、文人閥《ぶんじんばつ》の江家《ごうけ》の始祖となる。その子孫は、博士、大学頭、東宮博士などの数々の学者と、漢詩文の名人をだす。大江朝綱、大江匡房、大江広元など、大江を名乗る人は音人の子孫で、大江家から別れた北大路家も子孫になる。

八七八年（元慶二年）。

去年の大嘗会《だいじょうえ》で、業平は従四位上になったが、有常につづいて音人が逝ったので寂しい。

一月十一日。業平は左大臣の源融《みなもとのとおる》の邸の、河原院《かわらのいん》に来ている。

大臣の邸の大きさは二町までと決められているが、河原院は六条四坊十一町から十四町までの四町（約六万平方メートル・一万八千坪余り）を占める広大な邸だ。

去年の暮から正月にかけて、左大臣の融が辞表をあげてきた。右大臣の基経が、摂行となったことが不満なのだ。その奏上を却下する勅使《ちょくし》として、業平は来ている。まだ十歳の陽成天皇が勅書をつくらせるわけがなく、左大臣に留まるようにとの、ていねいな書は、融を超えて幼帝の摂行となった基経が命じてつくらせたものだ。それを読みあげたあとで、業平が席を立つと、

「すこし、話してゆかれませんか」と融にさそわれた。

融は、嵯峨天皇が臣籍降下させた源氏の八郎。仁明天皇が猶子《ゆうし》にしたので、八番目だが嵯峨

源氏のなかでは大きな顔をしている。亡くなった源氏の一郎の信と仲が良く、鷹狩が趣味で、むかし「謀反《むほん》を企んでいる」という投書に、信と一緒に名を書かれた。

融は宴会も好きで和歌も詠む。この河原院も美しくととのえて、人を招く趣味の人だ。行平は、近衛にいたころから融と親しくしているが、業平は、この人が好みではない。気に入らない。この河原院の庭には、海水を焼いて塩にする窯が供えられている。塩竈《しおがま》で海水を燃して、客を招いてみせる。その融の感覚が、なまじ、ちょいとした趣味人だからこそ、業平には受けいれられない。

塩は命をつなぐもので、労働者の給金にもなる。いまは銭が流通しているが、まだ物々交換は行われる。稲穂と塩は、銭と等しいものだった。それは地球のどこでもおなじで、サラリーの語源はラテン語の塩。日本には庶民の下に、売り買いされる奴婢《ぬひ》という人たちがいる。官奴婢と、寺奴婢と、私奴婢がいるが、良馬より安く売られて、肉体労働者として無給で働く。持ち主が嫌な人だと、塩加減をする。飯を与えるときに、塩をつけると沢山食べてしまうから減らすのだ。最下層の人にも、庶民の貧乏人にも、塩一握りは命にかかわる価値があった。塩竈を庭に並べて、難波の海から海水を運ばせて燃やし、それを客に見せる融の趣味は、ただの金持ちの見せびらかしだ。

まえに業平が、菊の宴で河原院に招かれて、詠んだ歌がある。

塩竈《しおがま》に　いつか来《き》にけむ　あさなぎに　つりする舟は　ここに寄らなむ

（いつの間にか　塩竈〈宮城県塩釜〉に来てしまったらしい　朝の風のない静かな海で　釣りをする人に寄っていってほしいものです）

菊の宴で塩竈を詠む。それが、そもそも、人を食った行為だ。融は、そこそこの才があったので、業平が渾身《こんしん》の力をこめた歌か、手抜きの歌かぐらいは分かる。融も業平が好きではないだろう。

勅使としての役が終わったので、業平は下座にまわって座った。相手は正二位の左大臣だから格がちがう。融は五十五歳。業平は五十二歳。嵯峨源氏は、業平の父の阿保親王の従弟になる。

「おや。塩竈は、いかがされました？」と庭をながめて、業平が問う。

「やめました」

「それは、また惜しいことです」

「このごろ、何をしているのかなと思うことがありまして。生きているときは短いですねえ」

「そのように、お気の弱いことをおっしゃいますと、わたしも辛くなります」

「在五どのは、自由でうらやましい」妙に、しんみりと融が言った。
「わたしのように、取るに足らない年寄りの、なにを、うらやましいとおっしゃっているのか。どうぞ、これからも、お導きください」少しだけ融が可哀そうになったので、業平は、ほんのチョットだけ気持ちも入れた。

母の伊都も、三十七人の兄弟姉妹がいたから、名を知らない人がたくさんいた。それでも、ほとんどが親王か内親王だった。四十九人も兄弟姉妹がいるのは、どんな感じだろう。そのなかから三十二人が、臣籍降下されて源氏にされるのは、どんな気持ちなのだろう。

もしも、わたしに、そんなに、たくさんの子がいたとしたらと、業平は思う。いくら一字名前でも、全部は覚えられない。どの子が、どの母親の子なのかも、ゴチャゴチャで分からない。そんな父親の血筋を誇るだけで、人生を過ごしてしまったのなら、チョットだけ可哀そう。

……あの子の親は、高階《たかしなの》茂範《しげのり》どの。会うことも名乗ることもできないが、どうぞ自分の人生を豊かに使って欲しい。

このあと融は、風雅な棲《せい》霞《か》観《かん》（清涼寺・釈迦堂のある場所。右京区嵯峨）をつくって隠居する。退職を許されなかったので左大臣のままだった。常、信、融と、三代続いて左大臣になった嵯峨源氏は、これで後退する。仕事に能力を発揮して、着実に位階を昇ってくる源氏もいる。文徳天皇の第二子で、母が伴大納言の養女の源能有は、その名に敗けなかった。

三月になってから、出羽の土地の人たちが発起して、秋田城を襲って焼いた。むかしから、関東、東北地方には、独自の文化圏があった。それを大和政権が侵略して、征服しようとしたが、完全に制圧できていない。親王任国《しんのうにんごく》とされる関東平野の北は、大和政権にとって、まだ安心できる場所ではない。都では、これらの東北文化圏の人々を夷俘《いふ》と呼ぶが、劣った人ではなく、おだやかに暮らしていたのに土地を乗っ取られた人たちだ。

都から派遣されていた出羽国守は、二千人の官兵をつれて秋田城に向かったが、秋田城に立てこもった千人の夷俘に惨敗する。そして六月のはじめ、陸奥《むつ》国守が出した二千五百人の兵を含む、五千人余りの官兵が秋田城を取りかこんだが、またも惨敗。

六倍近い兵を動かしながら簡単に敗けるのは、官兵が租税の代わりに徴兵《ちょうへい》した農民の次男、三男で、軍事訓練の体験がなく、「いざ戦！」となると、さっさと逃げてしまうからだ。

職業軍人といえるのは、競技会のためにでも、日ごろ騎馬《きば》や弓を練習している六衛府《ろくえふ》に属する二千人余りで、かれらは天皇のそばを離れない。広く諸国に武勇のものを求めたが、集まったのは、たったの二百六十人だった。

この大事の最中の七月十七日に、基経は摂政《せっしょう》となる。十歳の陽成天皇は何もできないし、すでに天皇の代行をする摂行を許されているので、反発はなかった。

出羽の戦は、余震が何日もつづく大地震が関東で起こったあとの、十月のはじめに終息した。

この九年後の八八七年（仁和《にんな》三年）に、基経は関白になって政治の実権を握る。これで藤原北家という呼び方はなくなり、北家のことは摂関家《せっかんけ》と呼ぶようになる。

つぎの八七九年（元慶三年）五月八日に、清和太上天皇は落飾して出家する。まだ二十九歳の若さだ。

九月九日には、野宮《ののみや》での潔斎《けっさい》が終わった新しい伊勢斎宮《いせさいぐう》の識子内親王が、伊勢に向かって出立した。右京二条の辻に、目立たないように車を止めて、恬子《やすこ》内親王が見送っていた。あのときも秋だった。母と兄の車が、見送ってくれた……。

左京四条の辻のかたわらにも、サンセイとモクミを従えた車が、ひっそりと止められていた。いろいろな思いを抱く人々が見守る中を、斎宮の行列が行く。斎宮の輿に従って、斎宮を伊勢まで送る、長送伊勢斎内親王使《ちょうそういせさいのないしんのうし》の、参議《さんぎ》在原行平の車も通って行く。行平も、万感の思いを抱いていた。

十月八日には、大極殿が落成した。

十月二十四日に、出家した清和太上天皇が、奈良に行くことになった。八歳で即位してから、在位中に大内裏の外に出たのは、たった数回。それも自分が生まれた染殿と、良相の西二条第と、神泉苑に行っただけ。いくら住んでいる内裏が広くても、その囲いのなかだけで、かごの鳥のように暮らしてきた。

奈良に行くと伝えると、基経が「危ないから供を連れて行ってください」と言う。

「いいや。大丈夫だ。放っておいてほしい」と伝えると、今度は天皇の勅として、近衛の兵を差しだしてきた。近習や動物と遊んでいる陽成天皇が、気を利かすはずがないから、清和太上天皇も勅をだして、送られてきた近衛兵をかえした。勅の打ち返しだ。

そして行平と、藤原山蔭だけを連れて、牛車で奈良までやってきた。行平の娘は、清和太上天皇の女御で、包子内親王と貞数親王をもうけている。

「ここが国のふるさとだと思うと、深く感じ入るものがある」

はじめての遠出で血色が良くなった清和太上天皇が、行平に同意をもとめるように顔をむけた。行平は、言葉が出なかった。

あの木の陰に仲平が、葛井三好と小野山人をつれて立っているような気がする。音人が、大枝本主と笑っているではないか。不退寺のまえでは、守平と業平が小木麻呂につかまって小言をいわれている。有常がいる。善淵がいる。安貞がいる。サンセイとモクミも……真如もいる。みんな若くて……みんな楽しそうで……なつかしくて胸と腹が絞られる。

真如の俸禄が、生死が分からないからと切られるのは、それから数日後だ。

八八〇年（元慶四年）。

業平は、有常が残した紀氏の娘を、邸にあずかっている。去年の暮れに、胸が強打されたように痛くなって倒れたことがあるので、古女房の涼子も心配してやってきた。雅男《みやびお》の在五の邸が、女家族に乗っ取られるとは思わなかったが、あずかっている紀氏の娘に恋歌を送ってよこす男に、娘の代わりに返歌をつくって、面白がりながらくらしている。

側溝《そっこう》から水を引いた小さな池の畔には、かきつばたが群れ咲いている。卯の花やサイカチの花も咲いている。陽が落ちるとき、西の空が茜《あかね》色に東の空が薄青色に分かれるときがある。その、ほんの一瞬だけ、焦点を決めずに、ぼんやり眺めると、花々が蛍光色に輝く。業平は、そのときが好きだ。今日も廂《ひさし》に立って、そのときを待っている。

花が輝きはじめた。白い花も、黄色い花も、紫紺の花も……。

この世は本当に、なにもかもが美しく、精巧に創られている。

胸の奥をわしづかみされるような衝撃をうけたときに、業平は安心してサンセイ（山精・山の霊）と、モクミ（木魅・木の精）という名の、老舎人の腕のなかに倒れ込んだ。最初の発作が起こったときに、業平が詠んだ歌がある。とても分かりやすい歌だ。

つひにゆく 道とはかねて 聞《き》きしかど 昨日今日とは 思はざりしを
（いつか逝く道だと　聞いてはいたが　昨日今日とは　思ってもいませんでしたよ）

五月二十八日。在原朝臣業平　卒。享年五十五歳。

参考文献

武田祐吉・佐藤謙三訳『日本三代実録』戎光祥出版
藤井譲治・吉岡眞之監修・解説『文徳天皇実録』ゆまに書房
森田悌　全現代語訳『日本後紀』上中下、講談社学術文庫
森田悌　全現代語訳『続日本後紀』上下、講談社学術文庫
西山良平・藤田勝也編著『平安京の住まい』京都大学学術出版会
栗原弘著『平安前期の家族と親族』歴史科学叢書、校倉書房
石田穣二訳注『新版　伊勢物語』角川ソフィア文庫
武田友宏編『大鏡』角川ソフィア文庫
中村修也著『平安京の暮らしと行政』山川出版社
櫻井良昭著『牛車』法政大学出版局
写真・中村明巳、文・片岡寧豊『やまと花万葉』東方出版
服藤早苗著『平安王朝の五節舞姫・童女』塙書房
酒井シヅ『病が語る日本史』講談社学術文庫

著者略歴

中川公子（なかがわ・きみこ）

1945 年、京都市に生まれる。
1967 年、慶應義塾大学文学部哲学科美学美術史学科卒業。
現在、会社役員。

ナリヒラ

二〇一六年九月十六日　初版印刷
二〇一六年九月二十二日　初版発行

著　者　中　川　公　子

制作・発売　中央公論事業出版
〒一〇一-〇〇五一　東京都千代田区神田神保町一-一〇-一
電話　〇三-五二四四-五七二三
URL = http://www.chukoji.co.jp/

印刷・製本／理想社

ISBN 978-4-89514-466-7 C0093